LOUCOS POR LIVROS

EMILY HENRY
LOUCOS POR LIVROS

Tradução
Ana Rodrigues

6ª edição
Rio de Janeiro-RJ / São Paulo-SP, 2024

VERUS
EDITORA

Título original
Book Lovers

ISBN: 978-65-5924-153-8

Copyright © Emily Henry, 2022
Todos os direitos reservados.
Edição publicada mediante acordo com a autora, a/c Baror International, Inc., Armonk, NY, EUA

Tradução © Verus Editora, 2023
Direitos reservados em língua portuguesa, no Brasil, por Verus Editora. Nenhuma parte desta obra pode ser reproduzida ou transmitida por qualquer forma e/ou quaisquer meios (eletrônico ou mecânico, incluindo fotocópia e gravação) ou arquivada em qualquer sistema ou banco de dados sem permissão escrita da editora.

Verus Editora Ltda.
Rua Argentina, 171, São Cristóvão, Rio de Janeiro/RJ, 20921-380
www.veruseditora.com.br

CIP-BRASIL. CATALOGAÇÃO NA FONTE
SINDICATO NACIONAL DOS EDITORES DE LIVROS, RJ

H451L
Henry, Emily
  Loucos por livros / Emily Henry ; tradução Ana Rodrigues. - 6. ed. - Rio de Janeiro : Verus, 2024.

  Tradução de: Book lovers
  ISBN 978-65-5924-153-8

  1. Ficção americana. I. Rodrigues, Ana. II. Título.

22-81432   CDD: 813
            CDU: 82-3(73)

Gabriela Faray Ferreira Lopes - Bibliotecária - CRB-7/6643

Revisado conforme o novo acordo ortográfico.

Seja um leitor preferencial Record.
Cadastre-se no site www.record.com.br e receba informações sobre nossos lançamentos e nossas promoções.

Atendimento e venda direta ao leitor:
sac@record.com.br

Noosha, este livro não é para você.
Eu já sei qual será, por isso vai ter que esperar.

Este livro é para Amanda, Dache', Danielle, Jessica,
Sareer e Taylor. Ele não existiria sem vocês.
E, se de algum modo existisse, ninguém o leria.
Obrigada, obrigada, obrigada.

PRÓLOGO

Q UANDO LIVROS SÃO a sua vida — no meu caso, o meu trabalho —, você fica muito boa em desconfiar do lugar para onde a história está indo. Os clichês, os arquétipos, as reviravoltas mais comuns, tudo começa a se organizar por conta própria em um catálogo dentro do seu cérebro, dividido por categoria e gênero.

O marido é o assassino.

A nerd passa por uma transformação no visual e, sem os óculos, se transforma em uma mulher sedutora.

O cara conquista a garota — ou a outra garota faz isso.

Alguém explica um conceito científico complicado, e outra pessoa diz: "Hum... fala na minha língua, *por favor?*"

Os detalhes podem mudar de livro para livro, mas não há nada realmente novo sob o sol.

Pegue, por exemplo, a história de amor passada na cidade pequena.

Do tipo em que um cara cínico e bem-sucedido de Nova York ou de Los Angeles acaba se vendo em uma cidadezinha dos Estados Unidos — para, sei lá, terminar com um negócio familiar de cultivo de pinheiros de Natal e instalar ali uma empresa insensível e sem coração.

Mas, enquanto essa dita Pessoa Urbana está na cidade, as coisas não seguem como planejado. Porque, *é claro*, a fazenda de árvores de Natal — ou confeitaria, ou seja lá o que o herói da história tenha sido mandado para destruir — pertence e é administrada por alguém absurdamente atraente e convenientemente disponível para uma dança de acasalamento.

Na cidade grande, o personagem principal está envolvido romanticamente com alguém. Essa pessoa o encoraja a fazer o que lhe foi determinado e a arruinar algumas vidas em troca daquela grande promoção. Eles se falam por telefone, e ela o interrompe durante a ligação, bradando conselhos insensíveis do assento da bicicleta ergométrica Peloton.

É possível saber que ela é má porque seu cabelo é de um tom artificial de loiro, penteado para trás no estilo Sharon Stone em *Instinto selvagem*, e também porque a mulher odeia decoração de Natal.

Conforme o herói passa mais tempo com essa *pessoa* encantadora da cidade pequena — seja ela confeiteira/costureira/administradora de fazenda de árvores de Natal —, as coisas mudam para ele. O protagonista descobre o verdadeiro significado da vida!

Ele volta para a cidade grande, *transformado* pelo amor de uma boa mulher. Lá, o protagonista chama a namorada rainha da neve para dar uma caminhada com ele. Ela o encara boquiaberta e diz alguma coisa como: *Usando estes Manolos?*

Vai ser divertido, diz ele. Durante a caminhada, o herói pede à namorada insensível que olhe para as estrelas no céu.

Ela retruca, irritada: *Você sabe que eu não posso olhar para cima agora! Acabei de receber uma aplicação de botox!*

Então, ele se dá conta: não vai conseguir voltar para a antiga vida. Não quer voltar! O protagonista termina o relacionamento frio e insatisfatório com a namorada e pede seu novo amor em casamento. (Quem precisa de um tempo de namoro?)

A essa altura, você se descobre gritando para o livro: *Você nem sequer conhece essa mulher! Qual é o segundo nome dela, cretino?* Do outro lado da sala, sua irmã, Libby, manda você calar a boca e joga pipoca na sua cabeça sem nem levantar os olhos do livro que também está lendo — o de capa amassada, que pegou na biblioteca.

E é por isso que estou atrasada para esse almoço de trabalho.

Porque essa é a minha vida. O clichê que governa os meus dias. O arquétipo sobre o qual meus detalhes são sobrepostos.

Eu sou a pessoa da cidade. Não a que encontra a fazendeira sedutora. Sou *a outra*.

A agente literária irritadiça e vaidosa, que lê originais sentada em sua bicicleta Peloton, sem nem prestar atenção na cena do protetor de tela do aparelho — a imagem tranquila de uma praia.

Eu sou a que toma o pé na bunda.

Já li e vivi essa história vezes suficientes para saber que ela está acontecendo neste momento, enquanto estou abrindo caminho através da aglomeração de pedestres no fim de tarde em Midtown, com o celular colado no ouvido.

Grant ainda não falou nada, mas os cabelinhos na minha nuca estão arrepiados, e meu estômago dá cambalhotas enquanto ele dirige a conversa a uma queda de penhasco digna de um desenho animado.

Ele supostamente deveria ter passado apenas duas semanas no Texas, tempo bastante para ajudar a fechar um negócio entre a empresa dele e a pousada charmosa que estava tentando adquirir, nos arredores de San Antonio. Como eu já havia passado por dois rompimentos pós-viagens a trabalho de namorados, reagi à notícia daquela viagem de Grant como se ele tivesse se juntado à marinha e fosse embarcar pela manhã.

Libby tentou me convencer de que eu estava exagerando, mas não fiquei surpresa quando Grant desmarcou três vezes seguidas nosso telefonema à noite, ou quando se apressou a terminar outros dois. Eu sabia como aquela história acabava.

Então, três dias atrás, horas antes do voo de volta dele, aconteceu.

Um motivo de força maior interveio para mantê-lo em San Antonio mais tempo do que o planejado. O apêndice dele estourou.

Teoricamente, eu poderia ter reservado um voo naquele momento para encontrá-lo no hospital. Mas eu estava no meio de uma negociação enorme e precisava ficar colada ao meu celular, com acesso estável a uma rede wi-fi. Minha cliente estava contando comigo. Aquela era uma oportunidade que poderia mudar a vida dela. Além disso, o próprio Grant argumentou que uma apendicectomia era um procedimento de rotina. Suas exatas palavras foram "não é nada de mais".

Assim, fiquei em Nova York e, no fundo, sabia que estava liberando Grant para que os deuses dos livros-românticos-passados-em-cidades--pequenas fizessem o que sabiam fazer de melhor.

Agora, três dias mais tarde, enquanto estou praticamente correndo para meu almoço de negócios, nos meus sapatos de salto da sorte, os nós dos meus dedos estão pálidos por causa da força com que seguro o celular, e a reverberação do prego no caixão do meu relacionamento ressoa através de mim na forma da voz de Grant.

— Repete. — Minha intenção foi que soasse como uma pergunta. Mas saiu como uma ordem.

Grant suspira.

— Eu não vou voltar, Nora. As coisas mudaram pra mim nessa última semana. — Ele dá uma risadinha. — Eu mudei.

Um baque surdo atravessa meu coração urbano e frio.

— Ela é confeiteira? — pergunto.

— O quê?

— Ela é *confeiteira*? — repito, como se aquela fosse uma primeira pergunta absolutamente razoável a fazer quando seu namorado dispensa você pelo telefone. — A mulher por quem você está me deixando.

Depois de um breve silêncio, ele cede:

— Ela é filha do casal dono da pousada. Eles decidiram não vender. Vou ficar aqui e ajudá-los a administrar o lugar.

Não consigo evitar: caio na gargalhada. Essa sempre foi minha reação a más notícias. Provavelmente foi assim que conquistei o papel de Vilã Malvada na minha própria vida, mas o que mais eu deveria fazer? Me desmanchar em uma poça de lágrimas nesta calçada lotada? Que bem isso faria?

Paro do lado de fora do restaurante e levo a mão aos olhos com cuidado.

— Então, sendo mais clara — digo —, você está desistindo do seu emprego fantástico, do seu apartamento fantástico e *de mim*, e está se mudando para o Texas. Para ficar com alguém cuja carreira pode ser mais bem descrita como *a filha do casal que é dono da pousada*?

— Há coisas mais importantes na vida do que dinheiro e uma carreira sofisticada, Nora — retruca Grant, irritado.

Rio de novo.

— Não sei dizer se você acha mesmo que está falando sério.

Grant é filho de um magnata bilionário da hotelaria. "Nascido em berço de ouro" é pouco. Ele provavelmente usa papel higiênico folheado a ouro.

Para Grant, o curso superior era uma formalidade. Estágios eram uma formalidade. Diabo, usar *calça comprida* era uma formalidade! Ele conseguiu o emprego que tem por meio do mais puro nepotismo.

E é exatamente isso que torna esse último comentário dele tão rico, tanto figurativa quanto literalmente.

Preciso dizer a última parte em voz alta, porque Grant pergunta, irritado:

— O que você quer dizer com isso?

Espio pela janela do restaurante, então confiro a hora no celular. Estou atrasada... e *nunca* me atraso. Não era a primeira impressão que eu pretendia passar.

— Grant, você é um herdeiro de trinta e quatro anos. Para a maior parte de nós, nossos empregos estão diretamente atrelados à possibilidade de ter o que comer.

— Viu? — diz ele. — Esse é o tipo de visão de mundo que eu não aguento mais. Você pode ser tão fria às vezes, Nora. Chastity e eu queremos...

Não é intencional — não estou tentando ser sarcástica — quando solto uma gargalhada ao ouvir o nome dela. É só que, quando coisas hilariantemente ruins acontecem, parece que saio do corpo. Fico observando tudo acontecer como se estivesse distanciada de mim, e penso: *Jura? Foi isso que o universo escolheu fazer? Que sutil, não?*

Nesse caso, o universo escolheu guiar meu namorado para os braços de uma mulher batizada em homenagem à capacidade de manter o hímen intacto. *Chastity. Castidade.* Ah, *é* engraçado.

Grant bufa do outro lado da linha.

— São boas pessoas, Nora. Gente trabalhadora e honesta. Esse é o tipo de pessoa que eu quero ser. Escuta, Nora, não finja estar transtornada...

— Quem está fingindo?

— Você nunca precisou de mim...

— É claro que não!

Eu trabalhei duro para construir uma vida que fosse só minha, uma vida em que ninguém mais pudesse puxar uma tampa e me fazer escorrer por um ralo cósmico.

— Você nunca passou a noite no meu apartamento... — diz Grant.

— O meu colchão é objetivamente melhor!

Procurei aquele colchão por nove meses e meio antes de comprá-lo. É claro que isso também vale para como escolho namorados, e ainda assim terminei desse jeito.

— ... portanto não finja que está com o coração partido — continua Grant. — Não sei nem se você é capaz de se *sentir* assim.

Mais uma vez, tenho que rir.

Porque, quanto a isso, Grant está errado. A questão é que, depois que se tem o coração *realmente* partido uma vez, um telefonema como esse não é nada. Uma pontada no coração, talvez um sopro. Mas com certeza não uma rachadura.

Grant embalou agora:

— Eu nunca nem vi você chorar.

De nada, penso em dizer. Quantas vezes a mamãe nos disse, rindo por entre as lágrimas, que seu último namorado tinha dito que ela era emotiva demais?

Essa é a questão em relação às mulheres. Não há uma boa maneira de ser mulher. Se você expõe suas emoções, é histérica. Se as mantém sob controle, de modo que seu namorado não precise se preocupar com elas, não passa de uma megera sem coração.

— Preciso desligar, Grant — digo.

— É claro que você precisa — retruca ele.

Ao que parece, o fato de eu seguir com os compromissos que já tinha é apenas mais uma prova de que sou um robô frígido e cruel, que dorme em um colchão recheado de notas de cem dólares e de diamantes brutos. (Quem dera.)

Desligo sem me despedir e me enfio embaixo do toldo do restaurante. Enquanto respiro fundo para me recompor, espero para ver se as lágrimas vão aparecer. Não aparecem. Nunca aparecem. Por mim, tudo bem.

Tenho um trabalho a fazer e, ao contrário de Grant, vou fazê-lo, por mim e por todos os outros na Agência Literária Nguyen.

Ajeito o cabelo, endireito os ombros e entro, sentindo o ar-condicionado forte arrepiar a pele dos meus braços.

Está tarde para o almoço, por isso o restaurante está mais vazio, e logo avisto Charlie Lastra mais para o fundo, todo de preto, como o próprio vampiro urbano do mundo editorial.

Nunca nos encontramos pessoalmente, mas cheguei duas vezes a foto dele na *Publishers Weekly*, na notícia sobre sua promoção a editor executivo da Wharton House Books, e memorizei a fotografia: as sobrancelhas escuras e severas; os olhos castanho-claros; o vinco discreto no queixo, abaixo dos lábios cheios. Ele tem aquela pinta escura em um dos lados do rosto que, se fosse em uma mulher, com certeza seria considerada uma marca de beleza.

Charlie não deve ter muito mais do que trinta e cinco anos, e tem o tipo de rosto que poderia ser descrito como jovial, se não fosse pela aparência cansada e pelos fios grisalhos no cabelo preto.

E ele está com uma expressão séria. Ou mal-humorada. Seus lábios estão cerrados. O cenho franzido. Carregado.

E checa o relógio.

Isso não é um bom sinal. Quando eu já estava saindo do escritório, minha chefe, Amy, me avisou que Charlie é conhecido por ser impaciente, mas não me preocupei. Sou sempre pontual.

A não ser quando tomo um pé na bunda por telefone. Então, ao que parece, me atraso seis minutos e meio.

— Oi! — Estendo a mão para apertar a dele quando me aproximo. — Nora Stephens. É um prazer finalmente conhecê-lo.

Ele se levanta, e a cadeira arrasta com barulho no chão. Sua roupa preta, as feições severas e sua atitude de modo geral têm o efeito aproximado de um buraco negro no salão do restaurante, sugando toda a luz ao redor e engolindo-a inteiramente.

A maior parte das pessoas usa preto como uma forma de profissionalismo preguiçoso, mas Charlie faz sua roupa parecer uma Escolha, com "e" maiúsculo — a combinação do suéter despojado de merino, da calça e dos sapatos brogues lhe dá o ar de uma celebridade surpreendida na rua por um paparazzo. Eu me pego calculando quantos dólares vale aquela roupa. Libby chama isso de meu "perturbador talento especial de classe média", mas a verdade é que eu adoro coisas bonitas e adoro ficar navegando por sites de compras para me acalmar depois de um dia estressante.

Eu colocaria a roupa de Charlie em um valor entre oitocentos e mil dólares. Mais ou menos na mesma faixa da minha roupa, para ser sincera, embora tudo que esteja usando, a não ser meus sapatos, tenha sido comprado de segunda mão.

Charlie examina minha mão estendida por longos dois segundos antes de apertá-la.

— Você está atrasada.

Ele senta, sem se dar o trabalho de encontrar meu olhar.

Há algo pior do que um homem que se acha acima das leis do contrato social só porque nasceu com um rosto decente e uma carteira recheada? Grant minou minha tolerância diária para babacas arrogantes. Ainda assim, preciso jogar esse jogo, pelo bem da minha autora.

— Eu sei — digo com um sorriso contrito, mas sem pedir desculpa realmente. — Obrigada por me esperar. O trem que peguei precisou ficar um tempo parado. Você sabe como é o metrô.

Charlie ergue a cabeça para me fitar. Seus olhos parecem mais escuros agora, tanto que não tenho nem certeza de que há íris ao redor daquelas pupilas. Sua expressão diz que ele *não* sabe como é aquilo: trens de metrô parando nos trilhos por motivos ao mesmo tempo terríveis e mundanos.

Provavelmente ele não pega metrô.

Provavelmente vai para toda parte em uma limusine preta cintilante, ou em uma carruagem gótica puxada por uma parelha de cavalos Clydesdales.

Tiro o blazer (em padrão espinha-de-peixe, Isabel Marant) e me sento à frente de Charlie.

— Você já pediu?

— Não — diz ele. E mais nada.

Minhas esperanças afundam ainda mais.

Marcamos essa reunião, semanas atrás, para nos conhecermos melhor. Mas, na última sexta-feira, mandei para Charlie um original novo de uma das minhas clientes mais antigas, Dusty Fielding. Agora estou repensando se teria coragem de submeter uma das minhas autoras a esse homem.

Pego o cardápio.

— Aqui servem uma salada de queijo de cabra fenomenal.

Charlie fecha o cardápio que tem na mão e olha para mim.

— Antes de seguirmos — ele diz, as sobrancelhas grossas e pretas franzidas, a voz baixa e naturalmente rouca —, só preciso lhe dizer que achei o livro novo da Fielding impossível de ler.

Eu o encaro boquiaberta. Não sei bem o que dizer. Até porque não havia planejado tocar no assunto do livro. Se Charlie quisesse rejeitá-lo, poderia simplesmente ter feito isso por e-mail. E sem usar a expressão *impossível de ler*.

Mas, mesmo deixando isso de lado, qualquer pessoa decente teria esperado pelo menos até já terem servido o pão antes de atirar insultos em mim.

Fecho também o cardápio e cruzo as mãos em cima da mesa.

— Considero o melhor livro dela até agora.

Dusty já publicou três outros livros, todos fantásticos, embora nenhum tenha vendido bem. A última editora dela não se dispôs a lhe dar outra chance, por isso ela está de volta ao mercado, procurando uma nova casa editorial para seu próximo romance.

E, tudo bem, talvez esse livro mais recente dela não seja o *meu* favorito, mas sem dúvida tem um imenso apelo comercial. Com o editor certo, sei o que ele pode vir a ser.

Charlie se recosta na cadeira, e seu olhar intenso e penetrante provoca um arrepio na minha coluna. É como se ele estivesse olhando direto através de mim, além dos modos educados que cintilam na superfície e chegando às bordas irregulares que há por baixo. Seu olhar parece dizer: *Tire esse sorrisinho do rosto. Você não é tão legal assim.*

Charlie gira o copo de água no lugar.

— O melhor livro dela é *A glória das pequenas coisas* — diz ele, como se três segundos de contato já tivessem sido o bastante para que conseguisse ler meus pensamentos mais íntimos, e soubesse que estava falando por nós dois.

Para ser sincera, *A glória das pequenas coisas* é um dos meus livros favoritos da última década, mas isso não torna o livro mais recente indigesto.

— Esse novo livro é tão bom quanto — digo. — Só é diferente... menos suave, talvez, mas tem um toque cinematográfico.

— Menos suave? — Charlie estreita os olhos, e o castanho-dourado volta a aparecer neles, o que diminui bastante a sensação de que eles poderiam me queimar viva. — Isso é como dizer que Charles Manson foi um guru de estilo de vida. Pode ser verdade, mas esse com certeza não é o ponto em questão. Esse livro dá a sensação de que alguém assistiu àquele comercial da Sarah McLachlan pela prevenção à crueldade contra os animais e pensou: *Mas e se todos os filhotinhos morressem na frente da câmera?*

Deixo escapar uma risada irritada.

— Muito bem. Não é o seu estilo de livro. Mas talvez fosse útil — enfatizo, irritada — se você me dissesse do que *gostou* no livro. Assim eu vou saber o que lhe mandar no futuro.

Mentirosa, diz meu cérebro. *Você não vai mandar mais livro nenhum para esse homem.*

Mentirosa, dizem os olhos desconcertantes e solenes de Charlie. *Você não vai me mandar mais livro nenhum.*

Este almoço — esse potencial relacionamento de trabalho — está acabado antes mesmo de começar.

Charlie não quer trabalhar comigo, e eu não quero trabalhar com ele, mas imagino que ele não tenha abandonado por completo o contrato social, porque está pensando na minha pergunta.

— É muito sentimental para o meu gosto — ele diz, depois de algum tempo. — E os personagens são caricatos...

— *Excêntricos* — discordo. — Poderíamos abrandá-los, mas são muitos personagens... as excentricidades ajudam a distingui-los.

— E o cenário...

— Qual é o problema com o cenário? — A ambientação em *Só uma vez na vida* vende o livro todo. — Sunshine Falls é um lugar encantador.

Charlie dá uma risadinha debochada e literalmente revira os olhos.

— É totalmente fora da realidade.

— É um lugar real — retruco.

Dusty tinha feito a pequena cidade nas montanhas soar tão idílica que acabei pesquisando por ela no Google. Sunshine Falls, na Carolina do Norte, fica nos arredores de Asheville.

Charlie balança a cabeça. E parece irritado. Bem, somos dois.

Não gosto dele. Se eu sou a Pessoa Urbana arquetípica, ele é o Retrógrado, Implacável e Austero. Ele é o Misantropo em Evolução, é o Gugu Mal-Humorado de *Vila Sésamo*, o Heathcliff no segundo ato de *O morro dos ventos uivantes*, as piores partes do sr. Knightley, de *Emma*.

O que é uma pena, porque Charlie também conquistou a reputação de ter um toque mágico. Vários amigos agentes o chamam de Midas. No sentido de que "tudo o que ele toca vira ouro". (Embora também seja verdade que outros se refiram a ele como Nuvem de Tempestade. No sentido de: "Ele faz chover dinheiro, mas a que custo?")

A questão é que Charlie Lastra escolhe vencedores. E ele não vai escolher *Só uma vez na vida*. Cruzo os braços diante do peito, determinada a dar um gás na minha confiança, se não na dele, e falo:

— Estou lhe dizendo, por mais forçado que você ache o lugar, Sunshine Falls realmente existe.

— Pode até existir — retruca Charlie —, mas *eu* estou *lhe* dizendo que Dusty Fielding nunca esteve lá.

— Por que isso importa? — pergunto, já sem me preocupar em fingir polidez.

Charlie torce os lábios diante da minha reação inflamada.

— Você queria saber do que eu não gostei no livro...

— Do que você *gostou* — corrijo.

— ... e eu não gostei do cenário.

Sinto uma pontada de raiva descer pela garganta, disparando dos pulmões.

— Então, que tal me dizer que tipo de livro *deseja*, sr. Lastra?

Charlie relaxa até estar totalmente recostado na cadeira, lânguido como um felino brincando com a presa. E gira novamente o copo d'água. Eu tinha achado que aquilo podia ser um tique nervoso, mas talvez seja uma tática sutil de tortura. Tenho vontade de derrubar o copo da mesa.

— Eu desejo — diz Charlie — o livro *anterior* da Fielding. *A glória das pequenas coisas.*

— Esse livro não vendeu.

— Porque a editora dela não soube vender — diz Charlie. — A Wharton House conseguiria. Eu conseguiria.

Levanto as sobrancelhas e me esforço para fazê-las voltarem ao lugar. Bem nesse momento, a garçonete se aproxima da nossa mesa.

— Posso servir algo enquanto examinam o cardápio? — pergunta ela, com simpatia.

— Uma salada de queijo de cabra para mim — diz Charlie, sem olhar para nenhuma de nós duas.

Ele provavelmente não vê a hora de declarar que a minha salada favorita na cidade é *intragável*.

— E para a senhora? — pergunta a garçonete.

Contenho o arrepio que desce pela minha espinha sempre que alguém de vinte e poucos anos me chama de *senhora*. Deve ser assim que os fantasmas se sentem quando as pessoas andam por cima dos seus túmulos.

— Vou querer o mesmo — digo. Então, porque esse dia está um inferno e não há ninguém aqui que eu queira impressionar, e porque estou presa neste lugar por pelo menos mais quarenta minutos, com um homem com quem não tenho a menor intenção de algum dia vir a trabalhar, acrescento: — E um Dirty Martini. Com gim.

As sobrancelhas de Charlie se erguem muito ligeiramente. São três da tarde de uma quinta-feira, o que não configura happy hour, mas, levando em consideração que o meio editorial praticamente fecha as portas no verão e a maior parte das pessoas tira as sextas-feiras de folga, já é quase fim de semana.

— Dia ruim — falo baixinho, enquanto a garçonete se afasta com nosso pedido.

— Não tão ruim quanto o meu — retruca Charlie. O resto da frase paira no ar: *Li oitenta páginas de* Só uma vez na vida, *depois me sentei para almoçar com* você.

Dou uma risadinha debochada.

— Você não gostou mesmo do cenário?

— Dificilmente eu conseguiria imaginar qualquer lugar onde eu gostaria menos de passar quatrocentas páginas.

— Sabe — digo —, você é tão agradável quanto me disseram.

— Não posso controlar a forma como me sinto — diz ele, com frieza.

Eu me irrito.

— Isso é como Charles Manson dizer que não foi ele que cometeu os assassinatos. Pode ser verdade do ponto de vista técnico, mas dificilmente é a questão principal.

A garçonete serve o meu martíni, e Charlie resmunga:

— Pode me servir um desses também?

Mais tarde naquela noite, meu celular avisa da chegada de um e-mail.

> Oi, Nora
> Sinta-se à vontade para me manter em mente para futuros trabalhos da Dusty.
>
> — Charlie

Não consigo me conter e reviro os olhos. Nada de *Foi um prazer conhecer você*. Nada de *Espero que esteja tudo bem com você*. Ele nem se deu o trabalho de usar as frases gentis mais básicas. Cerro os dentes e digito a resposta, imitando o estilo dele.

Charlie,
Se ela escrever alguma coisa sobre o guru de estilo de vida Charles Manson, você será o primeiro a saber.

— Nora

Enfio o celular no bolso da calça de moletom e abro a porta do banheiro para começar minha rotina de dez passos de cuidados com a pele (também conhecida como os melhores quarenta e cinco minutos do meu dia). O celular vibra e eu o pego para checar.

N,
Você deve estar brincando: eu adoraria ler esse.

— C

De jeito nenhum vou deixar que ele dê a última palavra. Escrevo: Tchau.
(Não diria *Boa noite* de jeito nenhum.)
Até, responde Charlie, como se estivesse assinando um e-mail que não existe.
Se há uma coisa que odeio mais do que sapatos sem salto, é perder. Respondo com **Abraços**.
Não recebo mais nenhuma resposta. Xeque-mate. Depois de um dia infernal, essa pequena vitória me dá a sensação de que está tudo bem no mundo. Termino minha rotina de cuidados com a pele. Leio cinco capítulos abençoados de um romance de mistério terrível e adormeço no meu colchão perfeito, sem um único pensamento em Grant, ou na vida nova dele no Texas. Durmo como um bebê.
Ou como uma rainha da neve.

1

Dois anos depois

A CIDADE ESTÁ UM forno. O asfalto parece chiar com o calor. A lata de lixo na calçada está fedendo. As famílias pelas quais passamos carregam picolés que encolhem a cada passo, derretendo em seus dedos. O sol reflete nos prédios como um sistema de segurança a laser em um filme de assalto antiquado, e eu me sinto como um donut com cobertura que foi deixado no calor por quatro dias.

Libby, por outro lado, mesmo grávida de cinco meses, e apesar da temperatura, parece a estrela de um comercial de xampu.

— Três vezes. — Ela parece espantada. — Como uma pessoa consegue levar um pé na bunda *três vezes*, e sempre por causa de uma mudança completa de estilo de vida do namorado?

— Acho que é apenas sorte — digo.

Na verdade, foram quatro, mas nunca consegui me forçar a contar a Libby toda a história sobre Jakob. Já se passaram anos e mal consigo contar *a mim mesma* essa história.

Libby suspira e me dá um braço. Minha pele está grudenta por causa do calor e da umidade do alto verão, mas a da minha irmã caçula está miraculosamente seca e sedosa.

Talvez eu tenha herdado a altura de um metro e oitenta da minha mãe, mas o resto foi todo para minha irmã, do cabelo louro-avermelhado até os olhos grandes, da cor do Mediterrâneo, chegando às sardas espalhadas pelo nariz. Sua estatura mais baixa e o corpo curvilíneo provavelmente vieram do acervo genético do meu pai — não que nós tivéssemos como saber, já que ele foi embora quando eu tinha três anos, e a Libby ainda estava a alguns meses de nascer. Quando meu cabelo está ao natural, é de um louro-acinzentado e sem graça, e o azul dos meus olhos é menos férias-idílicas-na-praia e mais a-última-coisa-que-você-vê-antes-de-a--água-congelar-e-você-se-afogar.

Ela é a Marianne da minha Elinor, a Meg Ryan da minha Parker Posey.

E também é minha pessoa favorita no planeta.

— Ah, Nora.

Libby me puxa mais para junto dela, e me delicio com aquela proximidade. Por mais frenéticos que possam ser a vida e o trabalho, sempre parece haver algum metrônomo interno que nos mantém sincronizadas. Muitas vezes eu pegava o celular para ligar para ela e já estava recebendo a ligação de Libby; ou ela me mandava uma mensagem sugerindo que a gente almoçasse juntas, então percebíamos que já estávamos na mesma parte da cidade. Mas, nos últimos meses, parece que perdemos essa sintonia. Na verdade, é como se estivéssemos vivendo em mundos separados.

Eu perco ligações dela enquanto estou em reuniões, e ela já está dormindo quando enfim consigo ligar de volta. Libby finalmente me convida para jantar em uma noite em que eu já tinha prometido jantar com um cliente. Pior do que isso é a sensação indistinta e inquietante de falta de conexão quando finalmente estamos juntas. Como se ela só estivesse comigo pela metade. Como se nossos metrônomos tivessem assumido ritmos diferentes e, mesmo quando estamos bem do lado uma da outra, nunca recuperassem a sintonia.

A princípio atribuí isso ao estresse por causa da descoberta da gravidez, mas, conforme o tempo foi passando, minha irmã pareceu *mais* distante do que próxima. Estamos basicamente fora de sintonia de um jeito que acho que nem consigo nomear, e nem mesmo meu colchão dos sonhos e uma nuvem de óleo de lavanda no difusor conseguem evitar que eu fique deitada, desperta, repetindo mentalmente nossas conversas, como se estivesse procurando leves rachaduras.

O semáforo abriu para nós, mas alguns motoristas passam acelerados pela luz que acabou de ficar vermelha. Quando um cara em um belo terno coloca o pé na rua, Libby me puxa para atravessarmos atrás dele.

É uma verdade universal que motoristas de táxi não atropelam pessoas com a aparência desse cara. A roupa dele diz: *Sou um homem que tem advogado.* Ou provavelmente apenas: *Sou advogado.*

— Pensei que você e o Andrew se dariam bem — comenta Libby, retomando a conversa naturalmente. Desde que eu esteja disposta a não me incomodar com o fato de que o nome do meu ex era Aaron, não Andrew. — Não entendo o que deu errado. Foi coisa de trabalho?

Ela volta os olhos na minha direção quando fala *coisa de trabalho*, e isso dispara outra lembrança na minha mente: eu me esgueirando para dentro do apartamento durante a festa de aniversário de quatro anos da Bea, e Libby me lançando um olhar digno de um cachorrinho ferido da Pixar, enquanto adivinhava: *Ligação de trabalho?*

Quando pedi desculpa, ela disse que não era nada, mas agora me pergunto se *aquele* foi o momento em que eu tinha começado a perdê-la, o exato segundo em que os nossos caminhos começaram a divergir, e passamos a nos afastar um pouco demais uma da outra, fazendo a costura que nos unia começar a se romper.

— O que deu errado — digo, recuperando meu lugar na conversa — foi que, em uma vida passada, eu traí uma bruxa muito poderosa e ela amaldiçoou a minha vida amorosa. Ele vai se mudar para a ilha Prince Edward, no Canadá.

Paramos no cruzamento seguinte, esperando que o trânsito se torne mais lento. É um sábado no meio de julho e todo mundo está na rua, usando o mínimo de roupa legalmente possível, tomando casquinhas de sorvete do Big Gay que pingam por toda parte, ou picolés artesanais cheios de coisas que não têm por que estar nem perto de uma sobremesa.

— Você sabe o que acontece na ilha Prince Edward? — pergunto.

— Anne de Green Gables? — diz Libby.

— Anne de Green Gables está morta a esta altura.

— Uau — fala ela. — *Spoiler*.

— Como uma pessoa deixa de viver *aqui* para se mudar para um lugar onde o destino mais empolgante é o Museu Canadense da Batata? Eu ia morrer de tédio.

Libby suspira.

— Não sei. Eu ia gostar de um pouco de tédio neste momento.

Olho de relance para ela, e meu coração pula uma batida. O cabelo de Libby ainda está perfeito e sua pele parece lindamente ruborizada, mas agora novos detalhes chamam minha atenção, sinais que não havia percebido a princípio.

Os cantos da boca repuxados. O rosto um pouco mais fino. Libby parece cansada, mais velha do que o normal.

— Desculpe — diz ela, quase para si mesma. — Não quero ser a Mãe Triste e Debilitada... É só que... *realmente* preciso de um pouco de sono.

Minha mente já está girando, buscando lugares onde eu poderia puxar o fio e entender o que estava acontecendo. A preocupação eterna de Brendan e Libby é dinheiro, mas eles recusam ajuda nesse departamento há anos, por isso não encontrei meios criativos de dar uma força.

Na verdade, a ligação com que ela pode ou não ter ficado aborrecida foi um Presente de Aniversário Cavalo de Troia. Um "cliente" "cancelou" "uma viagem" e "a diária do quarto no St. Regis" "não era reembolsável", por isso "fazia todo o sentido" fazer uma festa do pijama com as meninas ali, no meio da semana.

— Você não é uma Mãe Triste e Debilitada — digo agora, e volto a apertar o braço dela. — Você é a Supermãe. É a mulher mais gata, que passa pelo mercado de pulgas do Brooklyn de macacão, carregando os quinhentos filhos lindos, um buquê gigante de flores do campo e uma cesta cheia de tomates maduros. Está tudo bem se sentir cansada, Lib.

Ela estreita os olhos quando se vira para mim.

— Quando foi a última vez que você contou os meus filhos, irmã? Porque são só dois.

— Não quero fazer você se sentir uma péssima mãe — digo, e cutuco a barriga dela —, mas tenho oitenta por cento de certeza que tem mais um aí dentro.

— Tá certo, dois filhos e meio. — Libby volta a olhar na minha direção, a expressão cautelosa. — Então, como você está de verdade? Estou falando do rompimento do namoro.

— Só estávamos juntos há quatro meses. Não era nada sério.

— *Séria* é a natureza dos seus namoros — retruca ela. — Se um cara sai pra jantar uma terceira vez com você, então ele já passou em quatrocentos e cinquenta requisitos. Não pode ser chamado de um namoro casual quando você sabe o tipo sanguíneo da pessoa.

— Eu *não* sei o tipo sanguíneo dos meus namorados. Só exijo deles um relatório de crédito completo, uma avaliação psicológica e um juramento de sangue.

Libby joga a cabeça para trás e solta uma gargalhada. Como sempre, fazer minha irmã rir é como uma injeção de serotonina direto no meu coração. Ou no meu cérebro? Provavelmente no cérebro. Serotonina no coração não é uma coisa boa. A questão é que a risada de Libby me dá a sensação de que o mundo está na palma da minha mão, como se eu estivesse no controle completo da Situação.

Talvez isso faça de mim uma narcisista, ou talvez apenas uma mulher de trinta e dois anos que se lembra de semanas inteiras em que não conseguia tirar da cama a irmã transtornada pelo luto.

— Ei — diz Libby, diminuindo o passo quando se dá conta de onde estamos, de para onde estamos nos dirigindo sem percebermos. — Olha.

Se fôssemos vendadas e lançadas de um avião em Nova York, provavelmente ainda terminaríamos aqui: olhando com uma expressão melancólica para a Freeman Books, a loja em West Village em cima de onde havíamos morado. No apartamento minúsculo onde a mamãe girava com a gente pela cozinha, nós três cantando "Baby Love" das The Supremes, usando utensílios de cozinha como microfone. O lugar onde passamos noites incontáveis aconchegadas em um sofá forrado com um tecido de estampa floral rosa e creme, assistindo a filmes da Katharine Hepburn com uma variedade de junk food espalhada pela mesa de centro que a mamãe tinha achado na rua (e cuja perna quebrada tinha sido substituída por uma pilha de livros).

Nos livros e nos filmes, personagens como eu sempre viviam em lofts com piso de cimento, decorados com arte moderna sombria e vasos de mais de um metro de altura cheios de... sei lá, gravetos pretos bagunçados, por alguma razão inexplicável.

Mas, na vida real, escolhi o apartamento em que eu moro por ele parecer muito com esse, que ficava em cima da livraria: piso de madeira antigo e papel de parede em cores suaves, com um aquecedor sibilando em um canto e estantes embutidas lotadas de livros brochura de segunda mão. As sancas tinham sido pintadas tantas vezes, uma camada por cima da outra, que haviam perdido as bordas ressaltadas. E o tempo havia empenado as janelas altas e estreitas.

Essa pequena livraria e o apartamento acima dela são meus lugares favoritos no mundo.

E, por mais que também seja o lugar onde nossa vida foi rasgada ao meio doze anos atrás, eu amo esse apartamento.

— Ai, meu Deus!

Libby agarra meu braço e acena para o que está em destaque na vitrine da livraria: uma pirâmide do sucesso desenfreado de Dusty Fielding, *Só uma vez na vida*, com a nova capa com o cartaz do filme.

Ela pega o celular.

— Temos que tirar uma foto!

Não há ninguém que ame tanto os livros da Dusty como minha irmã. E isso não é pouca coisa, afinal, em seis meses, o livro já vendeu um milhão de exemplares. As pessoas estão chamando *Só uma vez na vida* de *o* livro do ano. É como se *Um homem chamado Ove* encontrasse *Uma vida pequena*.

Tome isso, Charlie Lastra, penso, como faço toda vez que lembro daquele almoço fatídico. Ou sempre que passo pela porta firmemente fechada do escritório dele (o que é ainda mais delicioso, já que Charlie passou a trabalhar na editora que publicou *Só uma vez na vida*, onde agora está sempre cercado por lembretes constantes do meu sucesso).

Tá certo, eu penso muito *Tome isso, Charlie Lastra*. Ninguém esquece a primeira vez que um colega nos trata com extrema falta de profissionalismo.

— Vou ver o filme quinhentas vezes — diz Libby. — Seguidas.

— Use uma fralda — aconselho.

— Não vai precisar — retruca ela. — Vou chorar demais. Não vai ter xixi no meu corpo.

— Eu não imaginava que você tivesse um... conhecimento tão abrangente de ciência.

— A última vez que li esse livro, chorei tanto que travei um músculo nas costas.

— Você deveria considerar a possibilidade de se exercitar mais.

— Grossa. — Ela acena para a barriga, então nos leva de novo na direção da loja de sucos. — Enfim, vamos voltar para a sua vida amorosa. Você só precisa começar a sair de novo.

— Libby — digo —, eu compreendo que você tenha encontrado o amor da sua vida quando tinha vinte anos, e por isso nunca chegou a ter encontros com vários caras. Mas imagine por um momento, se puder, um mundo em que trinta por cento dos seus encontros terminam com a revelação de que o homem do outro lado da mesa tem um fetiche por pés, cotovelos ou joelhos.

Foi o grande choque da minha vida quando minha irmã romântica e bem-humorada se apaixonou por um contador nove anos mais velho, que *adora* ler sobre trens. Mas o Brendan também é o homem mais confiável que conheci na vida, e já aceitei há muito tempo que de algum modo, contrariando todas as chances, ele e minha irmã são almas gêmeas.

— Trinta por cento?! — ela se espanta. — Em que diabo de aplicativo de encontro você está, Nora?

— Os aplicativos normais! — digo.

Interessada pelo mais puro discernimento, *sim*, eu pergunto logo de cara sobre fetiches, sem rodeios. Não é que trinta por cento dos homens anunciem suas taras depois de vinte minutos em um encontro, mas esse é o problema. A última vez que minha chefe, Amy, foi para a casa de uma mulher que não havia sido devidamente avaliada, ela acabou descobrindo um quarto só com bonecas. Bonecas de porcelana do chão ao teto.

Seria inconveniente me apaixonar por uma pessoa e descobrir um quarto com bonecas na casa dela? A resposta é "muito".

— Podemos nos sentar por um segundo? — pergunta Libby, um pouco ofegante, e contornamos um grupo de turistas alemães para nos sentarmos no parapeito da vitrine de um café.

— Você está bem? — pergunto. — Quer que eu pegue alguma coisa? Água?

Ela balança a cabeça, e coloca o cabelo atrás da orelha.

— Só estou cansada. Preciso parar um pouquinho.

— Talvez pudéssemos passar um dia em um spa — sugiro. — Tenho um voucher.

— Antes de mais nada — diz Libby —, você está mentindo, eu garanto. Em segundo lugar... — Ela morde o lábio pintado de rosa. — Tenho outra coisa em mente.

— *Dois* dias em um spa? — sugiro.

Libby dá um sorrisinho hesitante.

— Lembra que você está sempre reclamando que o mercado editorial basicamente fecha em agosto e você não tem nada pra fazer?

— Eu tenho *muito* o que fazer — argumento.

— Nada que exija que você permaneça na cidade — continua ela.

— Portanto, e se nós fôssemos para algum lugar? Se nós viajássemos por algumas semanas só para *relaxar*? Posso muito bem passar um dia sem os fluidos corporais de outra pessoa escorrendo em mim, e *você* pode esquecer o que aconteceu com o Aaron, e nós duas podemos só... dar um tempo de sermos a Supermãe Cansada e a Mulher de Carreira Elegante que nós temos que ser pelos outros onze meses do ano. Talvez você possa pegar carona na história dos livros dos seus ex-namorados e ter um romance vertiginoso com um... caçador de lagostas local?

Fico olhando para Libby, tentando avaliar quanto do que ela está falando é sério.

— Pescador? Pescador de lagostas? — diz ela.

— Mas a gente nunca vai a lugar nenhum — argumento.

— *Exatamente* — fala Libby, com uma ponta de irritação na voz.

Ela pega minha mão, e eu reparo que suas unhas estão roídas. Tento engolir, mas é como se meu esôfago estivesse dentro de um torno. Porque, neste exato momento, me dou conta subitamente de que há alguma coisa mais séria acontecendo com Libby do que problemas rotineiros com dinheiro, falta de sono ou irritação com minha agenda de trabalho.

Seis meses atrás, eu teria percebido o que estava acontecendo. Não teria nem precisado perguntar. Libby teria passado no meu apartamento, sem avisar, se jogado dramaticamente no meu sofá e dito: "Sabe o que está me incomodando ultimamente, irmã?" Ela deitaria a cabeça no meu colo e colocaria meus dedos no seu cabelo enquanto derramava suas preocupações junto com uma taça revigorante de vinho branco. As coisas estão diferentes agora.

— Essa é a nossa chance, Nora — diz ela baixinho, com urgência. — Vamos fazer uma viagem. Só nós duas. A última vez que viajamos foi para a Califórnia.

Meu estômago afunda, depois revira. Aquela viagem — assim como meu relacionamento com Jakob — é parte de uma época da minha vida que é melhor eu não revisitar.

Praticamente tudo que eu faço, na verdade, é para garantir que Libby e eu nunca mais nos vejamos naquela situação lamentável em que estávamos depois da morte da mamãe. Mas a verdade é que não vejo Libby desse jeito, como se estivesse prestes a desmoronar, desde aquela época.

Engulo com dificuldade.

— Você pode sair da cidade neste exato momento?

— Os pais do Brendan vão ajudar com as meninas. — Ela aperta minhas mãos, os olhos azuis praticamente faiscando de esperança. — Quando o bebê chegar, vou ser uma concha vazia por algum tempo, e, antes que isso aconteça, quero muito, muito mesmo, passar um tempo com você, como a gente fazia antes. Além disso, estou a três noites insones de distância de surtar e pegar *Cadê você, Bernadette?*, ou talvez até *Garota exemplar*. Preciso dessa viagem.

Sinto o peito apertado. A imagem de um coração dentro de uma caixa de metal pequena demais passa de relance pela minha mente. Sempre fui incapaz de dizer não para Libby. Não conseguia quando ela tinha cinco anos e queria o último pedaço da cheesecake do Junior's, ou quando tinha quinze e queria pegar meu jeans favorito emprestado (e a parte de trás da calça nunca se recuperou das curvas excepcionais dela) nem quando Libby tinha dezesseis e disse por entre as lágrimas: *Eu só não quero ficar aqui*, e eu parti com ela para Los Angeles.

Libby nunca chegou a me pedir nenhuma dessas coisas, mas está pedindo agora, as palmas das mãos unidas e um beicinho. E isso me deixa em pânico e sem ar, ainda mais fora de controle que a ideia de sair da cidade.

— *Por favor.*

O cansaço a deixa com uma aparência apagada, irreal, e me dá a impressão de que, se eu tentasse afastar o cabelo dela da testa, meus dedos poderiam passar direto por ela. Eu não sabia que era possível sentir falta de uma pessoa desse jeito quando ela está sentada bem na sua frente, sentir tanta falta que chega a doer.

Ela está bem aqui, digo a mim mesma, *e ela está bem. Não importa o que esteja acontecendo, você vai dar um jeito.*

Engulo cada desculpa, reclamação e argumento que tentam subir pela minha garganta.

— Vamos viajar.

Os lábios de Libby se curvam em um sorriso. Ela se agita em cima do parapeito para pegar alguma coisa no bolso de trás.

— Muito bem, ótimo. Porque eu já comprei isto, e não sei se é reembolsável.

Ela coloca duas passagens de avião impressas no meu colo, e é como se o momento nunca tivesse acontecido. Como se em questão de cinco segundos, eu tivesse minha irmã caçula animada de volta — e eu trocaria alguns órgãos para cimentar nós duas neste momento, para viver para sempre aqui, onde Libby está cintilando. Meu peito relaxa. A respiração seguinte sai fácil.

— Você não vai olhar para onde nós vamos? — pergunta Libby, o tom bem-humorado.

Desvio o olhar dela e confiro a passagem.

— Asheville, Carolina do Norte?

Ela balança a cabeça.

— Esse é o aeroporto mais próximo de Sunshine Falls. Vai ser... uma viagem *única*.

Solto um gemido, e Libby me abraça, rindo.

— Vamos nos divertir tanto, irmã! E você vai se apaixonar por um lenhador.

— Se há uma coisa que me deixa excitada — digo —, é o desmatamento.

— Um lenhador ético, orgânico, sustentável e que não consuma glúten — emenda Libby.

2

No avião, Libby insiste para pedirmos Bloody Mary. Na verdade, ela tenta me pressionar a tomar alguns shots, mas acaba se conformando com um Bloody Mary (e um suco de tomate simples para ela). Não sou de beber, e *nunca* fui muito chegada a consumir bebidas alcoólicas pela manhã. Mas essas são minhas primeiras férias em uma década, e estou tão ansiosa que tomo o drinque todo nos primeiros vinte minutos do nosso voo.

Não gosto de viajar, não gosto de ficar longe do trabalho e não gosto de deixar meus clientes abandonados. Ou, nesse caso, uma cliente basicamente indispensável: passei as quarenta e oito horas antes do voo alternando entre tentar acalmar Dusty e elevar o ânimo dela.

Já estamos seis meses atrasadas para o prazo final de entrega do próximo livro dela, e, se Dusty não começar a mandar páginas para a editora esta semana, toda a programação terá que ser descartada.

Dusty é tão supersticiosa sobre todo o processo de esboço que nem sabemos no que ela está trabalhando, mas, de qualquer modo, disparo outro e-mail encorajador de *você-consegue* do celular.

Libby me lança um olhar severo, a sobrancelha arqueada. Pouso o celular e levanto as mãos, esperando deixar claro que *estou presente*.

— Bom — diz ela, apaziguada, e arrasta a bolsa exageradamente grande para cima da bandeja dobrável —, acho que este é um momento tão bom quanto outro qualquer pra gente examinar o plano. — Ela pega uma pasta de verdade, em tamanho real, dentro da bolsa, e abre.

— Ai, meu Deus, o que é isso? — pergunto. — Você está planejando roubar um banco?

— *Assaltar*, irmã. *Roubar* soa tão deselegante, e nós vamos estar de terninho o tempo todo — diz ela, sem perder o ritmo, e pega duas folhas idênticas plastificadas, com o título digitado: LISTA DE FÉRIAS PARA MUDAR DE VIDA.

— Quem é você, e onde enterrou a minha irmã? — pergunto.

— Eu sei que você adora uma lista — explica Libby, animada. — Por isso tomei a liberdade de montar uma para nós criarmos a nossa aventura perfeita em uma cidade pequena.

Pego uma das lâminas.

— Espero que o primeiro item seja "dançar em cima do balcão de um Coyote Ugly Bar", aquele do filme *Show Bar*, lembra? Embora eu não tenha certeza se qualquer gerente que honre o cargo vá permitir isso com você nesse estado.

Libby se finge de ofendida.

— A barriga já está aparecendo muito?

— Nããããão — murmuro. — De jeito nenhum.

— Você é uma péssima mentirosa. Parece que seus músculos faciais estão sendo controlados por meia dúzia de titereiros amadores. Agora, de volta à lista de coisas para fazer antes de morrer.

— Como assim? Qual de nós duas está morrendo?

Ela levanta a cabeça, os olhos cintilando. Eu diria que vejo um brilho travesso ali, mas os olhos de Libby estão quase sempre cintilando.

— O nascimento é uma espécie de morte — diz, e passa a mão na barriga. — Morte do eu. Morte do sono. Morte da sua capacidade de não se mijar um pouco quando ri. Mas imagino que seja mais uma espécie de lista para viver uma *experiência de livro romântico de cidade pequena* do que uma lista de coisas para fazer antes de morrer. Para que a gente saia *transformada* pela mágica de uma cidadezinha em versões mais relaxadas de nós mesmas.

Examino novamente a lista. Antes de Libby ficar grávida pela primeira vez, ela trabalhou por pouco tempo como organizadora de eventos de primeira linha (entre muitas, muitas, muitas outras coisas), por isso, apesar da sua tendência natural à espontaneidade (leia-se: ao caos), ela deu alguns bons passos em relação à organização, mesmo antes da maternidade. Mas o nível de planejamento que vejo agora é tão absurdamente... *eu*, e me sinto estranhamente comovida por ela ter se dedicado tanto.

Também fico chocada quando descubro que o primeiro item da lista é *Usar camisa de flanela*.

— Não tenho camisa de flanela — digo.

Libby dá de ombros.

— Nem eu. Vamos ter que comprar algumas... talvez a gente também encontre botas de caubói.

Na adolescência, nós duas passávamos horas no nosso bazar de caridade favorito examinando roupas horrorosas, em busca de algum achado. Eu procurava peças elegantes de estilistas, enquanto Libby era atraída imediatamente na direção de qualquer coisa com cor, franjas ou brilhos.

Mais uma vez senti o coração apertado, como se estivesse com saudade de Libby, como se nossos melhores momentos já tivessem ficado para trás. Por isso estou fazendo esta viagem, lembro a mim mesma. Quando voltarmos para Nova York, as pequenas rachaduras que surgiram entre nós não vão ter mais importância, e já terão desaparecido.

— Flanela — digo. — Certo.

O segundo item da lista é *Fazer um pão ou um doce*. Continuando com os exemplos de como somos polos opostos, minha irmã *ama* cozinhar, mas, como normalmente contempla as papilas gustativas de criaturas com três ou quatro anos, está sempre guardando suas receitas mais desafiadoras para nossas noites juntas. Sigo passando os olhos pela lista.

3. Renovar o visual (usar o cabelo solto/cortar a franja?)
4. Construir alguma coisa (literalmente falando, não figurativamente)

Os primeiros quatro itens estão quase diretamente relacionados ao Cemitério de Carreiras em Potencial Abandonadas da Libby. Antes do emprego em planejamento de eventos, ela havia administrado por pouco tempo um brechó virtual que fazia curadoria de achados em lojas baratas; antes disso, houve a fase em que queria ser confeiteira; antes ainda, foi cabeleireira; e, por um verão muito breve, Libby tinha decidido que queria ser carpinteira, porque não havia "muitas mulheres nesse campo de trabalho". Na época, minha irmãzinha tinha oito anos.

Portanto, tudo até aqui faz sentido — pelo menos tanto quanto toda essa história faz sentido (o que é o mesmo que dizer *só na cabeça da Libby*) —, mas então meu olhar chega ao número cinco.

— Hummm, o que é *isso*?

— Ter pelo menos dois encontros com moradores da cidade — ela lê, visivelmente empolgada. — Esse não é pra mim.

Libby levanta a cópia dela da lista, e o número cinco está riscado.

— Ah, não é justo — reclamo.

— Você deve lembrar que eu sou casada, e que estou com cinco trilhões de semanas de gravidez.

— E eu sou uma profissional, com um serviço de faxina toda semana, um quarto extra que transformei em closet de sapatos e um cartão de crédito da Sephora. Não imagino que o meu homem dos sonhos seja um pescador de lagostas.

Libby se anima e chega para a frente no assento.

— Exatamente! — diz ela. — Escuta, Nora, você sabe que eu amo o seu cérebro lindo, organizado em classificação decimal de Dewey, mas você escolhe os caras com que sai como se estivesse procurando um carro para comprar.

— Obrigada.

— E *sempre* termina mal.

— Ah, obrigada mesmo. — Levo a mão ao peito. — Eu estava preocupada por isso ainda não ter sido mencionado.

Ela tenta se virar e segura minhas mãos sobre o braço do assento entre nós.

— Estou só dizendo que você continua a sair com esses caras que são exatamente como você, com as mesmas prioridades.

— Você pode resumir essa frase dizendo apenas "homens com quem eu sou compatível".

— Às vezes os opostos se atraem. Pense em todos os seus ex. Pense no Jakob e na esposa cowgirl dele.

Sinto arrepios frios atravessarem meu corpo à menção de Jakob. Libby não percebe.

— O objetivo principal desta viagem é sair da nossa zona de conforto — insiste ela. — Para ter a oportunidade de... de ser alguém diferente! Além disso, quem sabe? Talvez, se você diversificar um pouco as suas opções, acabe encontrando a sua própria história de amor, o romance que vai *mudar a sua vida*, em vez de outro namorado que não passa de uma lista de tarefas ambulante.

— Eu *gosto* de listas de tarefas ambulantes, muito obrigada — digo. — Listas de tarefas simplificam as coisas. Quer dizer, pense na mamãe, Lib.

Nossa mãe estava sempre se apaixonando, e nunca por homens que faziam qualquer sentido para ela. E as coisas sempre davam espetacularmente mal, sempre deixando a mamãe tão arrasada que ela faltava ao trabalho, ou a audições, ou se saía tão mal que era demitida do emprego, ou reprovada na audição.

— Você não é nada parecida com a mamãe.

Libby fala de um jeito leve, mas dói mesmo assim. Estou muito consciente de como pareço pouco com nossa mãe. Senti isso a cada segundo de cada dia depois que a perdemos, quando eu estava tentando manter nossa cabeça acima da superfície da água.

Sei que não é disso que Libby está falando, mas ainda assim não parece muito diferente do que escutei sempre que alguém terminava um relacionamento comigo: um longo desabafo em um monólogo, que terminava com alguma coisa como: PELO QUE SEI, VOCÊ NEM TEM SENTIMENTOS.

— O que eu quero dizer é: com que frequência você só *deixa a vida correr*, sem se preocupar com o jeito como aquilo se encaixa no seu plano de vida perfeito? — continua Libby. — Você merece um pouco de diversão sem pressão, e, sinceramente, *eu* mereço viver indiretamente através de você. Portanto, os encontros ficam.

— E eu tenho permissão para tirar o transmissor do ouvido depois do jantar, ou...

Libby joga as mãos para cima.

— Sabe de uma coisa? Tudo bem, esquece o número cinco! Embora fosse ser bom pra você. Embora eu tenha basicamente planejado esta viagem toda para que você tivesse a sua experiência de livro romântico passado em uma cidade pequena, eu acho...

— Tá bom, tá bom! — digo. — Vou sair com o lenhador, mas é melhor que ele se pareça com o Robert Redford.

Ela dá um gritinho animado.

— Robert Redford jovem ou velho?

Eu a encaro.

— Tudo bem — diz Libby. — Entendi. Vamos seguir com a lista. Número seis: *Mergulhar nua em um lago.*

— E se a água tiver aquela bactéria que afeta o bebê, ou coisa parecida? — pergunto.

— Droga — resmunga ela, o cenho franzido. — Eu realmente não pensei tão bem em tudo isso como imaginava.

— Bobagem. A lista está incrível.

— Você vai ter que mergulhar nua sem mim, então — declara ela, distraída.

— Uma mulher de trinta e dois anos, sozinha e nua em um lago. Me parece um bom modo de ser presa.

— Sete — continua Libby. — *Dormir embaixo das estrelas.* Oito: *Comparecer a algum evento da cidade, ou seja, a um casamento ou a um festival qualquer.*

Encontro uma caneta na bolsa e acrescento: *funeral, brit milá, a noite das mulheres no rinque de patinação da cidade.*

— Quer conhecer o médico gato da emergência, né? — comenta Libby, e eu risco a parte do rinque de patinação. Então leio o número nove.

Montar a cavalo.

— Mais uma vez. — Aceno vagamente na direção da barriga de Libby. Risco *montar* e mudo para *fazer carinho em.* Ela solta um suspiro resignado.

10. Acender uma fogueira (em um ambiente controlado)
11. Caminhada???? (Vale a pena???)

Quando tinha dezesseis anos, Libby anunciou que estava indo com o namorado trabalhar no parque Yellowstone durante o verão, e mamãe e eu tivemos uma crise de riso. Se havia uma coisa que todas as mulheres Stephen tinham em comum — além do nosso amor por livros, por séruns de vitamina C e por roupas bonitas —, era nossa ojeriza a grandes espaços abertos ao ar livre. O mais perto que já chegamos de fazer uma caminhada foram algumas andadas rápidas no The Ramble, do Central Park, e mesmo nessas vezes a experiência costumava envolver embalagens de papel com waffles e sorvetes comprados em food trucks. Não era exatamente rudimentar.

Nem preciso dizer que Libby terminou com aquele cara duas semanas antes da suposta partida para Yellowstone.

Bato com o dedo na última linha da lista: *Salvar um negócio local.*

— Você sabe que só vamos passar um mês na cidade, né?

Três semanas só nós duas, depois disso Brendan e as meninas vão se juntar a nós. Conseguimos um bom desconto por passarmos tanto tempo, embora eu não tenha ideia de como vai ser para mim depois da primeira semana.

Da última vez que viajei, voltei para casa depois de dois dias. Até mesmo deixar a mente divagar na direção daquela viagem com Jakob é um erro. Me forço a me concentrar de novo no presente. Esta viagem não vai ser como aquela. Eu não vou permitir. Sou capaz de fazer isso, pela Libby.

— Sempre salvam um negócio local em romances passados em cidades pequenas — argumenta ela. — Simplesmente não temos escolha. Estou torcendo para que seja uma fazenda de criação de ovelhas passando por dificuldades.

— Aah. Talvez a gente consiga que a comunidade de sacrifício ritualístico se una de forma dramática para salvar as ovelhas. A princípio, quero dizer. No fim, elas terão que morrer no altar.

— Isso aí. — Libby dá um gole no suco de tomate. — Essa é a ideia, garota.

O MOTORISTA DO táxi que pegamos parece o Papai Noel — desde a camiseta vermelha até os suspensórios presos no jeans desbotado. Mas ele dirige como o personagem fumante de Bill Murray em *Os fantasmas contra-atacam.*

Libby não para de soltar gritinhos quando ele faz uma curva rápido demais e, em um momento, eu a pego sussurrando para a barriga, prometendo que vai ficar tudo bem.

— Sunshine Falls, né? — pergunta o motorista.

Ele tem que gritar, porque tomou a decisão unilateral de baixar o vidro de todas as quatro janelas. Meu cabelo está batendo com tanta força no rosto que mal consigo ver o olhar lacrimejante dele pelo retrovisor quando levanto os olhos do celular.

No tempo em que estávamos desembarcando e recolhendo nossa bagagem — o que levou uma hora inteira, apesar do fato de o nosso voo ter sido *o único* a chegar àquele aeroporto minúsculo —, o número de mensagens na minha caixa de entrada dobrou. Parece que acabei de voltar de um período de oito semanas direto em uma ilha deserta.

Nada torna um grupo já neurótico de autores tão absurdamente mais neurótico quanto o período menos movimentado no mercado editorial. Cada resposta que demora a chegar dispara uma avalanche de A MINHA EDITORA FAVORITA ME ODEIA?????? VOCÊ ME ODEIA?? TODO MUNDO ME ODEIA???

— Sim! — grito de volta para o taxista.

Libby está com a cabeça entre os joelhos a essa altura.

— Vocês devem ter família na cidade — grita ele, por cima do barulho do vento.

Talvez seja a nova-iorquina em mim, talvez o simples fato de ser mulher, mas não estou disposta a anunciar que não conhecemos *ninguém* em Sunshine Falls. Por isso, digo apenas:

— Por que a pergunta?

— Por que mais alguém viria pra cá? — Ele ri e faz uma curva em alta velocidade.

Quando paramos, poucos minutos depois, tenho que me conter para não aplaudir, como alguém que acaba de sobreviver a um pouso de emergência.

Libby está sentada, tonta, alisando o cabelo brilhante (que milagrosamente não está todo embaraçado).

— Onde... onde nós estamos? — pergunto, olhando ao redor.

Não há nada aqui além de grama amarelada pelo sol dos dois lados de uma estrada estreita de terra batida. Mais adiante, a estrada termina abruptamente, dando lugar a uma campina, coberta de flores do campo amarelas e roxas, um pouquinho elevada. Um beco sem saída.

O que leva inevitavelmente à pergunta: estamos prestes a ser assassinadas? O motorista abaixa a cabeça para olhar para a encosta.

— O Chalé Lírio da Goode fica bem no alto daquela colina.

Libby e eu também abaixamos a cabeça, tentando ver melhor além do vidro do carro. No meio da colina, uma escada parece surgir do nada. Talvez *escada* seja uma palavra generosa demais. Tábuas de madeira cortadas formam um caminho na lateral gramada da colina, como uma série de pequenos muros de contenção.

Libby faz uma careta.

— O anúncio *dizia* que não era acessível a cadeirantes.

— Também mencionava que precisamos de um teleférico pra chegar lá?

Papai Noel já tinha saído do carro para pegar nossa bagagem no porta-malas. Saio também para o sol forte, e, na mesma hora, o calor deixa meu uniforme de viagem todo preto parecendo desconfortavelmente pesado. Onde a estrada de terra termina, há uma caixa de correio preta com *Chalé Lírio da Goode* pintado em letras brancas sinuosas.

— Não há outro caminho para chegar lá? — pergunto. — Uma estrada que suba até o alto, onde fica o chalé? A minha irmã está...

Posso jurar que Libby prende o ar e encolhe a barriga, procurando parecer o menos grávida possível.

— Estou *bem* — ela garante.

Considero brevemente mostrar os sapatos de camurça com salto dez que estou usando, mas não quero dar ao universo a satisfação de se deleitar com o clichê.

— Desculpa, mas não tenho como deixar vocês mais perto — responde o taxista, já entrando de novo no carro. — Um acre ou dois para trás fica a casa da Sally. É o segundo caminho mais perto, mas ainda é longe. — Ele estende um cartão de visita pela janela. — Se precisarem de outra corrida, liguem para este número.

Libby pega o pedaço de papel, e eu leio por cima do ombro dela: "Hardy Weatherbee, Serviços de Táxi e Roteiros Não Oficiais de *Só uma vez na vida*". Ela dá uma risada que se perde sob o ronco do carro de Hardy Weatherbee dando ré na estrada, como um morcego escapando do inferno.

— Bom. — Ela se encolhe um pouco e curva os ombros. — Talvez seja melhor você tirar os sapatos?

Com toda a bagagem que trouxemos, ia ser preciso mais de uma viagem até a casa, principalmente porque de jeito nenhum Libby ia carregar nada mais pesado do que o meu sapato.

A ladeira é íngreme, o calor está abafado, mas quando chegamos ao alto da colina e vemos a casa... ela é perfeita: um caminho tortuoso através de jardins bagunçados, com plantas supercrescidas, que leva até um chalezinho branco, com um telhado pontudo em um tom lindo de siena queimada. As janelas são antigas, com um único painel de madeira, e não têm persianas, e o único detalhe na parede que conseguimos ver é um arco de vinhas verdes pálidas pintado na janela do primeiro piso. No fundo da casa, árvores nodosas se apertam umas nas outras, e a floresta se estende até onde a vista alcança. À esquerda, na campina, um gazebo com vinhas silvestres entrelaçadas se ergue dentro de um bosque menor. Sinos de vento de vidro cintilante e comedouros para pássaros estão pendurados nos galhos, e a trilha corta uma fileira de arbustos floridos, faz uma curva e chega a uma ponte estreita, então desaparece no bosque no outro extremo.

É como se o lugar tivesse saído de um livro.

Não, é como se o lugar tivesse saído de *Só uma vez na vida*. Charmoso. Singular. Perfeito.

— Ai, meu Deus. — Libby levanta o queixo na direção dos próximos poucos degraus. — Eu tenho *mesmo* que continuar?

Balanço a cabeça, ainda recuperando o fôlego.

— Eu poderia amarrar um lençol no seu tornozelo e arrastar você até lá.

— O que eu ganho se conseguir chegar até o topo?

— O direito de fazer o jantar pra mim? — sugiro.

Ela ri e passa o braço no meu, e começamos a subir os últimos degraus, inspirando o ar suave e doce da grama quente. Sinto meu coração inchar no peito. As coisas já parecem melhores do que em meses. Parecem mais *nós duas*, antes de tudo acelerar na minha carreira e na família de Libby, e nós cairmos em ritmos separados.

Escuto o celular dentro da minha bolsa anunciar a chegada de um e-mail, e resisto ao ímpeto de checar.

— Olhe só pra você — brinca Libby —, parando para cheirar rosas de verdade.

— Não sou mais a Nora Urbana — digo. — Sou a Nora Relaxada, que segue o fluxo...

O celular apita de novo, e olho na direção da bolsa, ainda mantendo o ritmo. Ele apita mais duas vezes em uma rápida sucessão, então uma terceira.

Não consigo aguentar. Paro, deixo nossa bagagem no chão e começo a procurar o celular na bolsa.

Libby me lança um olhar de desaprovação silenciosa.

— Amanhã — digo a ela — eu começo a ser essa outra Nora.

POR MAIS DIFERENTES que nós sejamos, no instante que começamos a desfazer as malas não poderia ficar mais óbvio que somos vinho da mesma pipa: livros, produtos de cuidados com a pele e lingerie muito chique. O Trio de Luxo das Mulheres Stephen, como dizia a mamãe.

— Algumas coisas nunca mudam — diz Libby com um suspiro, um som saudoso e feliz que me envolve como o calor do sol.

A teoria da mamãe era a de que uma pele jovem daria mais dinheiro a uma mulher (tanto como atriz quanto como garçonete), boa roupa de baixo a tornaria mais confiante (até aqui isso se provou verdadeiro) e bons livros a deixariam mais feliz (uma verdade universal), e sem dúvida Libby e eu fizemos as malas com essa teoria em mente.

Em vinte minutos eu estava acomodada, com o rosto lavado, usando roupa limpa e com o notebook ligado. Nesse meio-tempo, Libby desarrumou metade da bagagem dela, então desmaiou na cama king-size que vamos dividir, com o exemplar dela de *Só uma vez na vida*, cheio de páginas marcadas, virado para baixo ao seu lado, em cima da colcha de retalhos.

A essa altura, estou com uma fome desesperadora, e demoro seis minutos de busca no Google (o wi-fi é tão lento que tenho que usar meu celular como roteador) para confirmar que o único lugar que entrega aqui é uma pizzaria.

Cozinhar não é uma opção. Em casa, faço cinquenta por cento das minhas refeições na rua, e os outros quarenta por cento vêm de uma mistura de comidas que compro prontas no caminho e delivery.

Minha mãe dizia que Nova York era um ótimo lugar para não ter dinheiro. Há tanta arte e beleza gratuitas, tanta comida incrível e barata. *Mas ter dinheiro em Nova York*, eu me lembro dela dizendo em um inverno, enquanto víamos vitrines no Upper East Side, com Libby e eu agarradas nas mãos enluvadas dela, *isso seria mágico*.

Ela nunca falava isso com amargura, mas sim em um tom encantado, como se dissesse: *Se as coisas já são boas agora, então como devem ser quando não temos que nos preocupar com a conta de luz?*

Não que ela trabalhasse como atriz pelo dinheiro (mamãe era uma otimista, não uma iludida). A maior parte da renda dela vinha das gorjetas que recebia como garçonete na lanchonete onde trabalhava, onde Libby e eu ficávamos sentadas em uma mesa, com livros, ou lápis de cor, pelo tempo que durava o turno dela; ou de algum trabalho ocasional de babá que fosse complacente o bastante para permitir que ela nos levasse junto — isso foi até eu fazer onze anos, e mamãe confiar em mim para ficar em casa, ou na Freeman Books, com Libby, sob o olhar atento da sra. Freeman.

Mesmo sem dinheiro, nós três tínhamos sido muito felizes naquela época, andando pela cidade com faláfeis comprados em carrinhos de rua, ou fatias de pizza que custavam um dólar, mas eram do tamanho da nossa cabeça, e sonhando alto com o futuro.

Graças ao sucesso de *Só uma vez na vida*, minha existência começou a parecer com aquele futuro imaginado.

Mas, aqui, não conseguimos nem pedir que um *pad thai* seja entregue na nossa porta. Vamos ter que andar mais de três quilômetros para chegar ao centro da cidade.

Quando tento sacudir Libby para acordá-la, ela literalmente me xinga dormindo.

— Estou com fome, Lib. — Sacudo o ombro dela, que cai para o lado, o rosto enfiado no travesseiro.

— Traz alguma coisa pra mim — resmunga ela.

— Você não quer ver o seu *vilarejozinho favorito*? — digo, tentando seduzi-la com a ideia. — Não quer ver a farmácia antiga onde o Velho Whittaker quase teve uma overdose?

Ela levanta o dedo do meio para mim, sem levantar os olhos.

— Tudo bem — digo. — Eu trago alguma coisa pra você.

Prendo o cabelo em um rabo de cavalo rápido, calço os tênis e desço de novo pela colina ensolarada, na direção da estrada de terra ladeada por árvores desorganizadas.

Quando a estrada estreita finalmente se bifurca para uma rua de verdade, dobro à esquerda e desço pelo caminho sinuoso.

Assim como aconteceu com o chalé, a cidade logo surge à vista.

Em um instante, estou em uma estrada em mau estado na encosta de uma montanha, e, no instante seguinte, Sunshine Falls se abre à minha frente como o cenário de um velho faroeste, as montanhas cobertas de árvores se erguendo ao fundo e o céu azul interminável acima.

É um pouco mais acinzentada e decadente do que parece nas fotos, mas pelo menos vejo a igreja de pedra de *Só uma vez na vida*, o toldo listrado em branco e verde acima do armazém geral e os guarda-sóis amarelo-limão perto da máquina de refrigerantes.

Há poucas pessoas na rua, passeando com cachorros. Um senhor está sentado em um banco de ferro verde, lendo um jornal. Uma mulher rega as flores nas jardineiras do lado de fora de uma loja de ferragem — olho pela vitrine e não vejo nenhum cliente lá dentro.

Mais adiante, há um prédio antigo de pedra branca, na esquina, que combina perfeitamente com a descrição da antiga biblioteca da sra. Wilder em *Só uma vez na vida*, meu cenário favorito do livro, porque me faz lembrar das manhãs de sábado chuvosas, quando a mamãe deixava Libby e eu diante da estante de livros infantis na Freeman's antes de atravessar a cidade correndo para participar de algum teste de elenco.

Quando ela voltava, nos levava para tomar sorvete, ou para comer nozes-pecã caramelizadas no Washington Square Park. Nós subíamos e descíamos as trilhas do parque, lendo as placas nos bancos e inventando histórias sobre quem os teria doado.

Vocês conseguem se imaginar vivendo em algum outro lugar?, costumava dizer a mamãe.

Eu não conseguia.

Uma vez, na faculdade, um grupo de amigos meus de outros lugares tinha sido unânime em concordar que "jamais conseguiriam criar filhos em Nova York", e eu fiquei chocada. Não é só que eu tenha amado ser criada na cidade — é que, toda vez que vejo turmas de escola arrastando os pés pelo Metropolitan Museum; ou um bando de garotos ligando as caixas de som no metrô para fazer apresentações de break e ganhar uns trocados; ou ainda crianças e adolescentes parados, maravilhados, na frente de um violinista de renome mundial tocando debaixo do Rockefeller Center, penso: *Que incrível ser parte disso, e poder compartilhar este lugar com todas essas pessoas.*

Também adoro levar Bea e Tala para explorar a cidade, e descobrir o que fascina uma menina de quatro anos e meio e outra que acabou de fazer três, e por quais lugares marcantes da cidade as duas passam direto, aceitando aquilo como uma parte normal da vida delas.

A mamãe foi para Nova York esperando encontrar o cenário de um filme da Nora Ephron (minha xará), mas a verdadeira Nova York é muito melhor. Porque todo tipo de pessoa está lá, coexistindo, compartilhando o espaço e a vida.

De qualquer forma, meu amor por Nova York não me impede de ficar encantada com Sunshine Falls.

Na verdade, me sinto empolgada à medida que me aproximo da biblioteca. Quando espio pelas janelas escuras, porém, a empolgação desaparece. A fachada de pedra branca do prédio é exatamente como Dusty descreveu, mas lá dentro não há nada além de TVs piscando e placas de cerveja em neon.

Não que eu esperasse que a sra. Wilder, a viúva, fosse uma pessoa de verdade, mas Dusty criou uma imagem tão vívida da biblioteca que tive certeza de que era um lugar real.

Minha animação azeda, e, quando penso em Libby, ela talha inteiramente. Isto *não* é o que ela está esperando, e já estou tentando descobrir como administrar suas expectativas, ou pelo menos como arrumar um prêmio de consolação para ela.

Passo por algumas lojas vazias até chegar ao toldo do armazém geral. Um olhar pela vitrine me diz que não há prateleiras com pão fresco, ou barris com balas antiquadas esperando lá dentro.

Os painéis de vidro das janelas estão encardidos de poeira, e, além deles, o que eu vejo só pode ser descrito como *porcarias aleatórias*. Prateleiras e prateleiras de porcarias. Computadores velhos, aspiradores de pó, circuladores de ar, bonecas com o cabelo emaranhado. É uma casa de penhores. E em péssimo estado.

Antes que eu possa fazer contato visual com o homem de óculos encurvado sobre o balcão, sigo adiante, até chegar ao pátio coberto por guarda-sóis amarelos no outro extremo da rua.

Pelo menos ali há sinais de vida, com as pessoas entrando e saindo, e um casal sentado em uma das mesas, tomando café e conversando. Isso é uma promessa. Mais ou menos.

Olho para os dois lados para ver se vem algum carro (não vem nenhum), antes de atravessar a rua correndo. Na placa com letras douradas acima das portas está escrito INSTANTÂNEO, e há pessoas esperando lá dentro, diante de um balcão.

Coloco as mãos ao redor dos olhos, tentando ver através do vidro da porta, bem no momento que um homem do outro lado começa a abri-la.

3

O S OLHOS VERDE-ESMERALDA do homem se arregalam.
— Desculpe! — diz ele, enquanto chego rapidamente para o lado, sem ter sofrido qualquer dano.

É raro eu ficar muda de espanto.

Mas agora estou encarando, em silêncio e de olhos arregalados, o homem mais lindo que já vi na vida.

Cabelo dourado, maxilar quadrado e uma barba que consegue ser casual sem parecer maltratada. Ele é musculoso — a palavra salta na minha mente, fruto de uma vida lendo os romances da Harlequin da minha mãe — e usa uma camisa (de flanela) justa com as mangas enroladas, exibindo os antebraços bronzeados.

O homem se afasta para o lado também, com um sorriso envergonhado, e fica segurando a porta para eu entrar.

Preciso dizer alguma coisa.

Qualquer coisa.

Ah, não, a culpa foi minha! Eu estava no caminho.

Poderia optar até por um *Olá, senhor* estrangulado.

Infelizmente, isso não vai acontecer; desisto, então forço um sorriso e passo por ele para entrar na loja, torcendo para parecer que sei onde estou e que vim aqui com um propósito definido.

Nunca amei os romances da mamãe passados em uma cidade pequena como Libby ama, mas li o bastante para não ficar surpresa que meu próximo pensamento seja: *Ele tem cheiro de pinheiros e de chuva iminente.*

Mas fico surpresa, porque homens não cheiram daquele jeito.

Eles cheiram a suor, a sabonete, ou a colônia demais.

Mas esse homem é mítico, o protagonista resplandecente demais de uma comédia romântica que faz a gente ter vontade de gritar: NENHUM FAZENDEIRO DE GADO TEM ESSE ABDOME.

E ele está sorrindo pra mim.

É assim que acontece? A gente escolhe uma cidade pequena, dá uma caminhada e encontra um estranho absurdamente bonito? Os meus ex tinham razão?

O sorriso do homem se alarga (com covinhas para combinar, é claro) enquanto ele assente em despedida e solta a porta.

Então, fico olhando pela janela ele se afastar, o coração zumbindo como um notebook superaquecido.

Quando as estrelas na minha visão começam a se apagar, eu me vejo não no topo do Monte Olimpo, mas em um café com paredes de tijolos aparentes e piso de madeira antigo, com o cheiro de café expresso pesado no ar. No fundo da loja, uma porta se abre para um pátio. A luz que entra por ali ilumina uma vitrine de doces e sanduíches embalados, e praticamente escuto anjos cantando.

Entro na fila e observo as pessoas — uma mistura de tipos modernos, amantes do ar livre, usando sandálias de tiras, próprias para caminhada, e pessoas em jeans desbotados e bonés com tela atrás. Mais adiante, na fila, vejo *outro* homem lindo.

Dois na minha primeira hora aqui. Uma taxa excepcional.

Ele não é tão deslumbrante quanto o Adônis que segurou a porta para mim, mas é bonito do jeito de um mero mortal, com cabelo escuro e cheio e uma elegância esguia. Esse homem deve ter mais ou menos a minha altura, um pouquinho a mais ou a menos, e está usando um moletom preto com mangas puxadas para cima, calça verde-oliva e tênis pretos, e não posso descrevê-lo de outra forma a não ser sexy. Só consigo vê-lo de perfil, mas é um belo perfil. Lábios cheios, queixo ligeiramente projetado, nariz fino, sobrancelhas que ficam entre as de Cary Grant e as de Grouxo Marx.

Na verdade, ele meio que se parece com Charlie Lastra.

Nossa... ele se parece *muito* com Charlie Lastra.

O homem vira o rosto para a vitrine, e o pensamento estoura na minha mente como uma série de fogos de artifício: *É ele. É ele. É ele.*

Tenho a sensação de que amarraram uma pedra no meu estômago e a lançaram por cima de uma ponte.

Não é possível. Já é esquisito o bastante *eu* estar aqui — não é possível que ele também esteja.

Ainda assim...

Quanto mais observo o homem, mais na dúvida eu fico. Como quando a gente vê uma celebridade em pessoa e, quanto mais olhamos para ela, mais certeza temos de que, na verdade, nunca *vimos* o nariz do Matthew Broderick antes e, até onde conseguimos nos lembrar, ele talvez nem tenha um nariz.

Ou quando a gente tenta desenhar um carro durante uma partida de Pictionary e descobre que não tem ideia de como é um carro.

A pessoa na frente da fila termina de pagar, e a fila anda, mas me afasto e me escondo na ponta de uma prateleira cheia de jogos de tabuleiro.

Se realmente for Charlie, seria humilhante para ele me ver escondida aqui — seria como ver sua professora tediosa do lado de fora de uma boate só para adolescentes, quando você está usando uma blusa curta e um piercing falso no umbigo (não que eu tenha tido essa experiência... eu tive) —, mas, se não for ele, posso tirar isso da cabeça tranquilamente. Talvez.

Pego o celular, abro o aplicativo de e-mail e procuro o nome dele. A não ser por aquela nossa primeira troca acalorada, há apenas mais uma mensagem recente de Charlie, o e-mail geral que ele mandou com suas novas informações de contato quando saiu da Wharton House para se tonar editor-executivo na Loggia, seis meses atrás. Digito um e-mail rápido para o novo endereço.

> Charlie,
> Novo original em andamento. Só tentando lembrar: como você se sente em relação a animais falantes?
>
> Nora

Não que eu espere que o e-mail de resposta automático, avisando que ele está fora do escritório, traga detalhes de para onde Charlie viajou, ou em que café exato ele provavelmente está, mas pelo menos vou saber se ele está de férias.

Meu celular não bipa avisando da chegada de uma resposta automática.

Espio ao redor da estante. O homem que pode ou não ser minha nêmesis profissional pega o celular no bolso, abaixa a cabeça e cerra os lábios, não parecendo impressionado. Mas os lábios dele continuam sendo cheios demais, mesmo cerrados, por isso é como se ele estivesse fazendo um beicinho amuado. Charlie digita por um instante, então guarda de novo o celular.

Um arrepio de verdade desce pela minha coluna quando o *meu* celular vibra na minha mão.

É coincidência. Tem que ser.

Abro o e-mail de resposta.

Nora,
Me apavoram.

Charlie

A fila anda novamente. Ele vai ser o próximo a pedir. Não tenho muito tempo antes que meu esconderijo seja descoberto, e menos tempo ainda para confirmar ou afastar os meus medos.

Charlie,
E quanto a um romance erótico com um Pé-Grande?
Tenho algumas dúvidas na minha pilha de indesejados.
Encaixa bem pra você?

Nora

Assim que aperto *enviar*, volto a mim. Por que, de todas as palavras que tenho disponíveis, é *isso* que eu digito? Talvez meu cérebro seja organizado no sistema decimal Dewey, mas, neste exato momento, todas as suas prateleiras estão pegando fogo. Sinto um constrangimento profundo correndo pelas veias diante da súbita imagem de Charlie abrindo aquele e-mail e na mesma hora ganhando superioridade moral.

O homem pega o celular de novo. O adolescente à frente dele na fila acabou de pagar. O barista chama o Talvez Charlie com um sorriso simpático, mas o homem murmura alguma coisa e sai da fila.

Ele agora está a meio caminho de me ver. O Talvez Charlie balança a cabeça com firmeza uma vez, o canto da boca se curvando em uma careta. *Tem* que ser ele. Agora tenho certeza disso, mas, se eu correr para a porta, só vou conseguir atrair a atenção dele.

O que ele poderia estar fazendo aqui? Uso meu "perturbador talento especial de classe média" para avaliá-lo dos pés à cabeça: quinhentos dólares em tons neutros, mas, se ele está tentando se camuflar, não está funcionando. Charlie poderia muito bem estar parado embaixo da marquise de um cinema anunciando O FORASTEIRO com uma flecha apontada diretamente para o cabelo grisalho dele.

Eu me viro de frente para a prateleira, me colocando de costas para ele, e finjo examinar os jogos de tabuleiro.

Considerando como minha mensagem foi curta, sem mencionar estúpida, Charlie leva um tempo surpreendentemente longo para responder.

É claro que ele poderia estar lendo vários e-mails que não o meu.

Quase deixo o celular cair na ânsia de abrir a próxima mensagem.

Nenhuma opinião firme a respeito por enquanto, mas uma profunda curiosidade. Fique à vontade para me encaminhar.

Olho por cima do ombro. Charlie voltou para a fila.

Quantas vezes será que eu consigo fazê-lo sair da fila?, me pergunto, animada. Compreendo a pessoa ficar grudada no celular quando há coisas importantes de trabalho acontecendo, mas fico surpresa com o fato de os instintos de editor de Charlie serem tão profundos que ele ache que uma mensagem sobre um livro erótico com um Pé-Grande exige uma resposta imediata.

Eu realmente tenho um livro erótico com um Pé-Grande na minha caixa de entrada. Às vezes, quando minha chefe está tendo um dia difícil, faço uma leitura dramática de *Os pés grandes do Pé-Grande* para animá-la.

Seria antiético compartilhar o original com alguém fora da agência. Mas o autor incluiu um link para o site dele, onde vários contos autopublicados estão disponíveis para compra. Copio o link de um deles e mando para Charlie sem contexto.

Olho de relance para trás e vejo que ele está checando o celular. Uma resposta logo chega.

Custa 99 centavos...............

Respondo: Eu sei... uma pechincha!

Se meu profissionalismo é um esmalte em gel, então Charlie Lastra aparentemente é a acetona com potência industrial capaz de removê-lo.

Procuro o nome de Charlie no Venmo, a plataforma de pagamento ponto a ponto, e mando noventa e nove centavos para ele. Recebo outro e-mail um segundo mais tarde. Ele me mandou o dólar de volta, com o bilhete: **Sou um homem adulto, Nora. Posso comprar meus próprios romances eróticos do Pé-Grande, muito obrigado.**

O caixa o cumprimenta de novo, e dessa vez Charlie enfia o celular no bolso e se adianta para pedir. Enquanto ele está distraído, aproveito a oportunidade.

Estou faminta.

Estou desesperada para saber o que Charlie está fazendo aqui.

E estou chegando à porta. Em disparada.

— Não é possível! — grita Libby.

Estamos sentadas diante da mesa rústica toda marcada do chalé, devorando grissinis e saladas que encomendamos do Antonio's Pizza. Tive que descer até a caixa de correio para pegar o pedido quando o cara da entrega disse que não tinha permissão para subir a escada "por motivo de segurança".

Parecia invenção dele, mas tudo bem.

— O cara que foi supergrosseiro por causa do livro da Dusty? — pergunta Libby.

Assinto, cravo o garfo em um tomate espantosamente suculento na salada e coloco na boca.

— O que ele está fazendo aqui? — ela quer saber.

— Não sei.

— AimeuDeus — diz ela —, e se ele for um superfã de *Só uma vez na vida*?

Dou uma risadinha debochada.

— Acho que essa é a única possibilidade que nós podemos afastar.

— Talvez ele seja o Velho Whittaker de *Só uma vez na vida*, que tem medo de demonstrar seus verdadeiros sentimentos. Esse Charlie ama secretamente essa cidade. E o livro. E a viúva, a sra. Wilder.

A verdade é que estou insuportavelmente curiosa, mas não vamos resolver o mistério tentando adivinhar.

— O que você quer fazer hoje à noite?

— Vamos consultar a lista? — Ela pega a folha na bolsa, coloca em cima da mesa e alisa o papel. — Hum, estou cansada demais para qualquer uma dessas coisas.

— Cansada demais? — pergunto. — Para fazer carinho em um cavalo e salvar um negócio local? Mesmo depois do seu cochilo?

— Você acha que quarenta minutos são o bastante para compensar três semanas da Bea subindo na nossa cama depois de ter um pesadelo?

Eu me encolho. Aquelas meninas devem ter a temperatura corporal de pelo menos cento e cinquenta graus Celsius. Não dá para dormir perto delas sem que a gente acorde ensopada de suor, com um pezinho minúsculo e fofo enfiado na nossa costela.

— Você precisa de uma cama maior — digo a Libby, já pegando o celular e começando a procurar.

— Ah, por favor — fala ela. — Não temos como *encaixar* uma cama maior naquele quarto. Não se quisermos algum dia voltar a abrir as gavetas da cômoda.

Sinto uma centelha de alívio nesse momento. Porque a mudança em Libby — a fadiga, a distância estranha e intangível — subitamente faz sentido. Tem uma causa, o que significa que tem uma solução.

— Você precisa de uma casa maior.

Ainda mais com o Bebê Número Três a caminho. Um banheiro, para uma família de cinco pessoas, é minha ideia de purgatório.

— Não teríamos como pagar um lugar maior nem se ele ficasse no alto de uma balsa de lixo a quarenta e cinco minutos de Jersey — retruca Libby. — Da última vez que eu olhei anúncios de apartamentos, tudo era tipo: *um quarto, zero instalação para banho dentro de um forro que esconde um serial killer; serviços de água, luz e gás incluídos, mas você providencia as vítimas!* E até mesmo *esse* estava fora do nosso orçamento.

Aceno com uma das mãos.

— Não se preocupe com o dinheiro. Eu ajudo.

Ela revira os olhos.

— Não preciso da sua ajuda. Sou uma mulher adulta. Só preciso de uma noite aqui, sem sair, seguida por um mês de descanso e relaxamento, certo?

Libby sempre odiou pegar dinheiro emprestado comigo, mas a única razão para eu *ter* dinheiro é tomar conta de nós duas. Se Libby não quer aceitar outro empréstimo, então vou me ver obrigada a encontrar um apartamento que ela consiga pagar. Problema semirresolvido.

— Tudo bem — digo. — A gente fica por aqui hoje. Vamos fazer uma noite Hepburn?

Libby dá um sorriso sincero.

— Noite Hepburn.

Sempre que a mamãe estava estressada ou tinha tido uma decepção amorosa, ela se permitia uma noite para mergulhar naquele sentimento.

E chamava aquilo de noite Hepburn. A mamãe amava a Hepburn. A Katharine, não a Audrey — não que ela tivesse algo contra a Audrey. Foi assim que acabei sendo batizada como Nora Katharine Stephens, enquanto Libby é Elizabeth Baby Stephens, sendo que o "Baby" é em homenagem ao leopardo no filme *Bringing Up Baby (Levada da breca)*.

Nas noites Hepburn, nós três escolhíamos um dos roupões extravagantes da mamãe para cada uma e nos aconchegávamos na frente da TV com refrigerante *root beer* e pizza, ou café descafeinado e torta de chocolate, para assistir a filmes antigos em preto e branco.

Minha mãe sempre chorava nas cenas favoritas dela, e, quando eu ou Libby a pegávamos em flagrante, ela ria, secava as lágrimas com uma das mãos e dizia: *Sou uma manteiga derretida.*

Eu amava aquelas noites. Elas me ensinaram que decepções amorosas, assim como a maior parte das coisas, eram um quebra-cabeça solucionável. Uma lista de tarefas podia guiar uma pessoa através do luto e da tristeza. Havia um plano de ação em andamento. Minha mãe era mestra nisso, mas nunca conseguiu chegar ao próximo passo: eliminar os babacas das listas dela.

Homens casados. Homens que não queriam ser padrastos. Homens que não tinham absolutamente dinheiro nenhum, ou que tinham muito dinheiro e membros da família ansiosos demais para sussurrar *interesseira*.

Homens que não compreendiam as aspirações dela de atuar no palco, e homens inseguros demais para compartilhar os holofotes.

Nossa mãe se viu sobrecarregada com duas filhas quando ela mesma era pouco mais do que uma criança. No entanto, mesmo depois de tudo por que passou, mantinha o coração aberto. Era otimista e romântica, exatamente como Libby. Imaginei que minha irmã fosse se apaixonar dezenas de vezes, que fosse ser arrebatada por vários homens diferentes ao longo de décadas, mas ela acabou se apaixonando por Brendan aos vinte anos e se assentando.

Eu, da minha parte, tinha aproximadamente um único osso romântico no corpo e, depois que ele se quebrou e eu me coloquei de pé de novo com dificuldade, desenvolvi um processo rigoroso de avaliação para encontros amorosos. Assim, nem Libby nem eu temos necessidade das nossas antiquadas noites Hepburn. Agora elas são uma desculpa para ficarmos de preguiça, e um modo de nos sentirmos próximas da mamãe.

São só seis da tarde, mas vestimos a roupa de dormir — incluindo nossos robes de seda. Descemos pela escada de ferro em espiral até o sofá, com as mantas que ficam na cama do loft, e colocamos o primeiro DVD do box *O melhor de Katharine Hepburn* que Libby trouxe com ela.

Encontro duas canecas azuis com estampa de bolinhas no armário e coloco água para ferver na chaleira, para o chá. Então, afundamos no sofá para assistir a *Núpcias de escândalo*, com máscaras de carvão idênticas esticadas no rosto. Minha irmã pousa a cabeça no meu ombro e solta um suspiro feliz.

— Foi uma boa ideia — diz.

Meu coração está pleno. Em poucas horas, quando eu estiver deitada em uma cama desconhecida, sem conseguir dormir — ou amanhã, quando Libby vir pela primeira vez o centro da cidade tão medíocre —, meus sentimentos talvez mudem, mas neste momento está tudo certo no mundo.

Qualquer coisa quebrada pode ser consertada. Qualquer problema pode ser resolvido.

Quando Libby cochila, pego o celular no bolso do robe, digito um e-mail e mando uma cópia oculta para todos os proprietários, corretores de imóveis e administradores de prédios que conheço.

Você está no controle, digo a mim mesma. *E não vai deixar que nada de mal aconteça a ela novamente.*

Meu celular avisa da chegada de um e-mail por volta das dez da noite.

Desde que Libby subiu para dormir, uma hora atrás, estou sentada no deque dos fundos, desejando me sentir cansada e tomando uma taça do pinot aveludado Sally Goode que a proprietária do chalé deixou para nós.

Em casa, sou uma pessoa de hábitos noturnos. Quando viajo, porém, pareço uma insone que acabou de misturar uma dose de cocaína com Red Bull e montou em um touro mecânico. Tentei trabalhar, mas o sinal de wi-fi aqui é tão ruim que meu notebook se transformou em um luxuoso peso de papel, e acabei parada aqui, olhando para o bosque escuro além do deque, vendo os vaga-lumes entrarem e saírem de vista.

Estou torcendo para receber uma mensagem de um dos corretores de imóveis com quem fiz contato. Em vez disso, surge CHARLIE LASTRA em negrito no alto da minha caixa de entrada. Abro a mensagem e tomo um susto.

> Eu preferia passar a vida toda sem saber que esse livro existia, Stephens.

Mesmo aos meus ouvidos, minha risada soa como a de uma madrasta má. Você comprou o romance erótico do Pé-Grande?

Charlie responde: Despesa de trabalho.

Por favor, me diga que você pagou com um cartão de crédito da Loggia.

Este se passa no Natal, escreve ele. Tem um para cada data festiva.

Dou outro gole no vinho e fico pensando na minha resposta. Talvez algo como *Andou tomando algum café interessante ultimamente?*

Talvez Libby esteja certa: quem sabe Charlie Lastra tenha ficado secretamente tão encantado quanto o resto do país pelo retrato que Dusty fez de Sunshine Falls, e planejado visitar o lugar durante o período anual de hibernação do mercado editorial, no fim do verão. Não consigo me fazer mencionar o assunto.

Em vez disso, escrevo: Em que página você está?

Três, diz ele. E já preciso de um exorcismo.

Sim. Mas isso não tem nada a ver com o livro. Mais uma vez, assim que mandei, fiquei maravilhada/apavorada diante da minha própria falta de profissionalismo. Ao longo dos anos, desenvolvi um filtro muito bem ajustado — com praticamente todo mundo, exceto Libby —, mas Charlie sempre consegue desarmar esse filtro, e apertar exatamente o botão certo para abrir o portão e deixar meus pensamentos à solta como um velociraptor.

Por exemplo, quando ele responde Admito que o livro é uma master class em ritmo. A não ser por isso, continua a não me impressionar nem um pouco, minha reação instantânea é digitar: "A não ser por isso, continua a não me impressionar nem um pouco" é o que vão colocar na sua lápide.

Nem sequer passa pela minha cabeça *Eu não deveria ter mandado isso* até já ter mandado.

E na sua, responde ele, vão colocar "Aqui jaz Nora Stephens, cujo gosto era com frequência excepcional e ocasionalmente perturbador".

Não me julgue com base no conto de Natal, respondo. Eu nem li.

Eu jamais julgaria você com base em pornôs do Pé-Grande, diz Charlie. Mas eu a julgaria inteiramente por preferir "Só uma vez na vida" a "A glória das pequenas coisas".

O vinho soltou mais uma peça de lego mal encaixada no meu cérebro. Escrevo: **NÃO É UM LIVRO RUIM!**

"NÃO É UM LIVRO RUIM." — Nora Stephens, responde Charlie. Acho que me lembro de ter visto esse elogio na capa.

Admita que você não acha o livro ruim, exijo.

Só se você admitir que também não acha que é o melhor livro dela, diz ele.

Fico olhando para o brilho hostil da tela. As mariposas não param de dar voos rasantes na frente dela, e, no bosque, consigo ouvir o zumbido das cigarras e o canto da coruja. O ar está pegajoso e quente, mesmo o sol já tendo se posto há muito tempo por trás das árvores.

A Dusty é absurdamente talentosa, digito. Ela é incapaz de escrever um livro ruim. Penso por um momento antes de continuar: Trabalho com ela há anos, e a Dusty se sai melhor com reforço positivo. Não me preocupo com o que não está funcionando nos livros dela. Eu me concentro naquilo em que ela é incrível. E foi assim que a editora de Dusty conseguiu transformar *Só uma vez na vida* de um livro bom em um livro que a gente não consegue parar de ler. É isso que torna empolgante trabalhar em um livro: ver seu potencial bruto e saber o que ele está tentando se tornar.

Charlie responde: Diz a mulher que chamam de Tubarão.

Dou uma risadinha sarcástica. Ninguém me chama assim. Acho que não.

Diz o homem que chamam de Nuvem de Tempestade.

Chamam?, pergunta ele.

Às vezes, escrevo. É claro que eu nunca faria isso. Sou educada demais.

É claro, diz ele. Os tubarões são conhecidos por isso: pelas boas maneiras.

Estou curiosa demais para deixar passar: **É sério que me chamam assim?**

Os editores, responde Charlie, morrem de medo de você.

Não tanto a ponto de não comprarem os livros dos meus autores, retruco.

Tanto que não comprariam se os livros fossem menos do que bons pra cacete.

Sinto o rosto ardendo de orgulho. Não é como se eu escrevesse os livros de que ele está falando — só o que faço é reconhecer o valor deles. E fazer sugestões editoriais. E descobrir para que editores mandá-los. E discutir o contrato, para que os autores consigam fazer o melhor negócio possível. E segurar a mão dos autores quando recebem cartas do tamanho de um romance do Tolstói, e acalmá-los quando me ligam chorando etc.

Você acha, digito de volta, que isso tem alguma coisa a ver com os meus olhos minúsculos e a minha cabeça gigante e cinza? Então disparo imediatamente outro e-mail explicando: Estou me referindo ao apelido.

Acho que é mais por causa da sua sede de sangue, responde Charlie.

Bufo. Eu não chamaria de sede de sangue. Não tenho nenhum prazer com sangue. Faço isso pelos meus clientes.

É verdade que alguns clientes são, eles mesmos, tubarões — ansiosos para disparar e-mails acusatórios quando se sentem negligenciados por seus editores —, mas, em sua maioria, eles costumam se sentir intimidados, ou guardar suas reclamações para si, até o ressentimento chegar ao ponto de ebulição e eles se autodestruírem de forma espetacular.

Essa pode ser a primeira vez que estou ouvindo meu apelido, mas Amy, minha chefe, chama minha abordagem como agente literária de *sorrir com facas*, portanto não estou exatamente chocada.

Os autores têm sorte por terem você, escreve Charlie. A Dusty em particular. Qualquer pessoa disposta a lutar por um livro "que não é ruim" é uma santa.

A indignação ferve meu sangue. E qualquer um que não tenha percebido o óbvio potencial desse livro com certeza é um incompetente.

Pela primeira vez, Charlie não responde na mesma hora. Coloco a cabeça para trás, gemendo para o céu (assustadoramente estrelado — essa é mesmo a primeira vez que olho para cima?), enquanto tento descobrir como recuar — ou não.

Uma coceira me faz voltar os olhos para minha coxa e dou um tapa para afastar um mosquito, mas logo vejo outros dois aterrissando no meu braço. Mal-educados. Pego o notebook e carrego para dentro, junto com meus livros, o celular e a taça de vinho praticamente vazia.

Quando estou arrumando as coisas, meu celular avisa que chegou uma resposta de Charlie.

Não é pessoal, diz ele, então logo entra outra mensagem. Sou conhecido por ser direto demais. Parece que não passo uma boa primeira impressão.

E eu, respondo, sou conhecida por ser muito pontual. Você me pegou em um dia ruim.

Como assim?, pergunta Charlie.

Estou falando daquele almoço, explico. Foi como tudo começou, não foi? Eu me atrasei, então ele foi grosseiro, eu fui grosseira de volta, aí ele me odiou, então eu o odiei, e por aí em diante.

Charlie não precisa saber que eu tinha acabado de tomar um pé na bunda em uma ligação de quatro minutos, mas parece certo mencionar que havia circunstâncias atenuantes. Eu tinha acabado de receber uma má notícia. Por isso me atrasei.

Ele demora cinco minutos inteiros para responder. O que é irritante, porque não tenho o hábito de ter conversas em tempo real por e-mail, e *obviamente* ele poderia do nada parar de responder a qualquer momento e ir dormir, enquanto eu ainda estaria aqui, olhando para a parede, totalmente desperta.

Se eu tivesse minha Peloton aqui, poderia queimar parte dessa energia.

Não me incomodei por você estar atrasada, diz Charlie finalmente.

Você olhou para o relógio. De forma incisiva, escrevo de volta. E, se bem me lembro, disse "Você está atrasada".

Eu estava tentando descobrir se conseguiria pegar um voo, responde Charlie.

E conseguiu?, pergunto.

Não, diz ele. Me distraí com dois martínis e com uma loira platinada com a voracidade de um tubarão que queria me matar.

Matar não, digo. Talvez te dar uma surra, mas eu teria preservado o seu rosto.

Não tinha percebido que você era minha fã, escreve ele.

Sinto um arrepio subir e descer rapidamente pela espinha, como se a vértebra do topo tivesse tocado um fio condutor. Charlie está *flertando*? *Eu* estou? Sim, estou entediada, mas não *tão* entediada. De jeito nenhum tão entediada.

Desvio do comentário com: Estou só tentando tomar cuidado com as suas sobrancelhas. Se alguma coisa acontecesse com elas, mudaria completamente a sua expressão tempestuosa, e você precisaria de um novo apelido.

Se eu perdesse as minhas sobrancelhas, retruca ele, tenho a impressão de que não faltariam novos apelidos pra mim. Será que você teria alguma sugestão?

Precisaria de algum tempo para pensar, digo. Não quero tomar uma decisão apressada.

Não, é claro que não, diz ele. Segundos mais tarde, chega mais uma frase. Vou deixar você voltar a aproveitar a sua noite.

E você, o seu conto do Pé-Grande, digito, então apago o que escrevi e me forço a deixar a mensagem sem resposta.

Balanço a cabeça, tentando afastar a imagem de Charlie Lastra franzindo o cenho cada vez mais para o seu leitor de e-books em um hotel em algum lugar aqui perto, sempre que chega a algum trecho mais quente.

Mas parece que meu cérebro está extremamente apegado a essa imagem. Nessa noite, quando estou deitada na cama, totalmente desperta, e tentando me convencer de que o mundo não vai acabar se eu cochilar, é para ela que eu volto, o lugar de paz na minha mente.

4

Acordo com o coração disparado, a pele fria e úmida. Abro os olhos rapidamente no quarto escuro, estranhando uma porta a que não estou acostumada, a silhueta de uma janela e até o montinho roncando ao meu lado.

Libby. O alívio é intenso e imediato, como um balde de gelo jogado na minha cabeça, todo de uma vez. O zumbido no meu coração começa a se acalmar, como sempre acontece depois de um pesadelo.

Libby está aqui. Deve estar tudo bem.

Olho ao redor.

O Chalé Lírio da Goode, Sunshine Falls, Carolina do Norte.

Foi só um pesadelo.

Talvez *pesadelo* não seja a palavra certa. O sonho em si é legal, até chegar no final.

Começa comigo e Libby entrando no nosso antigo apartamento, pousando chaves e bolsas. Às vezes Bea e Tala estão com a gente, ou Brendan, com um sorriso boa-praça no rosto, enquanto tagarelamos sem parar.

Dessa vez éramos só nós duas.

Estamos rindo de alguma coisa — uma peça que acabamos de ver. *Newsies*, talvez. De sonho para sonho esses detalhes mudam, e, assim que me sento, respirando com dificuldade no escuro, neste quarto desconhecido, eles se dispersam como pétalas ao vento.

O que permanece é a dor profunda, o anseio imenso.

O sonho é basicamente assim:

Libby joga as chaves dela na tigela perto da porta. A mamãe levanta a cabeça apoiada à mesa da cozinha integrada à sala, as pernas dobradas embaixo do corpo, a camisola cobrindo-as.

— Oi, mãe — diz Libby, e passa direto por ela em direção ao nosso quarto, o que dividíamos quando éramos crianças.

— Minhas meninas queridas! — exclama mamãe, e eu me inclino para dar um beijo em seu rosto, a caminho da geladeira.

Chego lá antes de o arrepio frio percorrer meu corpo. A sensação de que algo está errado.

Eu me viro e olho para ela, para minha linda mãe. Ela voltou a ler, mas, quando me pega encarando-a, interrompe a leitura com um sorriso curioso.

— O que houve?

Sinto os olhos marejados. Esse deveria ser o primeiro sinal de que estou sonhando — eu nunca choro na vida real —, mas nunca percebo essa incongruência.

Minha mãe parece a mesma, nem um dia mais velha. Como a encarnação da primavera, emanando o tipo de calor que a pele da gente quer engolir depois de um longo inverno.

Ela não parece surpresa ao nos ver, sua expressão é bem-humorada, depois preocupada.

— Nora?

Vou até ela, passo os braços ao seu redor e a abraço com força. A mamãe também me abraça, e seu perfume, que mistura lavanda e limão, me envolve como uma manta. As ondas avermelhadas de seu cabelo caem pelos meus ombros enquanto ela desliza a mão pela minha nuca.

— Oi, menina querida — diz. — Qual é o problema? Conta pra mim. Ela não se lembra de que se foi.

Sou a única que sabe que ela não pertence mais a este mundo. Entramos pela porta e ela está ali, e parece tão certo, tão natural, que nenhuma de nós percebe imediatamente.

— Vou fazer chá — diz mamãe, enquanto seca minhas lágrimas. Ela se levanta e passa por mim. Antes de me virar, já sei que, quando fizer isso, ela não vai mais estar ali.

Deixo que ela saia da minha vista, e ela se vai. Nunca consigo me conter e não olhar. Não me virar para a sala quieta e silenciosa. A sensação de vazio no meu peito é tão intensa que parece que meu coração foi arrancado.

E é nesse ponto que eu acordo. Como se, porque ela não está ali, não haja mais motivo para sonhar.

Verifico o relógio na mesa de cabeceira. Ainda não são seis da manhã, e só consegui dormir depois das três. Mesmo com minha irmã roncando do outro lado da cama, a casa estava silenciosa demais. Grilos e cigarras cantavam em um ritmo constante, mas senti falta da buzina de um taxista irritado, ou das sirenes de um caminhão de bombeiro passando apressado. Até mesmo dos bêbados gritando um com o outro de lados opostos da rua, voltando para casa depois de passar a noite indo de bar em bar.

Acabei baixando um aplicativo que toca sons urbanos, coloquei o celular no parapeito da janela e fui aumentando lentamente o volume, para que Libby não acordasse assustada. Só quando cheguei ao volume máximo é que consegui cochilar.

Mas agora estou totalmente desperta.

A pontada dolorosa de saudade da minha mãe rapidamente se metamorfoseia em um anseio pela minha bicicleta Peloton.

Sou uma paródia de mim mesma.

Visto um top e uma legging e desço a escada. Então, calço os tênis e saio para a escuridão fria da manhã.

A bruma paira sobre a campina e, a distância, por entre as árvores, os primeiros tons de púrpura e rosa surgem no horizonte. Enquanto atravesso a grama orvalhada em direção à ponte, ergo os braços acima da cabeça e estico para cada lado do corpo, antes de acelerar o passo.

No outro extremo da ponte, a trilha entra no bosque, e começo uma corrida leve, sentindo a umidade do ar se acumular pelo meu corpo. Aos poucos, o desconforto pós-sonho começa a ceder.

Às vezes é como se não importasse quantos anos passem: assim que acordo, tenho a sensação de que acabei de ficar órfã.

Tecnicamente, acho que não somos órfãs. Quando Libby ficou grávida pela primeira vez, ela e Brendan contrataram um investigador particular para encontrar o nosso pai. Quando o investigador o encontrou, Libby mandou um convite para o chá de bebê, pelo correio, para o caro e velho papai. Ela nunca recebeu qualquer retorno, é claro. Não sei o que Libby esperava de um homem que não se deu o trabalho de aparecer nem no nascimento da *própria* filha.

Ele abandonou a mamãe grávida de Libby, sem deixar nem um bilhete.

Está certo, também deixou um cheque de dez mil dólares, mas, pelo que a mamãe dizia, a família do meu pai tinha tanto dinheiro que aquela era a ideia dele de "alguns trocados".

Eles foram namorados no ensino médio. Minha mãe era uma menina que levava uma vida excessivamente protegida, estudara em casa, não vinha de uma família com dinheiro e tinha o sonho de se mudar para Nova York e se tornar atriz; e meu pai era o garoto rico da escola particular que a engravidou aos dezessete anos. Os pais dele queriam que a mamãe interrompesse a gravidez, os pais dela queriam que os dois se casassem. Os dois jovens combinaram não fazer nenhuma das duas coisas. Quando foram morar juntos, os pais de ambos cortaram relações com eles, mas os pais do meu pai entregaram logo a herança dele, como um presente de despedida. E foi só uma pequena fatia dela que ele nos legou a caminho da porta.

Minha mãe usou esse pé-de-meia para nos mudarmos da Filadélfia para Nova York, e nunca olhou para trás.

Afasto esses pensamentos e me perco na sensação deliciosa dos meus músculos ardendo, no baque dos meus pés contra a terra coberta por agulhas de pinheiros. As únicas duas maneiras como eu sempre consigo deixar os pensamentos de lado são lendo e praticando exercícios rigorosos. Fazendo uma coisa ou outra, consigo sair da minha mente e ficar à deriva nessa escuridão incorpórea.

A trilha faz uma curva e desce até uma encosta arborizada da colina, então acompanha uma cerca de madeira, além da qual se estende um pasto que cintila sob as primeiras luzes da manhã — mais além, cavalos se espalham pelo campo ainda na penumbra, balançando as caudas para afastar moscas e mosquitos que pairam e cintilam no ar, como poeira dourada.

Também há um homem no campo.

Estreito os olhos contra a luz, e sinto um aperto no estômago ao ver que é o Adônis do café no centro da cidade. O protagonista da cidade pequena.

Devo diminuir o passo?

Será que ele vai vir até aqui?

Devo falar com ele, me apresentar?

Em vez disso, escolho uma quarta opção: tropeço em uma raiz e caio de cara na lama, a mão pousando em cheio em alguma coisa que parece cocô. Muito cocô. Tipo... talvez toda uma família de cervos tenha marcado este lugar especificamente como seu palácio do cocô.

Fico de pé, me viro rapidamente na direção do Herói de Livro Romântico e descubro que o homem nem viu meu espetáculo dramático. Ele está olhando para (conversando com?) um dos cavalos.

Por um segundo, cogito a possibilidade de chamá-lo. De levar a fantasia até sua conclusão lógica: esse homem gloriosamente belo vindo apertar minha mão e descobrindo que ela está toda suja de cocô de cervo.

Estremeço, me volto para a trilha e acelero a corrida.

Se, em algum momento, eu encontrar o encantador de cavalos absurdamente belo, ótimo, vou poder fazer progresso na lista e ticar o número cinco. Se isso não acontecer... bem, pelo menos mantenho minha dignidade.

Afasto uma mecha de cabelo do rosto e logo percebo que usei a mão suja de cocô.

É melhor riscar a parte da dignidade.

— Esqueci como é tranquilo fazer compras de comida sem uma criança de quatro anos, sei lá... deitada no chão, lambendo o piso — comenta Libby com um suspiro, enquanto caminha lentamente pelo corredor de produtos de banheiro, como uma aristocrata dando uma volta pelo jardim na Inglaterra do período regencial.

— E todo este espaço... o *espaço* — acrescento, com mais entusiasmo do que sinto.

Consegui evitar que Libby visse o centro decadente da cidade de Sunshine Falls porque insisti para a gente pedir ao Hardy que nos levasse ao supermercado que fica algumas cidades adiante, mas ainda estou no modo preventivo de controle de danos, como ficou evidente nos quinze minutos que passei apontando as várias árvores na estrada.

Libby para na frente das caixas de tintura de cabelo, com um sorriso brilhante iluminando seu rosto.

— Ei, vamos escolher como vai ser a renovação do visual uma da outra! Estou falando de cor e corte de cabelo.

— Não vou cortar meu cabelo — digo.

— É claro que não — diz ela. — Eu vou.

— Na verdade, não vai, não.

Ela franze o cenho.

— Está na lista, irmã — lembra Libby. — De que outra forma vamos nos transformar fisicamente nos nossos novos eus? Vai dar tudo certo. Eu corto o cabelo das meninas o tempo todo.

— Isso explica a fase "cabelo de cuia" da Tala.

Libby me dá um tapa nos peitos, o que é totalmente injusto, porque não se pode bater nos peitos de uma senhora grávida, mesmo que ela seja a sua irmã caçula.

— Você tem mesmo a resiliência emocional necessária para deixar uma lista de tarefas *sem ser ticada*? — pergunta ela.

Algo em mim se contorce.

Eu realmente adoro uma lista de tarefas.

Libby cutuca a lateral do meu corpo.

— Ah, vamos! Viva um pouco! Vai ser divertido! É por isso que nós estamos aqui.

Definitivamente *não* é por isso que *eu* estou aqui. Mas a razão para *minha* presença aqui está bem na minha frente, com o lábio inferior projetado de um jeito melodramático, e só consigo pensar no mês que temos à nossa frente, largadas em uma cidade que não se parece nada com o que ela estava esperando.

E, mesmo deixando isso de lado, historicamente, as crises da Libby podem ser traçadas por mudanças dramáticas na aparência. Quando criança, ela nunca mudou a cor do cabelo — a mamãe não cansava de elogiar como as ondas loiro-avermelhadas da Lib eram raras e lindas —, mas Libby apareceu em seu próprio casamento com um corte "pixie", bem curtinho, que não usava na noite anterior. Alguns dias depois, ela finalmente se abriu comigo e admitiu que havia tido um surto de covardia-beirando-o-terror e precisou tomar outra decisão dramática (embora menos permanente) para conseguir superá-lo.

Eu, pessoalmente, teria feito uma lista de prós e contras com códigos de cores para cada opção, mas cada um cada um.

A questão é que Libby claramente está precisando ajustar as contas com a chegada do novo bebê, e com o que isso vai significar para as finanças e a casa, ambas já apertadas, dela e de Brendan. Se eu forçá-la a falar a respeito agora, Libby vai se fechar. Mas, se eu seguir no ritmo dela, minha irmã vai acabar falando quando estiver pronta. Aquele espaço pulsante e doloroso entre nós vai ser lacrado de vez, e a sensação ilusória de um membro amputado vai se tornar concreta de novo.

Por isso estou aqui. *Isso* é o que eu quero. Tanto que seria capaz de raspar a cabeça se fosse preciso (e logo compraria uma peruca muito cara).

— Tudo bem — concordo. — Vamos renovar o visual.

Libby solta um gritinho de alegria e fica na ponta dos pés para me dar um beijo na testa.

— Eu sei *exatamente* qual vai ser a sua cor — diz. — Agora se vira de costas e não espia.

Faço uma anotação mental para agendar um horário no cabeleireiro para o dia que nosso voo chegar a Nova York.

Quando voltamos para o chalé naquela tarde, o sol está alto no céu azul sem nuvens, e, enquanto subimos a encosta da colina, o suor se acumula em todos os lugares inconvenientes do meu corpo, mas Libby tagarela o tempo todo, sem parecer incomodada.

— Estou *tão* curiosa para ver a cor que você escolheu pra mim — diz ela.

— Nada de cor — respondo. — Vamos só raspar sua cabeça.

Libby estreita os olhos por causa da luz, franzindo o nariz salpicado de sardas.

— Quando você vai aprender que mente *tão* mal que nem vale a pena tentar?

Já dentro de casa, ela me senta em uma cadeira da cozinha e passa uma quantidade generosa de tintura no meu cabelo. Então, faço o mesmo, sem que nenhuma de nós mostre a mão. Quando escolhi a tintura para Libby, estava muito confiante, mas, vendo agora como a cor chega a ser ofuscante espalhada pelo cabelo dela, não me sinto mais tão segura.

Ajustamos os relógios para a hora de lavar a tintura, e Libby começa a preparar o brunch.

Ela é vegetariana desde pequena, e, depois que mamãe morreu, eu também me tornei, por praticidade. Financeiramente, não fazia sentido comprar duas versões diferentes de tudo. Além disso, carne é caro. De um ponto de vista matemático, o vegetarianismo fazia sentido para duas garotas de vinte e dezesseis anos que tinham acabado de ficar órfãs.

Mesmo depois de Libby ir morar com Brendan, ela continuou vegetariana. Durante sua fase de aspirante a chef, ela o convenceu a adotar uma alimentação baseada em plantas. Mas a carne de soja que está na frigideira, ao lado dos ovos mexidos que ela também está preparando para nós, cheira a bacon. Ao menos o bastante para dar água na boca em quem não prova bacon de verdade há dez anos.

Quando o timer avisa que o tempo de espera acabou, Libby me leva para lavar o cabelo, e me diz para não olhar no espelho nem "em nenhum outro lugar".

Como sou uma péssima mentirosa, sigo as ordens dela, então assumo a função de transferir nosso brunch para dentro do forno, para mantê-lo quente enquanto lavo o cabelo *dela*.

Com o cabelo enrolado em uma toalha, Libby me leva até o deque para cortar o meu. A cada poucos segundos, ela solta um "hum" que me preocupa.

— Você realmente está me deixando confiante, Libby — comento.

Ela corta um pouco mais na frente do meu rosto.

— Vai ficar bom.

Tenho a sensação incômoda de que ela está tentando *se* convencer de que eu vou gostar. Depois de eu ter cortado o cabelo dela em um chanel longo — a maior parte dele já seca ao ar livre a esta altura —, entramos em casa para a grande revelação.

Depois de respirarmos fundo em uníssono, nos preparando para a humilhação, paramos juntas diante do espelho do banheiro e checamos o resultado.

Libby cortou uma franja leve, que fica em algum lugar entre uma franja mesmo e uma cortina, e por algum motivo aquilo deixa a cor

castanho-acinzentada do meu cabelo mais parecida com um castanho-
-californiano do que com cor de água suja de pia.

— Você realmente é insuportavelmente boa em tudo que faz. Sabe disso, né? — digo.

Libby não responde, e, quando meu olhar encontra o dela, sinto um peso apertar meu peito. Minha irmã está encarando com lágrimas nos olhos as ondas pink refletidas no espelho.

Merda. É óbvio que errei feio o alvo. Libby pode até gostar de um visual ousado normalmente, mas esqueci o fator importante de como a gravidez costuma afetar a autoimagem dela.

— Vai começar a sair em poucas lavagens! — argumento. — Ou a gente pode voltar até a loja e comprar outra cor, que tal? Ou descobrir um bom salão em Asheville... por minha conta. *É sério*, dá pra consertar fácil, Lib.

As lágrimas estão quase caindo, prontas a escorrer.

— É que eu lembrei de você implorando à mamãe para que ela deixasse você pintar o seu cabelo de rosa quando estava no nono ano — continuo. — Lembra? Ela não deixou, e você fez greve de fome até a mamãe dizer que você podia pintar as pontas.

Libby se vira para mim, os lábios trêmulos. Tenho uma fração de segundo para me perguntar se ela está prestes a me atacar, antes de sentir seus braços ao redor do meu pescoço, e seu rosto enfiado na lateral da minha cabeça.

— Eu amei, irmã — diz por fim, e seu perfume doce de lavanda misturada com limão me envolve.

A tempestade violenta de pânico se acalma dentro de mim. A tensão abandona os meus ombros.

— Fico tão feliz. — Eu a abraço de volta. — E você fez um trabalho incrível no meu cabelo também. Sinceramente, não sei o que faria alguém escolher uma cor dessa, mas você fez dar certo.

Libby se afasta, o cenho franzido.

— Foi o mais próximo da sua cor natural que eu consegui encontrar. Eu sempre amei seu cabelo quando nós éramos pequenas.

Sinto o coração apertado, e meu nariz começa a coçar, como sempre acontece quando há coisas demais no meu cérebro, prontas a se derramar.

— Ah, não — diz ela, voltando a olhar para o espelho. — Só agora me ocorreu: o que eu vou dizer quando a Bea e a Tala pedirem para pintar os cabelos delas da cor de rabos de unicórnio? Ou se elas quiserem raspar totalmente a cabeça?

— Você vai dizer não — aconselho. — Então, da próxima vez que eu ficar tomando conta das duas, eu dou a elas a tintura e as navalhas. Depois disso, vou ensinar as duas a enrolar um baseado, como a tia descolada, sexy e divertida que sou.

Libby dá uma risadinha presunçosa.

— *Até parece* que você sabe enrolar um baseado. Deus, sinto falta de uma boa erva. O guia da maternidade não prepara a gente para a saudade de um baseado.

— Parece que existe essa carência no mercado editorial — digo. — Vou ficar atenta a isso.

— *O guia de gravidez para maconheiras* — sugere Libby.

— *Mamãe marijuana*. — É a minha vez.

— E, para acompanhar, *Papais chincheiros*.

— Você sabe — digo — que, se em algum momento precisar reclamar da ausência da maconha, ou da gravidez... ou de qualquer outra coisa, eu estou aqui. Sempre.

— Sim. — Seus olhos estão novamente no reflexo do espelho, e ela passa os dedos mais uma vez pelo cabelo. — Eu sei.

5

MEU CELULAR AVISA da chegada de um e-mail, e o nome de Charlie aparece em negrito na tela. As palavras *distraído por dois martínis e por uma loira platinada com a voracidade de um tubarão* passam pela minha mente como a placa de neon de um cassino, me provocando empolgação e temor ao mesmo tempo.

> Não quero que o meu e-mail de trabalho seja suspenso, mas há tantos trechos desse livro que não consigo "desler"... É como se estivesse assistindo a um filme de terror, e não vou conseguir me livrar dessa maldição até jogá-la em outra pessoa.

Tecnicamente, Charlie já tinha o número do meu celular na assinatura do e-mail — a pergunta é se devo convidá-lo a usar.

Pró: Talvez isso fosse uma abertura natural para que eu mencionasse que estou em Sunshine Falls, o que diminuiria o risco de um encontro casual e constrangedor na cidade.

Contra: Será que eu quero mesmo que minha nêmesis profissional me mande mensagens de texto com trechos de um romance erótico de um Pé-Grande?

Pró: Sim, eu quero. Sou curiosa por natureza, e pelo menos desse jeito a troca de informação vai acontecer através de canais privados e não profissionais.

Digito o número do meu celular e aperto enviar.

A essa altura, está na hora da ligação de checagem rotineira com Dusty — uma conversa de vinte minutos que pode muito bem ser eu tocando músicas para animar torcidas e correndo em círculos ao redor dela, entoando seu nome. Solto a palavra *genial* meia dúzia de vezes e, quando desligamos, já consegui convencê-la a mandar a primeira parte do livro novo — mesmo que ainda seja a versão bruta — para que a editora dela, Sharon, possa começar a ler enquanto Dusty termina de escrever.

Depois, me junto novamente a Libby, que está se enfeitando no banheiro, encaracolando o novo cabelo rosa em cachos delicados.

— Vamos andando até a cidade para jantar — diz ela. — O meu pescoço está dolorido daquela última viagem de táxi. E ela também me fez fazer xixi em mim.

— Eu lembro — retruco. — Fez você fazer xixi em mim também.

Libby dá uma olhada no que estou usando.

— Tem certeza de que quer usar esses sapatos?

Eu tinha combinado meu tubinho preto com *mules* pretos, meu sapato de salto mais alto.

— Se você se oferecer para me emprestar o seu Crocs de novo, vou te processar por danos emocionais.

Libby finge estar chocada.

— Depois desse comentário, você não *merece* o meu Crocs.

Na descida pela encosta, tento esconder como está sendo difícil para mim, mas, a julgar pelo sorrisinho presunçoso de Libby, ela com certeza está percebendo que os saltos não param de afundar na grama e me travar no lugar.

O sol se pôs, mas ainda está opressivamente quente, e a população de mosquitos se alastra. Estou acostumada com ratos — a maior parte deles foge diante da visão de um ser humano, e o resto basicamente estende chapeuzinhos minúsculos para implorar por pedacinhos de pizza. Mosquitos são piores. Já consegui seis novas picadas vermelhas quando chegamos ao centro da cidade.

Libby não foi atingida nem uma vez. Ela bate as pestanas.

— Devo ser doce demais pra eles.

— Ou talvez você esteja grávida do anticristo e os mosquitos a tenham reconhecido como a rainha deles.

Libby assente, pensativa.

— Acho que eu gostaria da empolgação. — Ela para na calçada muito vazia e olha ao redor, para o centro da cidade igualmente desolado, torcendo os lábios enquanto avalia o lugar. — Hum — diz, por fim. — É... mais sonolento do que eu esperava.

— Sonolento é bom, né? — digo, o tom um pouco ansioso demais. — Sonolento significa *relaxante*.

— Certo. — Ela meio que se sacode e volta a sorrir. — Exatamente. É por isso que nós estamos aqui. — Libby parece mais confusa do que devastada quando passamos pelo armazém-geral-transformado-em--casa-de-penhores, e faço uma cena ao apontar o café Instantâneo para distraí-la.

— O cheiro lá dentro é *incrível* — insisto. — Temos que ir amanhã.

Libby se anima mais, como se estivesse ligada em um dimmer movido a otimismo. E, se esse for o caso, estou preparada para ser otimista como o diabo.

Passamos então pelo cabeleireiro. ("Certo, a gente com certeza devia ter cortado o cabelo aqui", comenta Libby, embora eu discorde silenciosamente, com base nas letras em estilo sangue escorrendo da placa, e no fato de que nela se lê *Cortes radicais*.) Depois de passarmos por mais algumas fachadas de lojas vazias, vemos uma lanchonete barata, um bar e uma livraria (aonde prometemos voltar, apesar da vitrine empoeirada e opaca). No fim do quarteirão, um prédio grande de madeira, onde se lê, em letras de metal enferrujadas, um misterioso PAPAI AGACHADO.

A essa altura, Libby está distraída no celular, trocando mensagens com Brendan, enquanto caminha lentamente ao meu lado. Ela ainda está sorrindo, mas sua expressão é rígida, e é quase como se ela estivesse à beira das lágrimas. O estômago de Libby está roncando e seu rosto está rosado de calor, e posso imaginar que as mensagens dela sejam algo em torno de *Talvez tudo isso tenha sido um erro*, e de repente sinto o desespero me invadir. Preciso mudar essa situação, rápido, começando por encontrar comida.

Paro abruptamente ao lado do prédio de madeira e espio lá dentro pelas janelas escuras. Sem levantar os olhos do celular, Libby pergunta:

— Está espiando alguém?

— Estou olhando pela janela de um lugar chamado "Papai Agachado".

Ela levanta os olhos lentamente.

— Que... diabo... quer dizer papai agachado?

— Bem... — Aponto para a placa. — É um enorme banheiro público, *ou* um bar e churrascaria.

— Por quê? — grita ela, em um misto de prazer e horror, e qualquer desapontamento que pudesse ter sobrado desaparece. — Por que isso existe?! — Libby também se cola à janela escura, tentando ver lá dentro.

— Não tenho respostas para você, Libby. — Contorno o prédio para abrir uma das portas pesadas de madeira. — Às vezes o mundo é um lugar misterioso e cruel. Às vezes a alma das pessoas se torna deformada, distorcida e tão doente que elas batizam um restaurante como...

— Sejam bem-vindas ao Papai Agachado! — cumprimenta uma recepcionista com cabelo encaracolado e jeito de criança abandonada. — Vocês estão em um grupo de quantos?

— Duas, mas nós comemos por cinco — diz Libby.

— Ah, parabéns! — diz a recepcionista, animada, os olhos fixos na barriga de Libby, depois na minha, enquanto tenta resolver um problema de matemática invisível.

— Nem conheço essa mulher — falo, indicando Libby com um movimento de cabeça. — Ela simplesmente está me seguindo há três quarteirões.

— Ah, criatura grosseira — retruca minha irmã. — Foram muito mais de três quarteirões... é como se você nem me *visse*.

A recepcionista parece hesitante.

Tusso.

— Dois lugares, por favor.

A garota indica o bar com um gesto incerto.

— Bom, o nosso bar serve todo o cardápio, mas, se preferirem uma mesa...

— No bar está ótimo — garante Libby.

A recepcionista entrega um cardápio a cada uma de nós que é... bem, quarenta páginas, longo demais. Nos sentamos em bancos revestidos de plástico imitando couro, pousamos as bolsas em cima do balcão gordurento e examinamos o ambiente que nos cerca em um silêncio movido pelo choque, ou pelo espanto.

Este lugar é como se um daqueles bares em estilo Velho Oeste tivesse tido um bebê com uma boate barata, e agora esse bebê fosse um adolescente que não toma banho como deveria e masca as mangas dos moletons.

Tanto o piso quanto as paredes são de tábuas de madeira escuras e desencontradas, e o teto é de telhas de metal ondulado. Nas paredes há fotos emolduradas de times locais de vários esportes, junto com quadros em ponto-cruz onde se lê: LAR É ONDE A COMIDA ESTÁ, e luminosos da cerveja Coors. O bar fica na lateral esquerda do restaurante e em um dos cantos há mesas de sinuca, enquanto no canto oposto fica um jukebox ao lado de um palco pouco iluminado. Há mais pessoas neste único prédio do que eu vi no resto de toda Sunshine Falls até agora, mas ainda assim o lugar continua a parecer desolado.

Abro o cardápio e começo a examinar. Pelo menos trinta por cento dele é composto apenas por uma variedade de coisas fritas em imersão. Qualquer coisa que a gente pensar, o Papai Agachado consegue fritar.

A bartender, uma mulher absurdamente linda, com cabelo escuro, cheio e ondulado e uma constelação de tatuagens nos braços, para na nossa frente, as mãos apoiadas no balcão.

— O que eu posso servir para vocês?

Assim como o cara da fazenda e dos cavalos que vi no café, essa mulher parece menos uma bartender e mais alguém que *interpretaria* uma bartender em uma novela sexy.

O que tem na água desta cidade?

— Um Dirty Martini — digo a ela. — Com gim.

— Água com gás e limão, por favor — pede Libby.

A bartender se afasta, e volto a examinar a página cinco do cardápio, onde eu tinha parado. Cheguei às saladas. Ou ao menos é assim que chamam, embora eu ache que é tomar uma certa liberdade com a palavra se ela se refere a Doritos em uma cama de alface, regados com molho ranch.

Quando a bartender volta, tento pedir a salada grega.

Ela se encolhe ao ouvir aquilo.

— Tem certeza?

— Não mais.

— Não somos conhecidos pelas nossas saladas — explica ela.

— Pelo que vocês são conhecidos?

Ela acena com a mão na direção do luminoso de cerveja Coors Light atrás do seu ombro.

— Pelo que vocês são conhecidos no que se refere à comida? — esclareço.

— Ser conhecido não é necessariamente ser admirado — retruca a mulher.

— O que você recomenda — tenta Libby — *que não* a cerveja?

— As fritas são boas — diz ela. — O hambúrguer é tranquilo.

— Tem hambúrguer vegetariano? — pergunto.

Ela torce os lábios.

— Não vai matar você.
— Parece perfeito — digo. — Vou querer um desses, com fritas.
— O mesmo pra mim.

Apesar da insistência de que o hambúrguer não nos mataria, o jeito como a bartender dá de ombros parece dizer: *O problema é de vocês, "amigas"!*

Libby parece muito bem, feliz mesmo, mas ainda sinto uma ardência de ansiedade no estômago, e acabo tomando meu martíni todo, sem querer, antes de nossa comida chegar. Estou tontinha naquele nível em que demoro um pouco mais do que deveria para fazer as coisas. Libby já devorou o hambúrguer dela e saiu para usar o banheiro antes de eu nem sequer ter mordido o meu.

Meu celular vibra em cima do balcão engordurado, e tenho cem por cento de certeza de que é Charlie.

É um zilhão de vezes melhor.

Dusty *finalmente* entregou parte do novo original, e na hora certa — a editora dela sai de licença-maternidade em um mês.

> Muito obrigada pela sua paciência... Eu sei que esse cronograma não foi o ideal para você, mas achei incrível a sua confiança em me deixar trabalhar do jeito que funciona melhor para mim. Tenho uma primeira versão bruta completa, mas só consegui cortar e revisar essa primeira parte. Espero te entregar vários outros capítulos ao longo da semana, mas com sorte isso vai te dar uma ideia do que esperar.

Abro o documento em anexo, cujo título é *Frígida 1.0*.

Começa com *Capítulo Um*. Sempre um bom sinal de que um autor não virou completamente o Jack Torrance trancado com a máquina de escrever no hotel Overlook, de *O iluminado*. Resisto à ânsia de rolar a tela até o fim, uma mania que tenho desde que era criança, quando me dei conta de que havia livros demais no mundo e tempo de menos para lê-los. Sempre usava essa mania como um teste decisivo para saber se queria ler um livro ou não, mas, como esse é o trabalho de uma cliente, vou ler a coisa toda de qualquer jeito.

Assim, em vez de ir direto para o fim, meus olhos passam pela primeira linha, e é como se me dessem um soco no estômago.

Ela é chamada de Tubarão.

— Que merda é essa? — digo em voz alta. Um senhor no outro extremo do balcão levanta a cabeça da sopa aguada que está tomando, com uma expressão severa. — Desculpe — murmuro. E forço os olhos a voltarem para a tela do celular.

> *Ela é chamada de Tubarão, mas não se importa. O nome combina. Em primeiro lugar, os tubarões só conseguem nadar para a frente. Como regra, Nadine Winters nunca olha para trás. Sua vida é baseada em regras, e muitas delas servem para tranquilizar sua consciência.*
>
> *Se ela olhasse para trás, veria um rastro de sangue. Ao seguir em frente, só o que há é voracidade.*
>
> *E Nadine Winters é voraz.*

Por um minuto, estou sinceramente esperando descobrir que Nadine Winters é um tubarão de verdade. Que Dusty escreveu a história de animais falantes dos pesadelos de Charlie Lastra. No entanto, quatro linhas abaixo, uma palavra salta, como se, em vez de estar escrita em fonte Times New Roman, Dusty tivesse usado a fonte sangrenta da placa do cabeleireiro pela qual passamos há pouco.

AGENTE.

A personagem principal de Dusty, a Tubarão, é uma agente.

Checo a palavra logo à frente. *Cinematográfica.*

Agente cinematográfica. Não agente literária. A diferença não ajuda em nada a relaxar o nó que aperta meu peito, ou a diminuir o latejar do sangue nos meus ouvidos.

Ao contrário de mim, Nadine Winters tem o cabelo muito preto e uma franja reta.

Como eu, ela só não está de salto quando está se exercitando.

Ao contrário de mim, ela faz aulas de krav maga, em vez de assistir a aulas virtuais na bicicleta Peloton.

Como eu, pede salada com queijo de cabra toda vez que almoça ou janta com um cliente, e toma Dirty Martinis — nunca mais do que um. Ela odeia a ideia de perder o controle de qualquer forma.

Como eu, ela nunca sai de casa sem a maquiagem impecável e faz as unhas duas vezes por mês.

Como eu, dorme com o celular ao seu lado na cama, o som ligado no volume máximo.

Como eu, Nadine Winters com frequência esquece de dizer "oi" no início de uma conversa, e de dar "tchau" no final.

Como eu, ela tem dinheiro, mas não gosta de gastar — prefere navegar por horas em lojas na internet que vendem marcas de luxo, enchendo o carrinho, mas deixando tudo ali, sem fechar a compra, até as peças esgotarem.

Nadine não se diverte com a maior parte das coisas, escreve Dusty. *Diversão não é um dos seus objetivos de vida. Até onde ela sabe, permanecer viva é o objetivo, e isso exige dinheiro e instinto de sobrevivência.*

Meu rosto arde mais a cada página.

O capítulo termina com Nadine entrando no escritório bem a tempo de ver suas duas assistentes comemorando alguma coisa, animadas. Com um olhar cortante, ela pergunta:

— O que houve?

Uma assistente anuncia que está grávida.

Nadine sorri como o tubarão que é, dá os parabéns, então entra na sala dela, onde começa a pensar em todas as razões por que deve demitir Stacey, a assistente grávida. Não aprova distrações, e é isso que é uma gravidez.

Nadine não desvia de planos. Não faz exceções a regras. Vive sob um código estrito, e não há espaço para quem não siga o mesmo código.

Em resumo, a tal Nadine é do tipo que chuta cachorrinhos, odeia gatinhos, é um robô movido a dinheiro. (Chutar cachorrinhos está implícito, mas não duvido que em mais alguns capítulos isso se torne verdade.)

Assim que termino de ler, recomeço, tentando me convencer de que Nadine — uma mulher que faz Miranda Priestly, de *O diabo veste Prada*, parecer a Branca de Neve — não sou eu.

A terceira leitura é a pior de todas. Porque é quando eu aceito que o texto é *bom*.

Um único capítulo, dez páginas, mas funciona.

Eu me levanto, zonza, e sigo na direção do canto escuro onde ficam os banheiros, relendo enquanto ando. Preciso da Libby *agora*. Preciso que alguém que me conheça, que me ame, me diga que tudo o que está escrito nesse texto está errado.

Eu deveria ter olhado por onde estava andando.

Não deveria ter usado saltos tão altos, ou tomado um martíni de estômago vazio nem deveria ler um livro que está me dando uma experiência surreal de estar fora do corpo.

Porque alguma combinação dessas decisões infelizes que tomei me leva a esbarrar em alguém. E não é aquele encontrão casual do tipo *Ah, esbarrei no seu ombro... Como sou adoravelmente desajeitada!* Estou falando de *Cacete! O meu nariz!*

Que é o que eu escuto no momento que torço o tornozelo, perco o equilíbrio e levanto os olhos para um rosto que pertence a ninguém menos do que Charlie Lastra.

Pouco antes de eu desabar como um saco de batatas.

6

CHARLIE ME SEGURA pelo braço antes que eu atinja o chão, e me firma contendo as palavras "Que diabo?" na sua boca.

Depois da dor e do choque, vem o reconhecimento, seguido rapidamente pela confusão.

— Nora Stephens. — Meu nome soa como um palavrão.

Charlie fica me olhando boquiaberto. Faço o mesmo em relação a ele.

— Estou de férias! — me apresso em explicar.

Ele parece ainda mais confuso.

— Eu só... Não estou perseguindo você.

Charlie levanta as sobrancelhas.

— Certo...?

— Não estou.

Ele solta meus braços.

— Fica mais convincente cada vez que você fala.

— A minha irmã queria conhecer a cidade — digo —, porque ela é apaixonada por *Só uma vez na vida*.

Uma expressão engraçada passa pelos olhos dele. Charlie dá uma risadinha debochada.

Cruzo os braços.

— É estranho *você* estar aqui.

— Ah — diz Charlie, o tom irônico —, estou perseguindo você. — Ao me ver arregalar os olhos, ele confessa: — Eu sou daqui, Stephens.

Eu o encaro com uma expressão chocada por tanto tempo que ele acena com a mão diante do meu rosto.

— Oi? Você está bem?

— Você... é... *daqui*? Tipo... *daqui* aqui?

— Eu não nasci em cima do balcão deste estabelecimento desafortunado — diz Charlie, com um sorriso —, se é a isso que você está se referindo, mas, sim, nasci perto daqui.

Não estou conseguindo processar essas informações. Em parte porque ele está vestido como se tivesse acabado de sair de um editorial do Tom Ford na revista GQ, e em parte porque não estou totalmente convencida de que este lugar não faz parte de um filme que a produção abandonou no meio da construção dos cenários.

— Charlie Lastra é de Sunshine Falls.

Ele estreita os olhos.

— O meu nariz acertou diretamente o seu cérebro?

— Você é de Sunshine Falls, na Carolina do Norte — digo. — Um lugar com um único posto de gasolina e que tem um restaurante chamado *Papai Agachado*.

— Sim.

Meu cérebro pula várias perguntas mais relevantes para:

— Papai Agachado é uma pessoa?

Charlie ri, um som de surpresa tão rouco que sinto como se arranhasse minha caixa torácica.

— Não?

— O que é um Papai Agachado, então? — pergunto.

Os cantos da boca dele se curvam para baixo.

— Não sei... um estado mental?

— E qual é o problema da salada grega daqui?

— Você tentou pedir uma salada? — diz Charlie. — As pessoas da cidade cercaram você com forcados?

— Isso não é uma resposta.

— É um pé de alface rasgado sem mais nada — explica ele. — A não ser quando o cozinheiro está bêbado e cobre a coisa toda com presunto em cubos.

— Por quê? — pergunto.

— Imagino que ele seja infeliz em casa — responde Charlie, sem qualquer emoção na voz. — Talvez tenha alguma coisa a ver com o tipo de sonho frustrado que leva uma pessoa a trabalhar aqui.

— Não estou perguntando *por que o cozinheiro bebe*. E sim por que alguém cobre uma salada com presunto em cubos.

— Se eu soubesse a resposta, Stephens — retruca Charlie —, já teria ascendido a um plano mais elevado.

Nessa altura, ele vê alguma coisa no chão e se inclina para o lado para pegar.

— É seu? — Charlie me entrega o celular. — Uau — diz, lendo minha reação. — O que esse celular fez para você?

— Não é tanto o celular e mais a sociopata incrivelmente cretina que mora dentro dele.

— A maior parte das pessoas a chama de Siri — brinca Charlie.

Empurro o celular de volta para ele, com o texto de Dusty ainda aberto. Charlie volta a franzir o cenho e, na mesma hora, penso: *O que estou fazendo?*

Estendo a mão para pegar novamente o aparelho, mas Charlie gira o corpo, e o vinco embaixo do seu lábio inferior cheio fica mais fundo conforme ele lê. Charlie rola a tela em uma velocidade absurda, agora com um sorrisinho afetado no rosto.

Por que eu entreguei isso a ele? O culpado é o martíni, a batida recente na cabeça ou só o puro desespero?

— É bom — afirma Charlie por fim, e coloca o celular na minha mão.

— É só o que você tem a dizer? — pergunto, irritada. — Não quer comentar mais nada?

— Tudo bem, está excepcional.

— É *humilhante* — reajo.

Charlie olha na direção do bar, então volta a me encarar.

— Escuta, Stephens. Esse é o fim de um dia particularmente bosta, dentro de um restaurante particularmente bosta. Se vamos ter essa conversa, posso pelo menos tomar uma cerveja?

— Você não me parece do tipo que toma Coors.

— Não sou — retruca ele —, mas descobri que as piadinhas implacáveis da bartender daqui diminuem muito o meu prazer de saborear um Manhattan.

Olho na direção da bartender sexy com jeito de atriz de TV.

— Outra inimiga sua?

Os olhos dele escurecem, e a boca se torce naquela careta característica.

— É isso o que nós somos? Você manda romances eróticos do Pé-Grande para todos os seus inimigos ou só para os especiais?

— Ah, não — digo, fingindo piedade. — Magoei seus sentimentos, Charlie?

— Você parece muito satisfeita consigo mesma — ataca ele — para uma mulher que acabou de descobrir que foi a inspiração para a Cruella de Vil.

Eu o encaro com raiva. Charlie revira os olhos.

— Vem. Eu pago um martíni pra você. Ou um casaco de pele de cachorrinhos.

Um martíni. Exatamente o que Nadine Winters bebe, sempre que não tem acesso fácil a sangue de virgens.

Por alguma razão, Jakob, meu ex-namorado, passa pela minha mente. Eu o imagino tomando uma lata de cerveja, em sua varanda dos fundos, a esposa aconchegada sob seu braço, também com uma lata de cerveja na mão.

Mesmo depois de dois filhos, ela continua descontraída e absurdamente linda, e ainda é de algum jeito "um dos caras".

A antiNora.

Elas sempre são, as mulheres por quem eu sou trocada. É bem difícil aprender a ser "um dos caras" quando toda a sua experiência com os homens ao longo da infância e da adolescência foi: 1) eles fazendo sua mãe chorar, ou 2) os amigos dançarinos da sua mãe lhe ensinando passos de dança. Até consigo ser "um dos caras", desde que a música favorita dos caras em questão seja da trilha de *Os miseráveis*. Caso contrário, sou um caso perdido.

— Vou tomar uma cerveja — digo, enquanto passo por Charlie —, e você paga.

— Como... eu disse que faria? — murmura ele, e me segue até o bar, cheio de cascas de amendoim.

Enquanto Charlie está trocando gentilezas com a bartender (definitivamente os dois não são inimigos... há uma *vibe* entre eles, e com isso quero dizer que Charlie é quinze por cento menos grosseiro com ela do que o normal), olho na direção do banheiro, mas Libby ainda não saiu.

Nem percebi que tinha voltado a ler os capítulos de Dusty até Charlie puxar o celular das minhas mãos.

— Para com essa obsessão.

— Não estou obcecada.

Ele me observa com aquele olhar de buraco negro. O mesmo que me dá vontade de me agarrar a alguma coisa para não ser tragada por ele.

— Fico surpreso por isso ser um problema tão grande pra você.

— E eu fico chocada que o seu chip de inteligência artificial permita que você sinta surpresa.

— Hum, *oi*.

Eu me encolho ao ouvir a voz de Libby e ao me virar a vejo parecendo um daqueles gatos de desenho animado que sorriem com a boca cheia de canários.

— Libby — digo. — Este é...

Antes que eu possa apresentar Charlie, ela fala, em um tom mais alto.

— Eu só queria te avisar que chamei um táxi. Não estou me sentindo bem.

— O que houve? — Começo a me levantar, mas Libby empurra meu ombro para que eu volte a me sentar. Com força.

— Só estou exausta! — Ela parece tudo menos cansada. — Mas você tem que ficar... nem terminou o seu hambúrguer.

— Lib, não vou deixar você...

— Ah! — Ela olha para o celular. — O Hardy chegou... você não se importa de pagar a conta, não é, Nora?

Não sou do tipo que fica vermelha com facilidade, mas meu rosto está em fogo porque acabei de me dar conta do que está acontecendo, o que quer dizer que Charlie provavelmente também já percebeu. E Libby já está se afastando, me deixando com metade de um hambúrguer vegetariano, a conta para pagar e um desejo profundo de que a terra se abra embaixo dos meus pés e me engula.

Libby me lança um olhar por cima do ombro e fala em voz alta:

— Boa sorte em ticar o número cinco, irmã!

— Número cinco? — pergunta Charlie, enquanto a porta se fecha e minha irmã desaparece na noite.

Eu realmente não gosto da ideia de Libby subindo aqueles degraus sozinha. Pego o celular de volta e mando uma mensagem para ela: ME AVISE NO INSTANTE QUE ENTRAR NO CHALÉ!!!

Libby responde: Me avise no instante que você marcar um gol com o Sr. Gostosão.

Por cima do meu ombro, Charlie dá uma risadinha debochada. Afasto o celular e endireito os ombros.

— Aquela era a minha irmã, a Libby — explico. — Ignore tudo o que ela diz. Ela sempre fica meio tarada quando está grávida. E a Libby está sempre grávida.

Charlie ergue as sobrancelhas (que são realmente impressionantes), o olhar de pálpebras pesadas fixo no meu rosto.

— Tem... tanta coisa para decifrar nessa frase.

— E muito pouco tempo. — Dou uma mordida no meu hambúrguer só para me concentrar em outra coisa que não no rosto dele. — Preciso voltar para casa.

— Então não temos tempo para aquela cerveja. — Ele fala em tom de desafio, como se dissesse *Eu sabia*.

As sobrancelhas de Charlie estão arqueadas, os lábios ligeiramente curvados em um sorrisinho sarcástico. De algum modo, essa expressão não extingue totalmente o jeito como o lábio inferior dele parece estar se projetando. Só torna mais infantil.

Nesse momento, a bartender volta com nossas garrafas de cerveja suando, e Charlie agradece a ela. Pela primeira vez, vejo a mulher abrir um sorriso incandescente e atordoante.

— De nada — diz ela. — Se precisar de alguma coisa, é só falar.

Quando a bartender dá as costas, Charlie me encara e dá um longo gole na cerveja.

— Por que *você* consegue um sorriso dela? — pergunto. — Sou do tipo que dá no mínimo trinta por cento de gorjeta.

— Sim, bem, você deveria tentar quase se casar com ela e ver se isso ajuda — retruca ele, e me deixa tão surpresa que quase volto ao estágio de encará-lo boquiaberta.

— Falando de frases com muita coisa a ser decifrada...

— Eu sei que você é uma mulher ocupada — diz ele. — Vou deixar que volte a amolar suas facas e a organizar seu armário de venenos, Nadine Winters.

Ele diz tudo de uma forma tão natural que é fácil não pegar a brincadeira implícita. Mas dessa vez o tom persuasivo inconfundível na sua voz me deixa furiosa.

— Antes de mais nada — digo —, é uma despensa, não um armário. E, em segundo lugar, a cerveja já está aqui, não estou mais no horário de trabalho, por isso posso muito bem beber.

Porque *não* sou Nadine Winters, pego a garrafa e bebo, sentindo os olhos sérios e pesados de Charlie fixos em mim.

Ele diz:

— É bom pra cacete, né?

Pela primeira vez, escuto certa empolgação em sua voz. Os olhos dele cintilam como se uma luz intensa tivesse acabado de atravessar sua cabeça.

— Se você gosta de beber xixi de gato e gasolina.

— Estou falando do *capítulo*, Nora.

Enrijeço o maxilar e assinto.

Até onde já vi, as sobrancelhas de Charlie se comportam de três maneiras diferentes: uma expressão de ressentimento, ou de repreensão, ou ainda mostrando algo que fica entre a preocupação e a confusão. E é nessa última categoria que se enquadram no momento.

— Mas você ainda está chateada com aquilo.

— Chateada? — falo, indignada. — Só porque a minha cliente mais antiga acha que eu demitiria uma funcionária por ficar grávida? Não seja bobo.

Charlie apoia um dos pés na trave do banco, e seu joelho esbarra no meu.

— Ela não acha isso.

Ele inclina a cabeça para trás, para dar outro longo gole. Uma gota de cerveja escorre pelo seu pescoço, e por um momento fico hipnotizada, acompanhando o caminho dela até o colarinho da camisa.

— E, mesmo que ela ache — continua ele —, isso não torna verdade o que está escrito.

— Se ela escrever um livro inteiro sobre isso — digo —, talvez *outras* pessoas acabem achando que é verdade.

— Quem se importa?

— Esta pessoa aqui. — Aponto para o meu peito. — A mesma que precisa que as pessoas trabalhem com ela para que tenha um emprego.

— Há quanto tempo você representa a Dusty? — pergunta ele.

— Há sete anos.

— Ela não continuaria a trabalhar com você, depois de sete anos, se você não fosse uma grande agente.

— Eu *sei* que sou uma grande agente. — Não é esse o problema. O problema é que me sinto constrangida, envergonhada e um pouco magoada. Porque, por incrível que pareça, tenho sentimentos. — Está tudo bem. Eu estou bem.

Charlie me observa.

— Eu estou bem! — repito.

— Obviamente.

— Você está rindo agora, mas...

— Não estou rindo — interrompe ele. — Quando foi que eu ri?

— É verdade. Tenho certeza de que isso nunca aconteceu. Mas espere só até um dos seus autores fazer um livro sobre um editor cretino de olhos âmbar.

— Olhos âmbar? — repete ele.

— Percebo que você não questionou a palavra *cretino* na frase — digo, e tomo mais um pouco de cerveja.

Sem dúvida, meu filtro está desarmando de novo, mas pelo menos isso é prova de que não sou a mulher daquelas páginas.

— Estou acostumado às pessoas me acharem um cretino — retruca Charlie, o tom rígido. — E menos acostumado a que descrevam meus olhos como "âmbar".

— Essa é a cor deles — afirmo. — Estou sendo objetiva. Não é um elogio.

— Nesse caso, vou me abster de me sentir lisonjeado. De que cor são os seus olhos? — Ele se inclina para a frente, sem nem uma ponta de embaraço, parecendo apenas curioso, enquanto sinto seu hálito no meu maxilar. É nesse exato momento que me dou conta de que acho Charlie muito gato.

Quer dizer, eu sei que já tinha achado isso aquele dia no café, quando pensei que ele fosse outra pessoa, mas só *agora* estou me dando conta de que acho que *ele* — especificamente Charlie Lastra, e não alguém que se parece com ele — é *muito gato*.

Dou outro gole.

— Vermelhos.

— Realmente destacam a cor da sua cauda bifurcada e dos chifres.

— Você é muito fofo.

— Está aí uma coisa de que nunca me acusaram — comenta ele.

— Não consigo imaginar por quê.

Ele arqueia a sobrancelha, e o círculo dourado como mel ao redor das pupilas de buraco negro cintila.

— E tenho certeza de que as pessoas fazem fila para recitar sonetos sobre a *sua* doçura.

Dou uma risadinha sem humor.

— A minha irmã é a doce de nós duas. Se ela faz xixi ao ar livre, logo brota um jardim florido no lugar.

— Sabe — comenta Charlie —, Sunshine Falls pode não ser a cidade grande, mas talvez fosse bom você avisar a sua irmã de que nós *temos* encanamento interno para banheiros. Talvez essa tenha sido a única coisa que a Dusty acertou.

— Caramba!

Pego o celular. *Dusty*. Ela está em uma posição vulnerável e está acostumada a me ter cem por cento acessível. Não importa se esse livro me faz parecer Elizabeth Báthory, a "condessa sangrenta", ou não, devo a Dusty fazer o meu trabalho. Começo a digitar uma resposta, usando um excesso de pontos de exclamação que não me é característico.

Charlie olha para o relógio.

— Nove da noite, de férias, em um bar, e você ainda está trabalhando. Nadine Winters ficaria orgulhosa.

— Não sei quem é você para julgar — devolvo. — Se me lembro bem *seu* e-mail da Loggia Publishing está bastante ativo esta semana.

— Sim, mas não tenho qualquer problema com Nadine Winters — diz ele. — Na verdade, eu a considero fascinante.

Meus olhos ficam fixos na palavra que estou digitando.

— É mesmo? O que há de tão interessante em uma sociopata?

— Patricia Highsmith talvez tenha alguma coisa a dizer sobre isso — retruca Charlie. — Mas o mais importante, Nora, você não acha que está julgando essa personagem com um rigor excessivo? São dez páginas.

Assino a mensagem, aperto *enviar* e me viro de volta para ele, meus joelhos encaixados entre os dele.

— Porque, como todos sabemos, os críticos são reconhecidamente gentis com personagens femininos.

— Ora, eu gosto dela. E quem se importa se mais alguém gosta, desde que queiram ler sobre ela?

— As pessoas também diminuem a velocidade para espiar acidentes de carro, Charlie. Está me chamando de acidente de carro?

— Não estou falando de você de jeito nenhum — garante ele. — E sim da Nadine Winters. O meu crush da ficção.

É como se algo muito quente atravessasse o meu corpo.

— Você é fã de cabelos muito pretos e de mulheres que lutam, né?

Charlie se inclina para a frente, o rosto sério, a voz baixa.

— Tem mais a ver com o sangue pingando dos caninos dela.

Não sei bem como responder. Não porque ele tenha sido inconveniente, mas porque tenho quase certeza de que está fazendo uma referência ao *Tubarão* da história, e isso começa a parecer perigosamente com um flerte.

E definitivamente *não* devo flertar com ele. Por tudo o que eu sei, Charlie é um parceiro de trabalho — o equivalente àquele quarto cheio de bonecas —, então há o fato de que o mundo editorial é como um pequeno lago, e um único movimento errado poderia facilmente poluí-lo.

Deus, até mesmo meu diálogo interno soa como Nadine. Pigarreio, tomo um gole de cerveja e me forço a não pensar demais no fato de estar sentada entre as coxas de Charlie, ou de como meus olhos não param de voltar àquele vinco embaixo do lábio inferior dele. Não preciso pensar demais. Não *preciso* estar no controle completo das coisas.

— Então, me fala deste lugar — peço. — O que há de interessante aqui?

— Você gosta de grama? — pergunta Charlie.

— Sou uma grande fã.

— Temos muita.

— O que mais? — pergunto.

— Entramos em uma lista do Buzzfeed dos "10 restaurantes com nomes mais repulsivos do país".

— Sei bem do que você está falando. — Aceno para o ambiente ao nosso redor.

Ele ergue o queixo na minha direção.

— Me diga você, Nora. *Você* acha este lugar interessante?

— Com certeza é... — Procuro pela palavra certa. — Tranquilo.

Charlie ri, uma risada rouca, que se encaixaria em um bar lotado do Brooklyn, os postes de luz além da janela marcada pela chuva, deixando a pele dourada dele avermelhada. Mas que não se encaixa neste lugar.

— Isso é uma pergunta?

— É tranquilo — falo com mais confiança.

— Então você não gosta de "tranquilo". — Ele dá um sorrisinho afetado com aquele lábio inferior projetado. Um sorriso de flerte. — Preferia estar em algum lugar barulhento e lotado, onde o simples fato de existir parece uma competição.

Sempre me considerei introvertida, mas a verdade é que estou acostumada a estar cercada de pessoas. A gente acaba se adaptando a viver com uma plateia constante. Se torna reconfortante.

Minha mãe dizia que tinha se tornado uma nova-iorquina no dia que chorou abertamente dentro do trem do metrô. Ela havia sido cortada na última rodada de uma audição, e uma senhora do outro lado do vagão lhe entregou um lenço de papel, sem nem levantar os olhos do livro que estava lendo.

O modo como minha mente não para de voltar para Nova York parece provar o ponto dele. Mais uma vez, me sinto enervada com a sensação de que Charlie Lastra é capaz de ver através das minhas camadas exteriores cuidadosamente colocadas.

— Estou muito satisfeita com a paz e a tranquilidade — insisto.

— Talvez. — Charlie se vira para pegar a cerveja, e o movimento pressiona a parte externa do joelho dele no meu, pelo tempo necessário para que ele tome outro gole antes de voltar a me encarar. — Ou talvez, Nora Stephens, eu seja capaz de ler você como se um livro.

Dou uma risadinha zombeteira.

— Porque você é muito socialmente inteligente.

— Porque você é como eu.

Um arrepio sobe do lugar onde o joelho dele roça o meu.

— Não somos nada parecidos.

— Você está me dizendo — Charlie volta a falar — que, desde o momento que desceu do avião, não está louca para voltar para Nova York? Que não se sente como... como um astronauta solto no espaço, enquanto o mundo continua girando em uma velocidade normal, e quando você voltar terá perdido toda a sua vida? Como se Nova York nunca fosse precisar de você como você precisa dela?

Exatamente, penso, surpresa pela quadragésima quinta vez em quarenta e cinco minutos.

Passo a mão pelo cabelo, como se assim conseguisse esconder novamente qualquer segredo que tivesse sido exposto.

— Na verdade, os últimos dois dias têm sido uma pausa revigorante de todos os tipos literários monocromáticos e rabugentos de Nova York.

Charlie inclina a cabeça, os olhos pesados.

— Você *sabe* que faz isso?

— Que faço o quê? — pergunto.

Os dedos dele roçam o canto direito da minha boca.

— Aparece uma covinha aqui quando você mente.

Afasto a mão de Charlie com um tapa, mas não antes de todo o sangue do meu corpo se concentrar na pele sob a ponta dos dedos dele.

— Essa não é a minha Covinha da Mentira — minto. — É a minha Covinha da Irritação.

— Então — diz ele, com ironia —, que tal um jogo de pôquer com apostas altas?

— Tudo bem! — Dou outro gole na cerveja. — Essa é a minha Covinha da Mentira. E daí? Sinto falta de Nova York, e aqui é calmo demais para que eu consiga dormir, e estou *muito* decepcionada pelo fato de o armazém geral na verdade ser uma casa de penhores. É isso que você quer ouvir, Charlie? Que as minhas férias não estão tendo um começo promissor?

— Sou sempre fã da verdade — diz ele.

— Ninguém é *sempre* fã da verdade — retruco. — Às vezes a verdade é uma bosta.

— É *sempre* melhor encarar logo a verdade do que ser iludido.

— Ainda há algo a ser dito sobre as amabilidades sociais.

— Ah. — Ele assente, os olhos cintilando com uma expressão astuta. — Por exemplo, esperar até *depois* do almoço para dizer a alguém que detesta o livro da cliente dela?

— Não teria te matado — argumento.

— Poderia — retruca Charlie. — Como aprendemos com o Velho Whittaker, os segredos podem ser tóxicos.

Endireito o corpo quando algo me ocorre.

— Foi *por isso* que você odiou o livro. Porque você é daqui.

Agora é a vez *dele* de se ajeitar desconfortavelmente no banco. Descobri a fraqueza de Charlie — vi através de uma das camadas externas de Charlie Lastra, e a balança se inclina muito ligeiramente a meu favor. Gosto disso... *muito*.

— Me deixa adivinhar. — Estendo o lábio inferior. — Lembranças ruins.

— Ou talvez — rebate ele, a voz arrastada, se inclinando para a frente — tenha alguma coisa a ver com o fato de que Dusty Fielding claramente nem sequer jogou o nome de Sunshine Falls no Google nos últimos vinte anos, e menos ainda visitou a cidade.

É claro que ele tem um bom argumento, mas, enquanto observo a rigidez irritada do seu maxilar e o jeito claramente severo — embora estranhamente sensual — como ele cerra os lábios, sei que meu sorriso é afiado. Porque eu vejo a meia verdade das palavras de Charlie. *Eu* também posso *lê-lo*, e isso é como descobrir um superpoder latente.

— Vamos, Charlie — instigo. — Achei que você *sempre fosse fã da verdade*. Fala.

Ele franze o cenho, ainda com o lábio inferior projetado.

— Tudo bem, eu não amo este lugar.

— Uaaaaaau — cantarolo. — Todo esse tempo eu achei que você odiasse o livro, mas a verdade é que você simplesmente tem um segredo profundo e soturno que fez com que se fechasse para o amor, para a alegria e para o riso e... ai, meu Deus, você *é* o Velho Whittaker!

— Muito bem, vamos parar de reger com essa cerveja. — Charlie tira da minha mão a garrafa com que eu estava gesticulando, e a pousa em segurança em cima do balcão. — Calma. Eu simplesmente nunca gostei dessas narrativas do tipo "tudo é melhor nas cidades pequenas". O meu "segredo mais soturno" é que eu acreditei em Papai Noel até os doze anos.

— Você fala como se isso *não fosse* um material incrível para chantagem.

— Destruição mútua garantida. — Ele dá uma palmadinha no meu celular, em alusão ao texto de *Frígida*. — Estou empatando a situação pra você depois daquelas páginas.

— Que nobreza da sua parte. Agora me conte por que o *seu* dia foi tão ruim.

Ele me examina por um momento, então balança a cabeça.

— Não... acho que não. Não até você me contar por que realmente está aqui.

— Eu já disse — falo. — Estou de férias.

Charlie se inclina novamente para a frente. As mãos no meu queixo, o polegar aterrissando direto na covinha no canto dos meus lábios. Prendo a respiração. A voz dele é baixa e rouca.

— *Mentirosa.*

Charlie deixa os dedos caírem e gesticula para a bartender, pedindo mais duas cervejas.

Não o impeço.

Porque *não* sou Nadine Winters.

7

—Que tal um jogo de sinuca? — sugere Charlie. — Se eu ganhar, você me conta por que realmente está aqui. E, se você ganhar, eu conto sobre o meu dia.

Fungo e desvio os olhos, escondendo minha covinha da mentira, enquanto enfio o celular na bolsa, depois de Libby ter confirmado que chegou em casa a salvo.

— Eu não jogo.

Ou não jogava desde a faculdade, quando minha colega de quarto e eu costumávamos arrasar semanalmente com caras da fraternidade.

— Dardos? — sugere Charlie.

Arqueio uma sobrancelha.

— Você quer me entregar uma arma na mão depois do rumo que a minha noite tomou?

Ele se aproxima mais, os olhos cintilando na penumbra do bar.

— Vou jogar com a mão esquerda.

— Talvez *eu* não queira entregar uma arma a *você* — digo.

Ele revira os olhos de forma sutil, contraindo alguns músculos do rosto.

— Sinuca com a mão esquerda, então.

Eu o examino. Nenhum de nós pisca. Estamos basicamente "brincando de ficar sério" no estilo sexto ano, e, quanto mais tempo leva, mais o ar parece vibrar com alguma espécie de energia metafísica acumulada.

Desço do banco e viro a segunda cerveja.

— Tudo bem.

Nos aproximamos da única mesa aberta. Está mais escuro deste lado do restaurante, o piso mais grudento com bebida derramada, e o cheiro de cerveja emanando das paredes. Charlie pega um taco e um conjunto de bolas de sinuca e começa a arrumar as bolas no centro da mesa forrada de feltro.

— Você conhece as regras? — pergunta ele, e desvia os olhos para mim enquanto se debruça sobre a superfície verde da mesa.

— Um de nós fica com as bolas listradas e o outro com as lisas? — digo.

Ele pega um cubo de giz azul na beira da mesa e passa na ponta do taco.

— Quer ir primeiro?

— Você vai me ensinar, certo? — Estou tentando parecer mais inocente, parecer mais Libby batendo as pestanas.

Charlie me encara.

— Estou realmente curioso para saber qual você acha que é a expressão do seu rosto neste momento, Stephens.

Estreito os olhos, e ele estreita os dele de volta, exageradamente.

— Por que você se importa com o motivo para eu estar aqui? — pergunto.

— Curiosidade mórbida. Por que você se importa com o meu dia ruim?

— Sempre ajuda conhecer as fraquezas do oponente.

Ele ergue o taco.

— Você primeiro.

Pego o taco, apoio na beira da mesa e olho por cima do ombro.

— Essa não deveria ser a parte em que você passa os braços ao meu redor e me mostra como fazer isso?

Os lábios dele se curvam.

— Isso depende. Você está carregando alguma arma?

— A coisa mais afiada que eu tenho no momento são os meus dentes.

Eu me debruço sobre o taco, que estou segurando como se nunca tivesse jogado sinuca, como se tivesse acabado de descobrir minhas mãos.

O cheiro de Charlie — quente e misteriosamente familiar — invade meu nariz enquanto ele se posiciona atrás de mim, mal me tocando. Sinto a frente do suéter dele roçar na minha coluna nua, e minha pele vibra com a fricção. Os braços dele envolvem os meus, e sua boca chega bem perto do meu ouvido.

— Segure com menos força. — A voz baixa dele reverbera através do meu corpo, o hálito quente no meu maxilar, enquanto ele solta os meus dedos do taco e os reajusta. — A mão da frente é para mirar. Você não vai movê-la. O impulso... — A palma da mão de Charlie desce pelo meu cotovelo até o pulso, que ele pega e guia pelo taco até a altura do meu cotovelo. — Vai vir daqui. Você tem que manter o taco reto quando começar. E mirar como se estivesse perfeitamente alinhada com a bola que quer acertar.

— Entendi — digo.

Charlie afasta as mãos de mim, e desejo que os arrepios na minha pele se acalmem enquanto alinho a tacada.

— Só esqueci de mencionar uma coisa... — Acerto o taco na bola branca, a tacadeira, e mando a bola azul lisa através da mesa, para dentro da caçapa. — Que eu *jogava* sinuca.

Passo por Charlie para alinhar minha próxima tacada.

— E aqui estou eu, achando que era um ótimo professor — diz ele, desanimado.

Encaçapo a bola verde a seguir, então erro a vermelha. Quando arrisco um olhar para Charlie, ele não apenas não parece surpreso como tem um sorrisinho presunçoso no rosto. Como se eu tivesse provado um argumento dele.

Charlie pega o taco das minhas mãos e dá a volta na mesa, estudando várias opções para sua primeira tacada, antes de escolher a bola verde listrada e ajustar a posição.

— E acho que eu deveria ter mencionado — Charlie acerta a bola branca, que manda a verde listrada para dentro de uma caçapa, e a bola roxa listrada afunda logo atrás dela — ... que sou canhoto.

Fecho rapidamente a boca quando ele olha para mim a caminho de armar a próxima tacada. Dessa vez Charlie encaçapa a bola laranja listrada, depois a vermelha, antes de finalmente errar na vez seguinte.

Ele estica o lábio como eu fiz quando o provoquei a respeito de lembranças ruins.

— Ajudaria se eu te pagasse outra cerveja?

Arranco o taco da mão dele.

— Troque por um martíni, e compre um pra você também. Você vai precisar.

CHARLIE GANHA O primeiro jogo, assim, o que seria apenas um jogo se transforma em dois. Eu ganho esse segundo, e ele não gosta da ideia de terminarmos empatados, por isso jogamos uma terceira vez. Quando ele vence, tira o taco do meu alcance antes que eu possa exigir uma quarta rodada.

— *Nora* — diz —, nós combinamos.

— Eu não combinei nada.

— Você jogou — diz ele.

Inclino a cabeça e solto um gemido.

— Se ajudar — continua Charlie, com sua insensibilidade característica —, estou disposto a assinar um acordo de confidencialidade antes de você me contar qual a fantasia profunda, sombria e tortuosa que te trouxe aqui.

Estreito os olhos.

Ele tira meu copo de cima do guardanapo e procura no bolso até encontrar uma caneta Pilot G2, sem dúvida a minha favorita também, embora eu sempre use a de tinta preta e a dele seja da cor vermelha, tradicional dos editores. Charlie se inclina sobre o guardanapo e anota:

Eu, Charlie Lastra, em meu juízo perfeito, juro guardar o segredo profundo, sombrio e tortuoso de Nora Stephens, sob as penas da lei, ou ao preço de cinco milhões de dólares, o que vier primeiro.

— Muito bem, você com certeza nunca viu um contrato — digo. — Talvez nunca tenha nem estado no mesmo cômodo que um.

Ele termina de assinar e solta a caneta.

— Esse é um contrato bom pra cacete.

— Pobres editores de livros desinformados, com suas noções extravagantes de como são feitos os acordos. — Dou uma palmadinha na cabeça dele.

Ele afasta meu braço.

— O que poderia ser tão ruim, Nora? Você está fugindo? Roubou um banco? — No escuro, o dourado dos olhos dele parece estranhamente claro contra as pupilas amplas. — Você demitiu sua assistente grávida? — provoca ele, a voz baixa. A alusão é um choque para meu organismo, como um jorro de eletricidade da cabeça aos pés.

Por mais incrível que pudesse parecer, eu tinha esquecido das páginas de Dusty. Agora, aqui está Nadine de novo, zombando de mim.

— O que há de tão errado em estar no controle, afinal? — pergunto, irritada, me referindo ao universo como um todo.

— Não faço a menor ideia.

— E que ideia é essa de que, só porque não quero ter filhos, eu supostamente puniria uma mulher grávida por tomar uma decisão diferente da minha? A minha pessoa favorita no mundo é uma mulher grávida! E sou obcecada pelas minhas sobrinhas. Nem toda decisão que uma mulher toma é uma grande acusação à vida de outras mulheres.

— Nora — diz Charlie. — É um romance. Ficção.

— Você não entende, porque você é... *você*. — Eu o indico com um aceno de mão.

— Eu? — pergunta ele.

— Você pode se permitir ser todo rabugento e ríspido, e as pessoas vão admirá-lo por isso. As regras são diferentes para as mulheres. Precisamos descobrir o equilíbrio perfeito para sermos levadas a sério, mas não sermos vistas como megeras. É um esforço constante. As pessoas não querem trabalhar com mulheres tubarão...

— Eu quero — afirma Charlie.

— E mesmo homens exatamente *como* nós não querem estar *com* a gente. Quer dizer, claro, alguns acham que querem, mas, quando nos damos conta, estão nos dando um pé na bunda em uma ligação de quatro minutos, porque nunca viram a gente chorar, e estão se mudando para o outro lado do país para se casar com herdeiras de fazendas de árvores de Natal!

Charlie cerra os lábios cheios e estreita os olhos.

— ... o quê?

— Nada — resmungo.

— Esse foi um "nada" muito específico.

— Esquece.

— Não vai dar. Vou passar a noite toda acordado fazendo diagramas e gráficos para tentar compreender o que você acabou de dizer.

— Sou amaldiçoada — afirmo. — Só isso.

— Ah. Claro. Entendi.

— Eu sou — insisto.

— Sou editor, Stephens — lembra ele. — Vou precisar de mais detalhes para comprar essa narrativa.

— Esse é o meu personagem estereotipado literário. Sou a mulher fria, refinada e excessivamente ambiciosa da cidade grande, que existe como um contraste e um realce para a Boa Mulher. Sou a que é dispensada por causa da garota que é mais bonita sem maquiagem, adora churrasco e, de algum modo, consegue fazer parecer adorável destruir um karaokê.

E, por algum motivo (minha baixa tolerância ao álcool), eu não paro de falar. As palavras saem em um fluxo contínuo. Como se eu estivesse vomitando histórias embaraçosas no chão lotado de cascas de amendoim, à vista de todos.

Aaron me dispensando pela ilha Prince Edward (e, como confirmei em uma leve stalkeada nas mídias sociais, por uma ruiva chamada Adeline). Grant, que me dispensou por Chastity e pela pousadinha dos pais dela. Luca e a esposa e a fazenda de cerejas deles, em Michigan.

Quando chego ao paciente zero, Jakob, o romancista que virou rancheiro, paro. O que aconteceu entre nós não pertence ao fim de uma lista, e sim ao lugar onde deixei — a cratera fumegante que mudou minha vida para sempre.

— Você entendeu — concluo.

Charlie estreita os olhos, com um sorriso divertido nos lábios.

— ... será que entendi?

— Estereótipos e clichês vêm de algum lugar, certo? Mulheres como eu claramente sempre existiram. Portanto, ou é um tipo muito específico de autossabotagem ou de uma maldição antiga. Pensando bem, talvez tenha começado com Lilith. É esquisito demais para ser coincidência.

— Sabe — aponta Charlie —, eu diria que a Dusty ter escrito uma porra de um livro todo sobre a minha cidade natal, e depois eu esbarrar na agente dela nessa mesma cidade, é esquisito demais para ser coincidência, mas, como já estabelecemos que você "não está me perseguindo", acredito que coincidências às vezes aconteçam, Nora.

— Mas isso? Quatro relacionamentos terminarem porque os meus namorados decidiram se mudar para o campo e nunca mais voltar?

Ele está se esforçando para conter um sorrisinho, mas perde a batalha.

— Não estou sendo absurda — insisto, e rio mesmo contra minha vontade. Rio à minha própria custa.

— Isso é exatamente o que uma pessoa que não está sendo absurda diria — brinca Charlie com um aceno de cabeça. — Escuta, ainda estou tentando descobrir como é que esses seus ex-namorados bostas, aspirantes a Jack London, têm a ver com o motivo de você estar aqui.

— A minha irmã... — Penso por um momento, então continuo: — As coisas não têm sido as mesmas entre a gente nos últimos meses, e ela quis sair de Nova York por algum tempo. Além disso, a Libby lê demais essas ficções românticas ambientadas em cidades pequenas, e está convencida de que a resposta para os nossos problemas é ter as nossas próprias experiências transformadoras, como os meus ex fizeram. Em um lugar como este.

— Os seus ex — repete Charlie, sem rodeios. — Que abandonaram as carreiras e se mudaram para o campo.

— Sim, esses.

— E daí? — pergunta ele. — Você supostamente encontraria felicidade aqui e abandonaria Nova York? Abandonaria o trabalho no mundo editorial?

— É claro que não. A Libby só quer se divertir antes que o novo bebê chegue. Dar um tempo da nossa vida cotidiana e fazer alguma coisa nova. Nós temos uma lista.

— Uma lista?

— Um monte de coisas tiradas dos livros. — E é por isso que eu nunca bebo dois martínis. Porque, mesmo com um metro e oitenta, meu corpo é incapaz de processar álcool, como fica evidente assim que começo a listar: — Usar camisa de flanela, fazer um pão ou um doce desde o início, fazer uma mudança no visual, construir algo, ter um encontro com um local...

Charlie dá uma risada brusca.

— Ela está tentando casar você com um criador de porcos, Stephens.

— Não, não está.

— Você disse que a sua irmã está tentando conseguir pra você uma história de amor de livros românticos passados em uma cidade pequena

— diz ele, sarcástico. — Você sabe como esses livros terminam, não é, Nora? Com um grande casamento dentro de um celeiro, ou com um epílogo envolvendo bebês.

Dou uma risadinha debochada. É claro que sei como esses romances terminam. Não só assisti aos meus ex-namorados *vivendo* essas histórias, mas também, quando Libby e eu ainda dividíamos um apartamento, eu lia quase compulsivamente as últimas páginas dos livros dela. E aqueles finais nunca me tentaram a voltar à página um.

— Escuta, Lastra. A minha irmã e eu estamos aqui para passar um tempo juntas. Provavelmente você não aprendeu isso em seja qual for o laboratório que tenha te gerado, mas férias são um modo bastante comum de pessoas que se amam relaxarem e passarem um tempinho juntas, se reconectando.

— Sim, porque, se tem uma coisa que vai relaxar alguém como você — retruca Charlie —, é passar um tempo em uma cidade convenientemente situada entre duas lojas de roupas baratas equidistantes.

— Sabe, não sou tão louca por controle quanto você e a Dusty parecem pensar. Poderia me divertir bastante em um encontro com um criador de porcos. E sabe de mais uma coisa? Talvez seja até uma boa ideia. Afinal, obviamente eu não tive muita sorte com os nova-iorquinos. Talvez eu tenha *mesmo* pescado no lago errado até agora. Ou, sei lá, tenha pegado o fluxo errado de escoamento de resíduos nucleares.

— Você é muito mais esquisita do que eu imaginava.

— Ora, para sua informação, antes desta noite eu presumia que você entrasse em um armário de vassouras e se colocasse em modo de economia de energia sempre que não estava no trabalho. Portanto, acho que ambos nos surpreendemos.

— Agora *você está* sendo absurda — diz ele. — Quando não estou no trabalho, me enfio em um caixão no porão de uma antiga mansão vitoriana.

Rio dentro do copo, o que faz Charlie abrir um sorriso muito real e humano. *Um sorriso vivo*, penso.

— Stephens — ele prossegue, o tom irônico mais uma vez —, se você é a vilã na história de amor de outra pessoa, então eu sou o diabo.

— É você que está dizendo — retruco.

Ele ergue a sobrancelha.

— Você está briguenta hoje.

— Eu sou sempre briguenta. Esta noite não estou me dando o trabalho de esconder.

— Ótimo. — Charlie se inclina para a frente, abaixa a voz, e é como se uma corrente elétrica atravessasse meu corpo. — Eu sempre preferi jogo aberto. Mas talvez os criadores de porcos de Sunshine Falls não se sintam da mesma forma.

Ele volta os olhos na minha direção, o perfume vagamente pungente e conhecido. Sinto um peso indesejado entre as coxas. Realmente espero que a covinha da mentira no meu queixo não encontre um jeito de anunciar que estou excitada.

— Eu já te disse — insisto. — Estou aqui pela minha irmã.

E, por mais ansiosa que eu me sinta por estar longe de casa, a verdade é que sempre passo todo o tempo de gravidez de Libby em um grau moderado de pânico. Pelo menos agora posso ficar de olho nela.

Nunca sonhei ter meus próprios filhos, mas o jeito como me senti durante a primeira gravidez de Libby me fez ter certeza. Há coisas demais que podem dar errado, que podem falhar.

Eu me sento em um banco no canto do bar e quase caio no processo. Charlie segura meus braços e me firma.

— Que tal uma água? — pergunta ele.

Ele se senta no banco vazio ao meu lado, com aquele sorrisinho arrogante e contido/ou bico/ou seja-o-que-for-aquilo que torce os lábios dele para um lado, enquanto chama a bartender.

Endireito os ombros, tentando recuperar a dignidade.

— Você não vai me distrair.

Ele ergue as sobrancelhas.

— De...?

— Eu ganhei um daqueles jogos. Você *me* deve uma informação. — Ainda mais depois da quantidade horrorosa de coisas que eu deixei escapar.

Charlie inclina a cabeça e abaixa o rosto para me fitar.

— O que você quer saber?

Nosso almoço de dois anos atrás vem à minha cabeça, o modo como Charlie olhava irritado para o relógio.

— Você disse que estava tentando pegar um voo no dia em que nos conhecemos. Por quê?

Ele coça o pescoço, o cenho franzido, o maxilar latejando de tensão.

— Pelo mesmo motivo por que estou aqui agora.

— Intrigante.

— Juro que não é. — A água apareceu em cima do balcão. Ele gira um dos copos no lugar, o maxilar tenso. — O meu pai teve um AVC. Um naquela época e outro poucos meses atrás. Estou aqui para ajudar.

— Merda. Eu... Uau. — Minha visão clareia na mesma hora, e eu o encaro com atenção, já sem nenhum zumbido no ouvido. — Você estava tão... bem.

— Eu tinha assumido o compromisso de estar lá — disse ele, com um toque defensivo na voz —, e não vi por que falar a respeito poderia ser produtivo.

— Eu não estava dizendo... escuta, eu tinha levado um pé na bunda cerca de quarenta e seis segundos antes, ainda assim me sentei para tomar um martíni e comer uma salada com um total desconhecido, por isso eu entendo.

Charlie fixou os olhos em mim, com tamanha intensidade que tive que desviar os meus por um instante.

— Ele... o seu pai está bem?

Charlie gira o copo de novo.

— Quando nós dois almoçamos, naquele dia, eu já sabia que o meu pai não estava correndo nenhum risco maior. A minha irmã só tinha

acabado de me contar sobre o AVC, mas havia acontecido semanas antes.
— O rosto dele parece mais duro. — Ele decidiu que eu não precisava saber e pronto. — Charlie se ajeita no assento, com o desconforto de alguém que acaba de se dar conta de que se abriu demais.

Mesmo com o gim e a cerveja se agitando pelo meu corpo, fico chocada quando me escuto dizer de forma impensada:

— Nosso pai nos deixou quando a minha mãe estava grávida da Libby. Nem lembro direito dele. Depois disso, a vida amorosa dela foi basicamente um desfile de namorados fracassados, então não sou exatamente uma especialista em pais.

Charlie franze o cenho, os dedos ainda no copo úmido.

— Parece terrível.

— Não foi tão ruim — digo. — A mamãe não deixava que a maior parte deles nos conhecesse. Ela era boa nisso. — Pego o copo e, para ver se o tique de Charlie funciona comigo, faço um círculo no vidro suado. — Mas um dia a nossa mãe parecia estar flutuando em uma nuvem, cantando suas músicas favoritas de *Hello, Dolly!* e afofando almofadas compradas em brechós, como uma Branca de Neve em Nova York, e no instante seguinte...

Não deixo a frase morrer, simplesmente me interrompo mesmo.

Não tenho vergonha da maneira como fui criada, mas, quanto mais contamos sobre nós a alguém, mais poder damos a essa pessoa. E evito particularmente falar muito a respeito de minha mãe com estranhos, como se as lembranças que eu tenho dela fossem um recorte de jornal que, cada vez que pego, desbota e amassa um pouco mais.

Charlie passa o polegar distraidamente pelo meu pulso.

— Stephens?

— Não preciso que você sinta pena de mim.

As pupilas dele se dilatam.

— Eu não ousaria. — Mas a voz dele parece *exatamente* uma ousadia.

Em algum momento, nós nos aproximamos mais fisicamente, e minhas pernas estão mais uma vez enfiadas entre as dele. É como se uma vibração circulasse em todas as partes onde nos tocamos. Os olhos de Charlie estão pesados nos meus, as pupilas quase se misturando às íris, com um anel lustroso cor de mel ao redor do poço escuro e fundo.

O calor entre minhas coxas aumenta, e eu cruzo e descruzo as pernas. Charlie abaixa os olhos para acompanhar o movimento, e seu copo de água encosta no lábio inferior, como se ele tivesse se esquecido do que estava fazendo. Naquele momento, não consigo lê-lo mais do que um por cento.

Eu poderia muito bem estar olhando em um espelho.

Poderia me inclinar na direção dele.

Poderia deixar meus joelhos deslizarem mais, até o meio das pernas dele, ou tocar o braço dele, ou erguer o queixo, e, em qualquer um desses cenários hipotéticos, terminaríamos nos beijando. Talvez eu não goste tanto assim de Charlie, mas uma parte minha nada insignificante está louca para saber qual é a sensação daquele lábio inferior dele, saber como seria ser tocada em outros lugares pela mão dele que está no meu pulso.

Neste exato momento, começa a chover — *torrencialmente* — e o metal ondulado do telhado passa a tamborilar de forma insana. Eu me desvencilho do braço de Charlie, que estava por cima do meu, e me levanto.

— Tenho que ir.

— Vamos dividir um táxi? — pergunta Charlie, a voz baixa e séria.

As chances de conseguirmos *dois* táxis a esta hora, nesta cidade, não são grandes. As chances de encontrarmos um que não seja dirigido por Hardy são terríveis.

— Acho que vou andando.

— Nessa chuva? — comenta Charlie. — E com *esses* sapatos?
Pego minha bolsa.
— Não vou derreter. — Tomara.
Charlie se levanta.
— Podemos dividir o meu guarda-chuva.

8

Saímos do Papai Agachado aninhados sob o guarda-chuva de Charlie. (Eu chamaria isso de *casualidade*, mas a verdade é que Charlie fica checando obsessivamente o aplicativo de clima; assim, parece que encontrei alguém ainda mais previsível do que eu). O ar úmido está pesado com o cheiro de grama e flores silvestres, e esfriou consideravelmente.

— Onde você está hospedada? — pergunta ele.

— Em um lugar chamado Chalé Lírio da Goode — respondo.

— Que bizarro... — comenta Charlie, quase que para si mesmo.

Sinto o pescoço quente no lugar onde o hálito dele sopra na minha pele.

— O que foi? Não posso me sentir feliz em qualquer outro lugar que não seja uma cobertura de mármore preto com um candelabro de cristal?

— É exatamente o que estou pensando. — Ele lança um olhar na minha direção enquanto passamos embaixo de uma faixa de luz da rua, e podemos ver a chuva cintilando como confete prateado. — Além disso, é a propriedade que os meus pais alugam.

Fico muito ruborizada.

— Você é... Sally Goode é sua mãe? Você cresceu perto de um haras?

— O que foi? — retruca ele. — Não posso ter sido criado em qualquer outro lugar que não seja uma cobertura de mármore preto com um candelabro de cristal?

— Só acho difícil imaginar que você se encaixe em qualquer lugar nesta cidade, menos ainda tão perto de uma pirâmide de esterco.

— Me *encaixar* talvez seja exagerar um pouco as coisas — diz Charlie, o tom ácido.

— E onde você está hospedado?

— Bom, eu costumo ficar no chalé. — Ele me lança outro olhar de lado na escuridão. — Mas essa não era uma opção.

O perfume dele é tão familiar... mas ainda não consegui descobrir por quê — quente, com aquele ligeiro toque de especiarias, suave o bastante para que eu me pegue o tempo todo tentando inalá-lo.

— Então, onde você está? — pergunto. — No seu quarto de menino?

Paramos no beco no fim da estrada para o chalé, e Charlie suspira.

— Estou dormindo em uma daquelas camas em formato de carro de corrida, Nora. Está feliz?

Feliz era pouco. A imagem desse Charlie à minha frente, tão elegante, de expressão severa, enfiado em um Corvette de plástico, olhando emburrado para a tela do Kindle, me faz rir tanto que tenho dificuldade para me manter de pé. Ele provavelmente é a última pessoa que eu conseguiria imaginar em uma cama em formato de carro de corrida, além de mim mesma.

Charlie passa um braço ao redor da minha cintura quando quase me desequilibro de tanto rir.

— Só um lembrete — ele diz, e me ajuda a continuar a andar pelo cascalho. — *Isso* não é nem de perto a coisa mais embaraçosa que um de nós falou esta noite.

Eu me desvencilho.

— Você era, tipo, um garoto louco pelas corridas da NASCAR?

— Não — responde Charlie —, mas o meu pai nunca parou de tentar.

Tenho outra crise de riso que ameaça me fazer cair. Charlie me segura mais uma vez contra a lateral do corpo.

— Um pé na frente do outro, Stephens.

— Sem dúvida está garantida a nossa possibilidade de destruição mútua — digo, ainda rindo.

Ele começa a me levar na direção da encosta da colina e, na mesma hora, o salto do meu sapato afunda na lama, me prendendo ao chão. Dou outro passo e o outro salto também se crava na lama. Solto um gritinho baixo e indignado.

Charlie para e solta um suspiro pesado enquanto olha para meus sapatos.

— Vou ter que carregar você?

— *Não* vou deixar você me carregar nas costas, Lastra — aviso.

— E eu não vou permitir que você destrua esses pobres sapatos inocentes. Não sou esse tipo de homem.

Olho para meus *mules*, e um som lamentavelmente petulante escapa da minha boca.

— *Tudo bem.*

— *De nada.*

Charlie se vira e agacha, enquanto levanto o vestido e me despeço com carinho dos últimos remanescentes da minha dignidade, então passo os braços ao redor dos ombros dele e subo em suas costas.

— Tudo certo? — pergunta Charlie.

— Estou sendo carregada nas suas costas. — Ajeito o guarda-chuva para nos cobrir melhor. — Isso responde à sua pergunta?

— Pobre Nora — ironiza ele, as mãos posicionadas nas minhas coxas, enquanto começa a subir os degraus. — Nem consigo imaginar como deve estar sendo difícil para você.

É nesse momento que me dou conta de uma coisa, de forma tão enfática e caótica quanto sinos de igreja soando: o motivo por que o perfume dele me é tão familiar. É a mesma colônia sutil, unissex, que *eu* uso. Uma mistura de cedro e âmbar chamada LIVRO, que pretende evocar imagens de estantes banhadas pelo sol e páginas muito lidas. Quando descobri que a fabricante do perfume estava falindo, fiz uma compra enorme, para ter estoque.

Eu teria me dado conta disso antes, mas a fragrância fica diferente nele, assim como o perfume de lavanda e limão, que era a marca da nossa mãe, fica diferente na Libby, com um toque de baunilha que não se destacava na mamãe. Em Charlie, o livro parece mais aromático, mais quente do que em mim.

— Está muito silencioso aí atrás, Stephens. Há algo que eu possa fazer para tornar a sua viagem mais confortável? Um travesseiro de pescoço? Aqueles biscoitinhos que servem nos voos da Delta?

— Eu aceitaria esporas e um chicotinho de montar.

— Deveria ter imaginado que a resposta seria essa — resmunga ele.

— Também aceitaria uma declaração juramentada de que nunca mais vamos falar sobre este momento.

— Depois do jeito como você depreciou o meu último contrato? Eu acho que não.

Quando chegamos aos degraus da frente do chalé, escorrego para o chão e tento ajeitar meu vestido no lugar, o que não é fácil, porque não me saí *tão* bem assim na tarefa de manter o guarda-chuva acima de nós. Tanto eu quanto Charlie estamos encharcados — meu vestido está colado às coxas e minha franja enfiada nos olhos.

Charlie estica a mão para afastar o cabelo do meu rosto.

— A propósito, belo corte.

— Homens hétero adoram franjas — declaro. — Elas tornam as mulheres mais acessíveis.

— Nada mais íntimo do que uma testa à mostra. Embora eu sinta uma certa falta do loiro.

E pronto... aquela nuvem de desejo em forma de cogumelo pressiona mais abaixo do meu ventre e sinto uma pontada entre as coxas.

— Não é natural — anuncio.

— Não achei que fosse — diz Charlie —, mas combina com você.

— Porque parece vagamente cruel? — sugiro.

Ele abre um sorriso largo e raro, mas só por um segundo. Apenas pelo tempo necessário para fazer meu estômago dar uma cambalhota.

— Andei pensando...

— Vou chamar agora mesmo uma equipe de reportagem.

— Você deveria riscar o número cinco.

— Número cinco?

— Da lista de vocês.

Levo a mão ao rosto.

— Por que eu fui te contar...?

— Porque queria que alguém te impedisse de seguir com ela — esclarece ele. — A última coisa de que você precisa é se envolver com alguém que more nesta cidade.

Abaixo a mão e estreito os olhos para ele.

— Eles devoram forasteiros?

— Pior — retruca Charlie. — Mantêm as pobres criaturas aqui para sempre.

Dou uma risadinha debochada.

— Compromisso de longo prazo. Que terrível.

— Nora — diz ele, o tom baixo e reprovador. — Nós dois sabemos que você não quer esse epílogo. Alguém como você... que usa *esse* tipo de sapato... jamais seria feliz aqui. Não dê esperanças vãs àquele pobre criador de porcos.

— Tudo bem, homem grosseiro.

— Grosseiro? — Charlie se aproxima mais, e a luz fluorescente acima da porta ilumina suas feições em contrastes intensos, destacando seus malares e fazendo seus olhos brilharem. — *Grosseiro* é deslegitimar toda a concentração de homens disponíveis para encontros na cidade de Nova York só porque você escolheu quatro babacas seguidos.

Sinto a garganta quente, como se estivesse engolindo lava líquida.

— Não me diga que magoei seus sentimentos — murmuro.

— Você, entre todas as pessoas, deveria saber — diz, baixando os olhos para minha boca — que nós, "tipos literários rabugentos e monocromáticos", não temos sentimentos.

Escuto a voz de Nadine Winters gritando na minha mente.

Abortar essa conversa, abortar essa conversa! Isso não se encaixa no plano! Mas o sangue parece estar correndo rápido demais pelo meu corpo, e minha pele vibra para que as palavras consigam competir com essa sensação.

Não me lembro de quando fiz isso, mas vejo meus dedos pressionados contra o abdome de Charlie e sinto seus músculos se contraírem embaixo deles.

Ideia ruim, penso na fração de segundo antes que Charlie puxe meus quadris contra os dele. As palavras se desfazem como sopa de letrinhas, com as letras se dispersando em todas as direções, agora totalmente sem sentido. A boca de Charlie captura a minha com voracidade, enquanto ele me encosta na porta do chalé e cobre meu corpo com o dele.

Deixo escapar um gemido baixo ao sentir a pressão. As mãos de Charlie apertam minha cintura com mais força. Meus lábios se abrem para receber a língua dele, e sinto o sabor agradável que mistura a pungência da cerveja com o toque herbal do gim em seu hálito.

É como se o contorno do meu corpo estivesse se dissolvendo, se liquefazendo. A boca de Charlie desce pelo meu maxilar, depois pelo meu pescoço. Passo as mãos pelo cabelo grosso dele, molhado de chuva, e Charlie solta um gemido baixo, enquanto sua mão se aventura pelo meu peito, os dedos roçando no meu mamilo.

Em algum momento, o guarda-chuva cai no chão. A camisa de Charlie está colada ao peito. Ele me apalpa por cima do vestido úmido, me fazendo arquear o corpo. Nossas bocas voltam a se encontrar.

Os últimos resquícios de cerveja e gim evaporam da minha corrente sanguínea e tudo passa a acontecer em alta definição. Minhas mãos sobem pelas costas da camisa dele, e cravo as unhas na pele quente e macia, puxando-o mais para perto, enquanto a mão de Charlie alcança a bainha do meu vestido, que sobe pela minha coxa. Os dedos dele deslizam mais para cima, deixando minha pele toda arrepiada, e algo como *Espera* sai baixo e hesitante dos meus lábios.

Nem tenho certeza se Charlie ouviu, mas ele se afasta de repente, parecendo um homem que acaba de sair de um transe, o cabelo desarrumado, os lábios inchados, piscando várias vezes como que para voltar a si.

— Merda! — diz, a voz rouca, dando mais um passo para trás. — Eu não tinha a intenção de...

A clareza me atinge como um balde de água fria.

Merda é a palavra certa!

Não beijo parceiros de trabalho. Já é ruim o bastante que, em um ano e meio, todos com quem eu trabalho vão passar a pensar em mim como Nadine Winters — não preciso acrescentar mais nenhum combustível em potencial à pira da minha reputação.

— Realmente não posso me envolver...

— Não preciso de explicação! — interrompo, enquanto puxo a bainha do vestido para baixo, cobrindo as coxas. — Foi um erro!

— Eu sei! — concorda Charlie, parecendo vagamente ofendido.

— Ora, eu também sei!

— Ótimo! — diz ele. — Então concordamos!

— Ótimo! — imponho, continuando a discussão mais estranha e menos produtiva já vista na história.

Charlie não se move mais. Nenhum de nós dois se move. Os olhos dele ainda parecem escuros e vorazes, e, graças à lâmpada acima da porta, é como se a ereção que se destaca na sua calça estivesse na vitrine de um museu particularmente lascivo.

Respiro fundo.

— Vamos simplesmente agir como se...

Ele completa a frase ao mesmo tempo que eu.

— Vamos fingir que isso nunca aconteceu.

Concordo com um aceno de cabeça.

Ele faz o mesmo.

Está combinado.

Charlie pega o guarda-chuva no chão, e nenhum de nós dois se dá o trabalho de dizer "boa noite". Ele apenas volta a assentir com um movimento rígido de cabeça, se vira e vai embora.

Nunca aconteceu, penso, com certa intensidade.

O que é bom, porque minhas decisões precipitadas *sempre* têm consequências desastrosas.

9

Quando eu tinha doze anos, minha mãe foi escalada para participar do elenco de uma série policial. E se envolveu com o produtor executivo. Não demorou muito, ela estava se encontrando com ele toda noite.

Depois de filmar quatro episódios, o produtor se reconciliou com a mulher, de quem estava separado. A jovem detetive impetuosa que minha mãe interpretava foi rapidamente assassinada, e seu corpo descoberto em um frigorífico.

Nunca tinha visto a mamãe tão perturbada. Passamos a evitar áreas inteiras da cidade depois disso, nos desviando de qualquer lugar onde ela pudesse esbarrar no produtor, ou que a lembrasse dele, ou do trabalho que tinha perdido.

Depois disso, foi fácil para mim tomar a decisão de nunca me apaixonar. Por anos, me ative a ela. Então conheci Jakob.

Ele fez o mundo se abrir ao meu redor, e foi como se existissem cores que eu nunca tinha visto, novos níveis de felicidade que eu jamais poderia imaginar.

Minha mãe ficou encantada quando contei que ia morar com Jakob. Mesmo depois de tudo pelo que ela havia passado, ainda era uma romântica.

Ele vai cuidar muito bem de você, menina querida, disse ela. Jakob era dois anos mais velho do que eu, ganhava bem como barman e morava em um apartamento minúsculo no norte da cidade.

Uma semana depois me despedi da mamãe e de Libby com um abraço e levei minhas coisas para a casa de Jakob. Duas semanas mais tarde, minha mãe morreu.

As contas chegaram todas de uma vez. Aluguel, despesas da casa, um cartão de crédito que tínhamos aberto no meu nome quando as coisas ficaram particularmente apertadas. O crédito da minha mãe não era bom, e eu queria fazer a minha parte.

Eu trabalhava na Freeman Books desde os dezesseis anos, mas ganhava um salário mínimo, e só conseguia fazer meio período enquanto estivesse na faculdade. E, algum dia, os empréstimos estudantis que eu havia tomado voltariam para me assombrar.

Os atores amigos da mamãe fizeram uma vaquinha para nos ajudar e anunciaram, depois do funeral, que tinham conseguido levantar quinze mil dólares — o que fez Libby chorar lágrimas de felicidade, porque ela não tinha ideia de que aquela soma não faria grande diferença para nós.

Minha irmã queria estudar design de moda na Parsons, e pensei em abandonar a faculdade de letras para bancar a educação dela, embora já tivesse investido dezenas de milhares de dólares na minha.

Deixei o apartamento de Jakob e voltei a morar com Libby.

E apertei o orçamento.

Vasculhava a internet procurando as refeições mais baratas e que mais saciavam.

Arrumei outros trabalhos: dando aulas particulares, servindo mesas e fazendo trabalhos para colegas.

Jakob descobriu que tinha sido aceito no programa de residência para escritores em Wyoming e partiu. Então veio nosso rompimento, a enorme desolação que eu senti — um lembrete de por que a promessa que eu havia feito a mim mesma anos atrás ainda importava.

Parei de namorar, basicamente. Tinha encontros (só uma vez e só para jantar), e, embora nunca tenha contado a ninguém, a razão para isso era porque seria menos uma refeição para pagarmos. Duas se eu pedisse o bastante para levar as sobras para Libby.

Não havia segundos encontros. Era então que a culpa aparecia — ou os sentimentos.

Libby implicava comigo, brincalhona, dizendo que ninguém era bom o bastante para um segundo encontro comigo.

Eu não me importava. Me destruiria ouvir o que ela pensaria da verdade.

Libby também trabalhava. Sem a renda da mamãe, tivemos que apertar o cinto, mas minha irmã nunca gostou de gastar dinheiro consigo mesma, de qualquer modo.

Às vezes, depois de reclamar com Libby sobre um encontro particularmente ruim, eu chegava em casa da aula, ou de um turno como monitora, e já a encontrava dormindo (deixei que ela ficasse com o quarto só para si e dormia na sala, como a mamãe fizera por tanto tempo), mas também encontrava um buquê de girassóis em um vaso ao lado do sofá-cama.

Se eu fosse uma pessoa normal, teria chorado. Em vez disso, ficava sentada ali, segurando o vaso, e só *tremia*, cacete. Como se bem no fundo houvesse emoções guardadas em mim, mas com tantas camadas de cinzas esmagando-as que elas acabavam se limitando a murmúrios tectônicos.

Há um ponto no meu pé que não consigo sentir. Pisei em um caco de vidro, e os nervos naquela região agora estão mortos. O médico disse que voltariam a funcionar, mas já se passaram anos, e o lugar continua dormente.

E essa era a mesma sensação no meu coração havia anos. Como se todas as rachaduras o tivessem calejado.

Aquilo permitiu que eu me concentrasse no que importava. Construí uma vida para mim e para Libby, um lar que nenhum banco ou ex-namorado poderia tirar de nós.

Ficava vendo minhas amigas que tinham relacionamentos amorosos cederem, se acomodarem, enquanto se encolhiam até não serem nada além de uma peça de um todo, até suas histórias serem mencionadas no pretérito, e suas aspirações profissionais, seus amigos e seus apartamentos serem substituídos por *nossas* aspirações, *nossos* amigos, *nosso* apartamento. Vidas pela metade que poderiam ser arrancadas delas sem aviso.

Àquela altura, eu já tinha toda a prática possível em primeiros encontros. Sabia a que sinais de alerta ficar atenta, que perguntas fazer. Vira minhas amigas e colegas de trabalho serem ignoradas, traídas, ficarem entediadas em um relacionamento, até se verem abruptamente despertadas quando acabavam descobrindo que seus parceiros eram casados, viciados em jogos de azar ou desempregados crônicos. Vi relações casuais se transformarem em relacionamentos pela metade e muito complicados.

Eu tinha padrões e uma vida, e não estava nem um pouco disposta a deixar que algum homem destruísse o que eu tinha, como se aquilo não fosse nada além de uma faixa que ele rasgaria para entrar em campo.

Assim, só depois que minha carreira estava encaminhada eu voltei a namorar, e fiz do jeito certo. Com cautela, checklists e decisões cuidadosamente avaliadas.

Eu não beijava colegas de trabalho. Não beijava pessoas que praticamente não conhecia. Não beijava homens com quem não tinha a intenção de namorar, ou homens com quem eu era incompatível. Não deixava arroubos de tesão eventuais darem as cartas.

Até o evento Charlie Lastra.

Nunca aconteceu.

Achei que Libby ficaria eufórica com meu lapso. Em vez disso, ela mostrou tanta desaprovação quanto *eu*.

— A sua nêmesis profissional de Nova York *não* conta como número cinco, irmã — diz ela. — Você não poderia ter se agarrado com um, sei lá, com um palhaço de rodeio com um coração de ouro?

— Eu estava usando os sapatos totalmente errados para a ocasião — argumentei.

— Você poderia beijar um milhão de Charlies em Nova York. Tem que experimentar coisas novas aqui. Nós duas temos que fazer isso.

Ela brandiu a espátula de ovo na minha direção. Quando eu era menina, o café da manhã na nossa casa era do tipo iogurte ou barra de granola, mas agora minha irmã é daquelas que adotam um café da manhã inglês completo, e já há panquecas e linguiça vegana prontas perto da frigideira de ovo.

Saí da cama às nove, depois de uma noite inquieta, dei uma corrida e tomei um banho rápido, então desci para tomar café da manhã. Libby já está de pé há horas. Ela hoje adora as manhãs ainda mais do que adorava dormir quando adolescente. Mesmo nos fins de semana, nunca dorme além das sete. Tenho certeza de que, em parte, isso se deve ao fato de Libby ouvir um grito agudo de Bea, ou o pezinho de Tala batendo no chão mesmo que esteja a cinco quilômetros e uma dose de morfina de distância.

Ela sempre diz que as duas são nós, mas com os corpos trocados.

Bea, a mais velha, é doce como uma torta de cereja, exatamente como Libby, mas com a minha altura e a minha magreza, e o cabelo castanho-acinzentado. Tala tem o cabelo loiro-avermelhado e provavelmente não terá mais de um metro e sessenta e cinco, mas, como a tia Nono, é indomável: cheia de opiniões e determinada a não seguir nenhuma ordem sem uma explicação completa antes.

— Foi você que resolveu fazer uma Operação Cupido comigo — argumento mais uma vez, enquanto tiro a espátula da mão de Libby e a faço sentar em uma cadeira. — Nunca teria acontecido se você não tivesse me abandonado.

— Escuta, Nora, às vezes até as mães precisam de um tempo sozinhas — diz ela lentamente. — De qualquer modo, achei que você *odiasse* aquele cara.

— Eu não odeio o Charlie. Somos só como... sei lá, polos opostos de um ímã, ou alguma coisa assim.

— Polos opostos de um ímã são os que se atraem.

— Certo, então nós somos ímãs com a mesma polaridade.

— Dois ímãs com a mesma polaridade nunca se agarrariam encostados em uma porta.

— Ao contrário de outros ímãs, que com certeza fariam isso.

Sirvo nossos pratos e me sento à mesa, em frente a ela. O dia está um inferno de calor. Estamos com as janelas abertas e os ventiladores ligados, mas continua nublado e quente como uma sauna vagabunda.

— Foi um momento de fraqueza.

A lembrança das mãos de Charlie na minha cintura, do peito dele me pressionando contra a porta, volta à minha mente.

Libby ergue uma sobrancelha. Com o cabelo cor-de-rosa chanel muito reto, ela chega perto de reproduzir o meu olhar, mas no fim seu rosto ainda é doce demais para que ela consiga fazer o trabalho direito.

— A menos que você tenha esquecido, irmã, *esse* tipo de homem não funcionou pra você no passado.

Pessoalmente, eu não colocaria Charlie junto com meus ex. Em primeiro lugar, nenhum deles tentou me devorar ao ar livre. Além disso, eles nunca tinham se afastado de um beijo como se eu tivesse colocado um carvão em brasa nas calças deles.

— Eu me orgulho de você por ter saído do script... só não teria escolhido para O Flerte das Férias um cara que apalpa com tanta dedicação quanto o conde Von Lastra.

Enfio a cabeça no braço, me sentindo humilhada mais uma vez.

— Isso tudo é culpa de Nadine Winters.

— De quem?

— Ah é... — Levanto a cabeça. — No seu desespero pra me ver domesticada e grávida, você saiu correndo do bar antes que eu pudesse contar.

Ligo o celular, abro o e-mail de Dusty e mostro a Libby. Ela se debruça para ler e eu enfio comida na boca o mais rápido possível, para poder começar logo o meu dia de trabalho.

Libby não é uma leitora muito rápida. Ela absorve o livro como se fosse um banho de espuma, enquanto meu trabalho me força a ler mais como se estivesse tomando chuveiradas quentes e rápidas.

Libby torce cada vez mais os lábios conforme lê, até finalmente cair na gargalhada.

— Ai, meu Deus! — diz. — É uma fanfic da Nora Stephens!

— Será que pode ser chamada de fan fiction quando a autora claramente não é uma fã? — questiono.

— Ela mandou mais alguma coisa? A história fica sacana? Um monte de fanfics tem cenas sacanas.

— Repito, não é uma fanfic.

Libby ri mais.

— Talvez a Dusty tenha um crush em você.

— Ou talvez ela esteja contratando um assassino de aluguel neste exato momento.

— Estou *torcendo* pra ficar sacana.

— Libby, se as coisas fossem do seu jeito, todo livro terminaria com um orgasmo de fazer tremer o planeta.

— Ei, por que esperar até o fim? — pergunta ela. — Ah, certo, porque é por aí que *você* começa a ler. — E finge que está vomitando.

Eu me levanto para lavar meu prato.

— Bem, a conversa está muito boa, mas tenho que sair para caçar um sinal de wi-fi que não me faça ter vontade de enfiar a cabeça através de uma parede.

— Encontro com você mais tarde — avisa Libby. — Antes, vou passar algumas horas andando pelada pela casa e gritando palavrões. Então, provavelmente vou ligar pra casa... quer que eu mande um beijo seu pro Brendan?

— Pra quem?

Libby me empurra para fora de casa. Dou um beijo estalado em seu rosto, já a caminho da porta, a bolsa com o notebook no ombro.

— Não vá a lugar nenhum de *Só uma vez na vida* sem mim! — grita ela.

Saio antes que *Não tenho certeza nem se esses lugares existem* escape pela minha boca. Pela primeira vez em meses, Libby e eu parecemos com *nós duas* de outra época — totalmente conectadas e presentes —, e a última coisa que eu quero é que alguma variável incontrolável bagunce tudo.

— Prometo — digo.

10

Depois de pagar pelo meu café gelado no Instantâneo, peço a senha do wi-fi à barista animada, com o piercing no nariz.

— Ah! — A garota indica uma placa de madeira atrás dela onde se lê *Vamos desconectar!* — Não temos wi-fi aqui. Sinto muito.

— Como assim? — pergunto. — Você está falando sério?

A barista abre um sorriso largo.

— Sim.

Olho ao redor. Nenhum notebook à vista. Todos aqui parecem ter acabado de voltar de uma subida ao monte Everest, ou de usar drogas em uma barraca no Coachella.

— A cidade tem uma biblioteca ou alguma coisa assim? — pergunto.

Ela assente.

— Alguns quarteirões para baixo. Mas também não tem wi-fi lá... parece que vão instalar no outono. Por enquanto eles têm mesas que você pode usar.

— Tem *algum lugar* na cidade que tenha wi-fi?

— A livraria acabou de instalar — admite a garota, baixinho, como se torcendo para que as palavras não provocassem uma debandada de bebedores de café que adorariam não estar desconectados.

Agradeço a ela e saio para o calor pegajoso, sentindo o suor se acumular nas minhas axilas e no meu colo, enquanto sigo na direção da livraria. Quando abro a porta, parece que acabei de entrar em um labirinto — toda a brisa, os sinos de vento e sons de pássaros aquietam-se ao mesmo tempo, enquanto o cheiro morno de cedro e papel ao sol me envolve.

Dou um gole na minha bebida gelada e me aqueço na dose dupla de serotonina que dispara pelo meu corpo. Há algo melhor do que café gelado e uma livraria em um dia de sol? Quer dizer, além de café quente e uma livraria em um dia chuvoso.

As estantes estão colocadas em ângulos ousados, que me dão a sensação de estar escorregando pela borda do planeta. Se eu ainda fosse criança, teria amado a extravagância disso — um salão de espelhos de parque de diversões feito de livros. Adulta, minha preocupação básica é me manter de pé.

À esquerda há uma entrada baixa e arredondada, aberta no meio de uma das estantes, e na moldura se lê *Livros infantis*.

Eu me inclino para espiar através dela e vejo um mural azul-esverdeado suave, como algo saído de *Madeline*, onde está escrito em letras sinuosas: *Descubra novos mundos!* Do outro lado do salão principal da livraria, uma porta de tamanho normal leva à *Sala de livros raros e usados*.

O salão principal não está exatamente transbordando de lombadas estalando de novas. Até onde eu posso dizer, há muito pouco método na organização desta loja — livros novos misturados com antigos, brochuras com livros de capa dura, e fantasia perto de não ficção, com uma camada de poeira não tão fina acima de tudo.

Aposto que este lugar já foi uma joia da cidade, onde as pessoas compravam presentes de Natal e pré-adolescentes cochichavam enquanto tomavam *frappuccinos*. Agora, é mais um túmulo de um pequeno negócio.

Sigo o labirinto de estantes, entrando mais fundo na loja, e passo por uma porta que leva ao "café" mais deprimente do mundo (duas mesas de metal, cercadas por cadeiras dobráveis). Dobro em um canto e fico paralisada por uma fração de segundo, um pé ainda pairando no ar.

Ver o homem debruçado sobre o notebook atrás da caixa registradora, com o cenho franzido, é como acordar de um pesadelo em que estamos caindo de um penhasco, só para perceber que a casa foi erguida por um tornado enquanto dormia.

Esse é o problema com cidades pequenas: basta um mínimo lapso de julgamento e não se consegue andar um quilômetro sem esbarrar nesse lapso.

Tudo que eu quero é me virar e fugir, mas não posso me permitir fazer isso. Não vou deixar que um erro, nem que qualquer homem, comece a governar minhas decisões. O motivo básico para eu evitar envolvimentos românticos no lugar onde trabalho é para me proteger exatamente *desse* cenário. Além do mais, o envolvimento *foi* evitado. Em sua maior parte.

Endireito os ombros e levanto o queixo. Neste momento, pela primeira vez na vida, me pergunto se é possível que eu tenha um anjo da guarda, porque bem na minha frente, na prateleira de mais vendidos locais, está uma pilha de *Só uma vez na vida*.

Pego um exemplar e vou até o caixa.

Charlie não tira os olhos do notebook até eu bater com o livro no balcão de mogno entalhado.

Ele levanta lentamente os olhos castanho-dourados.

— Ora, ora, se não é a mulher que não está me perseguindo.

Eu me esforço para falar com tranquilidade.

— Ora, ora, se não é o homem que tentou me violar no meio de um furacão.

Charlie cospe dentro da xícara o gole que estava dando na sua bebida e olha na direção do trágico café.

— Espero sinceramente que a diretora da escola onde eu fiz o ensino médio esteja preparada para ouvir isso.

Eu me inclino para o lado, para olhar através da porta. E vejo uma mulher grisalha e recurvada sentada diante de uma das mesas de metal, assistindo a *Família Soprano* em um tablet, com fone em apenas um ouvido.

— Outra das suas ex? — pergunto.

Isso provoca aquele tique no canto da boca de Charlie.

— Eu sei que está satisfeita consigo mesma quando seus olhos ficam com essa expressão predadora.

— E eu posso dizer o mesmo de você quando dá essa torcidinha no lábio.

— Isso se chama sorriso, Stephens. É uma coisa normal por aqui.

— E com "por aqui" você deve estar se referindo a Sunshine Falls, por que certamente não é ao raio de um metro e meio que abrange a sua cerca elétrica.

— Tenho que manter os moradores longe de algum modo. — Charlie abaixa os olhos para o livro. — Finalmente vai respirar fundo e encarar a coisa toda? — pergunta, com ironia.

— Sabe... — Pego o livro e seguro na frente do peito. — Descobri este exemplar na prateleira dos *mais vendidos*.

— Eu sei. Fica bem ao lado do *Guia para trilhas de bicicleta na Carolina do Norte*, que o meu antigo dentista autopublicou no ano passado — diz ele. — Quer um desse também?

— O livro da Dusty vendeu mais de um milhão de cópias — retruco.

— Sei disso. — Ele pega o livro. — Mas agora me pergunto quantas dessas cópias *você* comprou.

Fecho a cara. Ele me recompensa com um quase sorriso, e pela primeira vez sei exatamente o que minha chefe quer dizer quando descreve meu "sorriso com facas".

Desvio os olhos do rosto de Charlie, o que no fim significa que meu olhar desce pelo pescoço bronzeado dele e pela camiseta muito branca, até chegar aos braços. São ótimos braços. Não no estilo "músculos estourando", só um braço esguio e bem-feito.

Ora, são só braços. Calma, Nora. Homens hétero conseguem as coisas fácil demais. Uma mulher heterossexual pode ver uma parte do corpo de aparência muito normal, nada sexual, e a biologia logo interfere com *Não dou a mínima para os últimos quatro mil anos de evolução, está na hora de contribuir para a continuação da raça humana.*

Charlie afasta o notebook para o lado e começa a rearrumar canetas, panfletos e outros materiais de escritório em cima do balcão. Talvez não seja *ele* que me excita, e sim as roupas que ele usa e seu talento para a organização.

— Na verdade, acabei de mandar um e-mail pra você.

Volto à conversa com um sobressalto, vibrando como um elástico esticado.

— É mesmo?

Ele assente, o maxilar firme, os olhos escuros e intensos.

— Já soube da Sharon?

— A editora da Dusty?

Charlie volta a assentir.

— Ela saiu de licença-maternidade... teve o bebê.

E, de repente, nem todos os braços bem-feitos, os dedos elegantes e os potes organizados com canetas e marcadores do mundo são o bastante para prender minha atenção.

— Mas o parto seria só no mês que vem — digo, em pânico. — Temos mais um *mês* para editar o livro da Dusty.

Outro tique no canto da boca de Charlie.

— Quer que eu ligue pra ela e diga isso? Talvez algo possa ser feito... Espere, você tem algum contato no hospital Monte Sinai?

— Terminou? — pergunto. — Ou tem algum complemento para essa piada *hilária*?

Charlie pousa as mãos no balcão e se inclina para a frente, a voz rouca agora, os olhos cintilando com aquele estranho brilho interno.

— Eu quero.

Tenho a sensação de ter perdido alguma parte da conversa.

— O q-quê?

— O livro da Dusty. *Frígida*. Quero trabalhar nele.

Ah, graças a Deus. Por um momento, tive dúvida do rumo que essa conversa estava tomando. E também: de jeito nenhum.

— Se nós quisermos manter a data de lançamento — continua Charlie —, a Sharon não vai estar de volta a tempo de editar o livro. A Loggia precisa que outra pessoa assuma o trabalho, e pedi para ser eu.

Agora minha mente não parece apenas estar girando, mas girando quinze pratos pegando fogo ao mesmo tempo.

— Estamos falando da Dusty. A Dusty tímida e gentil, que está acostumada com o jeito otimista e tranquilizador da Sharon. E você... sem ofensa... é tão delicado quanto uma picareta velha.

Ele flexiona o maxilar.

— Eu sei que não tenho os modos mais delicados do mundo. Mas sou bom no meu trabalho. Posso editar o livro. E você consegue convencer a Dusty. A editora não quer atrasar a data de lançamento. Precisamos tocar esse trabalho, sem atrasos.

— A decisão não é minha.

— A Dusty vai te ouvir — insiste Charlie. — Você seria capaz de vender óleo de cobra para um vendedor de óleo de cobra.

— Não sei se o ditado é exatamente esse.

— Eu tive que adaptá-lo para refletir com precisão como você é boa no que faz.

Meu rosto está em fogo, menos pelo elogio e mais pela lembrança súbita e vívida da boca de Charlie. Mas a parte em que ele cambaleia para trás como se eu tivesse atirado nele vem na sequência.

Engulo em seco.

— Vou conversar com ela. É só o que eu posso fazer.

Por hábito, abro sem pensar a última página de *Só uma vez na vida*. Chego, então, aos agradecimentos e deixo meus músculos relaxarem quando vejo meu nome. Aquela é a prova — de que *sou* boa no meu trabalho, de que, mesmo que não consiga controlar tudo, há muito que posso forçar a sair como é preciso.

Pigarreio.

— O que você está fazendo aqui, afinal, e quanto tempo tem até a luz do sol transformar você em cinzas?

Charlie cruza os braços em cima do balcão.

— Consegue guardar um segredo, Stephens?

— Me pergunte quem matou John Kennedy — respondo, adotando o mesmo tom sem emoção dele.

Charlie estreita os olhos.

— Estou muito mais interessado em como você conseguiu essa informação.

— Naquele livro do Stephen King — respondo. — Agora, de quem estamos guardando segredos?

Ele pensa por algum tempo, correndo os dentes pelo lábio inferior cheio. É quase provocante, mas com certeza não é pior do que o que está acontecendo no *meu* corpo no momento.

— Da Loggia Publishing — diz Charlie.

— Certo. — Penso a respeito. — Consigo manter segredo da Loggia, se for bem interessante.

Ele se inclina mais para perto. Eu também. O sussurro de Charlie é tão baixo que quase tenho que pressionar meu ouvido em sua boca para ouvir.

— *Eu trabalho aqui.*

— Você... trabalha... aqui? — Endireito o corpo e pisco algumas vezes para sair do torpor que o cheiro quente dele provoca.

— Eu trabalho aqui — Charlie repete, e vira o notebook para me mostrar o pdf de um original —, enquanto tecnicamente estou trabalhando *lá*.

— Isso é legal? — pergunto.

Dois empregos em horário integral simultâneos talvez possam valer como dois empregos em meio expediente.

Charlie passa a mão pelo rosto e deixa escapar um suspiro exausto.

— É desaconselhável. Mas os meus pais são donos deste lugar, e precisavam de ajuda, por isso vim tomar conta da livraria por alguns meses, enquanto faço as edições remotamente.

Ele afasta o livro do balcão.

— Você vai mesmo comprar isso?

— Gosto de apoiar negócios locais.

— A Goode Books não é tanto um negócio local e mais um ralo financeiro, mas tenho certeza de que o túnel no interior da terra vai valorizar esse dinheiro.

— Espera — digo —, você acabou de dizer mesmo que este lugar se chama Goode Books? Como no sobrenome da sua mãe, mas que também pode ser lido como *good books*, ou seja, *bons livros*?

— Pessoas da cidade grande — repreende ele, com ironia. — Vocês nunca têm tempo para cheirar as rosas, *ou* para levantar a cabeça e reparar nas placas bem visíveis acima dos estabelecimentos locais.

Aceno com a mão.

— Ah, eu tenho tempo. Mas o botox no meu pescoço torna difícil levantar o queixo tão alto.

— Nunca conheci ninguém ao mesmo tempo tão vaidosa e tão prática. — Ele parece mesmo ligeiramente impressionado.

— E será exatamente esse o meu epitáfio.

— Que pena — comenta Charlie —, desperdiçar tudo *isso* com um criador de porcos.

— Você realmente se apegou à ideia do criador de porcos. Já a Libby não vai ficar satisfeita enquanto eu não namorar um viúvo com filhos que abandonou uma carreira na música country para administrar uma pousada.

— Então você conheceu o Randy — diz ele.

Caio na gargalhada, e o canto da boca dele treme.

Ah, merda. Isso *é* um sorriso. Charlie está satisfeito por ter me feito rir. O que faz meu sangue parecer xarope de bordo. E eu odeio xarope de bordo.

Dou meio passo para trás, acrescentando um limite físico ao limite mental que estou tentando recompor.

— De qualquer modo, ouvi rumores de que você esconde toda a internet da cidade aqui.

— Você nunca deve acreditar em rumores de uma cidade pequena, Nora — brinca ele.

— Então...

— A senha é *goodebooks*. Tudo em minúscula, sem espaço entre as palavras e com o *e* no final de *goode*. — Ele indica o café com o queixo, a sobrancelha arqueada. — Diga oi para a diretora Schroeder.

Sinto o rosto arder. E olho por cima do ombro na direção de uma cadeira de madeira no fim de um corredor.

— Pensando melhor, vou me acomodar ali mesmo.

Charlie se inclina para a frente e abaixa a voz mais uma vez.

— *Covarde*.

A voz dele, o desafio nela, provoca arrepios por toda a minha coluna.

A pessoa competitiva que mora em mim entra em ação na mesma hora, e eu me viro e sigo pisando firme até o café, onde paro ao lado da mesa ocupada.

— A senhora deve ser a diretora Schroeder — digo, e acrescento com intuito: — O Charlie me falou *tanto* sobre a senhora.

Ela parece enrubescer e quase derruba a xícara de chá em sua pressa de apertar minha mão.

— Você deve ser a namorada dele, não?

Ela com certeza ouviu meu comentário sobre o estupro e o furacão.

— Ah, não. Nos conhecemos ontem. Mas a senhora é *muito* importante para ele.

Olho por cima do ombro para ver a expressão no rosto de Charlie, e tenho certeza: esse round eu ganhei.

— Eu não chamaria passar o dia todo no notebook, a poucos metros da sua nêmesis de Nova York, de "experimentar coisas novas". — Libby está absolutamente encantada com a velha loja empoeirada, mas não tanto com o caixa. — A última coisa de que você precisa é passar as férias inteiras imersa na sua carreira.

Lanço um olhar cauteloso na direção da porta do café (que só vende descafeinado e café comum), para o dono da livraria, e me certifico de que Charlie não está ouvindo.

— Não posso passar o mês todo sem trabalhar. Depois das cinco, todo dia, prometo que sou sua.

— É melhor mesmo. Porque nós temos uma lista para ticar, e aquilo — diz Libby, indicando com a cabeça a direção em que Charlie está — é uma distração.

— Desde quando eu deixo homens me distraírem? — pergunto em um sussurro. — Você já teve *um encontro* comigo? Estou aqui para usar o wi-fi e não para ficar me exibindo de graça para ninguém.

— Vamos ver — retruca ela, sarcástica. (Como se, em vinte minutos, eu pudesse estar mesmo me exibindo sensualmente para o dono da livraria independente local.)

Libby olha ao redor de novo e dá um suspiro melancólico.

— Odeio ver livrarias vazias.

Parte da tristeza pode ser por conta dos hormônios da gravidez, mas minha irmã está realmente chorosa.

— É caro manter lojas como esta em pleno funcionamento — explico. Ainda mais quando muitas pessoas estão se voltando para a Amazon e para outros lugares que podem se permitir vender com enormes descontos. Uma loja como a Goode Books é sempre o resultado do sonho de alguém, e, como a maior parte dos sonhos, parece estar morrendo lenta e dolorosamente.

— Ei — diz Libby. — Que tal o número doze? — Diante do meu olhar confuso, ela acrescenta, os olhos cintilando: — *Salvar um negócio local*. Vamos ajudar este lugar!

— E deixar que as cabras para sacrifício cuidem de si mesmas?
Ela me lança um olhar severo.
— Estou falando sério.
Olho mais uma vez na direção de Charlie.
— Eles talvez não precisem da nossa ajuda. — Ou queiram.
Ela dá uma risadinha.
— Vi um exemplar de um livrinho infantil, *Todo mundo faz cocô*, bem ao lado de um livro de culinária chamado *1001 receitas com chocolate*.
— Traumatizante — concordo, e estremeço.
— Vai ser divertido — diz Libby. — Já tenho ideias. — Ela tira um caderno da bolsa e começa a escrever, os dentes cravados no lábio inferior.

Não me sinto nada empolgada com a perspectiva de passar mais tempo em um raio de três metros de distância de Charlie, depois do vacilo humilhante da noite passada, mas, se é isso que Libby realmente quer fazer, não vou permitir que um único beijo — que supostamente "nunca aconteceu" mesmo — me assuste.

Assim como não vou permitir que isso me impeça de trabalhar um pouco hoje. As pessoas sempre falam sobre compartimentalização como se fosse uma coisa ruim, mas *adoro* o modo como, quando trabalho, todo o resto parece ficar organizadamente guardado em gavetas, e os livros em que estou trabalhando passem a ocupar o primeiro plano. Eu mergulho com tanta concentração quanto quando lia meus livros favoritos na infância. Como se não houvesse nada mais com que me preocupar, nada a planejar, a lamentar ou a descobrir.

Estou tão envolvida que nem percebo que Libby fez uma pausa nas anotações para a melhoria da livraria e se afastou, até voltar algum tempo depois com um café gelado fresquinho do outro lado da rua e uma pilha de um metro de livros românticos passados em cidades pequenas que recolheu das prateleiras da Goode Books.

— Já faz meses que não leio mais de cinco páginas de uma vez — comenta ela, empolgada.

Ao contrário de mim, Libby *não* lê a última página primeiro. Ela não lê nem a orelha e prefere começar o livro sem nenhuma ideia preconcebida. Provavelmente é por isso que minha irmã é conhecida por arremessar livros de um lado ao outro da sala.

— Uma vez eu tentei me trancar no banheiro com um romance da Rebekah Weatherspoon — diz. — Em questão de minutos, a Bea se mijou inteira.

— Você precisa de um segundo banheiro.

— Eu preciso de uma segunda *eu*.

Libby abre o livro, e eu abro uma nova tela no navegador, para checar anúncios de apartamentos. Não há nada que caiba no orçamento de Libby e Brendan que não se pareça com um cenário de crime em uma série policial.

Neste momento, chega um e-mail de Sharon e eu abro para ler.

Ela está bem, e o bebê também, embora os dois tenham que passar algum tempo no hospital, já que o bebê nasceu prematuro. Ela me mandou algumas fotos do rostinho minúsculo e rosado com o gorrinho também minúsculo. Sinceramente, todos os recém-nascidos parecem mais ou menos iguais para mim, mas saber que aquele bebê em particular saiu de alguém de quem eu gosto é o bastante para deixar meu coração feliz.

Mas esse mesmo coração se aperta de novo quando continuo a ler e chego à parte dedicada a elogiar *Frígida*. Por um segundo, eu tinha quase esquecido que, em pouco mais de um ano, todo mundo com que já trabalhei terá lido a história de Nadine Winters. Isso deve ser cem vezes pior do que aquele pesadelo clássico de estar só de calcinha na escola.

Mesmo assim, sinto uma onda de orgulho quando leio a confirmação de Sharon sobre o que eu já sabia: esse é o livro *certo*. Há uma centelha inquantificável naquelas páginas, uma sensação de clareza e propósito.

Alguns livros simplesmente têm essa inevitabilidade desde o começo, um déjà-vu misterioso. A gente não sabe o que vai acontecer, mas tem certeza de que não há como evitar.

Assim como o restante do e-mail de Sharon:

> Gostaríamos de colocar o nosso novo editor-executivo, o muito talentoso Charlie Lastra, para acompanhar a Dusty na primeira leva de edições maiores no texto. Vou mandar outro e-mail para apresentar os dois, mas queria mencionar isso a você primeiro, para já contar com o seu apoio.
>
> Charlie é fantástico no que faz. Frígida vai estar em excelentes mãos.

Lampejos das *excelentes mãos* de Charlie passam pela minha mente. Saio do e-mail com a ferocidade de uma adolescente batendo uma porta e gritando: *Você não é meu pai!*

Se há alguma coisa mais embaraçosa do que ter um romance maldisfarçado sobre você publicado, provavelmente é ter esse livro editado por um homem que se agarrou com você sob um temporal.

Por isso a regra existe. Para proteger contra esse exato (tá certo, *aproximado*) cenário.

Só há um modo de lidar com isso. *Seja o tubarão, Nora.*

Eu me levanto, giro os ombros para trás e me aproximo do caixa.

— Ela vai comprar algum — pergunta Charlie em voz arrastada, indicando com o queixo a torre de livros de Libby — ou vai só derramar café em cima de todos eles?

— Alguém já te disse que você tem um talento natural para o atendimento ao público? — pergunto.

— Não — diz ele.

— Ótimo. Sei como você se sente sobre mentirosos.

Ele abre a boca, mas, antes que possa retorquir, digo:

— Vou colocar a Dusty em contato com você... mas antes tenho uma exigência.

Charlie cerra os lábios, os olhos duros.

— Vamos ouvir o que é.

— Suas observações sobre o texto passam por mim — informo. — A primeira editora da Dusty mexeu de um jeito ruim com a cabeça dela, e a Dusty *acabou* de recuperar a autoconfiança. A última coisa que ela precisa é de você minando a autoestima dela. — Ele abre a boca para objetar, e eu acrescento: — Confia em mim. Essa é a única forma de fazer isso dar certo. Se é que pode dar certo.

Depois de pensar por um longo momento, Charlie estende a mão por cima do balcão.

— Muito bem, Stephens, você tem o seu acordo.

Balanço a cabeça. Não vou cometer o erro de tocar novamente em Charlie Lastra.

— Nada está acordado até eu falar com a Dusty.

Ele assente.

— Estarei com o meu guardanapo e minha caneta, esperando pela sua assinatura.

— Ah, Charlie, que bonitinho você achar que eu assinaria um contrato com a caneta de outra pessoa.

Os cantos da boca dele se curvam.

— Você está certa. Eu deveria ter imaginado.

11

—Mas ela só ia dar à luz no mês que vem — responde Dusty.
— Acredite em mim, tentei dizer isso a ela. — Puxo um pouco da tinta que está descascando no gazebo, enquanto observo um abelhão gorducho voar em uma espiral embriagada pelos canteiros de flores. O bosque vibra com o canto das cigarras, o céu agora está de um tom intenso de roxo, e o calor, mais forte do que nunca. — Mas o Charlie está *realmente* empolgado com esse livro, e, pelo que escutei, ele é muito bom no que faz.

— Nós não submetemos *Só uma vez na vida* a ele? — pergunta Dusty. — E ele dispensou?

Prendo o celular entre o ombro e a orelha, enquanto afasto para o lado minha franja toda eriçada por causa da umidade.

— É verdade, mas mesmo naquela época o Charlie deixou bem claro que adoraria ver os seus futuros projetos.

Uma longa pausa.

— Mas você nunca trabalhou com ele. Quer dizer, você não sabe como é o gosto editorial desse Charlie.

— Dusty, o homem está apaixonado pelas páginas que você mandou. Estou falando sério. E, analisando os outros títulos que ele editou... acho que *Frígida* faz sentido para o Charlie.

Ela suspira.

— A verdade é que eu não posso dizer não, né? Bem, pelo menos não sem parecer uma escritora difícil.

— Escuta — digo. — Nós já adiamos esse prazo final, e vamos adiar de novo, se for preciso. Mas eu acho um momento perfeito... com a estreia da adaptação para o cinema de *Só uma vez na vida*, o lançamento desse seu novo livro dificilmente poderia ser em um momento melhor. E eu vou estar presente em cada passo do caminho. Vou interferir... eu faço o que for preciso para garantir que *você* fique satisfeita com o resultado desse livro. Isso é o que mais importa.

— Tem outra coisa — ela intervém. — Com *Só uma vez na vida* eu tive muito tempo. Tive as suas observações antes de nós vendermos o livro, e... com esse tudo aconteceu tão rápido, e eu conhecia a Sharon, podíamos fazer dar certo, mas... estou meio em pânico.

— Se você quer as minhas observações, vai ter — prometi. — Nós podemos mandá-las para o Charlie, assim dois pares de olhos vão analisar o texto. Vou estar com você no que precisar, Dusty, certo?

Ela solta o ar com força.

— Posso pensar? Só por um ou dois dias?

— Claro — digo. — Leve o tempo que precisar.

Não serei eu a reclamar da possibilidade de deixar Charlie Lastra um pouco ansioso.

Quatro clientes meus resolveram ter crises nervosas simultaneamente — a respeito de tudo, desde incômodos com edições até estratégias de marketing medíocres. Mais dois clientes me mandaram originais de surpresa, poucas semanas depois de eu ter lido os livros *mais recentes* deles.

Faço o melhor possível para honrar minha promessa a Libby — de estar totalmente presente com ela depois das cinco da tarde todo dia —, mas isso significa que mal consigo respirar durante o horário de trabalho

Por mais diferentes que nós sejamos, minha irmã e eu somos criaturas de hábitos, e criamos uma rotina quase imediatamente.

Ela acorda primeiro, toma banho, então fica lendo no deque, com uma xícara de café descafeinado ao lado. Eu levanto da cama e saio para correr, até estar quase sem fôlego, tomo um banho muito quente e encontro Libby na mesa do café da manhã, enquanto ela prepara batatas suíças, panquecas de ricota ou quiches recheados com legumes.

Os quinze minutos seguintes são dedicados a uma descrição detalhada dos sonhos de Libby (conhecidamente pavorosos, perturbadores, eróticos, ou os três ao mesmo tempo). Depois disso, falamos por FaceTime com Bea e Tala, na casa da mãe de Brendan, e nessas conversas Bea conta os sonhos *dela* enquanto Tala corre por toda parte, quase derrubando tudo e gritando pra mim: *Olha, Nono! Sou um dinossauro!*

Depois disso, sigo para a Goode Books, e deixo Libby para ela ligar para Brendan e fazer o que mais quiser durante seu precioso tempo sozinha.

Charlie e eu trocamos gentilezas com toques ácidos, pago a ele uma xícara de café e sento no meu lugar cativo ali, onde me recuso a dar a satisfação a Charlie de olhar na direção dele, por mais que frequentemente sinta seus olhos em mim.

Na terceira manhã, ele já está com meu café esperando perto do caixa.

— Que surpresa — diz Charlie. — Oito e cinquenta e dois, exatamente como ontem e anteontem.

Pego o café e ignoro a piadinha.

— A propósito, a Dusty vai me responder hoje à noite. Um café de graça não vai mudar nada.

Ele abaixa a voz e se debruça no balcão.

— Porque você está com a esperança de receber um cheque gigante?

— Não — digo. — Pode ser um cheque de tamanho normal, só precisa ter um monte de zeros.

— Quando eu quero alguma coisa, Nora, não desisto com facilidade.

Externamente, pareço não ter sido afetada pela declaração. Internamente, meu coração dispara no peito, pela proximidade dele, ou pelo tom da sua voz, ou talvez pelo que ele acabou de dizer. Meu celular avisa da chegada de um e-mail, e eu checo, grata pela distração. Até ver a mensagem de Dusty: **Estou dentro.**

Resisto à vontade de pigarrear e, em vez disso, encontro os olhos dele com uma expressão fria.

— Parece que você pode esquecer o cheque. Vai receber as páginas de *Frígida* até o fim da semana.

Os olhos de Charlie cintilam com uma empolgação que beira a crueldade.

— Não se sinta tão vitorioso — digo. — Ela pediu que eu esteja envolvida em cada passo do caminho. Suas edições vão passar por mim.

— Isso deveria me assustar?

— Sim. Sou assustadora.

Ele volta a se debruçar sobre a mesa, os bíceps contraídos, os lábios projetados.

— Não com *essa* franja. Com ela você parece extremamente acessível.

NA MAIOR PARTE dos dias, só vejo Libby depois que encerro o expediente. Às vezes chego mesmo a voltar ao chalé antes dela, e Libby guarda esse tempo sozinha com tanto zelo que toda vez que pergunto como passa essas nove horas ela me dá respostas cada vez mais absurdas (*drogas pesadas; um caso de amor tórrido com um cara que vende aspirador de porta em porta; dei entrada na documentação para me juntar a um culto*). Mas, na sexta-feira, ela me encontra por volta da hora do almoço, com sanduíches veganos do café Instantâneo que são oitenta por cento recheados só de couve. Então diz, com a boca cheia:

— Esse sanduíche tem um sabor excepcionalmente desconectado.

— Acabo de pegar um pedaço de pura terra — digo.

— Sortuda — diz Libby. — Ainda não peguei nada além de couve.

Depois de comermos, volto a trabalhar e Libby se concentra em um romance de Mhairi McFarlane. Ela solta arquejos e gargalhadas com tanta frequência, e tão alto, que por fim Charlie fala da outra sala:

— Será que você poderia reagir mais baixo? Toda vez que faz esse barulho, quase tenho um ataque cardíaco.

— Ah, as cadeiras do seu café estão me dando hemorroidas, portanto eu diria que nós estamos quites — retruca Libby.

Um minuto mais tarde, Charlie aparece e nos entrega duas almofadas de veludo.

— Majestades — diz, o cenho franzido e o lábio projetado para a frente, antes de voltar ao seu posto.

Os olhos de Libby se iluminam, e ela se inclina e sussurra alto para mim:

— Ele acabou de nos trazer almofadas para a bunda?

— Acho que sim.

— O conde Von Lastra tem um coração batendo no peito — acrescenta ela.

— Estou ouvindo — diz ele.

— Vampiros são famosos por seus sentidos aguçados — comento com Libby.

Ao longo da semana, as olheiras de Libby já quase não são visíveis, e a cor voltou ao seu rosto, que também está mais cheio. Tudo isso tão rapidamente que parece que aqueles meses de tensão foram um sonho ruim.

Em contraste direto, a cada dia as olheiras de Charlie ficam mais escuras. Imagino que ele também esteja tendo problemas para dormir — ainda não consigo adormecer antes das três da manhã no nosso chalé muito escuro e terrivelmente silencioso e, na maior parte das noites, desperto pelo menos uma vez, com o coração disparado e a pele gelada.

Às cinco da tarde em ponto, fecho o notebook, Libby deixa o livro de lado e vamos embora.

Minha preocupação com a possibilidade de Sunshine Falls desapontá-la não deu em nada. Libby está mais ou menos satisfeita em ficar andando pela cidade, olhando as lojas de antiguidade emboloradas, ou parando para observar uma aula de kick-boxing para idosos, assustadoramente brutal, na praça da cidade.

De vez em quando, passamos por uma placa anunciando que aquele é o lugar de uma cena importante de *Só uma vez na vida*. Ninguém parece se importar com o fato de que três lugares diferentes alegam ser a farmácia do livro, incluindo um espaço vazio com as janelas cheias de pôsteres colados, em que se lê: ALUGUE A FARMÁCIA DO ROMANCE DE SUCESSO *SÓ UMA VEZ NA VIDA!* LOCAÇÃO CLASSE A!

— Não escuto ninguém dizer *classe A* desde os anos oitenta — comenta Libby.

— Você ainda não tinha nascido nos anos oitenta — lembro.

— Exatamente.

De volta ao chalé, Libby prepara um jantar caprichado: salada cremosa de batata e milho, com cebolinha crocante; outra salada com melancia ralada e gergelim tostado por cima, e hambúrgueres de soja grelhados servidos dentro de brioches, com fatias grossas de tomate e cebola roxa, tudo coberto por abacate.

Pico o que ela me manda picar, então vejo Libby *re*picar ao gosto dela. É uma estranha inversão ver as coisas em que minha irmã é ótima e que eu nunca soube fazer direito. Me deixa orgulhosa, mas um pouco triste também. Talvez seja assim que os pais se sentem quando os filhos crescem, como se uma parte deles tivesse se tornado basicamente irreconhecível.

— Lembra quando você queria ser chef de cozinha? — pergunto certa noite, enquanto estou picando manjericão e tomate para a pizza que ela está preparando.

Libby solta um *hum* esquivo, que tanto pode significar *é claro* quanto facilmente poderia ser *não lembro, não*.

Ela sempre foi tão inteligente, tão criativa. Poderia fazer qualquer coisa... Eu *sei* que minha irmã ama ser mãe, mas também consigo compreender por que ela precisava tão desesperadamente desse tempo, da oportunidade de ser apenas ela, antes de ter novamente um recém-nascido pendurado no quadril.

Como fizemos todas as noites até agora, jantamos no deque e, mais tarde, depois que lavamos a louça e arrumamos tudo, reviramos o baú cheio de jogos de tabuleiro e jogamos dominó no deque, tendo como única iluminação as luzinhas penduradas.

Um pouco depois das dez da noite, Libby vai se deitar, e eu volto para a mesa da cozinha, para examinar os anúncios de apartamentos. Logo me vejo obrigada a encarar o fato de que a internet aqui é uma porcaria e desisto, mas não estou nem perto de ficar cansada, por isso enfio os pés nos Crocs de Libby e vou até a campina na frente do chalé. A luz da lua e das estrelas é forte o bastante para tornar a grama prateada, e a umidade guarda o calor do dia, deixando um cheiro verde no ar.

A sensação de estar tão inteiramente só é enervante, da mesma forma que ficar olhando para o oceano à noite, ou ver nuvens de tempestade se formando. Em Nova York é impossível escapar da sensação de ser uma entre milhões de pessoas, como se todos fossem terminações nervosas de um vasto organismo. Aqui, é fácil ter a sensação de que sou a única pessoa na Terra.

Por volta da uma da manhã, vou para a cama e fico olhando para o teto por cerca de uma hora antes de cochilar.

No sábado de manhã, seguimos nossa agenda de sempre, mas, quando entro na livraria, estaco.

— Oi! — A mulher minúscula do caixa sorri enquanto se levanta, exalando um aroma de jasmim e ervas. — Posso ajudar?

Ela parece uma mulher que passou a vida ao ar livre, a pele cor de oliva com sardas permanentes, as mangas da camisa jeans enroladas, mostrando os antebraços delicados. Seu cabelo cheio e escuro cai até os ombros, o rosto é redondo e bonito, e os olhos escuros se enrugam nos cantos para acomodar o sorriso. O vinco logo abaixo do lábio é o que a denuncia.

É Sally Goode, a proprietária do nosso chalé. Mãe de Charlie.

— Hum — digo, e torço para meu sorriso parecer natural.

Detesto quando tenho que pensar sobre o que o meu rosto está fazendo, principalmente porque nunca estou convencida de que é compreensível. Não estava planejando passar muito tempo na livraria, só uma hora mais ou menos, para responder a mais alguns e-mails antes de me encontrar com Libby para almoçar, mas agora me sinto culpada por usar o wi-fi de graça.

Pego o primeiro livro que vejo, *A grande família Marconi*, um desses exemplares fadados a serem arremessados pela minha irmã e resgatados por mim. Ao contrário da Libby, amei tanto a última página dele que li uma dúzia de vezes antes voltar para o início.

— Vou levar só esse!

— O meu filho editou esse livro — anuncia Sally Goode, cheia de orgulho. — É isso o que ele faz pra viver.

— Ah. — Alguém deveria me dar um troféu pela minha impressionante capacidade de me comunicar com as outras pessoas. Passar uma semana falando apenas com Libby e Charlie claramente diminuiu minha habilidade para incorporar a Nora Profissional.

Sally me informa o valor a pagar, e, quando entrego meu cartão, ela passa os olhos por ele.

— Achei mesmo que devia ser você! É raro eu não reconhecer alguém que entra aqui. Sou a Sally... você está alugando o meu chalé.

— Ah, uau, oi! — digo, e torço mais uma vez para parecer uma humana, criada por outros humanos. — É um prazer conhecê-la.

— O prazer é meu... estão gostando do chalé? Quer uma sacola para o livro?

Balanço a cabeça e aceito o livro e o cartão de volta.

— É lindo! Ótimo.

— É mesmo, não é? — diz ela. — Está na minha família há mais tempo do que esta loja. Há quatro gerações. Se não tivéssemos tido filhos, teríamos morado lá para sempre. Tenho muitas lembranças felizes daquele chalé.

— Algum fantasma? — pergunto a ela.

— Não que eu já tenha visto, mas, se encontrar algum, diga a ele que a Sally mandou um oi. E que falou para ele não assustar as minhas hóspedes. — Ela dá uma palmadinha no balcão. — Vocês precisam de alguma coisa lá no chalé? Lenha? Espetinhos para assar marshmallows? Vou mandar o meu filho levar um pouco de lenha para lá, só para garantir.

Ah, Deus.

— Não precisa.

— Ele não tem nada pra fazer mesmo.

A não ser dois empregos em tempo integral, um deles inclusive ela *acabou* de mencionar.

— Não é necessário — insisto.

Então *ela* insiste, e diz literalmente:

— Eu insisto.

— Hum, obrigada.

Depois de alguns minutos de trabalho no café, agradeço novamente a ela, saio para o sol escaldante do lado de fora da livraria e atravesso a rua em direção ao café Instantâneo.

Meu celular vibra brevemente. É uma mensagem de um número desconhecido.

Por que a minha mãe me mandou uma mensagem dizendo que você é muito sexy?

Só pode ser uma pessoa.

Estranho, escrevo. Acho que tem a ver com o fato de eu ter acabado de entrar na livraria não usando nada além de uma capa de couro.

Charlie responde com o print da tela de algumas mensagens que ele trocou com a mãe.

A hóspede do chalé é muito bonita, escreveu Sally, e então acrescentou: Não usa aliança.

Charlie respondeu: É mesmo? Está pensando em abandonar o papai?

Ela ignorou o comentário dele e respondeu: Alta. Você sempre gostou de garotas altas.

Do que você está falando, escreveu Charlie de volta, sem ponto de interrogação.

Lembra da garota com quem você foi ao baile de formatura? Lilac Walter-Hixon? Ela era praticamente gigante.

Aquilo foi no baile do oitavo ano, respondeu ele. Foi antes do meu estirão de crescimento.

Ora, essa garota é muito bonita e é alta, mas não alta demais.

Contenho uma risada.

Alta, mas não alta DEMAIS, digo a Charlie, também pode ser acrescentado ao meu epitáfio.

Vou anotar, diz ele.

Ela me falou que você levaria lenha para esquentar o chalé para mim, conto.

Por favor, jura pra mim que você não fez uma piadinha de "tarde demais para isso", pede Charlie.

Não, mas a diretora Schroeder estava no café e ouvi dizer que as fofocas voam por aqui, portanto é questão de tempo.

A Sally vai ficar desapontada com você, diz Charlie.

Comigo? E com o FILHO dela, o Libertino da Rua Principal?

Ela já se desapontou comigo há muito tempo. Eu teria que fazer alguma coisa muito desavergonhada para decepcioná-la mais.

Quando a sua mãe descobrir a pilha de histórias eróticas com o Pé-Grande embaixo do carro de corrida em que você dorme, talvez esse desapontamento conheça novos limites.

Do lado de fora do café Instantâneo, eu me apoio contra a vitrine aquecida pelo sol, vendo as árvores farfalharem sob a brisa gentil que intensifica o cheiro de expresso no ar.

Chega outra mensagem. Uma página do livro de Natal do Pé-Grande, mostrando um uso particularmente chocante da ideia de *decoração de Natal*, assim como uma referência a um filme pornográfico chamado *O Yeti voraz*, que não soa anatomicamente possível de forma alguma.

Vejo Libby pelo canto do olho.

— Já terminou de usar o wi-fi?

— Estou totalmente desconectada — respondo. — Já ouviu falar de *O Yeti voraz*?

— Isso é um livro infantil?

— Com certeza.

— Vou ter que dar uma olhada.

Meu celular vibra com outra mensagem: **Acho *O Yeti voraz* altamente implausível.**

Eu me pego sorrindo, possivelmente com facas. Que decepção. Realmente arranca o leitor do que era até então um trabalho de um realismo impressionante.

12

Eu me sento, arquejando, gelada, em pânico.
Libby.
Onde está Libby?
Meus olhos varrem o quarto, procurando por algo que me ancore. Os primeiros raios de sol entram pela janela. O som de potes e panelas batendo. O cheiro de café sendo coado entrando pela porta.
Estou no chalé.
Está tudo bem. Ela está aqui. Está bem.
Em casa, quando estou ansiosa, subo na bicicleta ergométrica. Quando preciso de uma dose extra de energia, subo na bicicleta ergométrica. Quando preciso ficar exausta para dormir, subo na bicicleta ergométrica. Quando não consigo me concentrar, subo na bicicleta ergométrica.
Aqui, minha única opção é correr.
Eu me visto em silêncio, calço os tênis enlameados e desço furtivamente a escada, para me esgueirar para o frio da manhã. Estremeço enquanto atravesso a campina coberta pela névoa e acelero o passo no bosque.

Pulo por cima da raiz retorcida de uma árvore, então disparo pela ponte estreita que passa por cima do riacho.

Sinto a garganta ardendo, mas o medo ainda me persegue. Talvez seja por estar aqui, me sentindo tão longe da mamãe, ou talvez seja o fato de estar passando tanto tempo com Libby, mas algo está me levando de volta a todas aquelas coisas em que tento não pensar.

Parece um veneno correndo pelas minhas veias. Não importa o quanto eu acelere a corrida, não consigo me livrar dele. Ao menos desta vez, gostaria de conseguir chorar, mas não consigo. Não choro desde a manhã do velório.

Acelero mais o passo.

— Achei! — grita Libby.

Ela entra correndo no banheiro, onde estou tentando domar minha franja, contrariando os desejos expressos da umidade inclemente.

Libby empurra o celular na minha direção, e estreito os olhos para ver uma foto de um homem atraente, com o cabelo curto, cor de chocolate, e olhos cinza. O homem está usando um colete por cima de uma camisa xadrez e olhando para um lago coberto pela névoa. Acima da foto lê-se Blake, *36 anos*.

— Libby! — é a minha vez de gritar, quando finalmente me dou conta do que estou vendo. — Por que diabo você está em um aplicativo de encontros?

— Eu não estou — esclarece ela. — *Você* está.

— Com certeza não estou.

— Criei um perfil pra você — anuncia Libby. — É um aplicativo novo. Muito focado em casamento. Na verdade, o nome do aplicativo é Marriage of Minds.

— MOM? — digo. — A abreviatura do nome do app é MOM? Tipo... mãe? Às vezes eu me preocupo com a severa ausência de sinos de alerta no seu cérebro, Libby.

— Blake adora pescar e não tem certeza se quer ter filhos — continua ela. — Ele é professor, e notívago... como você. Além de muito atraente fisicamente.

Pego o celular da mão dela para ler eu mesma.

— Libby. Aqui diz que ele está procurando uma mulher prática, que não se importe de passar os sábados torcendo pelo Tar Heel.

— Você não precisa de alguém exatamente como você, irmã — argumenta Libby, com gentileza. — Precisa, sim, de uma pessoa que *valorize* você. Quer dizer, você obviamente não *precisa* de ninguém, mas *merece* alguém que compreenda como você é especial! Ou pelo menos alguém que te leve pra sair à noite, sem muita pressão.

Ela agora está me olhando com aquele olhar esperançoso típico dela. Fica entre a expressão de um gato que deixou um rato de presente nos pés de alguém e a de uma criança entregando um desenho de Dia das Mães, felizmente sem se dar conta de que o "gorro de neve" da mãe parece exatamente com um pênis gigante.

Blake é o gorro em forma de pênis nesse cenário.

— Não poderíamos ter uma noite pra jantar, sem pressão, só nós duas? — pergunto.

Ela desvia os olhos com uma careta contrita.

— O Blake já acha que você vai se encontrar com ele no Papai Agachado para uma noite de karaokê.

— Quase todas as palavras dessa frase são preocupantes.

A animação de Libby parece murchar.

— Achei que você *quisesse* mudar um pouco as coisas, não ser tão...

Nadine Winters, diz uma voz na minha mente. Levo um segundo para reconhecer na voz o timbre rouco e provocante de Charlie. Engulo um gemido de resignação.

É só uma noite, e Libby já teve tanto trabalho em conseguir esse presente esquisito pra mim...

— Acho que eu deveria procurar no Google o que é Tar Heel, antes desse encontro — comento.

Ela abre um sorriso. Se o sorriso da mamãe era como a primavera, o de Libby é pleno verão.

— De jeito nenhum — impõe ela. — Isso é o que chamamos de gancho pra começar uma conversa.

Libby (fingindo que era eu) não disse a Blake onde estamos hospedadas, e preferiu sugerir que eu (secretamente *nós*) me encontrasse com ele no Papai Agachado por volta das sete da noite. Em um vestido fluido transpassado, com o cabelo perfeitamente penteado e um brilho rosado nos lábios, era de imaginar que ela tivesse algo melhor para fazer do que ficar sentada no bar, tomando refrigerante com limão, enquanto me observa do outro lado do bar, mas minha irmã parece perfeitamente empolgada com a noite desanimada que tem pela frente.

Normalmente eu chegaria cedo a um encontro, mas estamos operando no cronograma de Libby, por isso chegamos com dez minutos de atraso. Do lado de fora das portas da frente, ela me para, me segurando pelo cotovelo.

— Vamos entrar uma de cada vez. Para que ele não saiba que nós estamos juntas.

— Certo — digo. — Isso vai tornar mais fácil derrubar o cara e esvaziar os bolsos dele. Qual vai ser o sinal para agir?

Ela revira os olhos.

— *Eu* entro primeiro. Vou dar uma boa olhada nesse Blake e garantir que ele não esteja carregando uma espada nem usando um colete de risca de giz, ou fazendo truques de mágica para estranhos.

— Basicamente você quer ter certeza de que ele não é um dos quatro cavaleiros do apocalipse.

— Mando uma mensagem quando achar seguro que você entre.

Quarenta segundos depois de entrar, Libby me manda uma mensagem com um polegar para cima, e eu entro.

Está mais quente dentro do Papai Agachado do que do lado de fora, provavelmente porque está lotado.

As pessoas lá dentro estão cantando "Sweet Home Alabama" em tom embriagado, tanto ao redor quanto em cima do palco de karaokê no fundo do salão, e todo o lugar cheira a suor e cerveja derramada.

Blake, 36 anos, está sentado na primeira mesa, de frente para a porta, com as mãos cruzadas, como se estivesse aqui com a Ruth, do RH, para me demitir.

— Blake? — Estendo a mão.

— Nora? — Ele não se levanta.

— Sim.

— Você parece diferente da foto — retruca Blake.

— Novo corte de cabelo — digo, e me sento, sem que ele aperte minha mão.

— Você não disse que era tão alta no seu perfil — Blake continua. Isso vindo de um homem que se descreveu como tendo um e oitenta e cinco, mas que não pode ter mais de um e setenta e cinco, a menos que esteja usando pernas de pau por baixo da mesa.

Bom, pelo menos ter encontros em Sunshine Falls é exatamente igual a fazer isso em Nova York.

— Não me ocorreu que isso poderia importar.

— Qual *é* a sua altura? — pergunta Blake.

— Hum. — Demoro a responder, esperando dar tempo a ele para repensar essa estratégia de abordagem em um primeiro encontro. Não tenho essa sorte. — Um e oitenta.

— Você é modelo? — Ele faz a pergunta em tom esperançoso, como se a resposta certa pudesse perdoar uma enormidade de pecados associados.

Obviamente, é um equívoco a ideia de que homens hétero adoram mulheres altas e magras. Sendo uma dessas mulheres, posso desmistificar isso.

Muitos homens são inseguros demais para namorar uma mulher alta. Muitos dos que *não são* inseguros são babacas procurando uma mulher-troféu. Isso tem menos a ver com atração do que com status. Se o cara está namorando uma mulher mais alta e ela é modelo, isso sugere que ele deve ser sexy e interessante. Mas, se o cara está namorando uma mulher mais alta e ela é uma agente literária, isso leva a piadas de que a mulher em questão está usando as bolas do cara em um colar de prata.

Vendo pelo lado bom, pelo menos Blake, 36 anos, não está perguntando sobre...

— Quanto você calça? — Ele está com o rosto franzido, como se sentisse dor.

Sinto o mesmo, Blake. Sinto o mesmo.

— O que você está bebendo? — pergunto. — Alguma coisa com álcool? É uma boa ideia.

A garçonete se aproxima e, antes mesmo que ela abra a boca, digo:

— Dois Gin Martinis bem grandes, por favor.

A mulher provavelmente nota os sinais familiares de um primeiro encontro infeliz em mim, porque pula o discurso de boas-vindas, assente e sai praticamente correndo para providenciar o pedido.

— Eu não bebo — diz Blake.

— Não se preocupe — retruco. — Eu bebo o seu.

Das mesas de sinuca, Libby sorri e levanta os dois polegares.

13

Seria de imaginar que Blake se apressaria a deixar claro o estado deste encontro: morto já de cara.

Mas Blake não é um usuário casual do MOM. Ele está em busca de uma esposa, e, apesar da minha enorme estatura, dos meus pés gigantescos e da indulgência em relação ao gim, o homem não está disposto a me deixar ir até ter ficado claro que não sei preparar nenhum dos pratos favoritos dele.

— Eu *realmente* não cozinho — afirmo, quando já passamos pelos petiscos que ele gosta de consumir enquanto assiste ao Super Bowl, e chegamos a vários peixes fritos.

— Nem tilápia? — pergunta Blake.

Balanço a cabeça.

— Salmão? — continua ele.

— Não.

— Bagre?

— Esse peixe aparece em algum programa de TV? — pergunto.

Ele para o interrogatório por um segundo quando as portas da frente se abrem, e Charlie Lastra entra. Tenho que controlar o desejo enorme de afundar na cadeira e me esconder atrás do cardápio, mas não adiantaria. No instante que alguém entra por aquelas portas, fica de frente para a nossa mesa, e os olhos de Charlie me encontram na mesma hora, a expressão indo da surpresa para algo como aversão, até se transformar em um prazer maldoso.

É realmente como assistir a uma tempestade se formando em um vídeo em velocidade acelerada, culminando em um daqueles relâmpagos impressionantes.

Charlie me cumprimenta com um aceno, antes de seguir em direção ao bar, e Blake retoma sua lista de peixes. E, assim, perco mais quinze minutos da minha vida.

Blake parecia bonito nas fotos que postou, mas acho o homem realmente hediondo.

Dou um tapinha na mesa e me levanto.

— Quer alguma coisa do bar?

— Eu não bebo — me lembra ele, parecendo terrivelmente impaciente para um homem que acabou de ouvir a frase *eu não cozinho* dezessete vezes nos últimos trinta minutos, sem que isso causasse qualquer impressão duradoura.

A verdade é que *não posso* pedir outro drinque. Um terceiro coquetel provavelmente me faria colocar Blake de pé, colar minhas costas às dele e pedir que a garçonete nos medisse. Ou talvez eu *realmente* o nocauteasse e roubasse sua carteira.

Seja como for, minha missão é encontrar Libby, e não um copo de bebida, mas este lugar está lotado. Eu me espremo contra o bar, pego o celular e encontro não apenas uma, mas duas ligações perdidas de Dusty, além de uma mensagem de texto se desculpando por me ligar tão tarde. Disparo uma resposta perguntando se ela está bem e se posso retornar a ligação em vinte minutos, então digito outra mensagem, agora para Libby: onde você tá? Enquanto aperto *enviar* fico na ponta dos pés para tentar achá-la no meio da aglomeração.

— Se está procurando pela sua dignidade — diz alguém acima do burburinho de conversas (e das garotas berrando "Like a Virgin" no fundo do salão) —, não vai encontrar aqui.

Charlie está sentado no outro canto do bar, com uma garrafa cintilante de cerveja Coors na mão.

— O que tem de indigno em uma noite de karaokê? — pergunto.

— Ora, *você* está aqui.

Uma pessoa se coloca entre nós para fazer um pedido. Charlie se inclina por trás dela para continuar a conversa, e eu faço o mesmo.

— Sim, mas *eu* não estou aqui com Blake Carlisle.

Olho por cima do ombro. Blake está lançando um olhar comprido para uma morena que parece ter cerca de um e quarenta de altura.

— Vocês cresceram juntos? — arrisco.

— Muito poucas pessoas que nasceram aqui escaparam disso — responde Charlie, em tom filosófico.

— O centro de turismo de Sunshine Falls sabe sobre você? — pergunto.

A mulher parada entre nós claramente não tem planos de sair dali, mas continuamos a conversar por trás dela, nos inclinando para a frente ou para trás dependendo da posição em que ela se coloca.

— Não, mas tenho certeza de que vão querer um endosso *seu* depois que estiver voltando da casa de Blake com a maquiagem e a roupa da noite anterior. Tenho informações confiáveis de que ele tem um banheiro acarpetado.

— Pior pra você, porque eu não durmo na casa de um homem há uns dez anos.

Os olhos de Charlie cintilam, e é como se outro relâmpago atravessasse as nuvens escuras do seu rosto.

— Estou *louco* por mais informações a respeito.

— Tenho uma intensa rotina noturna de cuidados com a pele. Não gosto de pular nem um dia, e não cabe tudo em uma bolsa de mão. — A minha mãe costumava dizer *Você não pode controlar a passagem do tempo, mas pode suavizar o golpe dele em seu rosto.*

Charlie inclina a cabeça para um lado enquanto avalia a meia verdade que dei como resposta.

— Então, como foi que você terminou aqui, com o Blake? Lançou um dardo em uma lista telefônica?

— Já ouviu falar de uma coisa chamada MOM?

— Mãe? Aquela mulher que trabalha na livraria? — Ele não demonstra qualquer reconhecimento. — Acho que sim. Por quê?

— Estou falando do MOM, um aplicativo de encontros. — Bato com a mão no bar quando finalmente me dou conta. — Você acha que é por isso que eles deram esse nome ao aplicativo? Como querendo dizer *Mãe, arranja alguém pra mim*?

Charlie hesita.

— Eu jamais sairia com alguém que a Sally arrumasse pra mim.

— A sua mãe me achou linda — lembro a ele.

— Sei disso — retruca Charlie.

— Mas acho que já deixamos claro que você não sairia comigo.

Ele ergue as sobrancelhas e dá um sorrisinho torto.

— Ah, vamos fazer *isso* agora?

Charlie não consegue esconder um sorrisinho presunçoso por trás da garrafa de cerveja. Quando dá um gole, o vinco embaixo do lábio fica mais fundo, e começo a sentir meu corpo vibrar

— Fazer o quê?

— A cena em que você finge que eu rejeito você.

— Foi *exatamente* o que você fez, me rejeitou — falei.

— Você disse *espera* — desafia ele.

— Sim, e você aparentemente ouviu *Vou usar um aparelho de choque na sua virilha.*

— Você disse que era um erro. Em um tom fervoroso.

— Você falou isso primeiro! — digo.

Ele solta uma risadinha debochada.

— Nós dois sabemos — a mulher entre nós *finalmente* vai embora, e Charlie ocupa o assento onde ela estava — que, pra você, aquilo só representou uma oportunidade de ticar um item na sua lista extremamente deprimente, e esse não é um jogo no qual eu esteja interessado, Nora.

— Ah, por favor. Você nem se qualifica para a lista. É uma pessoa urbana. — Na mesma hora me arrependo do que disse. Podia ter fingido que o beijo tinha sido calculado, mas agora ele sabe que eu simplesmente *quis* o beijo.

O modo como a garrafa de cerveja para junto aos lábios entreabertos dele, como se eu o tivesse pegado desprevenido, quase faz valer a pena. Seja qual for o jogo que a gente *esteja* jogando, acabo de ganhar outro round: o prêmio é a expressão constrangida de Charlie.

Ele pousa a garrafa e coça a sobrancelha.

— Vou deixar você voltar para o seu encontro.

Olho para o celular. Libby respondeu: Voltei pra casa. Não vou te esperar acordada. Ela teve a audácia de incluir uma carinha piscando.

Levanto os olhos e pego Charlie me observando.

— Há outro caminho para sair daqui em que eu *não* passe pelo Blake? — pergunto.

Ele me examina por um instante e diz, em tom irônico:

— Nora Stephens, MOM não vai ficar feliz com você. — Então, ele estende a mão. — Porta dos fundos.

CHARLIE ME PUXA pelo meio da aglomeração do bar até os fundos, e estamos prestes a entrar na cozinha por uma porta estreita quando ouvimos alguém gritar, nos impedindo.

— Ei! Vocês não podem... — grita a bartender bonita, abrindo os braços. Ela vê Charlie e enrubesce. E parece ainda mais bonita.

— Amaya — diz Charlie.

Ele ficou um pouco mais rígido, como se tivesse acabado de se lembrar que tem um corpo, e cada músculo tivesse se enrijecido em um reflexo.

Eu tinha visto o sorriso de Amaya — e o tom dela com Charlie — como um flerte, mas isso foi antes de eu saber que os dois tinham tido uma história juntos. Agora, quando aquele sorriso volta a aparecer, percebo alguns tons de mágoa e hesitação, e um raio frágil de esperança cintilando através de tudo.

Charlie pigarreia, os dedos se contraindo ao redor dos meus. O olhar de Amaya percebe o movimento e, de repente, o *meu* rosto também está em fogo.

— Precisamos sair pela porta dos fundos — explica Charlie, contrito. — Blake Carlisle acha que está tendo um encontro com esta mulher.

O olhar da bartender vai de Charlie para mim e de volta novamente. Depois de um instante avaliando suas opções, ela suspira e chega para o lado.

— Só dessa vez. *Realmente* não podemos deixar ninguém passar por aqui.

— Obrigado. — Ele assente, mas permanece parado por um segundo. Provavelmente surpreso demais pelo retorno do sorriso cintilante, esperançoso, do tipo *ainda-te-amo,* da bartender. — Obrigado — repete Charlie, e passa pela porta.

No beco atrás do bar, o ar parece frio e seco, e, com a rajada súbita de oxigênio no meu cérebro, lembro de soltar a mão dele.

— Nossa, isso foi constrangedor — comento.

— O quê?

Lanço um olhar firme para ele.

— Sua amante rejeitada e a visão de raio X dela.

— Ela não foi rejeitada. E, até onde eu sei, não tem superpoderes.

— Ora, talvez ela não tenha sido rejeitada — digo —, mas continua apegada a você.

— Você está desinformada — retruca Charlie.

— E você está sendo ingênuo.

— Acredite em mim — afirma ele, e atravessa a rua comigo. — O modo como as coisas terminaram não deixou espaço para apegos.

— Ela parecia *perturbada*, Charlie.

— Ela ouviu o nome de Blake Carlisle — retruca ele. — Como deveria parecer?

— Então o Blake tem uma reputação.

— Esta é uma cidade pequena — diz Charlie. — Todo mundo tem uma reputação.

— Qual é a sua?

Charlie volta os olhos na minha direção e ergue as sobrancelhas, os músculos do maxilar saltando.

— Provavelmente a que você acha que é, seja ela qual for.

Desvio o olhar, antes que aqueles olhos me engulam inteira.

Há algumas pessoas fumando na frente do Papai Agachado, e outras indo na direção de um restaurante italiano com fachada de tijolos vermelhos cobertos de hera: o Giacomo's. Até agora, ainda não tinha visto o lugar aberto.

Esta noite as janelas estão iluminadas, os toldos cintilando e, lá dentro, garçons usando camisas brancas e gravatas pretas andam de um lado para o outro com bandejas com taças de vinho e pratos de massa.

Indico o Giacomo's com um movimento do queixo.

— Achei que aquele lugar estivesse fechado de vez.

— O Giacomo's só abre nas noites de sábado e domingo — explica Charlie. — O casal que administra o lugar se aposentou há muito tempo, mas todos os convenceram a manter as coisas funcionando no fim de semana.

— Você quer dizer que toda a cidade se uniu para salvar um estabelecimento amado? — pergunto. — Exatamente como o clichê dos romances?

— Isso mesmo — confirma ele, sem se abalar —, ou as pessoas aparecem com seus forcados e exigem seu *cacio e pepe* semanal.

— É bom? — pergunto.

— Na verdade é muito bom. — Charlie hesita por um momento. — Está com fome?

Meu estômago ronca, e ele dá um sorrisinho torto.

— Gostaria de jantar comigo, Nora? — E se adianta à minha resposta acrescentando: — Como *colegas*. Que não fazem parte da lista de tarefas um do outro.

— Eu não sabia que você *tinha* uma lista de tarefas a cumprir aqui.

— É claro que eu tenho. — Os olhos dele cintilam no escuro. — O que você acha que eu sou, um animal?

14

—Ora, ora, se não é o jovem Charles Lastra! — Uma senhora com o cabelo grisalho preso no alto da cabeça e usando um vestido com a gola no queixo se adianta na nossa direção. — E trouxe a namorada! Que encanto!

Os olhos castanho-claros da mulher cintilam enquanto ela dá um apertão carinhoso no meu braço e no de Charlie.

A expressão dele é de puro deleite, nos padrões de Charlie. Nem mesmo Amaya conseguiu *esse* sorriso.

— Como está, sra. Struthers?

Ela estende a mão e indica o salão de jantar cheio.

— Não posso reclamar. São só vocês dois?

Quando ele assente, ela nos leva até uma mesa coberta por uma toalha branca, ao lado de uma janela. Sobre a mesa, velas derramam cera pelas garrafas de vinho envolvidas em palha em que foram enfiadas.

— Divirtam-se. — Ela dá uma palmadinha na mesa, pisca para nós e volta a ocupar seu lugar na recepção do restaurante.

O aroma de pão fresco é denso e inebriante, e em trinta segundos uma garrafa de vinho tinto aparece na mesa.

— Ah, nós não pedimos — digo ao garçom, mas ele inclina a cabeça na direção da sra. Struthers e se afasta apressado.

Charlie levanta os olhos da taça onde está servindo vinho para mim.

— Ela é a proprietária. Também é a minha antiga professora substituta favorita. Foi a sra. Struthers que me deu um livro da Octavia Butler que mudou a minha vida.

Meu coração bate de um jeito estranho ao ouvir isso. Indico o vinho com o queixo.

— Você vai ter que beber a garrafa toda. Já tomei dois drinques e sou fraca pra bebida.

— Ah, eu lembro — brinca ele, e desliza a taça na minha direção —, mas isto é *vinho*. É o suco de uva do álcool.

Eu me debruço por cima da mesa, pego a garrafa e encho a taça *dele* até a borda. Com a expressão fria de sempre, ele se abaixa e dá um gole na taça sem levantá-la.

Mesmo contra a vontade, não consigo conter uma gargalhada, e Charlie está tão visivelmente satisfeito consigo mesmo que sinto um arrepio de orgulho pelo corpo todo. Ele *quer* me fazer rir.

— Então, devo me sentir muito mal por ter abandonado o Blake?

Charlie volta a se recostar na cadeira e estica as pernas, os olhos fixos nos meus.

— Olha — diz ele —, quando nós estávamos no ensino médio, o Blake sempre pegava os meus livros no armário do ginásio e os enfiava na caixa de descarga do vaso sanitário, então talvez o seu grau de mal--estar por ter abandonado o cara possa ser um três, pensando em uma escala de um a dez?

— Ah, não. — Tento disfarçar uma risada, mas estou parecendo uma boba alegre, ainda na onda da adrenalina provocada pela fuga de Blake.

— Quantos encontros restam? — pergunta Charlie. — Na sua Lista de Férias para Arruinar a Vida.

— Depende. — Dou um gole no vinho. — Quantos outros caras fizeram bullying com você no ensino médio?

A gargalhada dele é baixa e rouca. Me faz pensar no som agradável e seco de uma raquete de tênis devolvendo uma bola perfeita.

A voz e a risada de Charlie têm uma textura... elas arranham. Tomo outro gole de vinho para abafar o pensamento, então volto para a água.

— Isso significa que você quer sair com os caras que faziam bullying comigo, ou humilhar todos eles? — Ele pega um pão na mesa, tira um pedaço e coloca entre os lábios.

Desvio os olhos quando sinto o pescoço quente.

— Tudo depende de se eles vão perguntar quanto eu calço nos primeiros cinco minutos do encontro.

Charlie se engasga com o pão.

— Isso é tipo... um fetiche?

— Acho que é mais tipo *Uau, você caiu em um fosso de resíduos radioativos para ficar assim tão alta?*

— Blake nunca foi a pessoa mais segura de si — comenta Charlie.

Somos interrompidos por um garçom adolescente com um corte de cabelo infeliz, estilo "cuia", que vem anotar nosso pedido — duas saladas de queijo de cabra e duas massas *cacio e pepe*.

Assim que o rapaz se afasta, confesso:

— Foi a Libby que escolheu o Blake. Ela está administrando o aplicativo pra mim.

— Certo. — Ele ergue as sobrancelhas com uma expressão apreensiva. — MOM.

— Tenho dois encontros na nossa lista de tarefas. Blake foi o primeiro.

Charlie faz sua versão preguiçosa de revirar os olhos.

— Poupe-se do problema e use este jantar como o encontro número dois.

— Eu já te disse que você não conta.

— As palavras que todo homem sonha ouvir.

— Considere-se o suco de uva dos encontros.

— Então, a tarefa número cinco é ter dois encontros merda com homens por quem você nunca se interessaria, em uma cidade em que não suportaria viver — resume Charlie. — Qual é mesmo a tarefa número seis? Lobotomia voluntária?

Deslizo a taça de vinho dele, ainda quase cheia, em sua direção.

— Ainda estou esperando pelos *seus* segredos, Lastra.

Ele afasta a taça de volta, na direção do centro da mesa.

— Você já sabe o meu segredo. Sou o filho pródigo que não foi chamado, mas que veio para cá administrar uma livraria que sofre uma morte rápida, enquanto meu pai está ocupado fazendo fisioterapia, e a minha mãe passa o tempo se esforçando para evitar que ele suba no telhado para limpar as calhas.

— Isso é... muito — comento.

— Está tudo bem. — O tom dele deixa claro que a frase termina com um ponto-final.

— E a Loggia está sendo legal por deixar você trabalhar remotamente — digo.

— Por ora.

Quando o olhar de Charlie encontra o meu, seus olhos estão surpreendentemente escuros. Parece que acabei na beira de um precipício perigoso. E, pior, parece que estou presa em um mel viscoso, incapaz de me afastar dali.

— Agora, o que a Libby tem contra você para te fazer sair com o Blake? — pergunta Charlie. — Você vendeu segredos de Estado? Matou alguém?

— E eu achei que você tivesse uma irmã mais nova.

Ele volta a relaxar o corpo na cadeira.

— Carina. Ela tem vinte e dois.

Embora eu tenha encontrado a mãe dele, é difícil imaginar Charlie com uma família. Ele parece tão... contido. Mas a verdade é que isso provavelmente é o que as pessoas dizem a meu respeito.

— E a Carina não obriga você a fazer alguma coisa só pedindo? — pergunto.

Ou se esquivando de você por meses, guardando segredos e parecendo ter acabado de ser arrastada por um trem.

Charlie hesita.

— Carina é o motivo de eu estar aqui.

Eu me inclino por cima da mesa e sinto a madeira pressionar minhas costelas. Estou com a mesma sensação de quando leio um romance de mistério, quando sei que uma revelação está prestes a ser feita e tenho que me controlar para não pular logo algumas páginas e descobrir.

— Ela estava planejando voltar e tomar conta da livraria depois da faculdade — diz Charlie. — Então, decidiu no último minuto passar mais algum tempo na Itália. Em Florença. A Carina é pintora.

— Uau — digo. — As pessoas realmente fazem isso? Se mudam para a Itália para pintar?

Charlie franze o cenho, gira o copo de água no lugar, então ajeita os talheres, para deixá-los retos. É prazeroso observar, como se alguém estivesse coçando o ponto certo entre minhas escápulas.

— As mulheres da minha família, sim. A minha mãe também foi passar duas semanas na Itália, para pintar, quando estava na casa dos vinte anos, e acabou passando um ano lá.

— O extravagante espírito livre garantindo magia à vida de todos — falo. — Conheço esse clichê.

— Algumas pessoas chamam de magia — retruca Charlie. — Eu prefiro pensar nisso como "comichão intensa provocada pelo estresse". A Carina estava morando em um Airbnb de um traficante de verdade até eu reservar outro lugar pra ela.

Dou de ombros.

— Isso é exatamente a Libby em um universo paralelo.

— Irmãs mais novas... — diz ele, e o sorriso que curva seus lábios aprofunda o vinco embaixo do lábio inferior.

Fico olhando para aquele vinco por um pouco de tempo demais. Meu cérebro se esforça para arrumar um jeito de continuar a conversa.

— E o seu pai? Como ele é?

Charlie inclina a cabeça para trás.

— Calado. Forte. Um empreiteiro de cidade pequena que deixou a minha mãe apaixonada a ponto de ela decidir criar raízes.

Diante do meu olhar presunçoso, ele se inclina para a frente, imitando minha postura.

— Está certo, sim, eles são a perfeita história de amor de cidade pequena — admite, os olhos cintilando, enquanto nossos joelhos se encostam. Está acontecendo uma disputa embaixo da mesa: quem vai se afastar primeiro?

Os segundos se estendem, densos e pesados como melado, mas ficamos como estamos, colados por um desafio.

— Muito bem, Stephens — diz Charlie por fim. — Vamos ouvir sobre a *sua* família. Onde exatamente ela se encaixa no seu catálogo de caricaturas bidimensionais?

— É fácil — respondo. — A Libby é a heroína caótica e encantadora da comédia romântica dos anos noventa, que está sempre chegando tarde e é arrebatada de um jeito fofo e sexy. O meu pai é o pai aproveitador e ausente que "não estava pronto para ter filhos", mas que agora, de acordo com um investigador particular contratado, leva os três filhos e a esposa para passear de barco no lago Erie todo fim de semana.

— E a sua mãe? — pergunta ele.

— A minha mãe... — Ajeito meus próprios talheres, como se fossem palavras na minha próxima frase. — Ela era pura magia. — Encontro os olhos dele, esperando ver um sorrisinho presunçoso ou zombeteiro, ou uma nuvem de tempestade, mas vejo apenas uma pequena ruga entre as sobrancelhas. — Era a atriz batalhadora que foi para Nova York para correr atrás dos seus sonhos. Nunca tínhamos dinheiro, mas ela dava um jeito de tornar *tudo* divertido. A minha mãe era a minha melhor amiga. E não me refiro só a quando ficamos mais velhas. Desde que consigo me lembrar, a minha mãe nos levava com ela para todo lado. E você sabe que, para muitas pessoas que se mudam para Nova York, a cidade acaba perdendo o brilho em poucos anos, não é? Mas com a mamãe era como se cada dia ali fosse o primeiro.

Faço uma pausa antes de continuar.

— Ela se sentia tão sortuda por viver em Nova York... E *todo mundo* se apaixonava por ela. A minha mãe era romântica demais. A Libby tem a quem puxar. Ela começou a ler os romances antigos da mamãe quando ainda era bem novinha.

— Você era próxima dela — diz Charlie baixinho, a frase entre uma observação e uma pergunta. — Da sua mãe?

Concordo com um aceno de cabeça.

— Ela tornava tudo melhor...

Ainda consigo sentir o perfume de lavanda e limão, os braços dela ao meu redor, ouvir sua voz — *Coloca pra fora, menina querida.* Bastava um olhar e aquelas cinco palavras e eu contava tudo. Faço o melhor que posso com Libby, mas nunca tive o tipo de ternura que consegue atravessar delicadamente as defesas de uma pessoa.

Quando levanto a cabeça, Charlie não está exatamente me observando, ele está me lendo, os olhos subindo e descendo pelo meu rosto, como se pudesse traduzir em palavras cada linha e cada sombra. Como se conseguisse ver meu esforço para arranjar outro assunto.

Ele pigarreia e me oferece um.

— Eu li alguns livros românticos quando era garoto.

Meu alívio com a mudança de assunto rapidamente se transforma em outra coisa, e Charlie ri.

— Você não poderia parecer mais malvada neste momento, Stephens.

— Essa é a minha expressão de encanto — declaro. — E esses livros te ensinaram alguma coisa útil?

— Eu jamais poderia compartilhar essa informação com uma *colega*. Reviro os olhos.

— Então isso seria um não.

— Foi assim que você começou a trabalhar com livros? Por causa do amor da sua mãe por histórias românticas?

Balanço a cabeça, negando.

— Para mim, foi por causa da livraria. Da Freeman Books.

Charlie assente.

— Eu conheço.

— Nós morávamos no apartamento em cima da livraria — explico. — A sra. Freeman sempre fazia promoções, coisas que saíam de brinde na compra de um livro, e isso tornava fácil para a minha mãe justificar o gasto de dinheiro. Eu nunca ficava estressada lá dentro, sabe? Esquecia de tudo. Era como se eu pudesse ir a qualquer lugar, fazer qualquer coisa.

— Uma boa livraria — diz Charlie — é como um aeroporto onde você não tem que tirar os sapatos.

— Na verdade — digo —, isso é desencorajador.

— Às vezes acho que a Goode Books poderia ter uma placa com esses dizeres — retruca ele. — Por isso nunca digo aos clientes para *se sentirem em casa*.

— Certo, porque então voariam sapatos e sutiãs por toda parte, e começaria a tocar Marvin Gaye a todo volume.

— Cada gota de informação que você dá, Stephens — diz Charlie —, instiga centenas de novas perguntas. E eu *ainda* não sei como você acabou trabalhando como agente literária.

— A sra. Freeman tinha uma estante especial na livraria, que ela separou para nós preenchermos — explico. — E a estante tinha um cartão: *Apaixonadas por livros recomendam*, dizia... era assim que ela nos chamava, suas pequenas apaixonadas por livros. Acho que foi desse jeito que comecei a pensar em livros de uma forma mais crítica.

O vinco sob o lábio dele se tornou uma fissura.

— Então você começou a deixar críticas mordazes?

— Eu me tornei supercontida nas minhas recomendações — respondo. — Então, comecei a simplesmente mudar as coisas enquanto lia. Consertava os finais se a Libby não gostava deles, ou, se todos os personagens principais eram garotos, eu acrescentava uma menina com cabelos loiro-avermelhados.

— Então você foi uma criança editora — resume Charlie.

— Isso era o que eu queria fazer. Comecei a trabalhar na loja quando estava no ensino médio e continuei durante todo o início da universidade, enquanto economizava para entrar no curso de formação de editores da Emerson. Então, a minha mãe morreu e eu me tornei a guardiã legal da Libby, por isso tive que adiar meus planos. Uns dois anos depois, a sra. Freeman também morreu, e o filho dela precisou cortar a equipe pela metade, para poder organizar as finanças. Dei um jeito de conseguir um emprego administrativo em uma agência literária, e o resto é história.

Havia mais coisas a contar, é claro. O ano em que passei equilibrando dois empregos, cochilando nas poucas horas entre cada turno. O dom que descobri ter para acalmar autores em pânico, quando os agentes deles estavam fora do escritório. Os futuros best-sellers que tirei da pilha de descartados e encaminhei para meus chefes.

A oferta para me tornar uma agente júnior e a lista de contras que eu fiz: teria que deixar meu bico de garçonete, trabalhar com comissão era um risco; havia uma chance de eu acabar enfiando a gente no mesmo buraco de onde tinha nos tirado depois da morte da mamãe.

Então, tanto na coluna dos prós quanto na dos contras: agora que eu havia tido o gosto de trabalhar com livros, como poderia algum dia voltar a ser feliz fazendo outra coisa?

— Eu me dei três anos — falo para Charlie —, e um determinado valor em dinheiro que precisaria ganhar. Se não conseguisse, prometi que deixaria o emprego e procuraria por alguma coisa com salário fixo.

— Em quanto tempo você cumpriu o seu objetivo?

Sinto meus lábios se curvarem involuntariamente em um sorriso.

— Oito meses.

Charlie também sorri. *Sorrisos com facas.*

— É claro que sim — murmura ele. Nossos olhos se encontram por um instante. — E quanto a editar?

Sinto a covinha no meu queixo antes mesmo de mentir. Nos primeiros anos, eu checava compulsivamente os anúncios de emprego. Uma vez, cheguei mesmo a fazer uma entrevista para um cargo. Mas eu estava prestes a fazer uma venda enorme, e fiquei apavorada com a possibilidade de me ver presa a um salário mais baixo, em uma posição inicial. Três dias antes da minha segunda entrevista, cancelei.

— Sou boa como agente — respondo. — E você? Como acabou editando livros?

Ele passou uma das mãos pelo cabelo grisalho na nuca.

— Tive muitos problemas na escola quando era pequeno — diz ele. — Não conseguia me concentrar. As coisas pareciam não se encaixar. Fui reprovado.

Tentei não demonstrar minha surpresa.

— Você não precisa fazer isso — avisa Charlie, o tom divertido.

— Fazer o quê?

— Essa coisa da Nora Educada e Polida — explica ele. — Se está *horrorizada* com o meu fracasso, então fique horrorizada. Consigo aguentar.

— Não é isso — retruco. — É que você passa... essa aura acadêmica. Eu teria imaginado que fosse, sei lá, um bolsista Rhodes, com uma tatuagem da Biblioteca Bodleiana, de Oxford, na bunda.

— E para onde iria a minha tatuagem do Garfield? — pergunta Charlie, em um tom tão irônico que tenho que cuspir o vinho de volta na taça para não engasgar com o riso. — Um a um — diz ele, com um sorrisinho.

— O quê?

— O placar de nós dois cuspindo dentro de copos.

Tento tirar o sorriso do rosto, mas ele parece fixo ali. Parece que o compromisso de Charlie com a verdade é contagioso. E a verdade é que estou me divertindo.

— Então o que aconteceu? — pergunto. — Depois de você ser reprovado.

Ele suspira, e ajeita mais uma vez os talheres.

— A minha mãe... bem, você a conheceu. Ela é um espírito livre. Queria simplesmente me tirar da escola, me colocar para ajudar a cuidar da plantação de maconha dela e chamar isso de "estudar em casa". O meu pai é o mais... sóbrio dos dois. — O sorriso dele é delicado, quase doce. — Enfim, o meu pai chegou à conclusão de que, se eu era ruim na escola, então ele só precisava descobrir em que eu era bom. No que eu *conseguia* me concentrar. E me fez experimentar um milhão de hobbies com ele, até que finalmente, quando eu tinha oito anos, o meu pai me comprou um cd Player... provavelmente com a esperança de que eu me tornasse o próximo Jackson Browne ou alguma coisa assim. Em vez disso, eu desmontei o aparelho na mesma hora.

Assinto, muito séria.

— E foi assim que você descobriu sua paixão por assassinatos em série.

Os olhos de Charlie cintilam quando ele ri.

— Foi assim que eu me dei conta de que queria aprender a montar coisas. Achei que o mundo fazia sentido, e queria encontrar esse sentido. Depois disso, o meu pai começou a pedir a minha ajuda quando trabalhava no carro que estava consertando. E eu me envolvi muito com isso.

— Com *oito* anos? — me espanto.

— A verdade é que eu tenho uma capacidade de concentração impressionante quando estou interessado em alguma coisa.

Apesar da inocência do comentário, parece que há lava derretida subindo pelos meus pés, pelas minhas pernas, me envolvendo.

Abaixo os olhos para a taça.

— Então foi assim que você terminou com uma cama em formato de carro de corrida?

— E com uma tonelada de livros sobre carros e reparos. Finalmente consegui ler direito, e parei de gostar de mecânica do dia pra noite.

— O seu pai ficou arrasado?

Agora é a vez de Charlie abaixar os olhos, enquanto nuvens de tempestade parecem atravessar sua testa.

— Ele só queria que eu amasse alguma coisa. Não se importava com o quê.

Os pais, como um conceito, sempre me pareceram tão irrelevantes como astronautas na minha vida diária. Eu sei que eles estão por aí, mas raramente penso neles. Mas, de repente, quase consigo imaginar como é ter um. Quase consigo sentir falta de um, dessa coisa que eu nunca tive.

— Que legal da parte dele. — Isso parece não apenas um eufemismo, mas uma palavra errada para traduzir algo tão vasto e ingovernável.

— Ele é um cara legal — diz Charlie, em voz baixa. — Bom, o meu pai deixou o negócio de carros pra trás e começou a comprar livros pra mim toda vez que parava em uma venda de garagem ou quando chegava uma nova caixa de doação na loja da mamãe. O meu pai não tem ideia de quantos romances eróticos me deu.

— E você realmente lia.

Charlie vira a taça de vinho em um ângulo de cento e oitenta graus, os olhos fixos em mim.

— Eu queria entender como as coisas funcionavam, lembra?

Arqueio uma sobrancelha.

— E como você se saiu nisso?

Ele inclina o corpo mais para a frente.

— Fiquei ligeiramente desapontado quando a minha primeira namorada séria não teve três orgasmos consecutivos, mas, a não ser por isso, me saí bem.

Caio na gargalhada.

— Parece que acabei de descobrir a chave para a alegria de Nora Stephens — diz ele. — A minha humilhação sexual.

— Não é exatamente a humilhação e mais o enorme otimismo.

Ele cerra os lábios.

— Eu diria que sou realista, mas um realista que nem sempre se dá conta de que o que está vendo não é realismo.

— Então, por que você fugiu para Nova York?

— Eu não fugi — corrigiu Charlie. — Me mudei para lá.

— Tem diferença?

— Ninguém estava me perseguindo? — retruca ele. — Além do mais, "fugir" normalmente implica certa velocidade. Tive que frequentar uma universidade comunitária por alguns anos aqui e trabalhar no ramo da construção com o meu pai, para economizar e conseguir pedir transferência no penúltimo ano.

— Você não me parece o tipo de cara que fica à vontade em um capacete de operário de obra.

— Não fico à vontade com qualquer capacete ou chapéu e ponto. Mas precisava de dinheiro para ir para Nova York, e achava que todos os escritores moravam lá.

— Ah. A verdade vem à tona. Você queria ser escritor.

Minha mente vai direto para Jakob, como um livro que está com a lombada marcada em uma página favorita.

— Achei que quisesse — diz Charlie. — Na faculdade, percebi que gostava mais de trabalhar nas histórias de outras pessoas. Gosto do quebra-cabeça que é editar um livro. De olhar para todas as peças e descobrir o que algo está tentando ser, e como chegar lá.

Sinto uma pontada de anseio.

— Essa também é a minha parte favorita do trabalho.

Ele fica me olhando por um instante.

— Então, acho que talvez você esteja no trabalho errado.

Editar talvez fosse o meu sonho, mas não se pode comer, beber ou dormir à custa de sonhos. Aterrissei na segunda melhor opção. Todo mundo precisa desistir dos próprios sonhos em algum momento.

— Sabe o que *eu* acho?

Os olhos dele permanecem fixos em mim, as pupilas parecendo maiores, como se estivessem absorvendo todas as sombras do salão de jantar.

— Não, mas estou louco pra descobrir — declara ele, o tom neutro.

— Acho que você fugiu, *sim*, deste lugar.

Ele revira os olhos e se recosta na cadeira, assumindo a postura de um felino.

— Eu fui embora numa boa. Enquanto você, daqui a uma semana, vai sair correndo e gritando até a fronteira da cidade, implorando a cada caminhoneiro que passar por uma carona até a loja de bagels mais próxima.

— Na verdade — informo, agora com um toque de desafio na voz —, vou passar o mês aqui.

Charlie cerra os lábios.

— É mesmo?

— Sim. A Libby e eu temos *muitas* coisas divertidas planejadas para fazer, mas você já sabe disso. Viu a lista.

Porque *não* sou Nadine. Sou capaz de ser espontânea; camisas de flanela não vão me fazer fugir em disparada e *vou* terminar aquela lista.

Ele estreita os olhos.

— Você vai "dormir embaixo das estrelas"? Vai se oferecer aos mosquitos?

— É pra isso que existe repelente.

— *Montar a cavalo?* — desafia ele. — Você disse que tem pavor de cavalos.

— Quando eu disse isso?

— Na outra noite, quando estava bem bêbada. Você disse que tinha pavor de qualquer coisa maior do que uma marmota. Então, retirou o que havia dito e falou que até as marmotas a deixavam desconfortável, porque são imprevisíveis. Você não vai montar em um cavalo.

Nós tínhamos mudado aquele item para *Fazer carinho em um cavalo*, mas não estou disposta a recuar.

— Quer apostar?

— Que você não vai "salvar um negócio em estado terminal em um mês"? — diz ele. — Não chamaria isso de aposta.

— O que você vai me dar quando eu vencer?

— O que você quer? — pergunta ele. — Um órgão vital? Meu apartamento com aluguel regulamentado pelo governo?

Bato na mão dele que está em cima da mesa.

— Você tem um apartamento com aluguel regulamentado?

Ele puxa a mão para trás.

— Desde que eu estava na faculdade. Eu o dividia com outras duas pessoas até conseguir pagar o aluguel sozinho.

— Quantos banheiros? — pergunto.

— Dois.

— Tem fotos?

Ele pega o celular, rola a tela por um instante e me passa o aparelho. Estava esperando fotos onde o apartamento fosse só o cenário. Mas o que vejo são fotos tiradas por um corretor de imóveis. É um apartamento bonito, arejado, decorado com um bom gosto minimalista. Também é extremamente limpo, portanto: sexy.

Os quartos são pequenos, mas há três deles, e o banheiro principal tem uma bancada dupla gigante. É o sonho de quem mora em Nova York.

— Por que você... tem essas fotos? — pergunto. — É a sua versão de pornô?

— Uma página coberta de tinta de caneta vermelha é a minha versão de pornô — diz ele. — Eu tenho essas fotos porque estava considerando sublocar enquanto estivesse aqui.

— Libby e a família dela — digo. — Quando eu vencer essa aposta, eles ficam com o apartamento.

Ele dá uma risadinha.

— Você não está falando sério.

— Já fiz coisas mais desagradáveis por uma recompensa menor. Lembra do Blake?

Charlie pensa por um momento.

— Muito bem, Nora. Faça tudo o que está naquela lista, e o apartamento é seu.

— Indefinidamente? — esclareço. — Você sublocaria para eles pelo tempo que quisessem, e arranjaria outro lugar para morar quando voltasse?

Ele dá uma bufadinha sarcástica.

— Claro — afirma Charlie —, mas isso não vai acontecer.

— Você está lúcido neste momento? — pergunto. — Porque, se nós fecharmos esse negócio com um aperto de mão, *vai* acontecer.

Ele sustenta meu olhar e estende a mão por cima da mesa. Quando pego a mão de Charlie, a fricção dá a sensação de que nossas peles vão pegar fogo. Sinto um arrepio correr por entre as escápulas.

Só me lembro de soltar a mão dele porque, nesse momento, a salada e a massa são servidas pelo garçom com cabelo em forma de cuia, trazendo junto o aroma mais maravilhoso que se pode imaginar. Charlie e eu nos afastamos como se tivéssemos acabado de ser pegos em flagrante em cima da mesa.

Depois disso, não perdemos mais tempo com conversa-fiada, e passamos os dez minutos seguintes enchendo a boca de massa artesanal.

Quando terminamos, vemos que, ao nosso redor, uniram a maior parte das mesas de dois lugares, para abrigar grupos maiores, rearrumando as cadeiras para que as pessoas pudessem se acomodar, e as gargalhadas começam a se erguer acima da música italiana baixa de fundo e do tilintar das taças de vinho, enquanto o aroma de pão e de molhos amanteigados se torna mais denso do que nunca.

— Eu me pergunto onde estará o Blake agora — comento. — Espero que ele tenha encontrado a felicidade com aquela recepcionista minúscula.

— Já eu, espero que ele tenha sido confundido com um criminoso procurado e levado pelo FBI — retruca Charlie.

— Acabariam soltando o homem em quarenta e oito horas — acrescento. — Mas até lá o Blake com certeza *não* vai ter uma vida fácil. — Charlie abre um sorriso e eu continuo: — Só espero que ele seja interrogado por uma agente tão alta quanto eu. Mas acho que isso é pedir demais.

— Acho que você precisa saber de uma coisa. — A voz de Charlie sai como um sussurro enquanto ele se debruça sobre a mesa, e sinto arrepios subindo pela pele quando a panturrilha dele roça na minha.

Eu também me inclino para a frente, e nossos joelhos se encaixam um no outro, agora como dedos entrelaçados: o dele, o meu, o dele, o meu.

— *Você não é tão alta* — sussurra ele.

— Sou tão alta quanto você — sussurro de volta.

— E *eu* não sou assim tão alto — retruca ele.

O que o meu corpo escuta é: *Quero agarrar você.*

— Sim, mas para os homens não existe isso de alto *demais* — falo.

Ele sustenta meu olhar, sério demais para uma conversa que não é nada séria. Minha pele vibra, como se meu sangue estivesse cheio de ferro e os olhos dele fossem ímãs passando por cima deles.

— Isso também não existe para mulheres. Há apenas mulheres altas — diz Charlie — e homens inseguros demais para saírem com elas.

15

DESCEMOS LENTAMENTE A rua escura, quase em silêncio, mas o ar vibra, elétrico, entre nós.

— Você não precisa me acompanhar até o chalé — digo, por fim.

— É meu caminho.

Lanço um olhar de "duvido" para ele.

Charlie inclina a cabeça, a luz da rua delineando seu rosto. Não tenho certeza se alguém no planeta tem sobrancelhas mais bonitas do que esse homem. É claro que nem sei se já *reparei* nas sobrancelhas de um homem antes, portanto talvez eu só esteja achando isso porque a baixa adrenalina da temporada mais lenta do mercado editorial me forçou a buscar novos interesses.

— Tá bom — admite ele. — Não é *muito* fora do meu caminho.

No extremo da cidade, a calçada dá lugar a um acostamento gramado, mas esta noite estou usando sapatos adequados. À nossa direita, uma trilha estreita entra pelo meio da folhagem.

— O que tem pra lá?

— O bosque — responde Charlie.

— Isso eu entendi — falo. — Onde vai dar?

Ele passa a mão pelo rosto.

— No chalé.

— Espera aí, tipo um atalho?

— Mais ou menos.

— Tem um motivo para não irmos por ali?

Charlie arqueia a sobrancelha.

— Não me dei conta de que você era do tipo caminhada-na-madrugada...

Passo por ele e entro no bosque.

— Stephens — diz Charlie. — Você não tem que provar nada. — O aroma levemente picante do seu perfume me alcança antes dele, tão conhecido e ainda assim tão surpreendente, com toques de canela e laranja que ficam muito mais fortes na pele de Charlie do que na minha.

— Vamos voltar e seguir pela estrada.

Ouvimos o canto de uma coruja logo acima de nós, e Charlie abaixa a cabeça e passa os braços por cima dela para se proteger.

— Espera. — Olho rapidamente para ele, e paro de andar. — Você... tem medo do escuro?

— É claro que não — resmunga Charlie, e volta a descer a trilha. — Só estou surpreso por você estar levando tão longe essa história de transformação-de-cidade-pequena. E, só para você saber, essa franja *não* te faz parecer mais acessível. Você só parece uma assassina sexy usando uma peruca cara.

— Só ouvi *sexy* e *cara* — falo.

— Se eu te mostrasse um borrão de um teste de Rorschach, você acharia *sexy* e *caro* em algum lugar nele.

Olho por cima do ombro dele. Logo além da trilha, um riacho afunila e cai em uma pequena cascata, com pedras enormes se destacando como dentes de cada lado dela, e formando uma piscina. Uma abertura entre a cobertura de árvores deixa o luar refletir no meio da piscina, transformando a água gelada em um cenário de espirais prateadas brilhantes.

— Número seis — digo em um suspiro.

Charlie acompanha meu olhar, o cenho franzido.

— De jeito nenhum.

A vontade de surpreendê-lo me atinge como uma onda. Mas há outra coisa também. Na faculdade, eu sempre era a Mãe da Festa, a que garantia que ninguém caísse da escada ou bebesse algo que não tivesse visto ser servido. Com Libby, sou a irmã mais velha devotada/preocupada. Para meus clientes, sou a agente durona que batalha por eles, pressiona e negocia.

De repente me dou conta de que, aqui, não sou nenhuma dessas coisas. Não tenho que ser, não com o obsessivo, organizado e responsável Charlie Lastra. Por isso subo na pedra mais próxima e tiro os sapatos.

— *Nora* — Charlie geme. — Você não está falando sério.

Tiro o vestido pela cabeça.

— Por que não? Tem jacaré aqui?

Eu me viro para ele a tempo de pegá-lo reparando no meu corpo só com a roupa de baixo, os olhos parando instintivamente no meu sutiã, por uma fração de segundo, antes de chegarem ao meu rosto. Seu maxilar está cerrado.

— Tubarões? — pergunto.

— Só você — diz ele.

— Vazamentos? De resíduos nucleares?

— Lixo normal já não é ruim o bastante? — pergunta Charlie.

— Não estou *te* obrigando a entrar — replico.

— Não até você começar a se afogar.

Eu me sento na pedra e penduro as pernas dentro da água fria. Um arrepio sobe pelas minhas escápulas.

— Sou uma nadadora muito boa.

Entro no rio, contendo um gritinho.

— Fria? — pergunta Charlie, parecendo satisfeito consigo mesmo.

— Agradável — respondo, e sigo andando pela água até ela chegar ao meu peito. — Eu teria que me esforçar *muito* pra me afogar aqui.

Ele caminha até a beira.

— Pelo menos uma infecção bacteriana você vai pegar fácil.

— Eu pensaria nisso como uma espécie de rito de passagem em Sunshine Falls — digo.

— Eu pareço o tipo de pessoa que seguiria ritos de passagem locais?

— Bem, suas botas são Sandro, uma marca cara, e já te vi usando cashmere de luxo pelo menos três vezes — retruco. — Assim, talvez não...

— Guarda-roupa cápsula — informa ele, como se aquilo explicasse tudo. — Só compro coisas que possam ser usadas com todo o resto que já possuo, e que eu tenha certeza de que me agradam o bastante para usar por anos. É um investimento.

— *Muito* urbano, você — cantarolo.

Charlie revira os olhos.

— Você sabe que isso não conta como número seis, certo? Talvez em Manhattan considerem isso nadar nua, mas em Sunshine Falls nós chamamos de "roupa de banho esquisita".

Outro desafio.

Sou uma mulher possuída. Afundo na água, abro o sutiã e jogo na direção dele. O sutiã acerta Charlie no peito.

— Agora está mais próximo — admite ele, e ergue a peça de renda preta para examinar sob a luz da lua. — Tudo isso — comenta, muito sério — desperdiçado com Blake Carlisle.

— Só tenho lingerie bonita — digo. — E ela está destinada a ser desperdiçada de vez em quando.

— Você fala como uma verdadeira dama do luxo.

Flutuo para trás, os joelhos dobrados, os dedos dos pés deslizando pela pedra lisa do leito do riacho.

— Acho que nós provamos que, de nós dois, *você* é o aristocrata aqui. *Eu* estou nadando nua. Em uma piscina natural local. Enquanto você nem sabe nadar.

Charlie revira os olhos.

— Eu sei nadar.

— Charlie. Está tudo bem. Não tem vergonha alguma em falar a verdade.

— Lembra quando você fingia ser educada?

— Sente falta disso?

— De jeito nenhum. — Ele tira a camisa por cima da cabeça e larga em cima da pedra. — Você é muito mais divertida assim.

Quando ele já está tirando a calça, lembro de desviar os olhos. Um instante mais tarde, quando a água se agita, me viro e vejo Charlie se encolhendo ao sentir a água fria batendo no estômago.

— *Merda!* — diz ele, em um arquejo. — Merda, cacete!

— Quanto jeito com as palavras. — Nado na direção dele. — Não está tão ruim assim.

— Será possível que você não tem nenhum receptor nervoso para dor? — sibila Charlie.

— Não apenas é possível como provável — retruco. — Já me disseram que não sinto nada.

Charlie franze o cenho.

— Seja quem for que disse isso, claramente só conheceu a Nora Profissional.

— A maior parte das pessoas só conhece ela.

— Pobres idiotas. — Seu tom é quase afetuoso. A mesma voz em que falou *É claro que sim* quando contei a ele que tinha alcançado meus objetivos como agente literária em apenas oito meses, e não nos três anos que eu mesma tinha previsto.

Paro perto de Charlie o bastante para ver a pele dele arrepiada. As gotas d'água no pescoço e no maxilar refletem o luar. Meu peito e minhas coxas vibram em resposta.

Flutuo para trás, enquanto ele se aproxima, mantendo o mesmo espaço entre nós.

— Que outros ritos de passagem de Sunshine Falls você ignorou?

Os músculos ao longo do maxilar dele estão sombreados enquanto ele pensa.

— As pessoas da cidade gostam muito de fazer *bouldering*.

— Deixa eu adivinhar — falo. — *Bouldering* é quando a pessoa fica parada no alto de uma montanha, esperando que um de seus inimigos passe lá embaixo, então a pessoa empurra uma pedra lá do alto.

— Quase isso — fala Charlie. — É quando você escala pequenos blocos de pedra.

— Para...?

— Para chegar ao topo, supostamente.

— E então?

Ele ergue os ombros bronzeados, deixando claro que não tem ideia, enquanto a água escorre pelo seu peito.

— Provavelmente você escolhe outro bloco de pedra, e sobe até o topo dele. O ser humano é uma espécie misteriosa, Nora. Uma vez vi um entregador, em uma bicicleta, ser atingido por um carro. O cara atropelado levantou e gritou *Eu virei Deus* a todo pulmão, antes de sair em disparada na direção oposta.

— O que tem de misterioso nisso? — pergunto. — Ele testou os limites da própria mortalidade e descobriu que não existiam.

Os lábios cheios de Charlie se curvam para um lado em um meio sorriso.

— É isso que eu amo em Nova York.

— Tantos entregadores de bicicleta com complexo de Deus.

— Lá, você nunca é a pessoa mais esquisita na sala.

— Sempre tem aquela outra pessoa com o corpo pintado com tinta prateada — concordo —, que pede uma doação para consertar a nave alienígena.

— Esse é o meu personagem favorito dos trens do metrô — garante Charlie.

Minha pele se aquece. Eu me pergunto quantas vezes passamos um pelo outro na nossa cidade de milhões de habitantes.

— Eu gosto do fato de que somos anônimos lá — continua ele. — Nós somos quem decidirmos ser. Em lugares como Sunshine Falls, nunca nos livramos da primeira imagem que as pessoas fizeram de nós.

Nado mais para perto. Charlie não recua.

— E o que as pessoas pensam de você?

— Não são grandes fãs — diz ele.

— A sra. Struthers é — lembro. — E a sua ex também.

Lanço um longo olhar para ele e afundo mais na água, para esconder o modo como meu corpo se ilumina sob seu olhar.

Não me sinto como Nadine Winters quando Charlie está assim tão perto. Eu me sinto como açúcar sob um maçarico, como se Charlie estivesse caramelizando meu sangue.

— A sra. Struthers gosta de mim porque eu adorava a escola — fala ele. — Quer dizer, depois que descobri como ler de verdade. Mas isso não me tornava exatamente um sucesso com os outros alunos. No ensino médio as coisas não foram tão mal, então eu acabei...

— Você ficou sexy — completo, séria.

A gargalhada dele acaricia minha pele.

— Eu ia dizer "acabei me mudando para Nova York".

Paramos de nos mexer na água. O calor se instala no meu abdome e parece espiralar cada vez mais para baixo.

Pigarreio para limpar a garganta e consigo brincar:

— *Então* você ficou sexy.

— Na verdade — diz Charlie —, isso só aconteceu quatro ou cinco semanas atrás. Houve aquela enorme chuva de meteoros, eu fiz um pedido e... — Charlie estende os braços enquanto se aproxima mais de mim na água.

Meu coração parece leve e saltitante no peito, enquanto meus membros estão estranhamente pesados.

— Então você está dizendo que a expressão da Amaya era menos de saudade e mais de choque absoluto com o seu novo rosto.

— Não reparei na expressão da Amaya — diz ele.

Sinto a boca seca e uma pressão crescente entre as coxas. Charlie captura a gota d'água que escorre logo abaixo do meu nariz. Meus lábios se abrem e a ponta do dedo dele demora no meu lábio inferior.

Estou agudamente consciente de como o espaço entre nós é frágil agora, escorregadio, finito, isolado. Talvez seja por isso que as pessoas viajam, para experimentar essa sensação de que a vida real está se liquefazendo ao redor, como se nada que se faça possa puxar qualquer outro fio do mundo cuidadosamente construído delas.

É uma sensação não muito diferente de ler um bom livro: absorvente, que nos faz esquecer todas as preocupações.

Normalmente eu vivo como se estivesse tentando prever quatro movimentos à frente em um jogo de xadrez, mas neste exato momento é como se eu não conseguisse pensar em nada além dos próximos cinco minutos. É preciso muito esforço para dizer:

— Você deve querer ir para casa.

Charlie balança a cabeça.

— Mas se você quiser...

Balanço a cabeça.

Por um momento, nada acontece. É como se houvesse uma negociação silenciosa sendo feita entre nós. A mão de Charlie encontra a minha embaixo da água. Depois de um instante, ele me puxa mais para perto, lentamente... dando bastante tempo para que qualquer um de nós se afaste.

Em vez disso, meus dedos roçam no quadril dele, e o tabuleiro de xadrez na minha mente se desintegra.

A outra mão de Charlie encontra minha cintura, eliminando qualquer espaço entre nós. A sensação de ser pressionada contra o corpo dele fica em algum lugar entre uma benção e uma tortura. Solto um suspiro baixinho. Ele não implica comigo. Em vez disso, suas mãos traçam um caminho lento pela lateral do meu corpo, colando cada centímetro meu a ele: peito, abdome, quadril, todas as minhas partes mais macias contra todas as partes mais rígidas dele. Minhas coxas flutuando soltas ao redor do seu quadril. Charlie pressiona os polegares nas curvas do meu quadril e solta um murmúrio rouco.

Meus mamilos vibram contra a pele dele, e Charlie me abraça com mais força.

Estamos ambos em silêncio, como se qualquer palavra pudesse romper o encanto do luar prateado.

Nossos lábios se encontram de leve uma vez, então se afastam, e voltam a se encontrar, agora em um beijo um pouco mais profundo. As mãos de Charlie acompanham a curva das minhas costas até embaixo, me envolvendo, me apertando contra ele, girando o quadril contra o meu.

Minha boca parece se derreter sob a dele, como se eu fosse cera e ele a chama acesa no centro. Charlie envolve meu queixo com uma das mãos e um dos meus seios com a outra, enquanto passo as coxas com força ao seu redor. Arquejo contra a boca dele quando sinto seu polegar rodear meu mamilo. Ele me ergue mais alto, e estou com a parte do corpo acima do umbigo para fora da água agora, exposta ao luar, e Charlie está olhando, tocando, saboreando enquanto me desvenda.

Meu cérebro luta para assumir o controle do corpo, que está entrando em curto-circuito.

— Devemos pensar sobre isso?

— Pensar? — diz ele, como se nunca tivesse ouvido aquela palavra.

Outro beijo voraz, de fazer o estômago dar cambalhotas, também apaga meu vocabulário. Agarro seu cabelo. A boca de Charlie desce pela lateral do meu pescoço, e ele crava os dentes no meu colo.

Estou tentando pensar, mas tenho a sensação de ser uma passageira dentro do meu corpo dominado pelo desejo.

Charlie fala junto ao meu ouvido:

— Você nunca deveria usar roupas, Nora.

A risada morre na minha garganta, quando ele me encosta em uma pedra lisa na beira da água, meu quadril colado ao dele, minhas coxas ardendo com a fricção entre nós, e eu sinto a pressão do abdome e da ereção dele contra mim, através da roupa de baixo que ainda usamos.

Charlie beija como ninguém com quem já estive. Beija como alguém que leva tempo para descobrir como as coisas funcionam.

Cada movimento do meu quadril, cada vez que arqueio a coluna, cada arquejo, o guiam, são marcos em um mapa que ele está fazendo do meu corpo.

Charlie sussurra meu nome contra minha pele. E soa como o palavrão que ele soltou quando esbarrei nele no Papai Agachado, a voz dele me invadindo, até eu ter a sensação de ter sido atravessada por um raio.

Os lábios de Charlie descem pelo meu pescoço até o peito, e sinto sua respiração entrecortada quando ele captura minha boca. Ele prende meus pulsos contra a pedra e nossos quadris se movem em um ritmo faminto.

— *Merda* — sussurra Charlie, mas ao menos dessa vez não está disparando para longe de mim. As mãos dele ainda estão por toda parte. A boca de Charlie não descola da minha pele. — Não quero parar.

Minha mente ainda tenta vagamente lutar pelo controle. Meu corpo toma a decisão unilateral de dizer:

— Então não pare.

— Temos que conversar primeiro — diz ele. — As coisas estão complicadas pra mim neste momento.

Mesmo assim, ainda estamos agarrados um ao outro, as mãos de Charlie correm pelas minhas coxas, apertando-as com tanta força que devem deixar marcas. Cravo as unhas nas costas dele, puxando-o mais para perto. A boca quente de Charlie desliza pelo meu ombro, e sua língua e seus dentes encontram a pulsação na base do meu pescoço.

Assinto.

— Pode falar.

Outro beijo intenso, o dente dele roçando meu lábio, as mãos apertando meu traseiro.

— É difícil pensar em palavras neste momento, Nora.

Charlie enfia as mãos no meu cabelo e sua boca desliza pelo canto da minha, a respiração superficial e frenética. Ergo mais o corpo contra o dele, e ele envolve minhas costas com força com as mãos — o gemido que Charlie solta parece me atravessar como se mais de uma dezena de raios atingisse direto o centro do meu corpo.

Tudo mais é esquecido por um momento enquanto movimento o corpo contra o dele, e Charlie devolve o favor. A fricção entre nós é elétrica.

— Meu Deus, Nora — sussurra ele.

Algo como *Eu sei* escapa dos meus lábios, direto para dentro da boca dele. Charlie enfia os dedos por baixo da renda da minha calcinha na lateral do quadril, até chegar à minha pele. Nunca senti o ardor de alguém de forma tão palpável... nunca me senti tão ardorosa. Estou vendo pontos escuros, tudo perdido atrás de um muro de desejo.

Então, meu celular toca em cima das pedras.

De repente a realidade nos atinge de todos os lados, um deslizamento de pensamentos que meu desejo vinha contendo. Empurro Charlie para trás, e digo em um arquejo:

— A Dusty!

Ele pisca para mim na escuridão, o peito ainda arquejante.

— O quê?

— Merda! Não! Não! — Nado até as pedras, o toque do celular ecoando na escuridão.

— Qual é o problema? — pergunta Charlie, logo atrás de mim.

— Eu deveria ter ligado para a Dusty. Horas atrás. — Saio da água e corro para o celular. Perco o último toque por segundos, e quando ligo de volta cai direto no correio de voz. — Merda!

Como eu podia ter feito isso? Como podia ter esquecido da minha cliente mais antiga, mais sensível, mais rentável? Como podia ter me permitido ficar tão distraída?

Ligo de novo e deixo uma mensagem no correio de voz dela.

— Oi, Dusty! — digo, animada, logo depois de ouvir o bipe. — Desculpe. Tive um...

Com o que eu poderia estar ocupada tão tarde da noite? Com certeza, nada *respeitável*.

— Tive um imprevisto — digo. — Mas estou livre agora, então me liga de volta!

Desligo, então vejo a sequência de mensagens de Libby, cada vez mais desesperada, querendo que eu confirmasse que Blake não tinha me enfiado em um triturador de madeira. Meu coração dispara na garganta e sinto uma onda de vergonha intensa me dominar. Estou indo pra casa, respondo para Libby.

— Está tudo bem?

Eu me viro e vejo Charlie vestindo a calça, com a camisa embolada em uma das mãos.

— O que aconteceu? — pergunta ele.

Eu não estava lá, penso. *Elas precisaram de mim e eu não estava lá. Exatamente como...* Eu me interrompo antes que minha mente volte para o passado, e digo, em vez disso:

— Eu não faço isso.

Charlie arqueia a sobrancelha.

— Não faz o quê?

— Tudo isso que acabou de acontecer — respondo. — Tudo isso. Não é assim que eu faço as coisas.

Ele dá uma risadinha.

— E você acha que, pra mim, é um padrão?

— Não — falo. — Quer dizer, talvez. Esse é o ponto! Como eu posso saber? — O sorriso dele se apaga, e sinto uma pontada no peito em resposta. Balanço a cabeça. — É esse livro, *Frígida*, e essa viagem... comecei a achar que poderia simplesmente seguir com isso, mas... — Levanto o celular ao meu lado, como se aquilo explicasse tudo. A crise pré-bebê de Libby, a insegurança profunda de Dusty, sem mencionar todas as minhas outras clientes, todos que contam comigo. — Não posso me permitir uma distração neste momento.

— Distração. — Charlie repete a palavra em tom vazio, como se não conhecesse o conceito. Provavelmente não conhece mesmo. Por uma década inteira, distração também foi uma palavra desconhecida para mim.

Classificação. Compartimentalização. Organização. Essas coisas sempre funcionaram para mim no passado, mas, neste momento, uma breve imprudência me distraiu tanto da minha irmã quanto da minha cliente mais importante. Depois do que aconteceu com Jakob, eu deveria saber que não podia confiar em mim mesma.

Me forço a engolir o nó que trava minha garganta.

— Eu preciso estar concentrada — digo. — Devo isso à Dusty.

Quando me distraio, certas coisas me escapam. Quando certas coisas me escapam, outras coisas ruins acontecem.

Charlie me examina por um longo momento.

— Se é isso o que você quer.

— É — digo.

Ele ergue ligeiramente as sobrancelhas, os olhos lendo a óbvia mentira. Não importa. *Querer* não é um bom modo de tomar decisões.

— Além do mais — acrescento —, as coisas estão complicadas pra você também, não é?

Depois de um instante, Charlie suspira.

— Mais a cada segundo.

Ainda assim, nenhum de nós dois se move. Estamos em um impasse silencioso, esperando para ver se o dique aguenta, a pressão crescendo entre nós, todas as minhas células ainda vibrando sob o olhar dele.

Charlie desvia os olhos primeiro. E esfrega o maxilar.

— Você está certa. Não sei por que é tão difícil pra mim aceitar que isso não vai dar em nada.

Ele pega meu vestido na pedra e me entrega.

Sinto o estômago apertado, mas aceito o vestido.

— Obrigada.

Sem olhar para mim, Charlie diz, em tom irônico.

— Pra que servem os colegas?

16

M E ARRASTO PARA fora da cama às nove da manhã, com a cabeça latejando e o estômago parecendo um bote seminaufragado, perdido no mar. Parece que bebi o bastante para ficar mal, embora não tenha ido além de um pilequinho. Um dos muitos motivos pelos quais ter trinta e dois anos é fantástico.

Libby já está de um lado para o outro no andar de baixo, cantarolando para si mesma. Não fico surpresa — apesar das mensagens em pânico da noite passada, minha irmã já estava dormindo profundamente e roncando alto quando cheguei em casa. Dusty enfim me ligou de volta, e eu tinha ficado andando de um lado para o outro na campina, toda molhada, convencendo-a de que a parte dois de *Frígida* não tinha como ser tão ruim quanto ela estava convencida de que era. Checo o celular com os olhos injetados, e, como eu imaginava, as novas páginas estão esperando na minha caixa de entrada.

Não estou pronta para isso. Depois de vestir uma legging e um top, saio meio cambaleante de casa, esfregando os braços para me aquecer enquanto atravesso a campina. Sigo devagar pelo bosque, segurando o estômago, até a náusea ceder o bastante para eu começar a correr.

Muito bem, penso. *Está dando tudo certo*. Isso é mais uma afirmação positiva do que uma observação. Sigo a trilha inclinada através do bosque até a cerca, e dou mais três passos antes de *Está indo tudo bem* se transformar em *Ah, meu Deus, não*. Apoio as mãos nas coxas e vomito na lama, bem no momento que uma voz atravessa a manhã:

— Está tudo bem com a senhora?

Eu me viro na direção da cerca, enquanto passo as costas da mão pela boca.

O semideus loiro está inclinado na extremidade da cerca, a menos de um metro e meio de distância.

É claro que ele estaria ali.

— Tudo bem — me forço a dizer. Pigarreio e faço uma careta ao sentir o gosto na garganta. — Só bebi o equivalente a uma banheira de álcool ontem à noite.

Ele ri. É uma bela risada. Provavelmente o grito de terror daquele homem é ainda mais agradável.

— Sei bem como é.

Uau, ele é alto.

— Sou Shepherd — diz o homem.

— Shepherd... tipo, pastor? — pergunto.

— E a minha família é dona do estábulo — completa ele. — Pode rir.

— Eu jamais faria isso — falo. — Tenho um senso de humor terrível. — Começo a estender a mão, então me lembro de onde ela esteve recentemente (vômito) e volto a abaixá-la. — Sou a Nora.

Ele ri de novo, e o som é cristalino como o toque de um sino de prata.

— Você está hospedada no Lírio da Goode.

Confirmo com um aceno de cabeça.

— A minha irmã e eu somos de Nova York e estamos passando um tempinho aqui.

— Ah, gente da cidade grande — brinca ele, os olhos cintilando.

— Eu sei, somos as piores — brinco também. — Mas talvez Sunshine Falls nos converta.

Os cantos dos olhos dele se franzem em um sorriso.

— Isso com certeza vai acontecer.

— Você é daqui mesmo?

— Passei toda a minha vida aqui — confirma ele —, tirando um tempinho em Chicago.

— A vida da cidade não é pra você?

Ele ergue os ombros enormes.

— Os invernos do Norte certamente não eram.

— Claro — digo. Sou pessoalmente a favor do inverno... mas essa é uma reclamação conhecida.

As pessoas basicamente deixam Nova York porque sentem frio, porque se sentem claustrofóbicas e cansadas ou porque foram financeiramente derrotadas. Ao longo dos anos, a maior parte dos meus amigos da faculdade se dispersou para cidades do Meio-Oeste que são mais baratas, ou para subúrbios com enormes gramados e cercas brancas, ou partiram em um dos êxodos em massa para Los Angeles que acontecem de tantos em tantos invernos.

Há lugares mais fáceis de viver, mas Nova York é uma cidade cheia de pessoas famintas, e essa voracidade compartilhada é como uma energia vibrante.

Shepherd dá uma palmadinha na cerca.

— Bom, vou deixar você voltar para a sua... — Eu poderia jurar que ele lança um olhar na direção do meu vômito. — Corrida — completa ele, diplomático, e se vira para ir embora. — Mas, se precisar de uma visita guiada à cidade enquanto estiver por aqui, Nora de Nova York, terei prazer em ajudar.

— Como eu... faço contato com você? — pergunto, quando ele já começa a se afastar.

Shepherd olha para trás, sorrindo.

— É uma cidade pequena. Vamos esbarrar um no outro.

Tomo isso como a dispensada mais gentil que já levei, até o momento que ele dá uma piscadinha — a primeira piscadinha sexy que já vi na vida real.

Desde que terminei de contar o que aconteceu, Libby está só me encarando.

— O que está acontecendo no seu cérebro neste momento? — pergunto.

— Estou tentando decidir se estou impressionada por você ter ido nadar pelada, irritada por você ter feito isso com o Charlie ou só lamentando por ter colocado você em um encontro horrível.

— Não seja tão dura consigo mesma — digo. — Tenho certeza de que, se eu cortasse uns quinze centímetros das minhas pernas quando estava na mesa com ele, o Blake teria ficado bastante satisfeito.

— Sinto tanto, irmã. Juro que ele parecia mais normal nas mensagens que deixou no aplicativo.

— Não culpe o Blake. *Eu sou* gigante.

— Pelo amor de Deus, né? Que babaca! — Libby balança a cabeça. — Nossa, desculpa. Vamos só esquecer o número cinco. Foi uma ideia ruim.

— Não! — me apresso a dizer.

— Não? — Ela parece confusa.

Depois da noite passada, eu adoraria jogar a toalha, mas também preciso pensar no apartamento de Charlie. Se eu recuar do nosso acordo agora, então tudo aquilo vai ter acontecido para nada. Pelo menos desse jeito alguma coisa boa pode sair disso.

— Vou continuar — falo. — Afinal, nós temos uma *lista de tarefas* a cumprir.

— Jura? — Libby junta as mãos, com um sorriso largo no rosto. — Que fantástico! Estou tão orgulhosa de você, irmã, saindo da concha...

o que me lembra de uma coisa! Falei com a Sally sobre o número doze, e ela adoraria ajuda para melhorar a Goode Books.

— Quando você falou com ela? — pergunto.

— Nós trocamos alguns e-mails. — Libby dá de ombros. — Sabia que foi ela que pintou o mural na seção de livros infantis da livraria?

Levando em consideração que todo ano, em dezembro, Libby prepara uma torta especial para o carteiro que é intolerante a glúten, eu não deveria ficar surpresa por ela estar imersa em uma troca de e-mails com a dona do Airbnb em que estamos hospedadas.

Minha pulsação dispara quando o telefone vibra. Felizmente a mensagem não é de Charlie.

É de Brendan. O que é raro. Se eu rolar a tela com as mensagens que já trocamos, vou ver apenas uma troca de desejos de *Feliz aniversário!*, intercalada com fotos fofas de Bea e Tala.

Oi, Nora. Espero que esteja dando tudo certo na viagem. A Libby está bem?

— O que significa isso? — Estendo o celular, Libby se inclina para ler a mensagem e franze os lábios.

— Diga a ele que eu ligo mais tarde.

— Sim, senhora, e *que* ligações você quer que eu encaminhe ao seu escritório?

Ela revira os olhos.

— Não quero subir e pegar o meu celular agora. O mundo não vai terminar se o Brendan não falar comigo a cada vinte e cinco minutos.

A impaciência na voz dela me pega de surpresa. Já vi Libby e Brendan discutirem, e é basicamente como assistir a duas pessoas jogando penas na direção uma da outra. O que estou vendo à minha frente *é* irritação de verdade.

Eles estão brigando? Por causa do apartamento, ou da viagem, talvez?

Ou essa viagem está acontecendo *porque* eles estão brigando?

A ideia me deixa nauseada na mesma hora. Tento tirar isso da cabeça — Libby e Brendan são obcecados um pelo outro. Eu posso até ter perdido algumas coisas que aconteceram nos últimos meses, mas teria reparado em algo *assim*.

Além do mais, os dois vêm se falando todo dia.

Só que você nunca viu a Libby ligando pra ele. Eu tinha simplesmente presumido que, em algum momento daquelas nove horas que passamos separadas, ela falava com ele.

Um suor frio escorre pelo meu pescoço. Sinto a garganta apertada, mas Libby não parece perceber. Ela está com um sorriso frio no rosto quando se levanta da cadeira Adirondack.

Você está pensando demais. Ela só deixou o celular no andar de cima.

— Enfim, vamos — diz Libby. — A Goode Books não vai se salvar sozinha. Bons livros *não vão* se salvar *sozinhos*? Não importa. Você entendeu.

Digito uma resposta rápida para Brendan. **Tá tudo bem. Ela disse que te liga mais tarde.** Ele responde na mesma hora com uma carinha sorridente e um polegar levantado.

Está tudo bem. Eu estou aqui. Concentrada. Vou consertar isso.

EU ADORARIA DIZER que, depois de perceber tudo que estava em jogo nesta viagem, o feitiço de Charlie Lastra se desfez na mesma hora. Em vez disso, toda vez que os olhos dele vão de Libby para mim, há um brilho em suas íris que me faz me perguntar quanto tempo eu demoraria para me despir.

— Você quer — pergunta ele, a voz lenta, os olhos mais uma vez na minha irmã — remodelar a Goode Books?

— Nós vamos fazer uma *revitalização* da livraria, dos pés à cabeça.

Libby pressiona as pontas dos dedos umas nas outra. Sua pele está bronzeada e as olheiras já desapareceram quase completamente. Ela parece não apenas descansada, mas empolgada mesmo com a oportunidade de fazer uma grande limpeza em uma livraria empoeirada.

Charlie se apoia no balcão.

— Isso está na lista? — Os olhos dele se fixam nos meus, cintilando mais uma vez.

Meu corpo reage como se Charlie estivesse me tocando. Nossos olhares se encontram, o canto de sua boca se curvando como se dissesse *Eu sei o que você está pensando.*

— Ele sabe da lista? — pergunta Libby, então se dirige a Charlie: — Você sabe da lista?

Ele a encara de novo, esfregando o maxilar:

— Não temos orçamento para "revitalização".

— Toda a mobília vai ser de segunda mão — diz ela. — Tenho o dom de conseguir achados em brechós. Fui criada em laboratório para isso. Só nos mostre onde fica o material de limpeza de vocês.

Charlie volta os olhos para mim, as pupilas em fogo. Tenho certeza de que, se olhar para baixo, vou descobrir que minhas roupas se transformaram em uma pilha de cinzas aos meus pés.

— Você nem vai saber que estivemos aqui — digo, com dificuldade.

— Duvido — responde ele.

Outra "verdade universal" com que Austen poderia ter começado *Orgulho e preconceito*: quando você diz a si mesma para não pensar em alguma coisa, só vai conseguir pensar naquilo.

Assim, enquanto Libby me faz limpar a Goode Books, esfregando marcas no chão, estou pensando no beijo de Charlie. E, enquanto estou rearrumando as biografias na parte recém-designada como seção de não ficção, na verdade estou contando quantas vezes e onde peguei Charlie me olhando.

Quando estou lendo o novo trecho de *Frígida* no café, puxando alguns fios da narrativa e ajustando algumas armadilhas, minha mente invariavelmente acaba voltando para Charlie me encostando contra uma pedra, seu sussurro rouco no meu ouvido: *É difícil pensar em palavras nesse momento, Nora.*

É difícil pensar, ponto, a menos que seja sobre a única coisa em que eu *não* deveria estar pensando.

Mesmo agora, voltando para o centro da cidade com Libby, para a "surpresa secreta" que ela planejou para nós, estou apenas dois terços presente. Determinada a domar o último terço rebelde, pergunto:

— Estou vestida de acordo para a ocasião?

Sem diminuir o passo, Libby aperta meu braço.

— Está *perfeita*. Uma deusa entre os mortais.

Abaixo os olhos para o jeans e a blusa amarela de seda, tentando imaginar para quem aquilo seria "perfeito".

Pelo canto do olho, avalio mais uma vez, rapidamente, a linguagem corporal dela. Venho observando Libby com atenção desde a mensagem esquisita de Brendan, mas nada parece diferente.

Quando nós duas éramos pequenas, minha irmã costumava implorar para que a sra. Freeman a deixasse rearrumar os livros nas estantes, e agora seus esforços para renovar a Goode Books a transformaram em uma Belle bizarra, até o ponto de cantar sobre a "vida provinciana" com a vassoura na mão, enquanto Charlie me lançava olhares significativos de *faça-isso-parar*.

— Não posso ajudar você — disse a ele, por fim. — Não tenho jurisdição aqui.

Ao ouvir aquilo, Libby gritou do outro lado da loja:

— Sou um garanhão selvagem, baby!

Quando finalmente terminamos o trabalho do dia na Goode Books, ela me forçou a entrar no táxi de Hardy, para caçar peças de mobília em todas as lojas de segunda mão em Asheville, que era uma cidade maior. Sempre que *achamos* alguma coisa perfeita para o café da Goode Books, a Libby insistia em 1) pechinchar 2) conversar com literalmente todo mundo, sobre literalmente qualquer coisa.

O trabalho a energizou, e estou torcendo muito para que o passeio surpresa desta noite termine no spa de Sunshine Falls. Embora o nome do lugar *seja* Spaaaahhh, o que me confunde. Não fica claro se é para ser lido como um suspiro ou como um grito. Ou a proprietária é a mesma pessoa que também é dona do café Instantâneo *e* do cabeleireiro Cortes Radicais, ou há alguma coisa na água de Sunshine Falls que provoca uma predisposição aos trocadilhos.

Libby passa direto pelo Spaaaahhh e dobramos na esquina de um prédio amplo, de tijolos cor-de-rosa, com janelas em arco que se erguem por dois andares, um telhado triangular e uma torre com um sino. De um dos lados do prédio, há um estacionamento semicheio, e do outro algumas crianças com os joelhos sujos, jogando beisebol infantil em uma quadra grande demais, com enxames de mosquitos atrás da base do batedor.

— Estamos aqui para algum grande jogo? — pergunto a Libby.

Ela me puxa para subirmos os degraus na frente do prédio, e entramos em um saguão cheirando a mofo. Uma horda de adolescentes usando meias de balé passa correndo por nós, gritando e dando risadinhas, e sobe a escada à nossa direita. Meia dúzia de crianças mais novas, em malhas coloridas, estão espalhadas pelo chão limpando tapetes de ginástica azuis.

— Acho que é por aqui — diz Libby.

Passamos pelas ginastas minúsculas e atravessamos outro conjunto de portas para entrar em um salão espaçoso, cheio de eco das conversas e de cadeiras dobráveis. Para meu alívio, ninguém está usando roupa de ginástica ou de balé neste salão, por isso provavelmente não estamos aqui para uma aula de ginástica para grávidas, que sem dúvida era algo em que Libby nos matricularia.

Vejo Sally mais à frente no salão, segurando o ombro de um senhor loiro, rindo (e, tenho certeza, fumando um vape). Algumas poucas fileiras atrás dela está a barista com piercing no nariz, do café Instantâneo, e Amaya, a bela bartender, ex de Charlie.

Libby me puxa para a última fila, e sentamos uma ao lado da outra, bem no momento em que alguém bate com um martelo na frente do salão.

Há um palco ali, mas o tablado está no chão, na altura das cadeiras. A mulher atrás dele tem o cabelo mais comprido e mais ruivo que já vi, e as únicas luzes acesas no salão a iluminam como um holofote difuso.

— Vamos começar, pessoal! — brada ela, e todos ficam em silêncio, enquanto ouvimos um piano tocando no andar de cima.

Eu me inclino e sussurro no ouvido de Libby:

— Você me trouxe para um julgamento de bruxas?

— O primeiro item que vamos considerar — diz a ruiva — é uma reclamação contra o estabelecimento no número 1480 da rua principal, atualmente conhecido como café Instantâneo.

— Espera — digo. — Estamos...

Libby me faz calar a boca, bem no momento que a barista se levanta rapidamente do assento e se vira para um homem careca sentado mais atrás.

— Não vamos mudar de nome de novo, Dave!

— Parece um lugar para vagabundos e criminosos!

— Você não gostava de *Instante selvagem*...

— É um nome fraco... — argumenta Dave.

— E você teve um *ataque* quando viramos *Quanto mais quente melhor*.

— Esse é praticamente pornográfico!

A ruiva bate com o martelo. Amaya faz a barista se sentar de novo.

— Vamos colocar em votação. Quem é a favor de rebatizar o café Instantâneo? — Algumas mãos se levantam, a de Dave incluída. A ruiva volta a bater com o martelo — Proposta rejeitada.

— Não há absolutamente nenhuma possibilidade de essa votação ter qualquer validade em um tribunal de verdade — sussurro, impressionada.

— O que eu perdi?

Dou um pulo na cadeira quando Charlie se senta ao meu lado.

— Não muito. "Dave" simplesmente apresentou uma reclamação para rebatizar cada Peter na cidade para alguma coisa menos pornográfica.

— Alguém já chorou? — pergunta Charlie.

— As pessoas choram aqui? — sussurro.

Ele aproxima a boca do meu ouvido.

— Da próxima vez, tente não parecer tão empolgada diante da possível infelicidade de alguém. Vai ajudar você a se misturar melhor com as pessoas na cidade.

— Levando em consideração que estamos sentados na parte destinada só para espectadores, não estou nada preocupada em me misturar às outras pessoas — sussurro de volta. — O que *você* está fazendo aqui?

— Cumprindo meu dever cívico.

Fixo os olhos nele.

— A minha mãe está empolgada com uma votação que vai acontecer aqui hoje. Não sou nada além de uma mão erguida. Mas agora fico feliz por ter vindo... terminei as novas páginas, e tenho anotações.

Viro na direção dele, e a ponta do meu nariz quase roça a dele no escuro.

— Já?

— Acho que devemos tentar começar o livro com o acidente da Nadine — sussurra ele.

Rio. Várias pessoas na fila da frente se viram para nós, irritadas. Libby me dá um tapa no peito, e eu respondo com um sorriso contrito. Quando a plateia volta a prestar atenção na *nova* discussão na frente do salão — entre um homem e uma mulher cujas idades somadas provavelmente chegam a duzentos anos —, encaro Charlie de novo, e vejo que ele tem um sorrisinho presunçoso no rosto.

— Acho que, no fim, você precisa de ajuda para se misturar às pessoas da cidade.

— O acidente acontece na página cinquenta — sussurro de volta. — Perdemos todo o contexto.

— Acho que não. — Charlie balança a cabeça. — Eu gostaria de pelo menos sugerir isso para a Dusty e ver o que ela acha.

É a *minha* vez de balançar a cabeça.

— A Dusty vai achar que você odiou as primeiras cinquenta páginas das cem que ela mandou.

— Você sabe como eu queria editar esse livro — diz ele —, só com base naquelas primeiras dez páginas. Só quero que ele seja a melhor versão possível, assim como você. *E* a Dusty. A propósito, o que você achou do gato?

Mordo o lábio e sinto uma onda de pura satisfação ao ver o modo como Charlie acompanha o movimento. Deixo a pausa se estender além do que é estritamente natural.

— Estou preocupada que ele se pareça demais com o cachorro de *Só uma vez na vida*.

Charlie me encara espantado. Percebo o momento em que ele encontra seu lugar na conversa de novo.

— Exatamente o que eu achei.

— Teríamos que ver aonde ela planeja levar o personagem — digo.

— Podemos só mencionar a semelhança e deixar que a Dusty resolva o que fazer — concorda ele.

A ruiva bate com o martelo, mas o senhor e a senhora que estão na frente continuam gritando um com o outro por mais vinte segundos. Quando a ruiva finalmente consegue fazê-los parar, os dois — sem brincadeira — assentem, se dão as mãos e voltam juntos para os seus lugares.

— Isso é como uma cena saída de *Macbeth* — comento, encantada.

— Você precisa ver como é o planejamento para as festas de fim de ano — diz Charlie. — É um massacre. O melhor dia do ano.

Abafo uma risada com as costas da mão. Ele franze o rosto, e meu coração se enche de prazer diante da expressão extraordinariamente satisfeita em seu rosto. Em minha mente, eu o escuto dizendo *Você é muito mais divertida assim*.

Desvio os olhos antes que a imagem do rosto dele entre mais fundo na minha corrente sanguínea.

— O que você achou das motivações da Nadine? — pergunta Charlie em um sussurro, conseguindo fazer as palavras soarem naturalmente sexuais. Quatro diferentes pontos do meu corpo começam a latejar.

Foco.

— Em que parte?

— Atravessar a rua correndo antes que o semáforo esteja aberto para pedestres — explica ele, se referindo à decisão que leva Nadine ao hospital, quando um ônibus a atropela.

É verdade: minha versão ficcional quase morre por volta da página cinquenta do livro. Ou na primeira página, se Dusty seguir a vontade de Charlie.

— Eu me pergunto se o fato de ela estar com pressa por um motivo legítimo enfraquece o argumento da Dusty — sussurro. — Supostamente nós devemos achar que essa mulher é um tubarão frio e egoísta. Talvez ela devesse estar com pressa sem motivo específico algum, só porque esse é o jeito dela.

Posso jurar que vejo os olhos de Charlie cintilarem no escuro.

— Você teria sido uma boa editora, Stephens.

— Isso quer dizer que você concorda comigo — digo.

— Acho que nós precisamos ver a Nadine exatamente como o mundo a vê, antes que a cortina seja aberta.

Eu o observo. O argumento dele é bom. É sempre estranho trabalhar com apenas uma parte de um livro, sem ter certeza do que vem a seguir — ainda mais para alguém que nem gosta de ler desse jeito —, mas conheço o texto de Dusty como se fosse as batidas do meu coração, e tenho a intuição de que Charlie está certo nesse caso.

— Então — sussurra ele —, você vai falar com ela sobre as primeiras cinquenta páginas?

— Vou *perguntar* — desvio do golpe.

Mesmo quando estamos concordando um com o outro, nossas conversas parecem menos como se estivéssemos nos revezando para carregar a tocha e mais como se estivéssemos jogando tênis de mesa, enquanto a dita mesa está pegando fogo.

Charlie estende a mão. Hesito antes de aceitar o aperto de mão, e esse toque cauteloso dispara imagens da noite passada na minha mente, como trechos rápidos de um filme. As pupilas dele se expandem, os toques dourados agora mais suaves, e uma veia pulsa visivelmente na base do seu pescoço.

Essa história de conseguirmos ler tão bem um ao outro vai tornar complicado esse "relacionamento profissional".

O ponto onde a coxa dele *mal toca* a minha parece uma faca quente encostando na manteiga.

Alguém perto da frente do salão tosse alto, artificialmente, e estoura a bolha em que nós dois estamos. Ao nosso redor, vejo braços erguidos no ar — incluindo o de Libby. Sally está virada na cadeira, tossindo na nossa direção, a mão levantada acima da cabeça.

Charlie solta a mão da minha e também levanta rapidamente o braço. Os olhos de Sally encontram os meus, quase suplicantes. Quando ergo a mão, ela sorri e se vira novamente para a frente.

Enquanto a mulher está contando os votos, eu me inclino na direção de Libby e pergunto.

— O que exatamente nós estamos votando?

— Você não estava escutando? Vão colocar uma estátua na praça da cidade!

— Que estátua?

Charlie dá uma risadinha debochada. Libby sorri encantada.

— Qual outra poderia ser? — diz ela. — O velho Whittaker e seu cachorro!

Uma *estátua* de verdade para *Só uma vez na vida*.

Eu me viro para Charlie, pronta para um comentário sarcástico, mas ele encontra meu olhar com um sorriso malicioso.

— Vá adiante, tente, Stephens. Nada vai arruinar a minha noite.

Sinto a adrenalina disparar diante do desafio, mas esse é um jogo perigoso demais para jogar com Charlie, em um momento que meu autocontrole já está por um fio. Em vez disso, forço um sorriso plácido e profissional e me viro para a frente do salão.

Passo o resto da reunião presa em um jogo pior ainda comigo mesma: *Não se lembre do toque da mão de Charlie. Não se lembre dos relâmpagos cintilando nos olhos de Charlie. Não se lembre de nada disso. Foco.*

17

Para minha surpresa, Dusty aceita os cortes sem hesitar. Uma hora depois de prometer mandar anotações formais para ela o mais rápido possível, Charlie me envia um documento de cinco páginas sobre a primeira parte de *Frígida*.

Examino as anotações dele no café, enquanto Libby está reorganizando a seção de livros infantis e cantando uma versão desafinada de "My Favorite Things", só que mudando todas as *coisas preferidas* citadas na letra por outras de sua preferência: *livros sem cantos dobrados e capas novinhas, limpar, guardar e ler sobre amantes!*

Mando o documento de volta para Charlie com sessenta e quatro ajustes, e ele responde em poucos minutos, como se não estivéssemos a menos de oito metros de distância — já que Charlie está no caixa da livraria e eu no café.

Você é absolutamente cruel, Stephens.

Respondo: Tenho uma reputação a zelar.

Escuto a gargalhada baixa na sala ao lado tão claramente quanto se os lábios dele estivessem pressionados no meu abdome.

Na sala de livros raros e usados, Libby continua cantando *gatos nas vitrines das lojas, e café de verdade gelado.*

Esses elogios não estão um pouco exagerados?, pergunta Charlie por e-mail. Talvez se referindo aos mais de quarenta comentários que inseri no documento dele.

Você amou as páginas, respondo. Só acrescentei os detalhes.

Só parece pouco eficiente e condescendente passar tanto tempo falando sobre coisas que ela não precisa mudar.

Se você disser à Dusty para cortar um monte de coisas que ela escreveu, mas não deixar claro o que está funcionando, se arrisca a perder as boas coisas.

Ficamos mandando o documento de um lado para o outro até estarmos satisfeitos, então envio o arquivo para Dusty. Só espero ter um retorno dela em alguns dias. . Mas a resposta chega duas horas depois.

> Tantas ideias incríveis aqui. Muita coisa em que pensar, e vou ter que trabalhar para incorporar as mudanças. A única questão é: precisamos manter o gato. Nesse meio-tempo, terminei de revisar as cem páginas seguintes (em anexo).

Ela me manda um e-mail privado, e no campo do assunto está escrito Mas falando sério, e no corpo do texto: Você pode ser a minha coeditora para sempre? Estou realmente empolgada para começar. Bjs.

Eu me sinto como uma pequena lâmpada acesa, muito quente e cintilando de orgulho. Charlie me manda outra mensagem, e todo aquele calor se transforma em tensão, como um daqueles brinquedos em que uma cobra de mola está presa em uma lata.

Acho que vamos ser bons juntos, Stephens.

Uma estrela muito pequena se aloja no meu diafragma. Respondo: Sim, a soma de nós dois tem como resultado um ser humano emocionalmente competente, o que é um feito e tanto. E espero ouvir a risada rouca dele.

Mas outro som me faz voltar a atenção para a vitrine — a voz de Libby do lado de fora da livraria, abafada pelo vidro da vitrine, mas ainda assim soando muito alta, quase como se estivesse gritando, e obviamente frustrada. Atravesso o labirinto de estantes até a frente da loja, onde posso ver a calçada através da vitrine, e Libby ali, com o celular pressionado contra o ouvido, enquanto protege os olhos do sol com a mão.

A postura dela é defensiva, seus ombros estão erguidos, os cotovelos pressionados contra a lateral do corpo. Ela bufa, frustrada, diz mais alguma coisa e desliga. Começo a caminhar em direção à porta da frente para encontrá-la, mas Libby pendura a bolsa no ombro, atravessa a rua e vira à direita, afastando-se rapidamente.

Fico paralisada no lugar, sentindo o peito apertado.

O que aconteceu?

Meu telefone bipa, e eu me assusto com o som. É uma mensagem de Libby. Precisei resolver umas coisas! Devo estar em casa por volta das oito.

Engulo com dificuldade a tensão que aperta minha garganta, e digito de volta: Posso ajudar? Não tenho muito trabalho hoje. Uma mentira deslavada, mas Libby não está aqui para ver isso no meu rosto.

Não!, responde ela. Estou curtindo um tempinho só pra mim... sem ofensas. Vejo você mais tarde!

Volto para o computador meio zonza. Parece uma espécie de traição, mas não sei o que mais posso fazer a essa altura, com semanas nesta viagem, e sem estar perto de qualquer resposta. Mando uma mensagem para Brendan.

Oi, como estão as coisas em casa? A Libby retornou o seu contato?

Ele responde na mesma hora. Está tudo bem! Sim, nós nos falamos. Está tudo bem por aí?

Tento catorze versões diferentes de *Qual é o problema com a minha irmã* antes de aceitar que ela *com certeza* ficaria furiosa comigo se descobrisse que eu havia perguntado a Brendan. As regras que governam as dinâmicas familiares são absurdas, mas também são rígidas. Minha mãe sabia exatamente como fazer para que nos abríssemos com ela, mas cada vez mais eu me sinto como se estivesse em uma caverna, com uma armadilha explosiva, e o coração de Libby estivesse em um tablado no centro. A cada passo, me arrisco a tornar as coisas piores.

Tudo bem!, retorno para Brendan, e volto a me concentrar no trabalho. Ou ao menos tento.

Ao longo do resto da tarde, os clientes entram e saem da livraria, mas na maior parte do tempo somos apenas Charlie e eu na loja, e nunca fui tão improdutiva.

Depois de algum tempo, ele me manda uma mensagem do balcão. Para onde foi a Julie Andrews?

De volta para o convento, escrevo. Ela desistiu. Não conseguiria ajudar você.

Tenho esse efeito nas pessoas, responde ele.

Não na Dusty, escrevo. Ela está adorando você.

Ela está *nos* adorando, corrige ele. Como eu disse, somos bons juntos.

Tento encontrar uma resposta e não consigo. A única coisa em que realmente consigo pensar é na expressão tensa no rosto da minha irmã, e no jeito abrupto como ela foi embora. A Libby tinha algum compromisso misterioso, digo a ele.

Charlie responde: Deve ser a grande inauguração de um Dunkin' Donuts, duas cidades abaixo.

Um minuto mais tarde, ele acrescenta: Você está bem? Como se, mesmo estando em salas separadas, com várias telas entre nós, ele conseguisse ler meu estado de espírito. A ideia provoca um aperto no meu peito, um anseio nos membros. Algo como solidão. Algo como Ebenezer Scrooge observando a festa de Natal do seu sobrinho Fred através da janela coberta de gelo. Uma sensação de *estar fora* que torna ainda mais desoladora a revelação de que existe um *estar dentro*.

Meu maior desejo é me encarapitar na beira do balcão de Charlie e contar tudo a ele, fazê-lo rir, deixar que ele *me* faça rir até eu não me sentir mais tão angustiada.

Tô bem, escrevo de volta. Depois, me pego recarregando a página do e-mail várias vezes e me forço a voltar ao original de Dusty. Estou tão distraída *tentando* me distrair que já passam oito minutos das cinco quando checo o relógio.

A loja está em silêncio, e arrumo minhas coisas com o cuidado de quem está se esforçando para não acordar um bando de leões famintos. Penduro a bolsa no ombro e saio apressada do café, ainda sem saber se Charlie é o leão no cenário em minha mente, ou se sou eu.

É nisso que estou pensando quando atravesso a porta e quase bato de frente com Charlie do outro lado, o que talvez explique por que grito:

— Leão!

Ele arregala os olhos e levanta as mãos na frente do rosto (talvez Charlie tenha pensado que eu quis dizer *Olha o leão! Pega!*). Então, milagre dos milagres, nós dois estacamos na calçada, os dedos dos pés muito próximos, mas sem nos tocarmos em parte alguma.

Meu coração dispara. Meu peito arde.

— Eu não sabia que você ainda estava aqui — diz ele.

— Estou.

— Você sempre sai às cinco. — Ele passa o regador da mão esquerda para a direita. Atrás, as flores nas jardineiras da vitrine da loja brilham, com gotas gordas de água penduradas nas pétalas rosa e laranja, cintilando sob a luz da tarde. — Exatamente às cinco — acrescenta.

— Eu estava ocupada — minto.

Ele desvia os olhos para meu queixo. Sinto minha pele aquecer uns dez graus. Charlie volta a falar, baixinho:

— Está tudo bem? Você não parecia...

— Oi! Charlie! — Uma voz baixa e suave o interrompe.

Do outro lado da rua, um homem que parece um anjo gigante, com duas covinhas no rosto e olhos parecendo pedras preciosas, está subindo em uma caminhonete enlameada.

— Shepherd — cumprimenta Charlie, o tom meio rígido, erguendo o queixo para o outro homem. Não é como se houvesse adagas em seus olhos, mas ele também não parece *feliz* em ver Shepherd. História, subtexto, história passada... não importa como se chame, aquelas duas pessoas têm isso.

— A Sally me pediu pra entregar isto — fala Shepherd, e estende uma sacola para Charlie, enquanto atravessa a rua na nossa direção.

Charlie agradece, mas Shepherd está olhando para mim agora, o sorriso mais largo.

— Ora, ora, ora, se não é a Nora de Nova York — diz. — Eu falei que a gente voltaria a se esbarrar.

Li uma vez que os girassóis sempre se orientam para encarar o sol. Para mim, estar perto de Charlie Lastra é assim. Podia haver um incêndio terrível vindo do oeste na minha direção que eu ainda estaria me esticando para o leste, na direção do calor dele.

Assim, apesar de eu ter oitenta por cento de certeza de que Shepherd estava flertando comigo, obviamente me voltei direto na direção de Charlie. Ou melhor, na direção da porta da loja se fechando atrás dele.

— Ei — diz Shepherd. — Alguma chance de você estar livre agora? Eu poderia te levar pra conhecer a cidade, como a gente tinha conversado.

— Hum. — Olho para o celular, mas ainda não há nenhuma nova mensagem de Libby.

Por um instante, me sinto dominada pela ansiedade, como se uma centena de punhos estivesse batendo nas portas da minha mente, exigindo liberdade. Enfio o celular de volta na bolsa. *Concentre-se em alguma coisa que possa controlar. A lista. Número cinco.*

Resisto à vontade de olhar de novo pela vitrine da livraria, encaro os olhos de Shepherd, sorrio e minto entredentes.

— Um passeio pela cidade parece perfeito.

SEGUIMOS COM OS vidros da caminhonete abaixados, o cheiro de pinheiros, de suor e de terra banhada pelo sol sendo trazido pelo vento. Nunca vi nada parecido com a Blue Ridge Parkway, a estrada panorâmica — o modo como suas curvas suaves são recortadas na lateral das montanhas, as copas revoltas das árvores se elevando sobre nós de um lado e se expandindo abaixo de nós do outro. Shepherd também é uma bela vista. Ele tem o tipo de braço que escritoras e escritores gastariam páginas descrevendo, grandes e musculosos, cobertos por pelos finos e suaves. Shepherd cantarola junto com a música country que toca no rádio, os dedos tamborilando no volante e na alavanca de câmbio.

Depois da empolgação inicial por estar fazendo alguma coisa tão espontânea, estou nervosa. Já faz muito tempo que não saio com um homem que não tenha passado por uma avaliação. Deixando de lado a possibilidade de ele ser um estuprador, um assassino ou um canibal, também não tenho ideia de como falar com um homem sobre quem não sei nada e que *não* estou considerando um parceiro de longo prazo.

Você consegue, Nora. Você não é a Nadine para ele. Pode ser qualquer pessoa. Portanto, só diga qualquer coisa.

Shepherd finalmente acaba com meu sofrimento.

— Então, Nora, o que você faz?

— Trabalho no mercado editorial — digo. — Sou agente literária.

— Não brinca! — Os olhos verdes se afastam da estrada e se fixam em mim, cintilando. — Então você já conhecia o Charlie antes de chegar à cidade?

Sinto um peso no estômago, depois o peito apertado.

— Não exatamente — respondo, sem me comprometer.

Shepherd ri, um som claro e retumbante.

— Rá. Conheço esse olhar... não julgue o resto de nós com base nele.

Eu me sinto subitamente protetora em relação a Charlie — ou talvez seja empatia, uma noção de que talvez seja assim que as pessoas falam sobre mim. Mas, ao mesmo tempo, me irrita ver que me enfiei no carro de um estranho como se estivesse escapando para o espaço profundo e ainda assim o espectro de Charlie continuasse a me perseguir.

— Ele não é tão ruim quanto parece — continua Shepherd. — Quer dizer, voltar para cá para ajudar a Sal e o Clint quando tudo o que o Charlie sempre quis fazer foi ir embora... — Ele faz um gesto amplo com a mão, abarcando a estrada banhada de sol à nossa frente. Então, pega uma estrada lateral que sobe ainda mais a encosta por onde estamos seguindo.

— E você, faz o quê? — pergunto.

— Trabalho com construção — diz ele. — E faço trabalhos de carpintaria como bico, quando tenho tempo.

— É claro que sim — digo sem querer em voz alta.

— O que foi? — pergunta Shepherd, os olhos cintilando como esmeraldas bem iluminadas.

— Só quis dizer que você parece um carpinteiro.

— Ah.

— Carpinteiros são conhecidos por serem bonitos — explico.

Ele franze a testa quando sorri.

— São?

— Estou querendo dizer que carpinteiros são o interesse amoroso em um monte de livros e filmes. É um clichê comum. É um jeito bem manjado de mostrar que um personagem é pé no chão e paciente, sexy sem ser superficial.

Ele ri.

— Acho que isso não me parece muito ruim.

— Desculpe, já faz algum tempo que eu não... — Me interrompo antes de completar *tenho um encontro*, já que definitivamente não é isso que está acontecendo, e termino com um "saio" bem mais trágico.

Shepherd sorri, como se nem tivesse lhe ocorrido que eu pudesse ter escapado recentemente de um abrigo apocalíptico subterrâneo, depois de anos de pouca ou nenhuma socialização.

— Muito bem, então, Nora de Nova York, eu sei exatamente aonde vou levar você.

NÃO SOU MUITO de ficar de boca aberta ou de suspirar diante de nada — reações dramáticas e audíveis são mais o terreno de Libby —, mas, quando desço da caminhonete, não consigo evitar.

— Aposto que você não tem vistas *assim* em Nova York — diz Shepherd, orgulhoso.

Não tenho coragem de confessar a ele que não é a vista que me deixa passada. Embora *seja* linda, o que me pega de surpresa é a casa que está setenta e cinco por cento pronta, em cima do penhasco, com vista para o vale abaixo de nós. No outro extremo dela, o sol desce no horizonte, colorindo tudo em um tom dourado de mel que talvez seja minha nova cor favorita.

Mas a *casa* — uma construção moderna, estilo rancho, com uma parede no fundo feita toda de vidro — parece flamejante, banhada pela luz do pôr do sol.

— Você construiu?

Olho por cima do ombro e vejo Shepherd pegando um cooler da caçamba da caminhonete, junto com uma manta azul.

— *Estou* construindo — corrige ele, fechando a tampa da caçamba. — É para mim, por isso está levando anos, eu trabalho aqui só nas minhas folgas.

— É incrível — elogio.

Ele pousa o cooler e sacode a manta.

— Quero morar nesse lugar desde que tinha dez anos. — Shepherd gesticula para que eu me sente.

— Você sempre quis trabalhar com construção?

Enfio a saia no meio da coxas e me sento no chão, bem no momento que Shepherd pega duas latas de cerveja no cooler e se senta ao meu lado.

— Na verdade eu queria ser engenheiro estrutural — responde.

— Espera um pouco. Ninguém com dez anos quer ser engenheiro estrutural — falo. — Crianças dessa idade nem sabem o que é. Sinceramente, *eu* só descobri que existe isso agora.

A risada baixa e agradável dele ressoa no chão. Sinto uma injeção de adrenalina que só o fato de fazer *alguém* rir consegue provocar em mim. Mas a sensação de borboletas bêbadas no estômago está lamentavelmente ausente. Ajeito as pernas para que fiquem um pouco mais perto das dele, e deixo meus dedos roçarem os de Shepherd quando aceito a cerveja que ele me estende. Nada.

— Não, você está certa — diz ele. — Quando eu tinha dez anos, queria construir estádios. Mas, quando fui para a Cornell, descobri que queria ser engenheiro estrutural.

Engasgo com a cerveja, e não só porque ela é ruim.

— Você está bem? — pergunta Shepherd, dando uma palmadinha nas minhas costas, como se eu fosse um cavalo assustado.

Assinto.

— A Cornell — digo. — Isso é bem sofisticado.

Os cantos dos olhos dele se franzem lindamente.

— Está surpresa?

— Sim — digo —, mas só porque nunca conheci um ex-aluno da Cornell que esperasse tanto para mencionar que era um ex-aluno da Cornell.

Shepherd joga a cabeça para trás rindo, e passa a mão pela barba.

— É justo. Eu provavelmente mencionava isso com mais frequência antes de voltar para casa, mas não importa que universidade frequentei, as pessoas aqui ainda ficam mais impressionadas com os meus anos como quarterback.

— Como o quê?

— Quarterback... é uma posição no... — Ele se interrompe quando vê minha expressão, e seus lábios se curvam lentamente em um sorriso. — Você está fazendo graça.

— Desculpa. É um mau hábito que eu tenho.

— Não *tão* mau assim — retruca ele, com um toque de flerte na voz. Cutuco seu joelho com o meu.

— Então, como você acabou voltando para cá? Disse que morou em Chicago por um tempo?

— Saí da faculdade direto para um emprego em Chicago — explica ele. — Mas senti muita falta de casa. Não queria ficar longe de tudo isso.

Acompanho o olhar dele de volta ao vale, com os roxos e rosa se espalhando conforme as sombras se projetam do horizonte. Trilhões de mosquitos dançam na luz mortiça, no balé cintilante da natureza.

— É lindo — admito.

Aqui em cima, o silêncio parece mais tranquilizador do que estranho, e a aparência de Shepherd continua tão boa, mesmo com a umidade pesada, que consigo me convencer (ou quase) de que eu *também* não pareço um cachorro molhado. A sensação quente e pegajosa é quase agradável, e o cheiro da grama me relaxa. Nada parece urgente.

No fundo da minha mente, uma voz rouca e familiar diz: *Você preferia estar em algum lugar cheio e barulhento, onde o simples fato de existir parece uma competição.*

Sinto os olhos de Shepherd em mim, e, quando viro os olhos para o lado, a surpresa é desorientadora. Como se eu realmente esperasse encontrar outra pessoa.

— Então, o que trouxe *você* para cá? — pergunta Shepherd.

O sol já se pôs quase totalmente agora, e o ar finalmente está esfriando.

— A minha irmã.

Ele não me pressiona para dar mais informações, mas deixa espaço para que eu continue. Tento, mas tudo o que está acontecendo com Libby é tão improvável que é impossível listar para um quase completo estranho.

— Espere um instante — diz Shepherd, e se levanta de um pulo.

Ele vai até a caminhonete e mexe lá dentro até uma balada country lenta e sentimental, cantada em uma voz fanhosa, sair pelos alto-falantes. Shepherd deixa a porta do carro aberta, volta para onde estou e estende a mão para mim com um sorriso tímido.

— Quer dançar?

Normalmente eu não teria imaginado nada mais humilhante, por isso talvez a magia da cidade pequena seja real. Ou talvez a combinação de Nadine, Libby e Charlie tenha soltado alguma coisa em mim, porque deixo a cerveja de lado e pego a mão dele sem hesitar.

18

Consigo ver a cena se desenrolando como se estivesse acontecendo com outra pessoa. Como se eu a estivesse lendo, e, no fundo da minha mente, não consigo parar de pensar: *Isso não acontece.*

Mas, ao que parece, acontece, sim. Os clichês nascem de algum lugar e, no fim, desde tempos imemoriais, mulheres vêm dançando músicas country cheias de estática, coladinhas a carpinteiros-arquitetos sexy, enquanto sombras profundas cobrem os lindos vales, e grilos cantam juntos, como violinos.

Shepherd cheira como eu me lembrava. Natureza, couro e luz do sol.

E tudo parece *bom.* Como se eu estivesse relaxando de todos os jeitos certos e de nenhum dos jeitos que poderiam voltar para me assombrar.

Toma essa, Nadine. Estou presente. Estou suada. Estou me deixando ser guiada por outra pessoa, deixando Shepherd girar comigo, depois me rodopiar. Não sou rígida, dura, fria. Ele me curva para trás e, à meia-luz, abre aquele sorriso de estrela de cinema, antes de me colocar de pé de novo.

— Então — diz Shepherd —, está funcionando?
— O quê? — pergunto.
— Estamos conquistando você? — explica ele. — Sunshine Falls.

Alguém como você... que usa esse tipo de sapato... jamais seria feliz aqui. Não dê esperanças vãs àquele pobre criador de porcos.

Erro um passo, mas Shepherd é um dançarino bom demais para que isso importe. Ele sustenta meu peso e me guia em uma volta breve, sem qualquer problema, a não ser no que diz respeito aos meus saltos. Eles estão cheios de lama, com manchas de grama, e estou *furiosa* comigo mesma por reparar nisso.

Por me lembrar de Charlie subindo a colina comigo nas costas.

Vistos de longe, Shepherd e eu ainda formamos a mesma cena perfeita, de encher o coração, mas agora estou novamente com aquela sensação de estar olhando de fora. Como se não fosse eu aqui, nos braços de Shepherd. Ou como se eu estivesse do lado errado da janela.

A imagem é imediata e intensa: a *nossa* antiga janela. O *nosso* apartamento. O chão da cozinha pegajoso e uma bancada laminada encharcada. Libby e eu encarapitadas em cima dela, a mamãe apoiada contra ela. Uma embalagem de sorvete de creme e três colheres.

Aquilo me atinge como um susto de filme de terror. Como se eu tivesse dobrado uma esquina e me visto à beira de um penhasco.

Aperto os dedos de Shepherd com mais força e o deixo me puxar mais para perto, o coração disparado. Volto à pergunta dele e balbucio em resposta:

— Sem dúvida estão deixando uma boa impressão.

Se Shepherd percebe a mudança em mim, não deixa transparecer. Ele dá um sorriso gentil e ajeita uma mecha do meu cabelo atrás da orelha. *É isso*, percebo. Estou prestes a beijar um homem bonito e gentil, em um encontro não planejado, em um lugar que eu nem conhecia. É *assim* que a história deve acontecer, e finalmente é o que está acontecendo.

Ele baixa a cabeça na direção da minha, e meu celular toca na bolsa.

Na mesma hora, outra janela cintila na minha mente. Outro apartamento. *O meu.*

O sofá macio, forrado em tecido floral, a pilha interminável de livros, minha vela favorita da Jo Malone queimando em cima do console da lareira. Eu, relaxada, usando um roupão antigo e uma máscara no rosto, com um original cintilando de novo na mão. E, do outro lado do sofá, um homem com o cenho franzido, a boca cerrada, um livro na mão.

Charlie, que atinge meu cérebro como um comprimido efervescente de antiácido, se dispersando em todas as direções.

Viro rapidamente o rosto para o lado. Shepherd estaca, a boca pairando a poucos centímetros do meu rosto.

— Preciso voltar para encontrar a minha irmã!

A desculpa sai sem planejamento e provavelmente em um tom sessenta vezes mais alto do que eu pretendia. Mas não posso continuar com isso, meu cérebro está turvo demais.

Shepherd recua, vagamente confuso, mas abre um sorriso simpático.

— Bem, se algum dia você quiser outro passeio guiado... — Ele enfia a mão no bolso da camisa, pega um pedaço de papel e uma caneta Bic azul e anota alguma coisa. — Não suma. — Depois de me estender o papel, Shepherd hesita por um segundo antes de dizer: — Mesmo se não precisar de um passeio guiado.

— Sim — balbucio. — Eu te ligo. — Assim que eu conseguir descobrir o que está acontecendo na minha cabeça.

CHARLIE DESLIZA MEU café por cima do balcão.

— Na hora exata — comenta. — Deduzo, então, que o Shepherd não quebrou a sua maldição de pessoa urbana.

Por algum motivo, a confirmação de que Charlie *realmente* me viu entrando na caminhonete de Shepherd ontem me irrita. É como uma prova de que ele invadiu meus pensamentos de propósito.

Coloco os óculos escuros no alto da cabeça e paro diante da escrivaninha.

— Foi muito legal com ele. Obrigada por perguntar. — Estou furiosa com Charlie. Estou furiosa comigo. Estou furiosa de um modo geral, de um modo irracional.

Os músculos no maxilar dele latejam.

— Para onde ele te levou? Para tomar sorvete na cidade vizinha? Ou para algum estacionamento do Walmart, para vocês ficarem olhando as estrelas da caçamba da caminhonete?

— Cuidado, Charlie — alerto. — Isso está parecendo ciúme.

— É alívio — retruca ele. — Estava com medo de que você aparecesse aqui hoje usando um short jeans curto e trancinhas, talvez com uma tatuagem da Ford no cóccix.

Apoio os braços na escrivaninha e me inclino para a frente, de um jeito como se eu estivesse apresentando a ele o meu colo em uma bandeja. A falta de sono realmente está cobrando seu preço. Me sinto assombrada por Charlie, e determinada a assombrá-lo de volta.

— Eu ficaria uma graça usando short e trancinhas. — Minha voz agora é quase um sussurro.

Ele levanta rapidamente os olhos para meu rosto e vejo que cintilam. Sua boca se curva, os lábios se projetando daquele jeito característico. É como o trovão e o relâmpago.

— Não é a palavra que *eu* usaria.

Sinto um arrepio descer pela minha espinha. E me inclino mais para perto.

— Um encanto?

Os olhos dele permanecem no meu rosto.

— Também não.

— Fofa? — sugiro de novo.

— Não.

— Graciosa?

— *Graciosa*? Em que ano estamos, Stephens?

— A clássica garota bonitinha do bairro — insisto.

Charlie dá uma risadinha debochada.

— De que bairro?

Endireito o corpo.

— Daqui a pouco eu descubro.

— Duvido — diz ele baixinho.

A satisfação comigo mesma dura o tempo que levo para me acomodar no café e pegar minha lista de tarefas do dia. Há propostas que não terminei de precificar ontem, consultas sobre pagamentos atrasados que preciso enviar, e listas de aceitação de trabalhos que tenho que consolidar antes que esse período mais tranquilo do mercado editorial termine.

Mais uma vez meu trabalho precisa de toda a minha atenção, e mais uma vez não estou conseguindo compartimentalizar o bastante as coisas para fazer isso acontecer. O jantar de ontem com Libby fica espiralando na minha mente como borboletas em fogo. Ela estava animada e falante, sem dar qualquer sinal de que havia alguma coisa errada, até eu pressioná-la a falar sobre seus misteriosos compromissos do dia — nesse momento, sua energia diminuiu e a expressão em seus olhos ficou mais dura.

— Uma mulher adulta não pode passar um tempo sozinha? — perguntou ela. — Acho que conquistei o direito a um pouco de privacidade.

E foi isso, deixamos o constrangimento de lado, mas pelo resto da noite parte daquela distância tinha voltado aos olhos da minha irmã, e um segredo pairava entre nós como uma parede de vidro ou um bloco de gelo — mais ou menos invisível, mas certamente concreto.

Abro as páginas de Dusty e me visualizo em um submarino, afundando nelas, instigando o mundo ao meu redor a se embotar. Nunca é preciso muito esforço — foi isso que fez com que eu me apaixonasse pela leitura: a sensação instantânea de estar flutuando, a dissolução dos problemas do mundo real, todas as preocupações subitamente a salvo do outro lado de alguma superfície metafísica. Hoje é diferente.

Os sinos de vento tocam na frente da livraria e uma voz feminina, conhecida e ronronante cumprimenta Charlie. Ele responde com simpatia, e a mulher dá uma risada sexy. Não consigo ouvir tudo o que dizem, mas a cada poucas frases escuto a mesma risada rouca.

Amaya, percebo, enquanto ela diz alguma coisa como:

— Sexta-feira ainda está de pé?

Charlie diz alguma coisa como:

— Por mim tudo bem.

E meu cérebro diz alguma coisa como: *POR MIM, NÃO. NADA BEM.*

E o anjo vestido como uma mulher bem-sucedida acima do meu ombro retruca: *Cala a boca e cuida da sua vida. De qualquer modo, ele não deveria ocupar nenhum dos seus imóveis mentais.*

Coloco os fones e ponho meus sons urbanos a todo volume, para parar de ouvir os dois, mas nem mesmo os sons doces dos melhores taxistas da cidade de Nova York, xingando um ao outro, conseguem me acalmar.

Charlie disse que Amaya não tinha sido dispensada, o que muito provavelmente significa que *ela* rompeu com *ele*. Não *quero* seguir essa linha de pensamento até a conclusão lógica, mas meu cérebro é como um trem desgovernado, destruindo estação após estação em uma velocidade implacável.

Charlie não queria que o relacionamento terminasse.

Amaya se arrepende da decisão agora.

As coisas estão complicadas para Charlie. O que quer que esteja acontecendo entre ele e mim "não pode ser nada".

Charlie está mantendo a porta aberta para algo com a ex.

Amaya acabou de chamá-lo para sair.

Bom... essa é só uma possibilidade entre várias, mas é assim que meu cérebro funciona: criando narrativas.

Por isso paixões arrebatadoras são terríveis. Em um momento a gente está achando que a vida é um caminho plano, fácil de atravessar e, no instante seguinte, passa cada segundo em uma ladeira íngreme, ou se vê em uma descida vertiginosa, sentindo o estômago prestes a sair pela garganta. É a mamãe correndo para pegar um táxi, o cabelo arrumado e um sorriso nos lábios pintados em um momento, só para voltar para casa mais tarde com marcas de rímel escorrido pelo rosto. Altos e baixos, e nada no meio.

Quando Libby finalmente aparece, fico grata pela tarefa referente ao número doze da nossa lista, que ela me atribui, mesmo que tudo tenha a ver com tirar pó/esfregar/organizar.

Charlie passa quase o tempo todo enfiado no escritório, e, quando finalmente sai de lá para atender um cliente, evito olhar para ele — embora, por algum motivo, *sempre* acabe sabendo exatamente onde ele está.

Depois da nossa pausa para o almoço, Libby coloca alguns cartões onde se lê *Amantes de livros recomendam* perto do caixa, para que os clientes preencham, junto com uma caixa de sapatos decorada, onde eles podem depositar os cartões. Ela me entrega três cartões "para começar" e andamos pela loja, procurando inspiração. Vejo o livro sobre circo de January Andrews que comprei no meu primeiro fim de semana aqui, o que Sally comentou que Charlie tinha editado, e apoio meu cartão contra a prateleira para escrever algumas frases. Depois, escolho um romance de Alyssa Cole que Libby me emprestou no ano passado — e que cometi o erro de abrir no celular, e acabei devorando em duas horas e meia, parada na frente da minha geladeira.

Então, me abaixo para entrar na sala de livros infantis e, quando endireito o corpo, me vejo nariz a nariz com Charlie. *Ímãs*, penso. Ele me segura pelo cotovelo, me firmando antes que a gente bata um no outro, mas pela onda de calor que me invade é de imaginar que nossos corpos se grudaram da boca às coxas.

— Eu não sabia que você estava aqui! — me apresso a dizer. Uma grande melhoria depois daquele LEÃO que gritei outro dia.

Vejo o brilho nos olhos cor de açúcar queimado no instante que a resposta perfeita surge em seu cérebro, e sinto certo desapontamento quando ele prefere dizer:

— Inventário.

Charlie me solta e pega a prancheta na estante. Uma distância colossal de menos de dez centímetros nos separa, e é como se ele disparasse uma descarga elétrica, que entra zunindo nas minhas veias.

— Vou deixar você voltar...

Mas continuamos imóveis.

— Então você e a Amaya vão sair juntos. — Quase sem querer, acrescento: — Eu não estava ouvindo escondido... a loja é silenciosa.

Ele franze o cenho.

— Não ouve escondido — provoca Charlie, em voz baixa. — Não persegue. Estou notando um padrão aqui.

— *Não* sente ciúme — desafio, e me aproximo mais. — *Não* é adorável.

Ele baixa os olhos para minha boca, e suas pupilas se dilatam ligeiramente antes que ele levante a cabeça.

— Nora... — murmura Charlie, com um peso na voz, um pedido de desculpas, ou uma súplica débil.

Sinto a garganta apertada quando o abdome dele roça no meu, cada terminação nervosa em alerta.

— Hum?

Charlie pousa as mãos nos meus ombros, o toque leve e cauteloso.

— Preciso ir — diz ele baixinho, evitando meu olhar.

Então, passa por mim e sai pela porta.

NA SEXTA-FEIRA, OUTRA leva de *Frígida* chega às nossas caixas de e-mail. Passo as primeiras duas horas lendo e relendo, organizando meus pensamentos em um documento e resistindo à vontade de trocar mensagens em tempo real com Charlie, que está na sala ao lado. Libby só volta do almoço perto das três da tarde, e logo sai de novo, com o lembrete de que tem outra surpresa para mim esta noite.

Tento me convencer de que *esse* é o motivo de ela ter desaparecido no outro dia, mas não consigo deixar de lado a ideia de que os sumiços de Libby têm alguma coisa a ver com Brendan. Sugeri algumas vezes que fizéssemos uma chamada de vídeo, mas ela sempre desvia da ideia com uma desculpa.

Às cinco, arrumo minhas coisas e saio para encontrá-la. Mais uma vez, Charlie não está no caixa, e agora não me sinto apenas irritada e frustrada... estou *triste*.

Sinto *falta* dele, e estou cansada de ficarmos nos escondendo um do outro.

Endireito os ombros e entro no escritório. Charlie levanta a cabeça, surpreso — ele está inclinado contra uma enorme escrivaninha de mogno, no lado direito do cômodo, lendo. Seus olhos, sua postura, tudo nele grita *felino*. Se por alguma antiga e estranha maldição um jaguar tivesse sido transformado em homem, esse homem seria Charlie Lastra. Passamos alguns segundos nos encarando, então ele parece se dar conta de si e diz:

— Precisa de alguma coisa?

No ano passado, eu teria achado que Charlie estava sendo esnobe. Agora sei que está indo direto ao ponto.

— Precisamos marcar uma hora para conversar sobre as próximas cem páginas.

Os olhos dele permanecem fixos em mim até eu ter a sensação de que sai fumaça da minha pele. Sou como uma formiga sob a lente de aumento iluminada pelo sol. Depois de um longo tempo, Charlie desvia os olhos.

— Podemos fazer isso por e-mail. Eu sei que a Libby está te mantendo ocupada.

— Precisa ser pessoalmente.

Não consigo mais aguentar essa tensão entre nós. Evitar Charlie só vai tornar tudo pior, e odeio a sensação de que estou me escondendo. Com Libby, o modo como consigo chegar ao cerne das coisas pode ser em um ritmo lento, cauteloso e cheio de obstáculos, mas quem está à minha frente é Charlie, e ele é como eu. Precisamos passar por cima desse constrangimento. Sinto *falta* dele. Das provocações, dos desafios, da competitividade, do cuidado de Charlie com meus sapatos caros demais, do cheiro dele, e...

Merda, não esperava que a lista fosse tão longa. Estou mais atolada nisso do que tinha me dado conta.

— A não ser que você esteja ocupado demais! — acrescento.

Ele dá o primeiro sorrisinho petulante da semana.

— Com o quê?

Os planos dele com Amaya surgem na minha mente na mesma hora. Eu o imagino passando com ela no colo por cima de uma poça, para salvar seus sapatos, ou abrindo um guarda-chuva para proteger o penteado dela.

— Talvez com a grande inauguração daquele Dunkin' Donuts — brinco. — Ou com os trâmites de divórcio daquele casal que brigou na prefeitura.

— Ah, eles nunca vão se separar — fala Charlie, muito sério. — Aquilo são só as preliminares dos Cassidys.

Preliminares. Não é uma palavra que eu teria escolhido para abrir essa conversa.

— Amanhã está bom pra você? — pergunto. — No fim da manhã?

Ele me examina.

— Vou reservar um espaço pra nós. — Ao ver minha expressão, ele ri. — Na *biblioteca*, Stephens. Um espaço de estudo. Para de pensar bobagem.

Acredite em mim, penso, *eu tento.*

19

LIBBY ME PUXA para fora do táxi de Hardy, me guia na direção do som de conversas e me posiciona de forma a valorizar a cena.

— Tcharam!

Afasto dos olhos a echarpe com que ela me vendou e pisco contra o céu rosa e laranja do fim do dia. Estou diante da marquise de uma escola de ensino fundamental.

ESTA NOITE, 19 HORAS

O TEATRO COMUNITÁRIO DE SUNSHINE FALLS
APRESENTA:

SÓ UMA VEZ NA VIDA

— Ah — digo. — Meu. Deus.

Ela solta um gritinho de animação.

— Está vendo? Teatro local! Tudo que Nova York tem você também consegue encontrar aqui!

— Isso é... forçar um pouco a barra.

Libby dá uma risadinha e passa o braço ao meu redor.

— Vem. Os ingressos não têm lugar marcado, e eu quero pipoca *e* bons lugares.

Não tenho certeza se existe alguma coisa como "bons lugares" quando estamos escolhendo entre fileiras de cadeiras dobráveis em um ginásio de escola. O palco é elevado, o que quer dizer que vamos ter que ficar com o pescoço para trás por toda a duração da peça, mas, assim que as luzes baixam, fica evidente que a disposição de lugares é o *menor* dos problemas da produção.

— Ai, meu Deus — sussurra Libby.

Ela agarra meu braço enquanto um ator arrasta os pés diante do cenário pintado da farmácia. Ele vai até o balcão cênico e examina com uma expressão melancólica a foto emoldurada que está ali em cima.

— *Não* — sussurro.

— *Sim!* — sibila Libby de volta.

O Velho Whittaker está sendo interpretado por uma criança.

— E como eles vão mostrar o abuso de drogas?! — pergunta Libby.

— E a overdose?!

— Ele não deve ter nem treze anos, né? — sussurra Libby.

— Ele tem a voz de um menino de dez que canta no coro da escola!

Alguém pigarreia perto de nós, e Libby e eu afundamos nas nossas cadeiras, envergonhadas. E permanecemos em silêncio até a sra. Wilder — a dona da biblioteca — entrar no palco. Nesse momento, tenho que fingir que meu ataque de riso é uma crise de tosse.

Libby arqueja ao meu lado.

— Ai, meu Deus, ai, meu Deus, ai, meu Deus. — Ela não está olhando para o palco, está de cabeça baixa, tentando não explodir.

Abaixo a voz e falo no ouvido dela.

— Qual você acha que é a diferença de idade entre esses atores? Sessenta e oito anos?

Libby pigarreia para manter a crise de riso sob controle.

A mulher que está interpretando a sra. Wilder poderia facilmente ser a avó do Velho Whittaker.

Inferno, talvez ela seja.

— Talvez a pequena Delilah Tyler seja interpretada pelo rottweiler da família — sussurro.

Libby se debruça por cima da barriga de grávida, escondendo o rosto, enquanto seus ombros se sacodem com uma risada silenciosa.

Outro olhar severo da mulher à nossa direita. *Desculpe*, falo apenas com o movimento dos lábios. *Alergia*. A mulher revira os olhos e vira a cabeça novamente para o palco.

Sussurro no ouvido de Libby:

— Oh-oh, a mãe de Whittaker está brava.

Ela morde meu ombro, como se estivesse tentando não gritar. No palco, o menininho Whittaker leva as mãos às costas e solta o palavrão que começa com M em um gemido, quando a dor crônica do personagem belisca seus nervos.

Libby aperta minha mão com tanta força que tenho a sensação de que vai quebrá-la.

— Está muito claro — sussurra ela, arfando — que crianças pequenas e barbudas ainda não experimentaram dor física de verdade.

— Aquele menino ainda nem entrou na puberdade — retruco.

Como se para contestar o que acabei de dizer, a próxima fala do menino sai com uma voz aguda que faz Libby apertar bem os olhos e cruzar as pernas.

— Eu *não* vou me mijar!

Abaixamos os olhos para os pés, dando risadas silenciosas a cada poucos minutos. Há anos não me divirto tanto!

Não importa o que esteja acontecendo com Brendan, com o apartamento, com minha irmã. Neste momento, nós duas somos nós, como não tínhamos sido havia muito tempo.

No instante que a peça termina, Libby e eu vamos embora correndo. Estamos prestes a perder o controle e preferimos fazer isso reservadamente. A meio caminho da marquise, uma voz animada nos detém.

— Nora! Libby?

Sally Goode se desvia na nossa direção, com um homem loiro muito grande em uma cadeira de rodas. O sorriso de covinhas dela lembra muito o do filho... mas não se pode dizer o mesmo da nuvem de jasmim e maconha que a envolve. É difícil imaginar aquele Charlie tão organizado e espinhento sendo criado por essa mulher exuberante e campestre.

— Que bom ver você aqui! — fala Libby, também animada.

— Cidades pequenas são assim — diz Sally. — Acho que vocês ainda não tinham conhecido o meu marido, não é?

— Clint — se apresenta o homem. — É um prazer conhecer vocês.

— Prazer — dizemos eu e Libby em uníssono.

— O que acharam da peça? — pergunta ele.

Libby e eu trocamos um olhar de pânico.

— Ah, não faça as pobres moças responderem isso. — Sally dá uma palmadinha no braço do marido, a expressão sorridente. — Pelo menos não antes de chegarmos em casa. Vocês precisam vir... sempre reunimos alguns amigos em casa para tomar um drinque e comer alguma coisa depois de uma apresentação aqui.

— Isto é um evento regular? — Minha irmã quase engasga com as palavras. Ainda estamos abobadas demais para ter essa conversa.

— Eles organizam quatro espetáculos por ano — diz Sally.

Clint ergue as sobrancelhas.

— Só isso? Parece muito mais.

Libby engole uma gargalhada, mas um gritinho baixo escapa de sua garganta.

— Por favor, venham — pede Sally.

— Ah, não queremos ser invasivas... — começo a dizer.

— Bobagem! — diz ela. — Não existe esse negócio de ser invasivo em Sunshine Falls. Ou vocês não acabaram de ver a mesma peça que nós?

— Com certeza vimos — murmura Libby.

Sally entrega a bolsa ao marido e procura nela até encontrar um pedaço de papel e uma caneta, que usa para anotar um endereço.

— Estamos do outro lado do bosque, acima da trilha que leva até a casa de vocês. — Ela entrega o papel a Libby. — Mas há uma rua e uma entrada de carros que leva direto à nossa casa, se não quiserem ir tropeçando na escuridão.

Ela não espera por uma resposta. O casal se afasta, enquanto os outros espectadores se aglomeram atrás de nós.

— Ah, o Boris se saiu *lindamente* — dizia um senhor. — E ele só tem onze anos!

Libby aperta minha mão, e descemos pela calçada, rindo como adolescentes bêbadas de refrigerante.

A CASA DOS Lastra-Goode fica no fim de uma longa alameda ladeada por antigos carvalhos. É longe o bastante do centro da cidade para que haja pouca luz atrapalhando o cintilar do manto da noite acima de nós, ou a nuvem de vaga-lumes piscando nos arbustos.

É uma casa de dois andares, em estilo colonial, com paredes brancas e janelas recém-pintadas de preto. Na enorme entrada de carros, já estão estacionados dez veículos, e vemos outro chegando atrás de nós, quando saltamos do táxi de Hardy.

Quando nos aproximamos das portas da frente, Libby levanta os olhos para a fachada da casa aconchegante e diz, em tom sonhador:

— Eu pagaria um milhão de dólares para estar aqui no Natal.

— Acho que isso explica por que é o Brendan que cuida do orçamento.

Sinto o braço de Libby ficar rígido no meu. Quando olho de relance para o lado, vejo que ela está um tanto pálida. Não consigo saber se parece estressada, nauseada ou ambas as coisas. Seja como for, o nó de medo volta a apertar meu peito, um lembrete de que ele pode até diminuir quando está tudo bem, mas nunca desaparece.

Sacudo o braço dela de leve.

— Está tudo bem, Lib?

A surpresa dela é disfarçada com um tom neutro.

— É claro! Por que não estaria?

— Só estou querendo dizer que, se você precisar de alguma coisa — falo —, sabe que eu sempre...

— Oi, oi! — chama Sally, abrindo a porta. — Entrem! — Ela precisa gritar para ser ouvida, enquanto atravessa com a gente o saguão cheirando a jasmim, em direção ao som alto de risadas e de conversas variadas nos fundos da casa. — Só para vocês saberem, nós costumamos fingir que foi tudo ótimo.

— Como? — pergunto.

O sorriso dela aprofunda as ruguinhas nos cantos dos olhos. Sally parece exatamente a bela mulher de sessenta anos que é, e o que é mais impressionante, de um jeito que remete à natureza, à luz do sol.

— Estou falando da peça — explica ela. — Ou quando é uma exposição de cerâmica, ou um mercado de artesanato, ou seja lá o que for. Nós fingimos que foi bom. Pelo menos até todos já terem tomado a segunda dose. — Ela dá palmadinhas carinhosas nos nossos ombros e se afasta depois de dizer: — Sintam-se em casa!

— Vou precisar que todos tomem a segunda dose *muito* rápido — diz Libby.

— O que eu estava dizendo lá fora, Lib...

Ela aperta meu braço.

— Eu estou bem, Nora. Só andei meio esquisita porque estou tendo aqueles espasmos na perna que atrapalham o meu sono. Para de se preocupar e só... aproveita as férias, tá?

Quanto mais minha irmã insiste que está bem, mais certeza eu tenho de que ela não está. Mas, como vem acontecendo há anos, Libby se tranca em si mesma diante do primeiro sinal de preocupação.

É assim que ela é. Libby nunca pede ajuda, por isso tenho que dar um jeito de descobrir o que ela precisa e como conseguir dar isso de um jeito que ela se sinta bem em aceitar.

Até mesmo com o vestido de noiva de Libby eu tive que fingir que tinha descoberto uma liquidação e conseguido um vestido com um defeito com desconto, quando na verdade eu mesma tinha manchado com corretivo a parte de dentro do corpete, para criar um defeito.

Mas com isso... não sei nem por onde começar.

Ah, Deus.

Uma clareza súbita e aterrorizante faz meu estômago afundar. *A lista.* Todas aquelas menções aos quase futuros de Libby: construção, confeitaria, livraria... venda.

Isso tudo seria uma investida de volta ao mundo profissional? Ou um modo de provar que ela poderia sobreviver à própria custa se precisasse? *Três* semanas longe do marido. Eu deveria ter achado isso esquisito. Ainda mais pelo modo estranho como ela vinha agindo. *Ainda mais* estando grávida de cinco meses.

Ela ama *Brendan*, lembro a mim mesma. Mesmo se estiverem passando por algum momento delicado, sentindo o estresse de um novo bebê, isso não pode ter mudado.

Minha roupa parece apertada demais, quente demais. Olho ao redor, procurando por alguma coisa em que me concentrar, alguma coisa que me ancore. Meu olhar encontra Clint, que está parado diante de um andador, na cozinha cheia, então passa para o homem também muito alto, embora bem mais jovem e mais musculoso, ao lado dele.

— Uaaau — diz Libby, vendo Shepherd ao mesmo tempo que eu.

— Shepherd — digo, distraída pelo hamster girando na rodinha de preocupações dentro da minha cabeça.

— Aquilo é um pastor vindo na nossa direção? — pergunta Libby.
— Não, o nome dele é...
— Aaaah. O *Shepherd*. — Ela se dá conta do que eu tinha dito bem no momento que ele para na nossa frente.
— Está vendo — fala Shepherd, sorrindo. — É por isso que não tem como não amar cidades pequenas.

20
___

—**N**ÃO TE VI na peça — diz Shepherd. — Você deve ter saído bem rápido.

Libby me lança um olhar onde se lê: *Você esqueceu de mencionar que o seu encontro foi com um Adônis?*

— A minha irmã precisava ir ao banheiro — digo, o que só aumenta a expressão aborrecida dela. — Essa é a Libby. Libby, Shepherd.

Ela responde apenas:

— Uau.

— Prazer em conhecer você, Libby — fala Shepherd.

Ela aperta a mão dele.

— Aperto de mão forte. É sempre uma ótima qualidade em um homem, certo, Nora? — Libby me lança um olhar significativo, tentando ao mesmo tempo fazer o papel de cupido *e* me constranger.

— Parece útil nos filmes do James Bond — concordo. Shepherd dá um sorriso educado. Ninguém diz nada. Eu tusso. — Por causa de todas aquelas pessoas penduradas do lado de fora de prédios...

Ele assente.

— Entendi.

A loucura temporária, ou magia, da outra noite se foi. Não tenho ideia de como interagir com esse homem.

— Posso pegar alguma coisa para vocês? — pergunta ele. — Cerveja? Água com gás?

— Eu aceito vinho — falo.

— Sabe de uma coisa? — diz Libby com um sorriso. — Essa maldita bexiga! Eu *já* tenho que fazer xixi de novo.

Shepherd indica o fim do corredor.

— O banheiro é logo ali.

— Volto em um segundo — promete Libby. E, quando Shepherd se vira para me servir uma taça de vinho de uma garrafa aberta em cima da bancada, ela faz uma pausa e fala por cima do ombro, apenas mexendo os lábios: não vou voltar não.

Shepherd me entrega a taça e eu levanto a cabeça para olhar para as — aproximadamente — mil e quatrocentas garrafas de vinho na ilha.

— Vocês *realmente* querem esquecer aquela peça.

Ele ri.

— Como assim?

Dou um grande gole.

— Estou só brincando. Por causa do vinho.

Ele coça a nuca.

— A minha tia organiza essa troca informal de vinhos. Todo mundo traz um e ela coloca números na base da garrafa. No fim da noite, sorteia os que não foram bebidos.

— A sua tia me parece o meu tipo de mulher — comento. — Ela está aqui?

— É claro — responde Shepherd. — Ela não perderia a própria festa.

Quase engasgo com o vinho e tenho que tossir para clarear os pulmões.

— A Sally? A Sally é a sua tia? Charlie Lastra é seu primo?

— Eu sei — diz ele, rindo. — Somos opostos totais. E o engraçado é que a gente era muito próximo quando criança. Nos afastamos quando ficamos mais velhos, mas o Charlie mais late do que morde. Ele é um cara legal, por baixo de tudo aquilo.

Preciso mudar de assunto, ou encontrar um sofá onde possa desmaiar.

— Aliás, eu prometi que ia te ligar.

— Não se preocupe. — Shepherd mostra uma covinha acanhada. — Estou sempre por aqui.

— Sua família é dona do haras? — pergunto.

— São estábulos — ele corrige.

— Certo. — Não tenho ideia da diferença.

— O lugar é dos meus pais. Quando o negócio de construção está lento para mim e para o meu tio, ainda ajudo lá, às vezes.

Tio. Construção. Ele trabalha com o pai de Charlie.

O celular de Shepherd vibra. Ele suspira quando olha a tela.

— Não tinha me dado conta de que já estava tão tarde. Tenho que ir embora.

— Ah — digo, ainda muito prolixa.

— Ei — fala Shepherd, animado —, espero que não pareça que estou fazendo pressão, porque entendo se você não estiver interessada, mas, se quiser fazer uma trilha enquanto estiver aqui, eu adoraria te levar.

A expressão calorosa e simpática dele é tão estonteante quanto naquela primeira vez que nos esbarramos na saída do café Instantâneo. Acredito sinceramente que Shepherd seja um homem bom de verdade.

— Talvez — respondo, então renovo a promessa de ligar para ele.

Enquanto o perfume de pinho e couro de Shepherd flutua para longe, permaneço imóvel onde estou, presa em uma espiral interminável de *Shepherd é primo de Charlie. Eu quase beijei o primo de Charlie.*

Aquilo não deveria importar, mas importa. Consigo ouvir Charlie dizendo: *Isso não pode dar em nada,* mas afasto a sensação de que já deu em alguma coisa.

Eu me sinto vagamente nauseada. Libby ainda não voltou, e estou imersa demais nos meus pensamentos para jogar conversa fora com estranhos. Evito qualquer tentativa de contato visual, e passo por entre as pessoas até chegar ao outro lado da sala de estar.

Ali, na parede, vejo pendurada uma série de três enormes quadros em um tríptico. Na verdade, as paredes estão cobertas de pinturas, de todas as cores e tamanhos, garantindo uma sensação eclética e aconchegante que contrasta com o exterior mais antiquado.

As pinturas definitivamente são nus, embora abstratas: rosa, dourados e marrons, curvas roxas e sombras. Elas me lembram da exposição *The Cut-Outs*, de Matisse, mas, por mais que a obra de Matisse sempre tenha me parecido romântica, até mesmo erótica — cheia de arcos e curvas habilidosos, pernas em posições quase impossíveis —, essas parecem casuais, o tipo de nudez vulnerável de quando andamos nus pelo nosso apartamento, procurando pela escova de cabelo.

O cheiro de maconha me atinge antes que eu escute a voz, mas ainda me encolho quando Sally diz:

— Você é artista?

— Definitivamente não. Mas sou uma apreciadora.

Ela levanta a garrafa de vinho que tem na mão, em uma pergunta. Aceito com um aceno de cabeça, e ela enche minha taça.

— Quem pintou? — pergunto.

Sally cerra os lábios em um sorriso que realça suas maçãs do rosto.

— Eu pintei. Em outra vida.

— São incríveis.

Sei muito pouco de arte do ponto de vista técnico, mas esses quadros são lindos, em suas cores terrosas relaxantes e formas orgânicas. Com certeza *não* é o tipo de arte que faz uma pessoa dizer: *Minha sobrinha de quatro anos poderia ter pintado isso.*

— Não consigo acreditar que você pintou esses quadros. — Balanço a cabeça. — É tão estranho ver uma coisa dessas e se dar conta de que veio de uma pessoa normal. Não que você seja normal!

— Ah, querida — diz ela, rindo. — Podemos ser coisas piores. *Normal* é um crachá que eu uso com orgulho.

— Você poderia ser famosa — comento. — Digo isso porque eles são bons demais.

Sally olha para os quadros.

— Falando de "coisas piores do que ser normal"...

— A fama traz dinheiro — lembro. — E dinheiro ajuda.

— A fama também traz pessoas dizendo pra gente seja lá o que for que acham que a gente quer ouvir.

— Oi pra vocês — fala Libby, chegando ao nosso lado.

Ela levanta discretamente as sobrancelhas para mim, e fico grata ao ver que Sally não percebe — assim, não preciso explicar que o significado por trás da expressão de Libby é *Ela quer que eu trepe com o seu sobrinho! E não com o seu filho! Que também já esteve brevemente na pauta!*

— A Sally pintou estes quadros — digo.

Libby olha para a anfitriã para confirmar.

— Jura?

Sally ri.

— Você ficou muito chocada!

— É que esses quadros são, nossa, são profissionais, Sally — fala Libby. — Já tentou vender algum?

— Já vendi alguns. — Ela não parece gostar da lembrança.

— Opa — diz Libby. — Sem dúvida temos uma história aqui. Vamos, Sal. Conta.

— Não é uma história muito interessante — diz ela.

— Para sua sorte, acabamos de ver uma peça que diminuiu drasticamente os nossos padrões de exigência — falo.

Sally deixa escapar uma risadinha maliciosa e dá uma palmadinha carinhosa no meu braço.

— Não deixe a reverenda Monica ouvir você dizendo isso. O Velho Whittaker é neto dela.

— Espero que ele pose para a estátua na praça do centro da cidade — comento.

— Essa estátua poderia parecer com o meu carteiro, Derek, no que me diz respeito — declara Sally. — Desde que a placa diga *Whittaker*. Precisamos dos negócios que esse tipo de coisa pode trazer para a cidade.

— De volta à sua história — diz Libby. — Você vendia as pinturas?

Ela suspira.

— Bem, desde novinha eu queria ser pintora. Assim, quando fiz dezoito anos, fui passar algumas semanas em Florença, para pintar, e as semanas acabaram se transformando em meses... o Clint e eu rompemos, é claro... e, depois de um ano, voltei para os Estados Unidos para tentar me lançar na cena artística de Nova York.

— É mesmo? — Libby dá um tapinha de leve no braço de Sally. — Onde você morava?

— Em Alphabet City — diz ela. — Há muito, muito tempo. Passei os onze anos seguintes trabalhando como uma louca. Vendi alguns quadros, me inscrevi em exposições constantemente. Trabalhava para três ou quatro artistas diferentes e passava todas as noites tentando fazer bons contatos em galerias de arte. Trabalhei até a exaustão. Então, finalmente, quando estava naquilo havia oito anos, fiz parte de uma exposição coletiva. Daí entrou um cara, escolheu um dos meus quadros e comprou. Descobri depois que ele era um curador famoso. A minha carreira decolou do dia para a noite.

— Que sonho! — fala Libby, com a voz aguda.

— Também achei — retruca Sally. — Mas rapidamente me dei conta da verdade.

— Que o Clint era o seu verdadeiro amor? — supõe Libby.

— Que tudo aquilo era um jogo. Os meus quadros não tinham mudado nada, mas de repente todos aqueles lugares que tinham me rejeitado passaram a me querer. Pessoas que nunca tinham nem me olhado passaram a me cercar. Não importava o que eu fazia. O meu trabalho se tornou um símbolo de status, só isso, nada mais.

— *Ou* — falei — você era extremamente talentosa e foi preciso que uma pessoa de bom gosto dissesse isso para que a massa compreendesse.

— Talvez — concorda Sally. — Mas àquela altura eu já estava cansada. E com saudade de casa. E estava sempre com fome e sem dinheiro. Então, o tal curador apareceu quando eu estava me sentindo solitária o bastante para ir para a cama com ele. Pouco tempo depois o meu pai faleceu, o curador e eu terminamos tudo e eu voltei para casa para ficar com a minha mãe. Enquanto eu estava aqui, ela pediu ao Clint para vir limpar as nossas calhas.

— É uma piada pronta — digo.

— *Então* você percebeu que ele era o amor da sua vida? — insiste Libby. Sally sorri.

— Dessa vez, sim. Ele estava noivo àquela altura. O que não impediu as maquinações da minha mãe. O mantra dela era *Não é oficial até eles estarem diante do altar da igreja*. Graças a Deus ela estava certa. Assim que eu vi o Clint de novo, soube que tinha cometido um erro enorme. Três semanas mais tarde, *nós* ficamos noivos.

— Que romântico — diz Libby.

— Mas você não sentiu falta? — pergunto.

— Do quê? — pergunta Sally, claramente não entendendo.

— Da cidade — explico. — Das galerias de arte de Nova York. De tudo isso.

— Sinceramente, depois de todos aqueles anos de esforço, foi um enorme alívio voltar para cá e só... — Ela solta um suspiro profundo e levanta os braços ao lado do corpo. — Me acomodar.

— Nem brinca — diz Libby. — Nos mudamos para Nova York para que a nossa mãe pudesse tentar carreira como atriz... ela era a pessoa mais cronicamente exausta do mundo.

— Isso não é justo. — Nossa mãe estava sempre exausta, é verdade, mas também era cheia de vida, vivia extasiada por estar correndo atrás dos seus sonhos.

Libby me lança um olhar firme.

— Lembra daquela vez que a mamãe não tinha dinheiro para pagar toda a compra do mercado? Logo depois daquela audição para *The Producers*? O caixa disse para ela devolver um limão e a mamãe *se acabou de chorar*.

Sinto o coração apertado. Não tinha ideia de que Libby se lembrava daquilo. Ela havia acabado de completar seis anos, e a mamãe queria fazer seus biscoitos favoritos de limão. Quando a mamãe começou a chorar no caixa, peguei o limão extra com uma das mãos, a mão de Libby com a outra, e a levei de volta para o setor de hortifrúti, para devolver. Ficamos ali, andando de um lado para o outro, enquanto a mamãe se recompunha.

Se você pudesse ter qualquer comida, de qualquer livro, perguntei a ela, *qual escolheria?*

Ela escolheu manjar turco, como a que Edmund comia em Nárnia. Escolhi o frobscottle, a bebida gasosa verde de *O bom gigante amigo*, porque fazia a gente voar. Naquela noite, nós três assistimos à *Fantástica fábrica de chocolate* e acabamos com o que restava dos doces que tínhamos ganhado no último Halloween.

É uma lembrança feliz, do tipo que quase cintila. Mais uma prova de que todo problema podia ser resolvido se seguíssemos o percurso certo.

Tudo terminou bem, lembro de pensar. *Desde que estejamos juntas, sempre vai terminar.*

Nós éramos felizes.

Mas não é isso o que Libby está dizendo a Sally. Ela está dizendo:

— A nossa mãe não tinha dinheiro, vivia cansada e era uma pessoa solitária. Ela colocou a carreira à frente de absolutamente tudo e foi muito infeliz por causa disso. — Então, minha irmã se vira para Sally e diz, em tom de conspiração. — A Nora é do mesmo jeito... trabalha até a exaustão. Não tem tempo para uma vida de verdade. Já se recusou a ter um segundo encontro com um cara porque ele pediu para ela colocar o celular no "Não perturbe" durante o jantar. O trabalho *sempre* vem em primeiro lugar para a minha irmã. Por isso eu a arrastei para cá. Esta viagem é basicamente uma intervenção.

Ela fala tudo isso como uma brincadeira, mas percebo algo duro e espinhoso por baixo, e as palavras me atingem como um soco no estômago. A sala começa a pulsar e oscilar. Minha garganta parece apertada, minhas roupas fazem a pele coçar, como se algo estivesse inchando dentro de mim. Ela ainda está falando, mas suas palavras soam distorcidas.

Cansada, solitária, sem uma vida de verdade, o trabalho sempre vem em primeiro lugar.

Há semanas venho me preocupando com a maneira como as pessoas vão me ver depois que *Frígida* chegar às prateleiras, mas Libby... minha irmã é a única pessoa que realmente me conhece. E é assim que ela me vê.

Como um tubarão.

Sinto uma onda quente e rápida de vergonha me atingir, um desespero se infiltra na minha pele. A vontade de estar em qualquer outro lugar. De ser *qualquer* outra pessoa.

Eu me afasto e vou na direção do banheiro perto do saguão da frente, mas está trancado, por isso sigo para a porta da frente, e descubro um grupo enorme de pessoas reunido ali. Dou as costas de novo, zonza.

Quero ficar sozinha. Preciso ir para algum lugar onde possa desaparecer no meio dos outros, ou ao menos um lugar onde ninguém saiba o que está acontecendo comigo.

O que *está* acontecendo comigo?

A escada. Subo até o segundo andar. Há um banheiro no fim do corredor. Estou quase lá quando um quarto à direita chama minha atenção. Uma parede cheia de livros está visível através da porta entreaberta.

É como um farol em uma praia distante. Entro no quarto, fecho a porta e a festa agora é só um murmúrio. Meus ombros relaxam um pouco, meu coração se acalma quando vejo a cama em forma de carro de corrida vermelho-cereja contra a parede à minha esquerda.

Não é uma monstruosidade de plástico comprada em uma loja, mas uma estrutura artesanal de madeira, pintada à perfeição com uma tinta brilhante. A visão daquela cama me causa uma pontada no peito. Assim como as estantes artesanais que ocupam a parede no outro extremo. É tudo tão caprichado... não apenas na construção, mas na organização, o toque de Charlie e o de Clint visíveis como digitais.

Os livros são meticulosamente organizados por gênero e autor, mas não por beleza. Não são fileiras de livros encadernados em couro, só brochuras com lombadas marcadas, capas pela metade, livros com etiquetas de remarcação e indicadores da classificação decimal de Dewey nos que vieram de vendas de bibliotecas.

São o tipo de livro que a sra. Freeman costumava nos dar, os que ela colocava na caixa de "Pegue um, deixe outro".

Libby e eu costumávamos brincar que a Freeman Books era o nosso pai. A livraria ajudou a nos criar, nos fazia sentir seguras, nos dava presentinhos quando a gente estava desanimada.

A vida diária era imprevisível, mas a livraria era uma constante. No inverno, quando nosso apartamento estava frio demais; ou no verão, quando o ar-condicionado do apartamento não estava funcionando direito, nós descíamos e ficávamos lendo no cobiçado assento da janela da Freeman Books. Às vezes a mamãe nos levava ao Museu de História Natural, ou ao MET, o Museu Metropolitano de Arte, para aproveitar o ar-condicionado de lá, e eu levava meu exemplar já muito usado de *From the Mixed-Up Files of Mrs. Basil E. Frankweiler* comigo e pensava: *Se precisarmos, podemos morar aqui, como os irmãos Kincaid.* Juntas, ficaríamos bem. Seria divertido.

Mágicos. Aqueles dias eram assim. Não como Libby tinha feito parecer. Com certeza tínhamos problemas, mas e aqueles dias em que ficávamos deitadas de bruços na areia de Coney Island, lendo até o sol se pôr? Ou as noites em sequência que passávamos no sofá, comendo porcaria e assistindo a filmes antigos?

E as vezes em que fomos ver a árvore de Natal iluminada no Rockfeller Center, com copos de chocolate quente nas mãos, para mantê-las aquecidas?

A vida com a mamãe, a vida em Nova York, era como estar em uma livraria gigante: todos aqueles trilhões de caminhos e possibilidades atraindo sonhadores para o coração pulsante da cidade, dizendo: *Não faço promessas, mas ofereço muitas portas.*

Você pode perseguir o seu lugar sob os holofotes de um palco com os melhores, mas também pode acabar chorando porque não tem dinheiro para comprar um limão.

Quatro dias depois do incidente com o limão, amigos da mamãe apareceram com espumante barato e um envelope que guardava o dinheiro da vaquinha que eles tinham feito para nos ajudar.

Sim, Nova York é exaustiva. Sim, há milhões de pessoas nadando contra a corrente, mas estão todas nisso juntas.

Por isso eu coloco minha carreira em primeiro lugar. Não é porque não tenho uma vida, mas porque não consigo suportar a ideia de deixar a vida que a mamãe queria para nós escapar por entre os dedos. Porque preciso saber que Libby, Brendan e as meninas vão ficar bem, não importa o que aconteça, porque quero cavar um pedaço da cidade e da magia dela só para nós. Mas para cavar é preciso uma faca. Fria, dura, afiada, pelo menos externamente.

Por dentro, sinto o coração machucado, sensível.

Uma coisa é aceitar que a pessoa que eu mais amo é basicamente uma desconhecida pra mim; outra é aceitar que ela também não me conhece por inteiro. Libby não *confia* em mim, não o bastante para compartilhar o que está acontecendo com ela, não o bastante para se apoiar em mim e me deixar confortá-la.

Todos aqueles antigos sentimentos voltam à tona até eu não conseguir mais respirar direito, até estar me afogando.

— Nora? — Uma voz baixa e familiar atravessa o miasma.

A luz entra pelo corredor. Charlie está parado na porta, o único ponto fixo no mundo que parece girar para todo lado.

Ele repete meu nome, e pergunta, hesitante:

— O que aconteceu?

21

A BOLSA ONDE CHARLIE carrega o notebook desliza para o chão, e ele se adianta na minha direção.

— Nora? — fala mais uma vez.

Quando não consigo dizer nada, Charlie me puxa junto ao corpo dele, segura meu queixo e deixa os polegares acariciarem minha pele, me acalmando.

— O que aconteceu? — murmura.

As mãos dele me ancoram ao chão, e o quarto para de girar.

— Desculpa. Eu só precisava...

Os olhos de Charlie buscam os meus, os polegares ainda deslizando, no mesmo ritmo gentil.

— De uma soneca? — brinca ele baixinho, a voz hesitante. — De um romance de fantasia? De uma competição de quem faz troca de óleo mais rápido?

O bloco de gelo no meu peito racha.

— Como você faz isso?

Charlie franze o cenho.

— Faz o quê?

— Diz a coisa certa?

Um canto dos lábios dele se curva.

— Ninguém acha isso.

— Eu acho.

Charlie baixa os olhos, e os cílios compridos tocam a pele.

— Talvez eu só diga a coisa certa pra você.

— Tenho a sensação de estar sufocando. — Minha voz falha no final. Charlie passa as mãos pelo meu cabelo, e volta a me encarar nos olhos. — Como... como se todo mundo estivesse olhando pra mim, e conseguisse ver o que tem de errado comigo. E estou acostumada a me sentir como... como o tipo errado de mulher, mas com a Libby sempre foi diferente. Ela é a única pessoa com quem já me senti eu mesma, desde que a minha mãe morreu. Mas, no fim, a Dusty estava certa a meu respeito. É aquilo que eu sou, até para a minha irmã. O tipo errado de mulher.

— Ei. — Ele levanta meu rosto. — A sua irmã ama você.

— Ela disse que eu não tenho vida.

— Nora. — Charlie dá um sorrisinho. — Você trabalha com *livros*. É claro que não tem vida. Nenhum de nós tem. Sempre há algo bom demais para ler.

Deixo escapar uma risadinha fraca, mas a leveza não dura.

— A Libby acha que eu não me importo com nada a não ser com o meu trabalho. É isso que todo mundo pensa. Que eu não tenho sentimentos. Talvez estejam certos. — Dou uma risada rouca. — Não choro há uma década, cacete. Isso não é normal.

Charlie pensa por um momento. Então, passa os braços ao redor da minha cintura, as mãos se encontrando nas minhas costas. O contato atravessa meus pensamentos como uma bala de canhão, espalhando-os por todo lado com o impacto. Não me lembro de quando fiz isso, mas meus braços também estão ao redor dele, nossos abdomes colados, o calor se acumulando entre nós.

— Sabe o que eu acho?

É tão bom tocar Charlie, tão estranhamente descomplicado, como se ele fosse a exceção a toda regra.

— O quê?

— Acho que você ama o seu trabalho — diz ele baixinho. — Acho que trabalha com tanta dedicação porque se importa dez vezes mais do que uma pessoa normal.

— Com o *trabalho*.

— Com *tudo*. — Ele me abraça com mais força. — Com a sua irmã. Com os seus clientes. Com os livros deles. Você não faz nada a que não se dedique cem por cento. Não começa nada que não possa terminar.

Charlie faz uma pausa, então continua.

— Você não é a pessoa que compra a bicicleta ergométrica como parte de uma resolução de Ano-Novo e depois usa como cabide por três anos. Não é o tipo de mulher que só dá duro quando o trabalho parece bom, ou que só aparece quando é conveniente. Se alguém insulta um dos seus clientes, essas suas luvas de pelica são deixadas de lado. E você carrega uma caneta o tempo todo, porque, se tiver que escrever alguma coisa, é melhor que saia bem escrito. Você lê a última página dos livros primeiro... não faça essa cara, Stephens. — Ele dá um sorrisinho torto. — Eu *vi* você fazendo isso... mesmo quando está guardando livros na prateleira, de vez em quando dá uma olhadinha na última página, como se estivesse procurando constantemente por toda a informação, tentando tomar as melhores decisões possíveis.

— E com "*me viu*" — digo — você quer dizer que andou me *espiando*.

— É claro que sim, cacete — confessa Charlie, em uma voz baixa e rouca. — Não consigo parar. Estou sempre consciente de onde você está, mesmo que não esteja olhando, mas é impossível não olhar. Quero ver a expressão do seu rosto ficar severa quando você está mandando um e-mail para o editor de algum cliente seu, sendo durona, e quero ver as suas pernas quando você está tão empolgada com alguma coisa que acabou de ler que não consegue parar de cruzá-las e descruzá-las. E, quando alguém te irrita, você fica com essas marcas vermelhas. — Ele deixa os dedos roçarem no meu pescoço. — Bem aqui.

Sinto os mamilos rígidos, as coxas apertadas e a pele trêmula. A tensão nas mãos de Charlie faz seus dedos envolverem com mais força a curva da minha cintura, agarrando o tecido, como se ele estivesse tentando se convencer a não rasgá-lo.

— Você é uma batalhadora — volta a falar Charlie. — Quando se importa com alguma coisa, não deixa ninguém tocá-la. Nunca conheci ninguém que se importasse tanto quanto você. Sabe o que a maioria das pessoas daria para ter alguém como você na vida? — Os olhos dele estão escuros, me sondando, seu coração acelerado. — Sabe o quanto alguém de quem você gosta é sortudo? Sabe...

Ele hesita, morde o lábio e baixa os olhos, afrouxando os dedos, mas sem afastá-los das minhas costas.

— Quando a Carina e eu éramos crianças, o meu pai precisava trabalhar bastante. Não tínhamos muito dinheiro, então a mãe da minha mãe faleceu, e... a livraria começou a sofrer uma hemorragia de dinheiro.

Mais uma pausa.

— A minha mãe não é uma mulher de negócios. Não é nem alguém que mantém uma agenda. Por isso, o horário de funcionamento da livraria era totalmente imprevisível. Se algum artista marcava uma palestra no meio da semana na Georgia, ela tirava a mim e a Carina da escola para irmos assistir, sem avisar antes. Ou ficava envolvida com algum quadro e não apenas perdia o dia de trabalho como esquecia de nos pegar na escola. A Carina sempre foi mais parecida com os meus pais, mais despreocupada, mas eu era ansioso. Talvez porque tivesse passado por aqueles maus bocados quando comecei na escola, ou talvez só porque finalmente tivesse passado a gostar mesmo de lá, mas a verdade era que eu detestava perder aula, e além de tudo...

Ele respira fundo. Meus braços permanecem nas costas dele, mantendo-o próximo, ligado a mim o tempo todo.

— ... as pessoas não aprovam a minha família — continua ele. — O meu pai já estava noivo quando ele e a minha mãe ficaram juntos, e ela já estava grávida de três meses de mim.

Fechei e abri a boca.

— Ah. O Clint não é...

Charlie balança a cabeça.

— Na verdade, o meu pai biológico é um curador de arte, de Nova York. Chegamos a trocar alguns e-mails, e isso bastou para nós. No que me diz respeito, o Clint é o único pai que eu já tive, ou de que já precisei, mas, até onde a minha memória alcança, eu já sabia que não era como ele. Não me pareço com ele. Não gosto das mesmas coisas que ele.

O calor muito escuro e dourado dos olhos dele encontra mais uma vez os meus olhos, e sinto uma pontada dolorosa de desejo atrás do meu plexo solar.

— Eu estava no quinto ano quando descobri a verdade. Por alguns garotos da escola.

A voz dele vacila de um jeito que me tira o fôlego. Controlo o choque que sinto, então tudo se encaixa no lugar, os pedaços de Charlie que venho colecionando finalmente formam uma imagem única. Ele não é o clichê do sr. Darcy. Não é o acadêmico circunspecto e arrogante que encontrei para um almoço muito desagradável. Charlie é um homem que anseia por honestidade completa, um realista que nem sempre compreende quando não está vendo realismo. Charlie, que quer compreender o mundo, mas que aprendeu a não confiar nele.

— Sinto tanto, Charlie — sussurro.

Ele engole em seco.

— Eu sei que o meu pai não queria que eu achasse que era nada além de filho dele — prossegue Charlie. — Mas foi um jeito ruim de descobrir. Todos na cidade eram mais ou menos legais na frente dos meus pais, mas aqueles primeiros anos na escola foram um inferno. A abordagem da minha mãe era vencê-los na base da gentileza, e funcionou. Ela conquistou toda a maldita cidade. Mas eu não conseguia. Não conseguia ser legal com pessoas que eu achava que não passavam de um bando de babacas. A Carina estava no *terceiro* ano na primeira vez que alguém disse que ela provavelmente tinha nascido com alguma IST porque a nossa mãe era muito vagabunda.

— Cacete, Charlie.

Solto os braços das suas costas e seguro seu rosto entre as mãos, sentindo meus pulmões em fogo, como se houvesse sentimentos que meu vocabulário não fosse avançado o bastante para colocar em palavras. Tenho vontade de me enrolar ao redor de Charlie como uma cota de malha, ou de engolir gasolina, descer a escada e cuspir fogo.

— Passei metade do ensino fundamental na biblioteca, e a outra metade na sala da diretora, por me meter em brigas, e sinceramente aqueles eram os dois únicos lugares em que eu sentia que tinha algum controle da minha vida. — Ele balança a cabeça, como se para clarear as ideias. — O que estou querendo dizer é que sabe essa história de ser um "espírito livre mágico" que você acha que é a mulher perfeita mítica? Isso tem seus próprios problemas. O fato de nem todo mundo te entender não quer dizer que *você* esteja errada. Você é alguém com quem os outros podem contar. De verdade. E isso não te torna fria ou tediosa. Faz você ser a pessoa mais... — Charlie se interrompe e balança a cabeça. — Você e a sua irmã talvez tenham as suas diferenças, e ela talvez não compreenda você plenamente, mas você nunca vai perder a Libby, Nora. Não precisa se preocupar.

— Como você pode ter tanta certeza? — pergunto.

Agora os olhos dele são como caramelo líquido, as mãos ternas, se movendo para a frente e para trás no meu quadril, em uma maré que nos aproxima e nos afasta e nos aproxima de novo, cada carícia mais intensa do que a última.

— Porque — diz ele baixinho — a Libby é inteligente o bastante para saber o que tem.

Quero puxá-lo para dentro daquela cama absurda em forma de carro, e me deixar envolver pelo cheiro do seu xampu, quero sentir a pressão dos dedos dele cada vez mais frenéticos no meu corpo, e a sensação do abdome firme. Quero nós dois nos movendo juntos e nos separando só para montarmos um no outro.

— Até você chegar aqui — ele volta a falar, a voz rouca —, este lugar para mim era só um lembrete da decepção que eu sou por vários motivos. E agora que você está aqui... eu não sei. Tenho a sensação de estar bem. Então, se você é o "tipo errado de mulher", eu sou o tipo errado de homem.

Posso ver todas as nuances de Charlie ao mesmo tempo. O menino quieto, que não conseguia se concentrar. O pré-adolescente precoce e ressentido. O rapaz estudioso do ensino médio, desesperado para ir embora. O homem de bordas afiadas, tentando voltar a se encaixar em um lugar ao qual nunca conseguiu pertencer.

Essa é a magia de ser um adulto parado ao lado da sua cama de criança em formato de carro de corrida. O tempo desaparece, e, em vez de ser a versão que ele construiu do zero, aquele homem era todos os rascunhos que tinham vindo antes, tudo ao mesmo tempo.

— Você não é uma decepção. — A minha voz sai fraca. — Não é errado.

Os olhos de Charlie passeiam pelo meu rosto. Seus dedos roçam o ponto sensível no canto direito da minha boca, e vejo a tensão no seu maxilar. Quando os olhos dele voltam a encontrar os meus, parecem arder por causa da luz que vem da luminária na cabeceira, mas ainda sinto o calor emanando do seu corpo.

— E todas as pessoas que fizeram você se sentir errada — diz Charlie, a voz ainda rouca — têm um péssimo gosto. — O afeto na voz dele me envolve como uma onda cálida, preenchendo um milhão de pequenas piscinas no meu peito.

Realmente somos lados opostos de um ímã, incapazes de ficar no mesmo cômodo sem sermos atraídos um para o outro. Tenho vontade de enfiar os dedos no cabelo dele e beijá-lo até esquecermos onde estamos, e até esquecermos de tudo e de todos que já fizeram Charlie se achar uma decepção. E ele está me olhando como se eu pudesse fazer aquilo, como se houvesse um anseio nele que só eu pudesse aplacar.

Tenho vontade de dizer a ele: *Você é alguém que procura uma razão para tudo.*

Ou: *Você é a pessoa que desmonta coisas e descobre como elas funcionam, em vez de simplesmente aceitá-las. É alguém que prefere a verdade a uma mentira conveniente.*

Ou mesmo: *Você é a pessoa que só tem cinco peças de roupa, mas cada uma delas é perfeita e cuidadosamente escolhida.*

— Acho — sussurro — que você é uma das pessoas menos decepcionantes que eu já conheci.

O vinco abaixo do lábio inferior dele fica sombreado quando ele abre os lábios, e seu hálito quente, com aroma de menta, é leve contra minha boca. Por um segundo, ficamos indo e vindo, saboreando o espaço entre nós. Tenho a sensação de que não há mais qualquer ar no quarto, mas não importa, porque o que eu realmente quero é inspirar *Charlie*.

Todas as minhas razões para manter aqueles muros erguidos entre nós parecem subitamente insignificantes. Porque o muro *não está* erguido. Não está. Charlie me vê. Ele está me tocando. E, pela primeira vez em muito tempo — talvez desde que perdemos a mamãe —, tenho a sensação de que *não* estou fora da cena, observando através de um vidro, ansiando desesperadamente encontrar um jeito de entrar.

Meu celular avisa da chegada de uma mensagem, e todo aquele peso cálido evapora enquanto Charlie endireita o corpo, voltando subitamente à realidade, às suas próprias razões para tentar montar uma barricada entre nós.

Ele se vira para as estantes, e minha garganta fica seca quando percebo que está se ajeitando.

Tudo em mim anseia para voltar a tocá-lo, mas não faço isso. Meus sentimentos podem ter mudado, mas ainda há a declaração de Charlie: *Isso não pode dar em nada. As coisas estão complicadas.*

Minha mente vai direto para Amaya, e sinto uma mistura de culpa, ciúme e mágoa fazendo meu estômago arder.

Chega outra mensagem de Libby, e mais uma.

Onde você tá?

Quando cansar de bancar a introvertida, enfiada em um canto escuro, consegui uma carona de volta pra casa pra nós.

Alô? Vc tá viva????

— É a Libby.

Atrás de mim, Charlie pigarreia e diz, a voz sempre rouca:

— É melhor você resgatar a sua irmã antes que o clube de tricô a recrute. Ele é o equivalente à máfia em Sunshine Falls.

Concordo com um aceno de cabeça.

— A gente se vê amanhã.

— Boa noite, Stephens.

Quase esbarro em Sally na base da escada.

— Estava indo procurar a sua irmã! — diz ela. — Consegui o número que ela pediu... pode passar pra ela?

Aceito o pedaço de papel e, antes que possa pedir algum esclarecimento, Sally sai correndo atrás de uma mulher com uma franja completamente eriçada.

Envio uma foto do número por mensagem para Libby. **Da Sally. Aliás, onde você tá?**

Na frente da casa, responde ela. **Corre! Gertie Park, a Barista Anarquista, vai nos dar uma carona até em casa.**

Libby está agindo normalmente, mas, dentro do carro cheio de adesivos de Gertie, repasso as últimas semanas como se fossem papel picado.

O que Libby disse sobre a mamãe, sobre mim. As estranhas mensagens de Brendan e a reação de Libby a elas. A discussão no celular do lado de fora da livraria, a lista, o modo como ela desaparece e reaparece misteriosamente, como sua fadiga e palidez parecem ir e vir.

Organizo todas aquelas informações em pilhas, em problemas solucionáveis, em cenários onde consigo ver planos de fuga. Estou de volta ao âmago da questão, examinando o tabuleiro de xadrez e tentando suavizar não importa o que possa acontecer.

Mas por um minuto, no quarto de Charlie, com os braços dele passados com força ao meu redor, tudo pareceu bem.

Eu estava bem.

Estava me sentindo envolta por uma escuridão incorpórea e reconfortante, onde nada precisava ser consertado e eu poderia só — lembro de Sally erguendo os braços ao lado do corpo — *me acomodar.*

22

A BIBLIOTECA NO EXTREMO da cidade é enorme: três andares de tijolos cor-de-rosa e frontões pontudos. Enquanto Libby está orientando a entrega de mobília na Goode Books, eu me encontro com Charlie para uma sessão de edição na Sala de Estudos 3C, no último andar da biblioteca.

Durante toda a manhã, senti o clima tenso entre mim e Libby. Como se estivéssemos presas em uma espiral de sentimentos ruins e vagos em relação a coisas passadas.

Ela está frustrada por eu trabalhar demais, e isso está criando uma distância entre nós. A distância a faz guardar segredos. Esses segredos me deixam chateada com ela. É uma profecia que se autocompleta e nos mantém presas em uma discussão silenciosa e invisível, onde ambas fingimos que não há nada errado.

Sinto aquela dor surda: *Você está perdendo a Libby, então, para que tudo isso?*

Assim que as portas automáticas da biblioteca se abrem, aquele cheiro delicioso de papel quente me envolve como um abraço, e o aperto no meu peito diminui um pouco. À direita, alguns alunos do ensino médio estão sentados diante de uma fila de computadores antigos, a conversa entre eles abafada pelo carpete azul industrial. Passo por eles e subo a escada ampla para o segundo andar, então para o terceiro.

Percorro a sequência de salas de estudos com janelas amplas na parede externa, até chegar à 3C e ver Charlie debruçado sobre seu notebook, a luz da lâmpada acima se juntando à luminosidade difusa que entra pela janela e lançando tons de um azul frio sobre ele.

A sala é minúscula, com o teto inclinado. Uma mesa laminada e quatro cadeiras combinando ocupam a maior parte do espaço.

Por alguma razão — o silêncio, talvez, ou o que aconteceu na semana passada —, me sinto tímida quando paro na porta.

— Estou atrasada?

Ele levanta os olhos escuros.

— Cheguei cedo. — Charlie pigarreia para afastar a aspereza do sono da voz. — Eu edito aqui quase todo sábado.

Há um enorme copo de café do Instantâneo já pousado na mesa, diante de uma cadeira vazia, esperando por mim. Me sento na cadeira.

— Obrigada.

Charlie assente, mas ele está extremamente concentrado na tela, enquanto uma das mãos brinca com o cabelo atrás da orelha.

Meu celular vibra com outra mensagem de Brendan: **Estão se divertindo, meninas?**

As cordas da ansiedade apertam mais o meu estômago. Libby me mandou uma mensagem da livraria cinco minutos atrás, por isso eu *sei* que ela está com o celular. O que significa que ou ele não mandou mensagem para ela primeiro, ou mandou e ela simplesmente não respondeu.

Sim!, digito de volta. **Por quê? Está tudo bem?**

Com certeza!!! Ele está realmente envolvido com esses pontos de exclamação.

Talvez seja a hora de começar a implorar por respostas.

Mas, por ora, guardo aquela linha de pensamento em uma gaveta no fundo da mente. E consigo fazer isso com uma facilidade que me surpreende.

— Precisa de um minuto? — pergunto a Charlie, enquanto ligo meu notebook.

Ele se assusta, como se tivesse esquecido que estou aqui.

— Não. Não, desculpe. Eu estou bem.

Charlie passa a mão pela boca, então se levanta e puxa uma cadeira até o meu lado, onde pode olhar minhas anotações na tela. Sua coxa esbarra na minha quando ele se senta e, por alguns instantes, há uma espécie de avalanche acontecendo no meu peito.

— Vamos começar com tudo de que gostamos? — pergunto. Charlie fica me olhando por um pouco mais de tempo do que o necessário... Ele não ouviu a pergunta. — Ah, pelo amor de Deus, Charlie — brinco. — Você é capaz de admitir que gosta das coisas. A Dusty e eu não vamos contar pra ninguém.

Ele pisca algumas vezes. É como ver sua consciência subir à superfície.

— Eu obviamente gostei do livro. Implorei para trabalhar nele, lembra?

— Vou lembrar de você implorando até o meu último suspiro.

Charlie fixa os olhos abruptamente na tela, muito profissional, e tenho a sensação de que meu coração falha uma batida.

— As páginas estão ótimas — diz ele. — A fisioterapeuta animada é um bom contraste para a Nadine, mas acho que no fim dessa parte ela vai precisar de mais profundidade.

— Eu também escrevi isso! — Na mesma hora me sinto constrangida com meu tom de queridinha da professora que acabou de acertar uma pergunta, quando vejo a expressão de Charlie. — *O que foi?*

Ele disfarça o sorrisinho presunçoso.

— Nada.

— Não é "nada" — desafio. — Você está com aquela cara.

— Eu sempre tive uma, Stephens — diz ele. — É decepcionante demais que você só tenha percebido agora.

— A sua *expressão*.

Ele se recosta na cadeira, a caneta Pilot vermelha equilibrada em cima do nó de um dos dedos e por baixo de outros dois.

— É que você é boa nisso.

— E isso é um choque?

— É claro que não — diz ele. — Não posso simplesmente apreciar ver alguém ser bom no que faz?

— Tecnicamente esse é o *seu* trabalho.

— Também poderia ser o seu se você quisesse.

— Fiz uma entrevista para uma vaga de editora uma vez — conto a ele. Charlie ergue as sobrancelhas.

— E não quis o emprego?

— Não fui à segunda entrevista — revelo. — A Libby tinha acabado de engravidar.

— E?

— E o Brendan foi demitido. — Sinto os ombros tensos, entrando no modo defensivo. — Eu estava fazendo um bom dinheiro com comissões, e aceitar um emprego como iniciante teria diminuído a minha renda.

Charlie me observa até minha pele começar a vibrar, então desvia os olhos — estamos presos nesse jogo de enfrentamento interminável, cada um perdendo uma vez.

— Como a Libby se sentiu a esse respeito?

— Não contei a ela. — Eu me volto para minhas anotações. — Agora nós temos a Josephine.

Depois de um instante, Charlie diz:

— Não acha que a sua irmã teria ficado triste se soubesse que você desistiu do seu sonho por ela?

— A Libby não admira exatamente a minha devoção ao meu emprego atual — lembro a ele. — Vamos à *Josephine*.

Ele suspira e desiste.

— Adoro a Jo.

— Você acha que ela é diferente o bastante do Velho Whittaker? Quer dizer, a Josephine também é velha, cheia de manias, não tem família...

— Acho que é, sim. Nós nos apegamos rapidamente ao personagem dela, e o passado da Josephine, com o ex que a tirou de Hollywood, não lembra *Só uma vez na vida* em nada. O Velho Whittaker perdeu a família, mas a Josephine nem sequer tinha uma para começar. Além do mais, a discussão de como o fato de ela ser mulher determina como a mídia e o mundo a tratam é meio que a grande sacada desse livro.

— É verdade — concordo. — E eu adoro isso, o que me leva ao meu próximo comentário. Talvez a gente devesse segurar até mais tarde a revelação da ligação dela com a indústria do cinema.

Os olhos de Charlie assumem uma expressão pensativa, como um computador demorando a carregar.

— Discordo — diz ele por fim, lentamente. — Prefiro que o leitor não descubra por que a *Nadine* só se tornou atriz recentemente. Acho que tem uma oportunidade para tensão aí. Por exemplo: talvez quando a Nadine encontrar o Oscar da Jo possa ser revelado que ela queria ser atriz quando era bem mais nova, e a Jo poderia então perguntar o que a fez mudar de ideia, aí a gente consegue alguns prenúncios.

— Merda.

— O que foi? — pergunta Charlie.

— Você está certo.

— Meus sentimentos. Claramente está sendo muito difícil para você dizer isso.

Começo a digitar a atualização nas minhas anotações.

— A Nadine não deveria ter desistido de atuar — comenta Charlie.

As palavras pairam no ar por um instante e são uma óbvia armadilha.

— Ela faz muito dinheiro como agente — respondo.

— Ela não dá valor ao dinheiro que ganha — me lembra ele.

Continuo a digitar.

— Ela gosta de ser agente.

— Ela amava atuar.

— Achei que você fosse o maior fã da Nadine.

— E sou mesmo — confirma ele. — Por isso eu quero que ela tenha um final feliz.

— Não acho que seja esse tipo de livro, Charlie.

Ele dá de ombros ao mesmo tempo que seus lábios cheios se curvam em um leve sorriso.

— Vamos ver.

Apesar dos meus documentos cuidadosamente organizados, o modo como transcorrem as nossas edições parece aqueles dias em que eu passeava pelo Ramble do Central Park, com a mamãe e Libby.

O documento fica grande demais, e nós o reduzimos — Charlie puxa meu notebook na direção dele para reduzir quatro frases em uma, e eu puxo de volta para mim para acrescentar mais elogios. Então, depois de horas naquele processo, percebo que invertemos os papéis. Agora é *ele* que está acrescentando elogios, enquanto *eu* aparo a gordura.

Charlie me observa e murmura:

— Eu sempre quis ver de perto o ataque de um tubarão. *É muito sangue.*

Sinto o rosto quente, e também alguns outros lugares menos inocentes do corpo, e volto novamente a atenção para o documento, cheio de sugestões de alterações.

— Gosto de ver o meu progresso.

— Nora — diz Charlie. — A essa altura, *tudo* é progresso.

Ele seleciona todo o documento na tela, então pousa o cursor em cima de *Aceitar todas as alterações*, o cotovelo colado ao meu sobre a mesa de fórmica. E olha para mim, esperando minha aprovação.

Confirmo com um aceno de cabeça, e o leve contato com o braço dele faz todos os nervos do meu corpo parecerem se concentrar naquele ponto.

A qualquer segundo os muros voltarão a se erguer, e não posso permitir isso. Passei horas pensando em como abordar o assunto, já que fiquei acordada por muito tempo na noite passada. Por algum motivo, só o que sai é:

— Esqueci de mencionar: ontem à noite esbarrei com o seu *primo*.

Enfatizo a palavra. Charlie desvia os olhos, enquanto coça o queixo.

— Ele estava resgatando um gatinho de uma árvore ou ajudando uma velhinha a atravessar a rua?

— Nenhuma das opções — respondo. — Só estava sem camisa, lavando um carro.

— Espero que você tenha dado um toque nele pela perturbação da ordem.

O olhar de Charlie volta a encontrar o meu, e uma faísca elétrica parece saltar entre nós.

— Ei, cara — digo —, deixa eu te dar um toque: vista uma camisa. Essa é uma reunião literária para amigos e família.

Os lábios de Charlie se curvam enquanto ele se levanta e se apoia na mesa, os olhos fixos na janela.

— Se você realmente tivesse dito isso, as senhoras do clube de crochê teriam saído correndo da cidade. Shepherd Sem Camisa é um gênero de primeira necessidade em Sunshine Falls.

Eu me esforço para manter a voz neutra.

— Eu não sabia que o Shepherd era seu primo. Se soubesse, não teria saído com ele.

Charlie desvia o olhar.

— Você não me deve nada, Nora.

— Ah, eu sei.

Também me levanto. Não posso mais ficar dando voltas ao redor do assunto... e de qualquer forma não está funcionando. Não posso fazer nada sobre a questão *Libby*, mas isso... isso pode ser resolvido. De um jeito ou de outro, o muro de tensão vai ser derrubado de vez hoje.

Respiro fundo e continuo.

— Ainda mais se estiver acontecendo alguma coisa entre você e a sua ex.

Ele se vira rapidamente para mim.

— Não está.

— Você se encontrou com ela ontem à noite, não?

Charlie flexiona o maxilar.

— Eu estava trabalhando. Ela só deu uma passada na livraria.

Estreito os olhos, cética.

— Para uma visita pré-combinada?

Ele muda o peso do corpo de um pé para o outro.

— Sim — admite.

— Para comprar um livro?

O maxilar dele volta a ficar tenso.

— Não exatamente.

— Para vocês passarem um tempo juntos?

— Para *conversar*.

— Como as ex-noivas costumam fazer...

— Essa é uma cidade pequena — diz ele. — Não temos como nos evitar. Precisávamos deixar as coisas mais leves entre nós.

— Ah.

— Não me venha com *ah*. — Charlie parece frustrado agora. — Não aconteceu nada, e não vai acontecer.

— Eu não tenho nada a ver com isso.

— Exatamente. — Por algum motivo, isso parece deixá-lo ainda mais irritado, o que *me* deixa mais agudamente consciente do espaço que parece se encolher entre nós. — Assim como não é da minha conta se você sai ou não com o meu primo.

— A quem eu não tenho a menor intenção de ver de novo — aviso.

— E com quem eu não teria saído nem uma vez se *soubesse* que era seu primo.

— Você não fez nada errado — insiste Charlie.

— E você também não, passando algum tempo com a Amaya — respondo. Charlie e eu somos bons demais, ou ruins demais, para brigar. Estamos declarando *enfaticamente* o nosso apoio à vida romântica um do outro.

Ele me supera com:

— O Shepherd é um cara incrível. O solteiro mais cobiçado da cidade. É perfeito para a sua lista, tica todos os itens.

— E a Amaya? — devolvo. — Ela está à altura da sua lista?

— Não se qualifica.

— Deve ser uma lista bem longa.

— Tem apenas um item — retruca ele. — Muito específico.

O modo como ele está me encarando faz minha pele, minha corrente sanguínea, meu desejo despertarem.

— É uma pena que não tenha como dar certo entre vocês.

— E eu lamento saber sobre você e o Shepherd. — Os olhos de Charlie cintilam. — Achei que vocês tivessem se divertido juntos.

— Ah, nos divertimos, sim — respondo. — Só que não é isso que estou procurando no momento.

Ele me encara, os olhos mais escuros, e espero que consiga me ler tão bem neste momento quanto sempre lê, que saiba que cansei de deixar de lado as coisas entre nós.

— E o que você quer, Stephens? — pergunta Charlie, sondando.

— Eu só... — *É agora ou nunca*. Tenho a sensação de que estou me preparando para um salto em queda livre. — Quero ficar aqui com você, e não me preocupar com o que vai acontecer depois.

Ele se aproxima, e meu coração dispara quando o vejo chegar bem perto.

— Nora — diz Charlie, o tom gentil.

— Está tudo bem se você não quiser — esclareço. — Mas ando pensando demais em você. E, quanto mais distância tento colocar entre nós, pior fica.

Ele torce os lábios, seus olhos cintilam.

— Então você está tentando me tirar da cabeça?

— Talvez — admito. — Mas talvez eu também só queira alguma coisa fácil, pelo menos uma vez na vida.

Ele levanta a sobrancelha, brincalhão.

— Agora eu sou fácil?

Sim, penso, *para mim você é a pessoa mais fácil do mundo*. Mas digo:

— Deus, espero que sim.

Charlie ri, mas o sorriso se apaga rapidamente e ele desvia os olhos para o lado.

— E se eu já souber que isso pode não dar em nada — lança —, não importa quanto a gente talvez acabe querendo que dê?

— Tem outra pessoa?

Ele se vira novamente para mim com os olhos arregalados.

— *Não*. Não é nada disso. É só que...

— Charlie — digo. — Eu te falei. Não quero pensar no que vem depois. Nem sei se conseguiria lidar com isso agora.

Ele me examina, o maxilar inquieto.

— Tem certeza?

— Absoluta — garanto, e estou falando sério. — Se você quiser, estou disposta até a assinar um guardanapo.

Não sei bem qual de nós se adiantou primeiro, mas, quando me dou conta, a boca de Charlie está colada à minha, quente e voraz, suas mãos descendo pela lateral do meu corpo, subindo pela frente, me tocando o máximo que consegue de uma vez. Sem hesitação, sem polidez, só desejo. Agarro sua camisa enquanto ele me puxa mais junto ao corpo, não deixando mais nenhum espaço entre nós.

Em segundos, Charlie está arrancando minha blusa de dentro da saia, e passando as mãos por ela, mãos tão perfeitamente rudes e quentes que a seda parece insuportável em comparação. Deixo escapar um som desesperado, e ele gira nossos corpos juntos, então me empurra para cima da mesa e sobe minha saia acima das coxas para conseguir se encostar em mim.

Puxo Charlie na minha direção e arqueio o corpo ao sentir o toque dele. Seus dedos envolvem minha nuca e se enfiam no meu cabelo, enquanto seus dentes encontram meu pescoço.

— Não podemos transar em uma biblioteca — sussurro dentro da sua boca, embora minhas mãos ainda estejam se movendo, deslizando por baixo das costas da camisa dele, as unhas correndo por sua pele, deixando-o arrepiado.

Charlie murmura, em tom de repreensão:

— Achei que você não quisesse se preocupar com regras.

— Quando a gente fala em atentado ao pudor, é menos uma regra e mais uma lei federal — sussurro.

Ele deixa os lábios correrem pelo meu pescoço, enquanto uma das mãos desliza por baixo do meu corpo, para puxar meu quadril para cima, junto ao dele, me deixando sentir toda a extensão do seu membro rígido. *Ah, Deus.*

— Isso só conta se nós tirarmos a roupa — explica Charlie.

O som que eu deixo escapar não poderia ser menos sexy ou *mais* animal-feroz-morrendo.

— E, para deixar tudo claro — falo —, *você* não vê problema com o fato de nós estarmos trabalhando juntos?

Ele beija meu colo, a voz muito rouca.

— Nós dois sabemos que você não vai facilitar as coisas para mim por causa disso.

— E quanto a você?

É completamente absurdo que eu continue com essa encenação de ter uma conversa totalmente normal, enquanto as palmas das minhas mãos estão apoiadas atrás de mim, na mesa, e meu corpo se ergue de forma nada sutil, facilitando o acesso da boca de Charlie à parte debaixo da gola da minha blusa.

— Não tenho interesse em pegar leve com você, Nora.

Meus dedos passeiam pelo cabelo dele e descem pelo pescoço, e sinto a pulsação vibrando sob meu toque. Minha mente parece ter passado direto por um monte de cacos de vidro e entrado em um caleidoscópio. Os dedos de Charlie sobem pelas minhas coxas até não poderem ir mais alto, e ele observa o movimento com um brilho quase bêbado.

Meus joelhos se abrem para recebê-lo. Charlie cerra o maxilar enquanto passa a mão por mim, muito levemente a princípio, então com mais pressão. Os dedos dele deslizam por baixo da renda da minha calcinha e eu levanto os quadris na mesma hora. O único som que se ouve na sala é o das nossas respirações entrecortadas.

— Você está com manchas vermelhas no rosto, Nora — provoca Charlie, enquanto corre os lábios pelo meu pescoço. — Está brava comigo?

— Furiosa — digo em um arquejo, enquanto sinto seus lábios descerem mais, e uma de suas mãos começar a abrir os botões de cima da minha blusa. Ele puxa meu sutiã para baixo até o ar frio encontrar minha pele.

— Me diz como eu posso consertar isso — murmura Charlie contra meu peito.

Arqueio o corpo para que ele tenha mais área de acesso.

— Isso já é um começo.

Ele captura meu mamilo entre os lábios, e tento não gritar quando escuto o gemido baixo que vibra em sua garganta. A mão dele se enfia novamente por baixo da minha saia, e sua respiração é entrecortada contra meu peito.

— Você acaba comigo, cacete — reclama Charlie.

Eu o puxo mais para perto, porque preciso de mais dele. Estamos mais ou menos deitados na mesa agora, e a parte interna da minha coxa está contra o quadril dele. Enfio a boca em seu pescoço para abafar os sons que ele está arrancando de mim.

Eu me sinto totalmente fora de controle, e mais, posso ver como Charlie gosta de me ver assim, o que só põe mais lenha na fogueira. *Quero* perder o controle. Quero que Charlie me veja assim e saiba que ele é o motivo disso. A mão dele desce pela lateral do meu corpo até chegar ao meu sapato alto, para levantar mais a minha perna, apertando-a ao redor dos seus quadris, enquanto tentamos ficar ainda mais próximos.

Se tivéssemos algum lugar mais reservado para ir, já estaríamos lá.

— Quero tanto saborear você — murmura ele dentro da minha boca, e meu coração dispara.

— Eu quero saborear *você* — digo.

Charlie ri baixo.

— Com você, tudo é competição.

Passo as mãos por baixo da cintura da calça dele, concentrada apenas em senti-lo, no som da respiração dele se tornando ainda mais entrecortada quando o seguro com mais força, mexendo os quadris para me dar mais acesso.

Nunca aproveitei tanto um momento assim. Aliás, não estou certa de já ter aproveitado um *momento assim* e ponto, mas também nunca vi Charlie tão desinibido e estou bêbada com o poder que sinto.

— Deus — ele geme. — Preciso estar dentro de você.

Tudo em mim fica tenso.

— Tudo bem. — Concordo com um aceno desesperado de cabeça, e ele ri de novo.

— Não, você está certa — diz. — Aqui não.

— Não temos muitas opções — lembro.

— Quando nós finalmente fizermos isso, Nora — esclarece Charlie, endireitando o corpo e se afastando de mim, enquanto suas mãos começam a abotoar novamente minha blusa, com a mesma facilidade com que a desabotoaram —, não vai ser em uma mesa de biblioteca, e *não* vai ser com pouco tempo. — Ele ajeita meu cabelo, enfia minha blusa de volta na saia, me puxa pelo quadril para que eu desça da mesa e me aperta contra o corpo. — Vamos fazer direito. Sem atalhos.

23

Saio da biblioteca com as pernas bambas e o coração disparado, como se tivesse feito quarenta minutos de aula de spinning. Passei horas sem checar o celular, e os e-mails de sempre se acumularam — um da minha chefe, que raramente honra o conceito de fim de semana, e vários de clientes que pensam da mesma forma —, junto com uma sequência de mensagens de Libby.

Estreito os olhos contra o sol para ver as fotos que ela mandou dos progressos que fez hoje. O café da Goode Books agora parece aconchegante e confortável, e a vitrine com os favoritos do verão está enfeitada com luzinhas cintilantes. Na maior parte das fotos, Sally está parada de um lado, sorrindo, mas em uma delas, tremida, que inclui uma boa parte do polegar de alguém, Libby está parada com os braços abertos ao lado do corpo, e com um enorme sorriso no rosto, o coque cor-de-rosa sedoso caído para o lado da cabeça.

Seu rosto em forma de coração tem mais ou menos a mesma expressão de quando tinha catorze anos e foi aceita na exposição de arte do ensino médio: orgulhosa, confiante, capaz. Mesmo com todo o constrangimento entre nós, fico feliz de ver minha irmã assim.

Está incrível!, digo a ela. Você é demais! Nem parece o mesmo lugar!!!

Obrigada!, responde ela. Tá tudo bem? Atrasar não faz o seu gênero.

Eu devia ter me encontrado com ela no Papai Agachado há dez minutos. Digito de volta: Tudo bem. Chego em um minuto.

Só tenho que fazer uma ligação primeiro. Paro em um dos bancos verdes espalhados ao longo da rua, o metal quente por causa do sol forte, e procuro na bolsa pelo número que Shepherd me deu. Talvez seja antiquado da minha parte entrar em contato com alguém para avisar que *não* estou interessada, mas Shepherd é um cara legal. Ele merece mais do que eu simplesmente sumir.

O telefone toca três vezes antes que alguém atenda. Uma voz de mulher diz:

— Dent, Hopkins e Morrow. Como posso ajudá-la?

Depois de um instante de confusão, digo:

— Estou procurando pelo Shepherd.

— Sinto muito — fala a mulher —, não tem ninguém aqui com esse nome.

— Hum, posso... quem está falando? — pergunto.

— Aqui é Tyra — responde ela —, do escritório de advocacia Dent, Hopkins e Morrow.

— Devo... ter pegado o número errado.

Desligo e procuro na bolsa até achar um recibo com garranchos anotados. Foi *esse* papel que Shepherd me deu. O número para o qual acabei de ligar... deve ter sido o que a Sally me deu. *Estava indo procurar a sua irmã. Consegui o número que ela pediu.*

Seria bom eu comer alguma coisa para compensar os litros de café que tomei hoje, mas não é *só* o excesso de cafeína que está fazendo minhas mãos tremerem enquanto digito o nome do escritório de advocacia na busca do Google.

Quando os resultados aparecem, é como se alguém tivesse injetado gelo nas minhas veias.

Dent, Hopkins & Morrow: Advogados de Direito de Família.

Libby pediu a Sally... o telefone de um advogado especializado em divórcio? Por um instante, a rua, a calçada de pedra, o céu de um azul pálido, o mundo, parecem ter sido todos rasgados. Meus pulmões parecem inflados demais, como se algo grande e pesado estivesse bloqueando a passagem, impedindo que qualquer coisa entre ou saia.

Estou de volta ao nosso antigo apartamento, naquelas semanas terríveis depois que a mamãe morreu, vendo Libby desmoronar, abraçando-a com força enquanto ela chora desconsolada até não conseguir mais respirar, até ter ânsias de vômito.

Estou me afogando no sofrimento dela, enquanto meu próprio sofrimento endurece e se calcifica no meu coração.

Não quero ficar sozinha, diz ela de vez em quando, em arquejos, ou *Estamos sozinhas. Estamos totalmente sozinhas, Nora.*

Eu a abraço com força, encosto a boca em seu cabelo e prometo que ela está errada, que *nunca* vai ficar sozinha.

Estou com você, digo a ela. *Sempre vou estar com você.*

Todas aquelas noites em que eu acordava de repente e encontrava tudo ainda ali, esperando por mim: a morte da mamãe. A falta de dinheiro. Libby arrasada.

Às vezes ela chorava no sono. Outras vezes, eu acordava enquanto ela estava no banheiro e o lugar frio ao meu lado me provocava uma onda de pânico.

Naqueles dias, a dor espreitava como um monstro nas sombras, pairando acima da nossa cama, e, em vez de ir se encolhendo a cada noite, o monstro parecia aumentar, se alimentando de nós, engordando com nosso luto.

Todo dia, de manhã cedo, ficávamos deitadas sobre as cobertas e eu acariciava o cabelo loiro-avermelhado da minha irmã, e ela sussurrava. *Eu só não quero mais ficar aqui. Quero que isso pare.*

E aquele mesmo pânico gelado cresceu, ficando grande demais para o meu corpo, inchando, latejando furioso.

Sem pensar em dinheiro, trabalho, na faculdade ou nos milhões de detalhes práticos por que eu tinha me tornado responsável, falei: *Então vamos para outro lugar.*

E nós fomos.

Comprei as passagens de ida e volta mais baratas para Los Angeles — no meio da semana, durante a noite. Nos hospedamos em um hotel barato, com uma tranca que não funcionava, e toda noite eu enfiava a cadeira embaixo da maçaneta para dormirmos.

Toda manhã, pegávamos um táxi para a praia e ficávamos lá até a hora do jantar, que era sempre alguma comida barata e gordurosa. Levamos parte das cinzas da mamãe e jogamos no mar quando ninguém estava olhando, então saímos correndo, rindo e soltando gritinhos, sem saber se havíamos acabado de descumprir alguma lei.

Mais tarde, dividiríamos o resto das cinzas entre o East River e o Hudson, deixando partes da mamãe de cada lado da nossa cidade, nos envolvendo, nos abraçando. Mas naquela época ainda não estávamos prontas para isso.

Por uma semana inteira, Libby não chorou. Então, no avião de volta para casa, na decolagem, ela olhou pela janela, vendo o mar ficar cada vez menor abaixo de nós, e sussurrou: *Quando vai parar de doer?*

Não sei, eu disse a ela, pois sabia que Libby perceberia se eu mentisse. A verdade era que eu achava que aquela dor não passaria jamais.

Ela começou a chorar com vontade então, soluços feios, de rasgar o peito, e os outros passageiros lançavam olhares irritados e cansados na nossa direção. Eu os ignorei e puxei Libby contra o peito. *Coloca pra fora, menina querida*, murmurei, exatamente como a mamãe costumava nos dizer.

Uma comissária de bordo superestimou as nossas idades, ou ficou com pena de nós, e nos entregou discretamente duas garrafinhas de bebida alcoólica em miniatura.

Por entre soluços, Libby escolheu o Bailey's, enquanto eu bebi o gim.

Desde aquele dia, eu não conseguia sentir o cheiro de gim sem lembrar de abraçar minha irmã, e de sentir tanta falta da nossa mãe que ela parecia mais próxima do que em semanas.

Talvez seja por isso que é a única coisa que eu bebo de verdade. Sentir aquele buraco no coração é melhor do que não sentir absolutamente nada.

Pisco algumas vezes para afastar a lembrança, mas a dor no meu peito, a aflição profunda nas minhas mãos não cedem. Afundo no banco quente de metal e conto os segundos das minhas inalações, combinando-as com as exalações.

Aquela foi a última viagem que Libby e eu fizemos. Foi a última viagem que eu fiz e *ponto*, a não ser por aquele fim de semana fatídico em Wyoming com Jakob.

Depois que quitamos nossas dívidas, comecei a guardar algum dinheiro para poder levar Libby a um lugar incrível, como Milão, ou Paris, depois que ela se formasse na faculdade. Antes Libby tinha todo tipo de ambição, mas depois que perdemos a mamãe parecia que tudo aquilo havia secado nela. Minha irmã parou de ajudar na Freeman's e avaliou algumas outras carreiras em potencial, mas nenhuma delas chamou sua atenção.

Durante os anos em que Libby estava na faculdade, eu estava sempre pegando no pé dela, pressionando-a, lendo os trabalhos para ela, preparando fichas de estudo. Passamos a brigar mais do que antes — nossos novos papéis provocavam atritos, o luto interminável dela indo da raiva à exaustão e de volta. Às vezes, anos mais tarde, Libby ainda chorava enquanto dormia.

Então, ela conheceu Brendan e decidiu não terminar a faculdade

Quando Libby me contou que eles estavam noivos, não fiquei surpresa. Só conseguia pensar naquela adolescente apavorada por estar sozinha.

Eu me preocupei com a possibilidade de ela ser jovem demais, de estar tomando aquela decisão mais por necessidade de segurança do que por ser o que realmente desejava. Mas a verdade é que Libby parecia feliz. Pela primeira vez em anos, eu tinha minha irmã de volta.

Brendan fez Libby se acomodar. Não gostei de ela ter desistido do emprego em planejamento de eventos que eu tinha conseguido para ela, mas aquela expressão assombrada deixou os olhos da minha irmã, e finalmente consegui respirar.

Por anos, Libby *finalmente* ficou bem, e todo o trabalho — todas as festas de aniversário perdidas, todas as reuniões de manhã cedo, todos os relacionamentos que nunca decolaram por causa da minha agenda — valeu muito a pena.

Libby estava *bem*.

Agora, minha irmã está se esquivando das ligações do marido, e querendo conversar com um advogado que trata de divórcio. Ela está passando *três semanas* longe dele. E talvez por isso Libby subitamente tenha passado a se importar demais com o fato de eu trabalhar tanto. Não porque ela não aprovava, mas porque *precisava* de mim. Libby precisava de mim e eu não estava presente para ela.

O medo me atravessa como um incêndio descontrolado, só que gelado.

Escondido ali, por baixo do meu senso de controle rigidamente forjado, das minhas listas de tarefas, da minha aparência dura, *sempre* há o medo.

Libby estava errada quando disse a Sally que eu sou exatamente como a mamãe. Nossa mãe trabalhava sem parar para correr atrás do que ela queria. No meu caso, corro sem parar para fugir do passado.

Com medo de que o dinheiro acabe de novo. Da fome. Do fracasso. De querer tanto alguma coisa que aquilo acabe me destruindo quando eu não puder ter. De amar alguém que não consiga manter ao meu lado, de ver minha irmã escapar pelos meus dedos como areia. De ver alguma coisa quebrar e não saber consertar.

Tenho medo, sempre, do tipo de dor a que sei que não sobreviveríamos uma segunda vez.

Eu me concentro na pressão do chão sob as solas dos meus sapatos e me ancoro no lugar.

Uma por uma, ações possíveis se organizam em uma coluna na minha mente.

Descobrir o melhor advogado de divórcio que o dinheiro possa pagar.

Encontrar um apartamento para Libby que ela possa pagar sozinha, ou talvez um que possamos dividir com as meninas. (Será que todas nós caberíamos no apartamento de aluguel regulamentado de Charlie?)

Encontrar um psicólogo que as ajude a atravessar este momento.

Possivelmente contratar um assassino de aluguel. Ou talvez não um assassino de aluguel, mas pelo menos alguém que possa executar uma pequena vingança — jogar bebida na cara de Brendan, riscar com uma chave a lateral do carro dele —, dependendo exatamente do que aconteceu. Embora seja difícil imaginar Brendan fazendo *qualquer coisa* que não seja ficar olhando apaixonado para Libby, enquanto faz massagem nos pés inchados dela.

Então, o item final e mais imediato da lista: deixar Libby o mais feliz possível neste momento. Fazê-la se sentir segura o bastante para se abrir comigo.

Meus ombros relaxam. Meus pulmões também. Agora que eu sei o que está errado, posso consertar.

— Você sabe que pode me contar tudo — digo. — Certo?

Libby levanta os olhos da mistura de maionese com ketchup em que está mergulhando as batatas fritas do Papai Agachado e bufa.

— Ei — diz em uma voz neutra. — *Isso* de novo, não. Se concentra na sua vida, irmã.

Em vez de devolver a farpa, deixo pra lá.

— Qual é o próximo item da lista?

Ela relaxa.

— Fico feliz por você perguntar, porque eu tive uma ideia incrível.

— Quantas vezes tenho que te dizer? Um parque aquático feito de bebida alcoólica *não* é uma boa ideia.

— Concordo em discordar. — Ela esfrega as mãos para limpar o sal das pontas dos dedos. — Mas não é disso que estou falando. Descobri como salvar a livraria.

— Quantas estátuas de bronze a praça central de uma cidade pode *ter*?

— Um *baile* — diz Libby. — Um Baile da Lua Azul. Como em *Só uma vez na vida*.

Sinto meu cenho franzir.

— E por acaso vai haver uma lua azul este mês?

— Isso não vem ao caso.

— Certo, porque o que vem ao caso é...

— Uma enorme oportunidade de levantar fundos! — se anima ela. — A Sally conhece uma pessoa que é dona de uma empresa de eventos. Esse homem pode conseguir uma pista de dança e um sistema de som, então nós podemos conseguir voluntários para fazer a decoração e para levar tortas para vender. Vamos fazer a coisa toda na praça da cidade, exatamente como no livro.

— Seria muito trabalho — digo, hesitante.

— Não vamos fazer sozinhas — insiste Libby. — A Sally já ligou para todo mundo do grupo de troca de vinhos dela, e a Amaya vai trabalhar no bar, enquanto a Gertie...

— A Barista Anarquista? — esclareço.

— ... se ofereceu para fazer panfletos para nós distribuirmos por Asheville. O café Instantâneo vai emprestar uma máquina de refrigerante. Além disso, eles já têm licença para vender bebida alcoólica, por isso podem fazer alguns drinques mais fortes com refrigerante. Metade da cidade já está envolvida. — Ela pega minha mão no bar pegajoso. — Vai ser moleza. A única coisa é...

— Oh-oh — digo ao ver a expressão dela.

— Está tudo bem se não rolar! — se apressa a dizer Libby. — Mas a Sally e eu achamos que seria legal fazer uma entrevista virtual com a Dusty. E talvez também ter alguns livros autografados, para ela promover. Só se a Dusty não se importar! E só se você não se importar de perguntar a ela.

Libby junta as palmas das mãos, implorando ou rezando.

— É assim que você quer passar as duas próximas semanas? — pergunto, cética. — Sem descansar? Sem ler e ficar assistindo a filmes, ou deitada ao sol?

— *Desesperadamente.*

Não importa se aquilo é uma distração ou uma forma de exercitar o controle; ou se é uma oportunidade de tentar uma nova vida, o fato é que é o que Libby quer neste momento. Portanto, é o que ela vai ter.

— Vou perguntar à Dusty.

Libby passa os braços ao redor do meu pescoço e beija minha cabeça um monte de vezes.

— Nós vamos conseguir! Vamos salvar um negócio local.

Não estou convencida, mas ela está feliz, e a felicidade de Libby sempre foi minha droga preferida.

24

—É CLARO, É CLARO! — diz Dusty, em seu jeito Dusty de ser, ao mesmo tempo um pouco hiperativo e vagamente desnorteada. — Eu adoraria ajudar, Nora. Mas... Nunca *estive* realmente em Sunshine Falls. Só passei pela cidade por acaso, anos atrás.

— Bem, as pessoas aqui *adoram* o seu livro — digo. Olho na direção da lateral do chalé, onde Libby está deitada em uma toalha de piquenique, tomando sol, enquanto escuta a conversa. Ela levanta os dois polegares, me encorajando, e eu pigarreio no celular, antes de continuar: — A cidade toda tem placas mostrando diferentes partes da história. É muito fofo.

— Muito fofo? — Ela repete as palavras, espantada. Provavelmente porque, saindo da minha boca, soam como uma antiga maldição latina.

Minha voz sai aguda e alta quando respondo:
— Sim!

Eu me sinto mal por pedir um favor a uma cliente, ainda mais porque isso exigiu que eu admitisse que *estou aqui*, trabalhando pessoalmente com Charlie.

Dusty ficou chocada ao saber que eu tinna deixado Nova York, e, quando expliquei que tinha vindo para Sunshine Falls com minha irmã, ela ficou quase tão chocada quanto por saber que eu tinha uma irmã.

No fim, tudo o que minha cliente mais antiga realmente sabe sobre mim é que eu nunca deixava Nova York e estava sempre ao alcance de um telefonema.

Assim, depois de dar algum contexto, conto a Dusty sobre o drama da Goode Books e explico o plano para levantamento de fundos: um clube de leitura virtual com a própria Dusty, aberto para todos que comprassem um livro na loja.

— Vai ser uma hora da minha vida — diz ela. — Acho que posso dar um jeito. Pela melhor agente do mundo.

— Eu já te disse ultimamente que você é a minha cliente *favorita*? — falo.

— Nunca — retruca Dusty. — Mas me mandou, *sim*, algumas garrafas muito caras de champanhe ao logo dos anos, então eu já desconfiava.

— Quando a edição de *Frígida* tiver terminado, vou mandar uma *piscina* de champanhe pra você.

Libby endireita o corpo na toalha de piquenique e aponta um dedo pra mim. ESTÁ VENDO? UM PARQUE AQUÁTICO DE BEBIDAS ALCOÓLICAS, diz apenas com o movimento dos lábios, e uma expressão vitoriosa no rosto. Então, fica de pé e corre para dentro do chalé, para ligar para Sally e dar as boas notícias.

Ontem eu sucumbi e mandei uma mensagem para Brendan, perguntando se estava acontecendo alguma coisa entre ele e Libby, e meu cunhado simplesmente *não* respondeu, mas estou tentando não me concentrar nisso.

— Posso te perguntar uma coisa, Dusty? — falo.

— É claro! Pergunta — diz ela.

— Por que Sunshine Falls?

Ela para e pensa.

— Acho que só me deu a impressão de ser o tipo de lugar que pode parecer de um jeito do lado de fora, e ser totalmente diferente quando passamos a conhecê-lo — diz. — Se a gente tiver paciência para gastar tempo entendendo um lugar assim, ele pode acabar sendo uma coisa linda.

SALLY, GERTIE, AMAYA e um monte de outros rostos ligeiramente conhecidos passam os próximos dias entrando e saindo da livraria, nos preparativos para o baile. Finalmente posso me concentrar no meu trabalho. Libby, enquanto isso, está no centro daquele turbilhão de planejamento, indo e vindo o tempo todo, falando alto ao telefone, até olhares irritados de outros clientes a fazerem sair pela porta com um olhar contrito.

Charlie e eu trabalhamos praticamente apenas por e-mail. Se passássemos muito tempo no mesmo cômodo, tenho certeza de que Libby — e talvez até mesmo Sally — acabaria descobrindo exatamente o que está acontecendo, e as coisas ficariam *complicadas* bem rápido.

Eu acreditei que Libby simplesmente desaprovava Charlie, mas agora uma parte de mim se pergunta se há mais alguma coisa. Se eu usar os aplicativos de encontro é uma espécie de teste para ela, para que possa ver o que há por aí. Seja como for, não preciso revelar esse caso rápido quando minha irmã está lidando com a implosão do próprio relacionamento.

Sinto um frio no estômago toda vez que penso a respeito, mas, sinceramente, a troca de e-mails entre Charlie e mim é a imagem do profissionalismo. Nossas mensagens de texto, por outro lado, não, e às vezes tenho que me esgueirar para fora da sala de guerra temporária de Libby, no café, para ler as mensagens dele em algum lugar onde ninguém me veja enrubescer.

Metade dessas vezes, Charlie me intercepta e nos escondemos pela loja, roubando alguns segundos a sós sempre que podemos. O banheiro do corredor. A sala da seção infantil. O extremo do corredor de não ficção. Lugares onde ficamos fora da vista, mas em que ainda precisamos ficar quase em silêncio. Uma vez ele me puxou pela porta dos fundos até o beco atrás da loja, e começamos a nos agarrar antes mesmo que a porta fechasse.

— Você está parecendo que não dorme há anos — sussurro.

Ele segura meu traseiro e me puxa mais para junto do corpo, então cola a boca à minha orelha.

— Estou com muita coisa na cabeça. — Suas mãos sobem pelo meu corpo, testando cada curva. — Vamos para algum lugar.

— Para onde?

— Qualquer lugar em que a minha mãe e a sua irmã não estejam à vista — diz ele. — Nem possam nos escutar.

Olho de relance para a porta, na direção geral do quadro com a lista de tarefas interminável da Libby & Cia.

Todas aquelas rachaduras muito bem coladas no meu coração pulsam de dor, uma sensação que parece a versão emocional daquela dor de cabeça que a gente sente quando toma alguma coisa muito gelada. Quero isso, quero *Charlie*, mas não posso esquecer o que estou fazendo aqui.

Olho de volta para aqueles olhos de favo de mel, com a sensação de que estou afundando até a cintura neles, como se não houvesse esperança de escapar, em parte porque me falta determinação para isso, quando as mãos de Charlie estão no meu corpo.

— Qualquer lugar? — pergunto.

— Basta dizer.

LIBBY ESTÁ TÃO imersa no Modo Trabalho que nem insiste em se juntar a nós quando saímos para ir a um hipermercado. Em vez disso, nos passa a lista de compras para o evento beneficente. Sally concorda em cuidar do caixa se alguém entrar, e partimos no velho Buick que Charlie pegou emprestado para usar enquanto estiver na cidade.

O ar-condicionado do carro não está funcionando, e o sol nos atinge com força, o calor abrasador, o vento com cheiro de grama soltando meu cabelo preso, mecha por mecha. Tudo isso só torna o vento gelado e o cheiro plástico e limpo do hipermercado mais agradável. Não tinha me dado conta de que tinha passado tanto tempo ao ar livre, mas as câmeras de segurança do caixa automático mostram minha pele bronzeada, com sardas como as de Libby espalhadas pelo meu nariz, e a umidade deixou meu cabelo ligeiramente ondulado.

Charlie me pega me examinando e brinca:

— Pensando em como você está parecendo "sexy e cara"?

— Na verdade... — Pego o recibo. — Estava divagando as várias maneiras como vou pegar pesado com você.

Os olhos dele cintilam.

— Eu consigo aguentar.

Vamos direto para o chalé, e, assim que entramos naquele espaço silencioso e tranquilo, me pego extremamente consciente de que, sendo realista, isso é o mais a sós que Charlie e eu já ficamos, mas não temos muito tempo até Libby voltar para cá, e com certeza há coisas mais importantes em que me concentrar do que os lugares em que a camisa suada se cola ao corpo dele.

— Você pode começar lá nos fundos — digo, e subo a escada para pegar o resto do que vamos precisar.

Quando abro a porta dos fundos com um chute, os braços carregados com roupas de cama, Charlie já montou a barraca.

— Ora — digo. — Você conseguiu. Me surpreendeu.

— E eu achando que para surpreender um tubarão era preciso bater nele entre os olhos.

— Não — retruco. — Competência com abrigos portáteis é o jeito certo de conseguir isso.

Charlie se agacha dentro da barraca e começa a desenrolar o colchão de ar que compramos no hipermercado — porque, obviamente, Libby e eu até podemos acampar, mas ainda somos mulheres Stephens.

— Como foi que você se tornou tão profissional nisso? — pergunto.

— Acampei muito com o meu pai quando era garoto. — A luz intensa do dia marca bem todos os ângulos do rosto dele, os olhos mais derretidos do que mel.

— E já acampou de novo desde que voltou? — pergunto.

Charlie balança a cabeça. E diz, depois de alguns segundos:

— Ele não me quer aqui.

O tom dele, sua testa, sua boca — tudo em Charlie agora parece feito de pedra, como se ele estivesse apenas recitando fatos, verdades objetivas que não o afetam.

— Eles não ficaram muito felizes quando eu decidi ficar em Nova York em vez de voltar para trabalhar com um dos dois.

Eu me pergunto se as pessoas realmente se deixam convencer pela fachada dele. Se, toda vez que Charlie fala sobre as coisas mais importantes para ele, o mundo vê um homem frio, com uma visão clínica das coisas, em vez de alguém lutando para compreender e para ter controle, em um mundo em que isso raramente é possível.

Engulo com dificuldade o nó dolorido na garganta.

— Tenho certeza de que eles querem você aqui, Charlie. Parece que era o que queriam desde o início.

Ele levanta o queixo na direção da mesa do pátio, onde está a extensão que compramos.

— Se incomoda de ligar a bomba para encher o colchão?

Durante os próximos minutos, ficamos em silêncio, ouvindo só o barulho da bomba. Posicionamos os ventiladores que pegamos no armário e ligamos em outra extensão. Charlie arruma os lençóis no colchão e eu penduro lanternas de papel e acendo as velas repelentes a intervalos regulares.

Continuamos em silêncio até eu não conseguir mais aguentar.

— Charlie — digo, e ele olha para mim por cima do ombro, então se vira para se sentar na beira do colchão de ar.

— Tenho certeza de que o seu pai está grato por você estar aqui — volto a falar. — Os dois devem estar.

Ele usa as costas da mão para limpar o suor da testa.

— Quando eu disse ao meu pai que passaria algum tempo aqui, as palavras exatas dele foram *Filho, o que você acha que pode fazer?* A ênfase em *você* foi dele, não minha.

Eu me sento no deque, de frente para ele, as pernas cruzadas.

— Mas vocês dois são próximos, não são?

— Éramos — responde Charlie. — Somos. O meu pai é a melhor pessoa que eu conheço. E ele está certo. Não há muito que eu possa fazer para ajudá-lo. Quer dizer, é o Shepherd que vem mantendo o negócio funcionando, que vem cuidando do trabalho de que a casa deles sempre precisa. Só o que eu posso fazer é cuidar da livraria.

Meu coração se aperta. Eu me lembro dessa sensação, de não ser o bastante. De querer desesperadamente ser o que Libby precisava depois que perdemos a mamãe, e de falhar, uma vez, e outra, e outra. Eu não pude suavizar as coisas para ela. Não pude trazer a magia de volta à nossa vida. Só o que tinha ao meu lado era força bruta e desespero.

Mas eu tentava estar à altura de uma lembrança, do fantasma de alguém que nós duas amamos.

Agora vejo o que eu não consegui ver antes. Não apenas que Charlie nunca sentiu que pertencia a este lugar, mas que ele via como teria sido se ele *pertencesse*. Não dei muita atenção àquilo quando vi Shepherd parado ao lado de Clint na reunião na casa de Sally — mas os dois não tinham só alturas e constituições físicas semelhantes nem eram só o mesmo clichê. Clint e Shepherd eram parecidos. Os olhos verdes, o cabelo loiro, a barba.

Entro na barraca ao lado de Charlie, e o colchão afunda sob o meu peso.

— *Você é* filho dele, Charlie.

Ele passa as mãos pelas coxas e suspira.

— Não sou bom nessa merda. — Ele franze a sobrancelha, então se inclina para trás no colchão e fica olhando através da rede de proteção no alto, uma concessão sugerida por Charlie que ainda vale como Libby e eu dormindo sob as estrelas. — Nunca me senti tão imprestável na vida. As coisas estão desmoronando pra eles, e o melhor que consigo fazer é abrir a loja todo dia na mesma hora.

— O que, pelo que você me disse, é uma melhora e tanto. — Eu chego mais perto, e o cheiro quente dele me envolve, o sol intensificando-o em sua pele. Acima de nós, nuvens de algodão-doce deslizam pelo céu de um azul-centáurea. — Você não é imprestável, Charlie. Pelo amor de Deus, olhe para tudo isso.

Ele me lança um olhar cético.

— Eu sei montar uma barraca de acampamento, Nora. Não é um feito digno de um prêmio Nobel.

Balanço a cabeça.

— *Não é isso.* Você é... — Procuro a palavra certa. É raro que o vocabulário me falte desse jeito. — Organizado.

Ele cerra os olhos quando ri.

— Organizado?

— *Extremamente* — digo, impassível. — Para não mencionar meticuloso.

— Você fala como se eu fosse um contrato — brinca Charlie.

— E *você* sabe como me sinto em relação a um bom contrato — retruco. O sorrisinho dele aumenta.

— Na verdade, só sei como você se sente em relação a um contrato ruim, escrito em um guardanapo úmido. — Ele se deita totalmente no colchão, e eu faço o mesmo, deixando um espaço saudável entre nós.

— Um bom contrato é... — Penso por um momento.

— Adorável? — ajuda Charlie, brincalhão.

— Não.

— Atraente?

— No mínimo — respondo.

— Encantador?

— Sexy como o diabo — declaro. — Irresistível. É uma lista de excelentes aspectos e compromissos de trabalho que protegem todas as partes envolvidas. É... satisfatório, mesmo quando não é o que esperamos, porque nós trabalhamos por aquilo. São idas e vindas até cada detalhe estar exatamente como precisa estar.

Olho de lado para Charlie. Ele já está olhando para mim. O espaço saudável entre nós se tornou febril.

— Qual foi o lance com a Amaya? — A pergunta sai antes que eu consiga pensar duas vezes.

Os cantos da boca de Charlie se inclinam para baixo.

— O que você quer dizer?

— Quero dizer que você quase casou com ela. O que deu errado?

— Muitas coisas — responde Charlie.

— Ah, tipo... vocês eram agradáveis demais? — provoco.

Ele estende os lábios cheios daquele jeito típico.

— Ou talvez ela não fosse sabichona o bastante para o meu gosto.

Depois de um instante, nossos olhares retornam para as nuvens de algodão-doce, e Charlie volta a falar:

— Nós começamos a namorar no ensino médio. Então, a Amaya foi pra Universidade de Nova York, e depois de algum tempo na universidade comunitária eu também fui pra lá.

— Ela foi o seu primeiro amor?

Ele concorda com um aceno de cabeça.

— Quando nós terminamos a faculdade, ela queria procurar lugares para morar aqui em Asheville. Nunca tinha me ocorrido que a Amaya queria voltar pra cá, e nunca havia ocorrido a ela que eu não queria, e nós nos comunicávamos tão mal que não falamos muito sobre o assunto.

— Vocês tentaram continuar o namoro a distância? — pergunto.

— Por um ano — confirma ele. — Foi o pior ano da minha vida.

— Nunca funciona.

— Todo dia parece um rompimento — fala Charlie. — A gente fica o tempo todo falhando com o outro, ou se contendo. Quando finalmente terminamos tudo, a minha mãe ficou muito triste. E me falou que eu estava cometendo todos os mesmos erros que ela havia cometido, que eu acabaria sozinho se não definisse bem as minhas prioridades.

— Ela só queria que você voltasse pra cá. E a Amaya era o caminho mais fácil.

— Talvez. — Ele solta o ar, como se tivesse se resignado a alguma coisa. — Ficamos quase sem nos falar por alguns meses, então... — Charlie hesita. — Voltei para casa para as festas de fim de ano, e descobri que a Amaya vinha saindo com o meu primo desde poucas semanas depois que a gente se separou. Era isso que ela queria esclarecer, na outra noite.

Eu me sento, apoiada nos cotovelos, surpresa.

— Espera. A sua *ex-noiva* namorou o *seu primo? O Shepherd?*

Ele assente.

— A minha família concordou tacitamente em não me contar, mas eu descobri mesmo assim, e nós tivemos outro período difícil depois disso.

E lá estava, outra pecinha do quebra-cabeça Charlie se encaixando.

— Não há exatamente uma abundância de perspectivas aqui — continua ele —, por isso eu não culpei exatamente os dois, mas ao mesmo tempo...

— Foda-se isso? — adivinho.

Ele passa a mão pela nuca, então a deixa ali.

— Não sei, a Amaya merece ser feliz. E o Shepherd tem mais chance de garantir isso a ela.

— Por quê? — pergunto. Charlie me olha, o cenho franzido, como se não estivesse entendendo a pergunta. — Por que o Shepherd teria mais chance de fazer alguém feliz do que você?

— Ah, qual é, Stephens. — Seu tom é irônico. — Você, dentre todas as pessoas, sabe o que eu quero dizer.

— Com certeza não sei — insisto.

— Seus *arquétipos*. Os clichês. Ele é o cara por quem todas as mulheres se apaixonam. O filho que os meus pais queriam, que trabalha em tempo integral no emprego que o meu pai queria que *eu* tivesse, ao mesmo tempo que faz, sei lá, cadeiras de balanço no tempo livre, cacete. Ele até foi para a universidade que estava no topo da minha lista.

— Cornell? — digo.

— Ele foi pra lá pra jogar futebol americano — continua Charlie —, mas o cara também é inteligente pra cacete. Você saiu com ele... sabe como é o Shepherd.

— Eu saí, sim, com ele, e por isso me sinto qualificada a dizer que você está errado. Não sobre ele ser inteligente. Mas sobre a outra coisa, sobre o Shepherd ser mais capaz do que você de fazer alguém feliz.

O sorriso de Charlie se apaga e ele volta a fitar o céu.

— Sim, bem — murmura. — Pelo menos para a Amaya, isso fez sentido. Quando nós rompemos o noivado, uma das últimas coisas que ela me disse foi *Se nós ficarmos juntos, cada dia pelo resto das nossas vidas vai ser do mesmo jeito*. E essa não foi a última vez que ouvi isso em um discurso de rompimento. — Ele balança a cabeça. — De qualquer modo, foi por esse motivo que ela quis se encontrar comigo. Para se desculpar pelo jeito como as coisas terminaram.

Sinto o rosto enrubescer.

— É até bonitinho da sua parte pensar assim, Charlie — digo. — Mas, com base no modo como a Amaya olha pra você, tenho certeza de que ela já não acha "do mesmo jeito" tão desinteressante.

— Não foi só o fato de eu ser tedioso demais para ela. A Amaya também decidiu que queria filhos... ou *admitiu* que queria, eu acho, e estava só esperando que eu mudasse de ideia.

Eu me viro de lado e o encaro.

— Você não quer?

— Eu odiei *ser* criança. — Charlie dobra o braço por baixo da cabeça, e olha quase furtivamente na minha direção. — Não teria ideia de como ajudar alguém a passar por essa fase, e com certeza não teria o menor prazer nisso. Gosto de crianças, mas não quero ser responsável por nenhuma.

— Eu também. Amo as minhas sobrinhas mais do que a qualquer coisa no planeta, mas, toda vez que a Tala dorme no meu colo, o pai dela fica com uma expressão toda chorosa no rosto, como se dissesse *Isso não faz você querer ter um filho só seu, Nora?* Só que, quando a pessoa tem filhos, esses filhos contam com ela. Para sempre. Qualquer erro que você cometa, qualquer fracasso... e se alguma coisa acontecer com você...

Sinto a garganta apertada.

— As pessoas gostam de se lembrar da infância como uma época de pura magia e sem responsabilidades, mas não é realmente assim. Uma criança não tem controle nenhum sobre o ambiente que a cerca. Tudo depende dos adultos na vida dela, e... sei lá. Toda vez que a Libby tem mais um filho, é como se tivesse uma casa mágica no meu coração que se rearruma para abrir um novo espaço para o bebê.

— E tudo dói. É terrível. Mais uma pessoa que precisa de você. Mais uma mãozinha minúscula com o coração da gente nas mãos.

Respiro fundo e me recomponho.

— Posso te contar uma coisa? Outro segredo?

Ele se vira para o lado e olha para mim através da luz que entra.

— Voltamos a quem matou JFK?

Balanço a cabeça.

— Acho que a Libby está se divorciando.

Charlie franze o cenho.

— Você acha?

— Ela ainda não me contou — explico. — Mas não está atendendo às ligações do Brendan, e não vem dormindo bem. E a Libby não tem problema com isso desde...

A presença de Charlie me faz me soltar de novo. Minha concentração se dirige para ele de um jeito que torna difícil pensar no futuro, ficar na defensiva contra cada possível cenário.

Ou, talvez porque ele realmente *é* muito organizado e meticuloso, seja fácil acreditar que seria capaz de consertar tudo graças à pura força de vontade. E isso torna seguro desabafar todos esses sentimentos caóticos.

— Desde que a sua mãe faleceu? — ele completa a sentença por mim.

Confirmo com um aceno de cabeça e corro os dedos pelo travesseiro fresco entre nós.

— A única coisa que realmente sempre importou pra mim foi ter certeza de que a minha irmã tenha o que precisa. E agora ela está passando por uma coisa que vai mudar a vida dela e... eu não posso fazer nada. Quer dizer, a Libby nem me contou nada ainda. Então, se alguém é imprestável...

Charlie passa as mãos pelas minhas costas, deixando um rastro leve e tranquilizador pela minha coluna, até encontrar meu cabelo.

— Talvez — diz ele — você já esteja fazendo o que a sua irmã precisa que faça. Simplesmente estando aqui com ela.

Olho para ele, sentindo o coração mais leve.

— Talvez isso também seja tudo do que seu pai precisa.

Ele aperta minha nuca com gentileza, e abaixa as mãos.

— A diferença é que a Libby pediu a você para vir para cá. E o meu pai me pediu para não vir.

— Ah, se isso é tudo de que você precisa — digo baixinho, como se fosse um segredo —, Charlie, pode por favor ficar aqui?

Ele se inclina para a frente e me beija com gentileza, os dedos pousados delicadamente no meu maxilar, enquanto sinto seu hálito mentolado e o calor da sua pele. Quando Charlie recua, seus olhos são como ouro derretido, e sinto minhas terminações nervosas tremerem sob aquele olhar.

— Sim — responde ele. Então, me puxa mais para junto dele, passa o braço ao meu redor e enfia o queixo no meu ombro. — Eu já te disse, Nora — murmura, espalmando os dedos no meu abdome, ligeiramente por baixo da minha saia —, vou a qualquer lugar com você.

Às vezes, mesmo quando a gente começa a ler pela última página e acha que sabe tudo, um livro encontra um modo de nos surpreender.

25

—Por que as suas mãos estão com esse cheiro? — pergunta Libby enquanto a guio pela porta dos fundos, tapando os olhos dela.
— As minhas mãos *não* estão com cheiro nenhum — digo.
— Estão sim, com Cheiro de TV Nova — insiste ela.
— Isso não existe — falo.
— Existe sim. Cheiro de TV Nova.
— Você está querendo dizer Cheiro de Carro Novo.
— Não — volta a insistir Libby. — Estou falando de quando a gente abre a caixa da TV nova, tira toda a moldura de isopor e sente aquele cheiro que parece de piscina dentro.
— Então, por que você não diz que eu estou cheirando a piscina?
— Você comprou uma superTV pra gente?
— Quer saber, esquece a grande revelação. — Solto Libby, e ela grita.
Charlie se assusta como se Libby tivesse acabado de lançar um vaso de valor inestimável na direção dele.

— Irmã! — grita ela de novo. E se vira na minha direção, então de volta. — Charlie! — E volta a se virar para mim. — Nós vamos acampar?!

Dou de ombros.

— Está na lista.

Ela passa os braços ao meu redor e deixa escapar outro gritinho agudo.

— Obrigada, irmã — murmura. — Obrigada.

— Faço qualquer coisa por você. — Por cima do ombro dela, meus olhos encontram os de Charlie.

Obrigada, digo só com o movimento da boca. O vinco embaixo do lábio de Charlie se aprofunda quando ele sorri. *Qualquer coisa por você*, responde ele, também só com o movimento da boca. Sinto alguma coisa pesada se revirar no meu peito.

Acordo duas vezes, arquejando. Na segunda vez, Libby se vira e passa o braço ao meu redor. A perna dela tem pequenos espasmos, por isso ela está meio que me chutando.

Mesmo com os ventiladores estrategicamente posicionados, está desconfortavelmente quente, mas não a afasto. Em vez disso, pouso a mão sobre a dela e a aperto mais contra mim.

Vou tomar conta de você, prometo a Libby.

Não vou deixar nada magoá-la.

Ao menos uma vez, eu me levanto primeiro. Deixo a corrida de lado e vou direto tomar um banho. Então, preaqueço o forno.

Os biscoitos de limão já estão prontos quando Libby se levanta, e eles são o nosso café da manhã, junto com café.

— Você está *tão* cheia de surpresas — diz Libby, e finge não perceber que os biscoitos estão cheios de grumos e queimados nas beiras.

Nesse cenário, meus biscoitos sem dúvida são o desenho ruim com chapéu de pênis, mas não me importo. Minha irmã ficou feliz com eles.

Quando entro na Goode Books, as páginas finais de *Frígida* chegam. A última parte do projeto finalmente começou.

Quando Charlie e eu não estamos no mesmo cômodo, estamos trocando e-mails sobre o original. Quando não estamos trocando e-mails sobre o original, estamos trocando mensagens de texto sobre todo o resto.

Na sexta-feira, quando cometo o erro de pedir uma salada no Papai Agachado, mando uma foto para ele da monstruosidade com cubos de presunto que Amaya coloca na minha frente.

Acho que subestimei a sua tendência sadomasoquista, Stephens, responde ele.

No dia seguinte, Charlie me manda uma foto borrada do casal idoso que estava brigando no salão da prefeitura, agora em um abraço apaixonado do lado de fora do novo Dunkin' Donuts. Acho que o amor conquista tudo, escreve.

Respondo: Ou ela achou um jeito discreto de sufocá-lo.

Que cérebro lindo e tortuoso você tem, Nora.

Ele passa pelo chalé uma noite com a lenha que Sally tinha prometido, e nos ajuda a acender o fogo, apesar de tecnicamente estar quente demais para isso. Enquanto estamos sentados no deque, assando marshmallow, Libby anuncia:

— Decidi que gosto de você, Charlie.

— Estou honrado — retruca ele.

— Não fique — alerto. — Ela gosta de todo mundo.

Libby enfia a mão no saco de marshmallows e pega um pra mim.

— Não é verdade — ela protesta. — E a minha vendeta com o cara dos anúncios da Trivago?

— Um sonho erótico desagradável não pode ser definido como uma vendeta — digo.

— Uma vez eu tive um sonho erótico com a bonequinha do M&M verde — confessa Charlie, sem meias palavras, e Libby e eu perdemos o fôlego de tanto rir.

— Tá certo — diz Libby quando se recupera. — Mas ela vale um sonho erótico. É bonita pra cacete.

— Bonita pra cacete — concorda Charlie, e seus olhos encontram os meus por cima da fogueira. — Isso é muito melhor do que adorável.

Fazemos planos de terminar nossas anotações da última parte do livro no sábado. Todo instante até lá parece parte de uma contagem regressiva. Às vezes, tudo o que eu quero é acelerar o relógio. Outras vezes, virar novamente a areia na ampulheta para retardá-lo.

Charlie me manda mensagens com coisas como Cacete, a página 340.

E Ela está impossível.

E O gato!

Respondo de volta com coisas como EU GRITEI.

O melhor livro dela até agora.

E O gato fica.

Ao que ele responde De acordo.

Às vezes Charlie me manda uma mensagem de texto que diz só Nora.

Charlie, digito de volta.

Então ele diz Esse livro.

E eu digo Esse livro.

Está me matando não saber como termina, falo.

Está me matando saber que vai terminar, responde ele. Se eu não estivesse editando, não terminaria esse livro ainda.

É mesmo?, escrevo. Você tem esse nível de autocontrole?

Às vezes. Depois de um momento, ele manda outra mensagem. Há séries de livros românticos inteiras cujos últimos capítulos eu nunca li. Detesto a sensação de alguma coisa terminando.

Na mesma hora, sinto o coração em carne viva, cada centímetro dele ardendo.

Esse livro, esse trabalho, essa viagem, essas conversas que nunca terminam e se espalham pelos dias. Quero fazer tudo isso durar, e preciso saber como termina. Quero terminar, e preciso que continue para sempre.

Se eu achava que estava dormindo mal nas nossas duas primeiras semanas aqui, a terceira semana leva isso a um novo nível. Charlie e eu ficamos trocando mensagens pelo menos até meia-noite, toda noite, às vezes intercaladas com ligações rápidas para falarmos sobre pontos da narrativa que me deixaram tão carregada de energia que preciso dar uma volta pela campina para me acalmar.

Passei todos esses anos achando que tinha um autocontrole sobrenatural, e agora percebo que simplesmente nunca tinha colocado nada que quisesse tanto à minha frente.

Mas consegui chegar à quinta-feira à noite, o que significa que só restam dois dias até terminarmos a edição. Uma semana e pouco até eu voltar para Nova York, onde O Futuro que Combinamos Não Discutir vai começar. O futuro será então o presente, e este momento terá se tornado passado.

Mas ainda não.

26

LIBBY E EU andamos até a cerca levando aipo, cenouras e cubos de açúcar, mas, mesmo usando as nossas melhores vozinhas infantis, não conseguimos convencer os cavalos a se aproximarem.

— Você acha que eles sabem que nós somos de Nova York? — pergunto.

— Eles ainda conseguem sentir o cheiro de cabeleireiro caro em você — retruca ela.

Coloco as mãos ao redor da boca e grito para o outro lado do pasto:

— Isso não é o fim! Vamos voltar!

Caminhamos de volta para o chalé, então decidimos que estamos famintas demais para cozinhar e preferimos andar até a cidade, direto para as batatas fritas e a couve-flor empanada do Papai Agachado.

Durante toda a caminhada, Libby está um pouco trêmula. Sob as luzes da rua, ela já não parece pálida e sim totalmente fantasmagórica.

Por trás das luzes das vitrines da Goode Books, vemos Charlie fechando a livraria.

— Vamos convidar o Charlie para jantar — diz Libby. Ela se desvencilha de mim e atravessa a rua correndo.

Apesar dos nossos esforços iniciais para sermos discretos, estou certa de que minha irmã percebeu a vibração entre nós. Mas ela mantém qualquer desaprovação para si mesma desde que Charlie ajudou com o acampamento surpresa.

Libby bate na porta da livraria com a ferocidade de um agente do FBI em um programa de TV, até Charlie reaparecer, com o mesmo jeito de sempre: elegante, bem-vestido, sobrecarregado e com a expressão de que está com vontade de morder minha coxa.

— Viemos convidar você para jantar. — Libby me empurra para dentro, e segue direto na direção do banheiro, como sempre faz atualmente, enquanto completa: — Estamos indo ao Papai Agachado.

— Talvez você tenha ouvido falar a respeito — digo. — O lugar estava em uma lista do BuzzFeed *muito* exclusiva.

Charlie assente lentamente. Os olhos escuros, que parecem derreter minhas entranhas. Sustentar aquele olhar *parece* atentado ao pudor.

— Lugares Que Com Certeza Parecem Que Vão Provocar Diarreia Embora Apenas *Talvez* Provoquem Diarreia.

— Esse mesmo — concordo.

Ele abre a porta para mim, mas nesse exato momento meu celular toca. Por instinto, confiro a tela. É Sharon. Mesmo em licença-maternidade.

— Preciso atender.

Libby freia como um personagem de desenho animado e se vira de volta para mim.

— Nada de ligações de trabalho depois das cinco — lembra.

— Essa é diferente — digo, o toque do celular irritando meus nervos, como unhas em um quadro-negro. — Pode ser importante.

Minha irmã cerra os lábios.

— Nora.

— Só um minuto, Libby. — Ela arregala os olhos ao ouvir o tom firme da minha voz. — Desculpa... eu só... tenho que atender.

Saio para a rua escura, o coração aos pulos enquanto atendo a ligação.

— Sharon? Está tudo bem?

— Oi, sim! — diz ela, animada. — Está tudo ótimo... desculpa se eu preocupei você. Só tenho uma pergunta.

A tensão deixa meus ombros.

— Claro. Como posso ajudar?

— Não posso dar muitos detalhes concretos — começa ela. — Mas... a Loggia talvez contrate um novo editor logo.

— É mesmo?

Meu estômago afunda. Já recebi muitas ligações como essa ao longo dos anos para saber para onde levam. Sharon está saindo da editora — ou melhor, não vai voltar da licença-maternidade.

— Sim — continua ela. — É o que parece. E, bem, eu sei que você está indo muito bem na agência, então isso talvez não te interesse nem um pouco, mas andei conversando com o Charlie, e ele disse que você está ajudando *muito* em colocar o livro da Dusty em forma.

— Ele torna as coisas fáceis — elogio. — E a Dusty também.

— É claro — concorda Sharon. — Mas você sempre teve jeito para esse tipo de coisa. Andei me perguntando se haveria alguma chance de você estar interessada.

— Interessada?

— Em ser editora — explica ela. — Na Loggia.

Devo ter permanecido mais tempo do que imaginei em um silêncio perplexo, porque Sharon diz:

— Alô? A ligação caiu?

Sinto a boca seca. E falo baixinho.

— Estou aqui.

Deve ser assim que as pessoas se sentem quando a bolsa se rompe. Como se estivessem carregando um novo futuro dentro de si e de repente ele começa a jorrar para fora, esteja a pessoa preparada ou não.

— Você quer que eu seja editora?

— Eu gostaria que você fizesse uma entrevista para o cargo, sim — afirma ela. — Mas entendo totalmente se não estiver interessada. Você fez um nome respeitado como agente... e é ótima no seu trabalho. Talvez essa oferta não faça sentido pra você.

Abro a boca. Não sai nenhum som.

Estou totalmente desconcertada.

— Não preciso de uma resposta concreta ainda — continua Sharon —, mas, se você tiver algum interesse...

Acho que vou precisar atravessar a nado a sopa que são meus pensamentos e sentimentos no momento, até conseguir tossir e deixar escapar algumas palavras.

Em vez disso, escuto minha voz como se estivesse saindo por um túnel:

— Sim.

— Sim? — repete Sharon. — Você quer ter uma reunião com a gente?

Aperto a parte de cima do meu nariz, enquanto a pressão invade meu crânio. Esse não é o tipo de decisão que se toma de uma hora para outra. Ainda mais quando sua irmã está no meio de um crise em potencial que pode custar muito caro.

— Eu gostaria de pensar a respeito — digo, recuando. — Posso ligar para você em uns dois dias?

— É claro. É *claro*! Seria uma grande decisão. Mas vou admitir que, quando o Charlie disse que você talvez estivesse interessada, eu fiquei *muito* animada.

Mal ouço o resto. Minha mente se tornou um daqueles quadros de cortiça do FBI, com fios vermelhos ziguezagueando entre todos os alfinetes que se pode encontrar, tentando dar sentido às coisas, tentando fazer tudo se encaixar em um padrão ininterrupto, tentando provar que pode funcionar, que eu posso aceitar, que não é bom demais para ser verdade.

Quando desligamos, eu me sento em um banco debaixo de um poste de luz, esperando que a tonteira passe. Depois de seis minutos inteiros, ainda tenho a sensação de estar dentro de um aquário, vendo tudo inclinado e distorcido de um jeito surreal ao meu redor. Quando finalmente volto para a livraria, os sinos acima da porta parecem soar a quilômetros de distância, mas a voz de Libby está próxima e dissonante.

— *Aí* está você, *finalmente*. — Obviamente irritada, ela acrescenta: — Podemos ir jantar agora ou você tem alguma reunião de conselho para comparecer?

Estou com os nervos à flor da pele, como se estivesse sendo esticada em várias direções, e quando ela revira os olhos, finalmente perco a paciência.

— Pode *não* fazer isso, Libby? Não nesse momento.

— Não fazer *o quê?* — diz ela. — Você disse que estaria totalmente presente depois das cinco e...

— *Para.* — Levanto a mão, tentando conter a avalanche de fios vermelhos e alfinetes que explodem no quadro de cortiça da minha mente, e vendo a realidade me atingir de todas as direções.

Porque, mesmo se eu quiser esse emprego, não posso tê-lo.

Assim como não pude da última vez. Mas pelo menos naquela época Libby me *contava* o que estava acontecendo com ela. Pelo menos naquela época eu não estava atirando dardos no escuro, torcendo para que eles tapassem os buracos de um navio que afundava.

— O que está *acontecendo* com você? — pergunta ela, as sobrancelhas erguidas, a expressão horrorizada.

Uma onda incontrolável se abate sobre mim.

— Comigo? — questiono. — Não sou eu que ando me esgueirando por aí, desaparecendo, não sou eu que não respondo às mensagens do meu marido, que venho guardando segredos. Eu *estive* totalmente presente, Libby, o mês todo, e você *continua* não me dizendo nada. — Minha pulsação está errática, meus dedos formigando. — Não posso te ajudar se você não me contar o que está acontecendo.

— Eu não quero a sua ajuda, Nora! — Ela empalidece só de pensar, e vacila de um pé para o outro. — Eu sei que costumava me apoiar demais em você, e sinto muito por isso, mas não quero ser outra desculpa para você não ter uma vida...

— Ah, claro — retruco, furiosa. — Eu não tenho uma vida! "A única coisa que importa para mim é a minha carreira." Sabe de uma coisa, Libby? Se isso fosse verdade, eu seria editora neste momento! Não teria desistido do trabalho que *realmente* queria fazer para garantir que você pudesse pagar pela melhor doula de Manhattan, porra!

O rosto dela está muito pálido agora, a testa úmida.

— Espera... V-você... você... — A respiração de Libby sai entrecortada.

Ela se vira e pousa a mão no balcão, enquanto leva a outra à testa e fecha os olhos. E balança a cabeça, tentando se recompor.

— Libby? — Dou meio passo na direção dela, o coração quase saindo pela boca.

Então ela desmaia.

27

SEGURO LIBBY, MAS não sou forte o bastante para conseguir sustentá-la de pé.

— Socorro! — grito, enquanto ela cai no chão, embora eu tenha amortecido o pior da queda.

A porta do escritório se abre rapidamente, mas ainda estou gritando *Socorro*, gritando como se isso resolvesse alguma coisa, como se gritar a palavra tivesse poder. Ação contra inação. Movimento contra estagnação. Uma ilusão de controle.

Charlie se aproxima correndo e se agacha ao nosso lado.

— O que aconteceu?

— Não sei! — digo. — Libby. *Libby.*

Ela entreabre os olhos, mas volta a fechá-los. Deus, como minha irmã está pálida. Será que estava pálida assim a tarde toda? E o coração dela está disparado. Consigo senti-lo. E as mãos geladas. Pego uma delas e esfrego entre as minhas.

— Libby. *Libby?*

Ela abre os olhos de novo, e dessa vez parece mais alerta.

— Vamos levá-la para o hospital — anuncia Charlie.

— Eu estou bem — insiste Libby, mas sua voz está trêmula. Ela tenta se sentar.

Eu a puxo de volta para o meu colo.

— Não se mexa. Espera um instante.

Ela assente e se acomoda nos meus braços.

Charlie já está de pé, seguindo para a porta.

— Vou pegar o carro.

É CHARLIE QUE fala com a recepcionista em frases completas quando chegamos.

É ele que me afasta quando estou quase aos berros com a enfermeira, que nos diz que não podemos atravessar as portas por onde levaram Libby. É ele que me leva até uma cadeira na sala de espera, segura meu rosto e promete que vai ficar tudo bem.

Você não tem como saber, penso, mas Charlie fala com tanta segurança que quase acredito nele.

— Fica aqui — ele pede. — Vou descobrir o que está acontecendo.

Sete minutos depois, ele volta com um descafeinado, um bolinho de maçã e o número do quarto onde Libby está.

— Eles estão fazendo exames. Não deve demorar.

— Como você conseguiu? — pergunto, a voz rouca.

— Uma das médicas daqui foi minha colega no ensino médio — diz ele. — Ela falou que nós podemos esperar mais perto de onde a Libby está até terminarem os exames.

Nunca me senti tão imprestável, nem tão grata por não estar no comando.

— Obrigada. — Minha voz sai como um grasnado.

Charlie empurra o bolinho na minha direção.

— Você precisa comer.

Ele me guia através do hospital, e para perto de outra máquina automática para pegar uma garrafa d'água. Continuamos até chegar a um par de cadeiras terrivelmente antiquadas, em um corredor com uma iluminação satânica que cheira a antisséptico.

— Ela está ali. Se não saírem em cinco minutos, vou encontrar alguém para perguntar, tá? — diz Charlie, o tom gentil. — Vamos dar cinco minutos a eles.

Em vinte segundos, estou andando de um lado para o outro. Meu peito dói. Meus olhos ardem, mas não sai nem uma lágrima.

Charlie me segura, me puxa junto ao peito e passa a mão pela minha nuca. Eu me sinto pequena, vulnerável e indefesa de um jeito que não me sentia havia anos.

Mesmo antes de nossa mãe morrer, eu não era muito de chorar. Mas, quando Libby e eu éramos pequenas e eu ficava com raiva, nada me fazia chorar mais rápido do que ter os braços da minha mãe ao meu redor. Porque então — e só então — eu sabia que estava segura e podia me permitir desmoronar.

Minha menina querida, dizia ela para me acalmar. Era assim que a mamãe sempre me chamava.

Ela nunca dizia a frase clássica: *Tá tudo bem, não chora.* Era sempre *Minha menina querida, coloca pra fora.*

No velório dela, lembro das lágrimas se acumulando nos meus olhos, e da comichão na parte de trás do nariz e, ao meu lado, o som de Libby desmoronando, chorando de soluçar.

Lembro de me pegar prendendo a respiração, como se estivesse esperando.

Então, percebi que *estava* esperando.

Por ela.

Estava esperando que a mamãe viesse passar os braços ao nosso redor.

Libby estava chorando, e a mamãe não viria.

Era como um castelo de areia desmoronado que voltava ao lugar dentro de mim, rearrumando meu coração em algo razoavelmente sólido. Passei os braços ao redor da minha irmã e tentei sussurrar *Coloca pra fora*, mas não consegui fazer as palavras saírem pelos meus lábios.

Então, em vez disso, colei a boca ao ouvido de Libby e sussurrei:

— Ei.

Ela deixou escapar um suspiro entrecortado, como se dissesse *O que é?*

— Se a mamãe soubesse como o reverendo é sexy — falei —, ela provavelmente teria morrido antes.

Libby levantou os olhos arregalados para mim, ainda marejados, e tive a sensação de que meu peito estava sendo esmagado, até ela deixar escapar uma risada rouca, alta o bastante para que o Reverendo Sexy engasgasse com as próximas palavras.

Ela pousou a cabeça no meu ombro, enfiou o rosto no meu casaco e balançou a cabeça.

— Isso é uma merda — falou, mas seu corpo ainda se sacudia com uma risada chorosa.

Por aquele instante, ela ficou bem. Mas, agora, quando Libby realmente precisa de mim, não sirvo pra nada.

— Por que não podemos ficar no quarto com ela para fazerem os *exames*? — digo.

Charlie respira fundo e muda o peso de um pé para o outro.

— Talvez achem que você daria as respostas a ela.

Não há nenhuma convicção na piada dele. Quando recuo para olhar em seu rosto, vejo que ele também não está se saindo muito bem.

— Você está bem? Parece prestes a vomitar.

— Só não gosto de hospitais — diz ele. — Mas estou bem.

— Não precisa ficar.

Charlie pega minha mão e segura entre o meu peito e o dele.

— Não vou deixar você aqui.

— Eu posso lidar com isso.

Ele torce a boca e o vinco embaixo do lábio se aprofunda.

— Eu sei. Quero ficar aqui.

Um grupo de enfermeiras passa com uma maca, e o rosto de Charlie fica acinzentado.

Procuro alguma coisa para dizer, qualquer coisa para distrair nossos pensamentos.

— A Sharon me ligou.

Ele cerra os lábios.

— Ela disse que você me indicou para um cargo.

Depois de um instante, Charlie murmura:

— Desculpe se eu me excedi.

— Não é isso. — Sinto o rosto arder. — É só que... e se eu me sair mal?

Ele deixa as mãos subirem pelo meu braço, até segurar meu rosto.

— Impossível.

Minhas sobrancelhas se erguem por conta própria.

— Por que eu ajudei você a editar um livro?

Charlie balança a cabeça.

— Porque você é inteligente e intuitiva. É boa em fazer os autores escreverem o seu melhor, e coloca o trabalho à frente do seu ego. Você sabe quando pressionar e quando deixar correr. É confiável... em parte porque é uma péssima mentirosa... e cuida muito bem do que é importante pra você.

Ele faz uma pausa, e conclui:

— Se eu tivesse que escolher uma única pessoa para trabalhar comigo, seria você. Toda vez. Você resolve as coisas.

Um soluço agudo sobe pelo meu peito, e eu abaixo os olhos para o chão.

— Nem sempre.

— Ei. — Os dedos ásperos de Charlie voltam a segurar os meus. Ele levanta minha mão, e roça a boca pelos nós dos meus dedos. — Vamos descobrir o que está errado e fazer todo o possível para consertar.

— Aquela merda daquela lista. — Meu peito está tão apertado que só consigo sussurrar. — Ela estava fazendo coisas demais. Eu não devia ter deixado. Nós dormimos na barraca, no calor e... estávamos organizando o evento beneficente. A Libby devia estar descansando.

Charlie se senta e me puxa para seu colo, deixando de lado qualquer tentativa de discrição, de evitar complicações. Preciso dele, e ele está aqui, percebo. Totalmente, sem condições. Charlie deixa a mão subir pelas minhas costas até a nuca, e enfia os dedos no meu cabelo, enquanto me agarro nele como se ele fosse minha fortaleza de pedra particular. Como se, mesmo se eu desmoronasse, nada pudesse me atingir.

— A Libby toma as decisões dela — diz Charlie. — Imagine qual seria a sua reação se alguém tentasse impedir *você* de fazer o que quer, Stephens. — Uma sombra de sorriso curva os lábios cheios. — Na verdade, não imagine. Não é apropriado ficar sexualmente excitado em um hospital.

Deixo escapar uma risada fraca junto ao corpo dele, e sinto mais um nó se desfazendo no meu peito.

— Deixei escapar alguma coisa. Estou aqui com ela, e o Brendan não está, e... — Sinto a garganta apertada. O resto das palavras passa dolorosamente pela minha garganta: — É meu dever tomar conta dela.

— Eu sei que é assustador estar aqui — diz Charlie. — Mas este é um bom hospital. Eles sabem o que estão fazendo. — Ele deixa os dedos correrem em círculos na minha nuca, me acalmando. — Foi pra cá que trouxeram o meu pai.

As palavras *cara legal* surgem na minha mente, como uma imagem atrasada, deixada para trás pelo flash de uma câmera.

Foi assim que Charlie chamou o pai. *Um cara legal. A melhor pessoa que eu conheço.*

— O que aconteceu? — pergunto.

Depois de um longo silêncio, ele diz:

— O primeiro AVC não foi tão grave. Mas nesse último... ele ficou seis dias em coma.

Os olhos de Charlie estão fixos no polegar que ele passa para a frente e para trás no meu. Seu cenho está franzido. No dia que nos conhecemos, interpretei mal a expressão dele como sendo mau humor, irritação, a prova de que aquele homem era tão caloroso e humano quanto um bloco de mármore.

Agora, a lembrança dá uma expressão perdida aos olhos dele.

— Aquele cara grande e habilidoso, capaz de consertar qualquer coisa, de construir qualquer coisa. Naquela cama de hospital, ele parecia... — Charlie se interrompe. Passo a mão livre pelo cabelo em sua nuca.

— Ele parecia *velho* — diz Charlie, então, depois de um silêncio tenso. — Quando eu era criança, tudo o que queria era ser como ele, e eu não era. Mas o meu pai sempre me fez sentir que eu era bom do meu jeito.

Seguro o queixo dele e levanto seu rosto. Me pergunto se Charlie consegue ver todas as palavras na minha expressão, porque sinto que elas saem do fundo das minhas entranhas. *Você é mais do que bom.*

Ele pigarreia.

— O meu pai está vivo por causa do que conseguiram fazer por ele aqui. A Libby conta com eles e com você. Ela vai ficar bem. Tem que ficar.

Como se seguindo a deixa, o médico, um homem calvo, com um cavanhaque e sobrancelhas como as de Salman Rushdie, sai da sala de exame.

— Ela está bem? — Fico de pé de um pulo.

— Está descansando — diz o médico. — Mas ela me deu permissão para conversar com vocês dois.

Ele se vira para Charlie, que se levanta e aperta minha mão com mais força, me ancorando.

— O que aconteceu? — pergunto.

Em um instante, minha mente dispara para todas as doenças que conhece.

Ataque cardíaco.

AVC.

Aborto.

E para em: *EMBOLIA PULMONAR.*

As palavras se repetem. Ecoam. Elas voltam ao começo da minha vida e se adiantam para o fim, essa frase esquiva, que espirala através do tempo, ferrando com tudo, deformando minha vida em certos lugares, rasgando em outros. *Embolia pulmonar.*

O médico diz:

— A sua irmã está anêmica.

As palavras batem em um muro. Ou talvez corram até a beira de um penhasco — essa é a sensação, de que estou na beira de um penhasco, oscilando antes de cair.

— O corpo dela está com carência de ferro e de vitamina B12 — explica ele. — Por isso ela não está produzindo células vermelhas saudáveis o bastante. Isso não é incomum durante a gravidez, e menos surpreendente ainda para alguém que já teve esse problema em uma gravidez anterior

— A Libby nunca teve isso.

Ele examina a prancheta que tem na mão.

— Bem, não foi tão severo, mas os níveis de ferro e de B12 dela sem dúvida estavam baixos. Falei com a obstetra, e parece que a sua irmã estava um pouco mais estável no primeiro trimestre, mas que eles vêm prestando atenção nela desde o início.

Sinto os dedos vibrarem de novo. Meu cérebro se esforça para afastar as brumas e começar uma lista de tarefas, mas simplesmente não consegue.

— O que nós precisamos fazer? — pergunta Charlie.

— É muito simples — diz o médico. — Ela vai precisar tomar um suplemento de ferro e comer mais carne e ovos, se possível. Também vai ter que fazer o mesmo com a vitamina B12. Vamos dar a vocês um folheto com as melhores fontes de ambos, embora eu presuma que ela vá se lembrar do que precisou ingerir da última vez.

Da última vez.

Isso já aconteceu. Eu não deixei passar despercebido só uma vez, mas duas.

— A sua irmã provavelmente vai ter um pouco de náusea, mas fazer um número maior de refeições menores ao longo do dia deve ajudar.

Eu gostaria de voltar a vê-la na próxima semana, para me certificar de que ela está melhor. E, depois disso, a Libby vai precisar fazer checkups regulares com a médica dela, até o parto.

Isso é administrável. Pode ser consertado. Posso fazer uma lista para resolver as coisas.

— Obrigada. — Aperto a mão dele. — Muito obrigada.

— Foi um prazer. — Ele sorri, e é um sorriso extremamente caroroso e paciente. — Dê só um tempinho para ela descansar um pouco. A enfermeira vai avisar quando você puder vê-la.

Assim que o médico se afasta, eu me sinto exausta, como se um peso imenso tivesse acabado de ser tirado dos meus ombros, mas só depois de eu estar carregando-o por horas.

— Você está bem?

Quando olho para Charlie, ele parece borrado... minha visão está distorcida.

— Respira, Nora. — Ele segura meus ombros e inala de forma exagerada. Eu faço o mesmo. Sincronizamos algumas respirações até a pressão no meu peito diminuir. — Ela está bem.

Concordo com um aceno de cabeça, e deixo que ele me puxe contra o peito e me abrace com força.

Tento dizer a Charlie que estou só aliviada, mas não há espaço para palavras — para lógica, razão, argumentos. O meu corpo decidiu o que fazer, e é isso: nada, nos braços de Charlie.

Ele cola a boca à minha têmpora. Fecho os olhos e deixo as ondas de alívio me envolverem.

Uma imagem do meu apartamento passa pela minha mente. As luzes amarelo-avermelhadas da rua refletindo as gotas de chuva no vidro da janela, o som dos carros passando, o aquecedor sibilando contra meus pés calçados com meias. O cheiro de livros antigos e a sensação de livros novos, e a colônia com notas de âmbar e cedro que pretende evocar a imagem de bibliotecas banhadas de sol. As tábuas de madeira antigas do piso, o som abafado dos passos, a cantoria semiembriagada enquanto os boêmios voltam pra casa, saindo do bar de tequila do outro lado da rua, e parando para comprar fatias de pizza pingando gordura por um dólar.

Quase consigo acreditar que estou lá. Na minha casa, onde me sinto segura o bastante para relaxar, para soltar os colchetes de aço da minha coluna e deixar minha armadura hostil de lado e... *me acomodar*.

— Você não é imprestável, Charlie — sussurro contra o coração firme dele. — Você é...

A mão de Charlie fica imóvel no meu cabelo.

— Organizado?

Sorrio junto ao seu peito.

— Alguma coisa assim — digo. — Vou achar a palavra.

Quando escuto o som da porta do quarto de Libby, abro os olhos. A enfermeira sorri.

— A sua irmã está pronta para ver você.

28

LIBBY ESTÁ SENTADA na cama, já usando novamente o vestido de verão, roxo de bolinhas, e parecendo muito envergonhada.

Ela dá um sorrisinho sem graça.

— Oi.

— Oi. — Fecho a porta e me sento ao seu lado.

Depois de um momento, Libby volta a falar:

— Você está bem?

Eu me nego a responder.

— Libby, não fui eu que desmaiei e quase abri a cabeça em uma caixa registradora antiquada.

Ela morde o lábio.

— Você está brava. — Então, torce as mãos no colo. — Por eu não ter contado que isso já aconteceu.

— Estou... confusa.

Libby me lança um olhar de lado.

— E eu estou confusa por você não ter me contado que teve a oportunidade de trabalhar como editora.

— Isso aconteceu anos atrás — digo. — Era um cargo júnior e pagava muito mal. Não teve a ver só com você. Houve muitos motivos para eu continuar na agência.

Ela me encara com os olhos cor de safira marejados e o cenho franzido.

— Você devia ter me contado.

— Devia — concordo em voz baixa. — Assim como você devia ter me contado sobre tudo isso.

Libby suspira alto.

— Ninguém soube, a não ser o Brendan. E ele queria que eu te contasse, mas eu sabia que você ia surtar. E o que eu tive é supercomum na gravidez. Quer dizer, a minha médica tinha certeza de que ia ficar tudo bem. Eu não quis colocar outro fardo nos seus ombros.

Pego a mão dela.

— Libby, você não é um fardo. Você é *o mais importante*. Vem em primeiro lugar — acrescento em tom leve. — Antes da minha carreira. Antes *até* da minha bicicleta Peloton.

Ela bufa e solta a mão da minha.

— Você tem ideia de como isso me deixa culpada, irmã? Saber que você largaria tudo para cuidar da *minha* vida? Que desistiria do seu emprego dos *sonhos* para... para bancar a minha mãe? Isso me faz sentir... incapaz.

— Só quero cuidar de você.

— Não é certo eu vir sempre em primeiro lugar, Nora — diz ela baixinho. — Nem os seus clientes.

— Tudo bem. De agora em diante, o cara do bagel vem primeiro, e você logo depois.

— Estou falando sério. A mamãe colocava expectativas demais em você.

— O que a mamãe tem a ver com isso? — pergunto.

— *Tudo*. — Antes que eu possa discutir, Libby continua: — Não estou dizendo que culpo a mamãe... ela estava em uma situação muito difícil, e fez um trabalho incrível em criar a gente. Mas isso não muda o fato de que às vezes a mamãe acabava esquecendo de quem era a obrigação de tomar conta de nós.

— Lib, o que você está...

— Você não é o meu pai — diz ela.

— Desde quando isso é uma questão?

Ela bufa de novo e pega minhas mãos.

— A mamãe tratava você como uma parceira, Nora. Como se você fosse... como se fosse *sua* obrigação tomar conta de mim. E eu permiti que você fizesse isso, depois que ela morreu, mas você continua fazendo. E isso não é bom. Para nenhuma de nós.

— Isso não é verdade.

— É, sim — retruca ela. — Tenho as minhas filhas agora, e vou te dizer uma coisa, Nora, tem dias que eu entro no chuveiro e choro com a cara enfiada na bucha de banho porque me sinto sobrecarregada, e talvez esconder isso delas também não seja a resposta, mas não consigo nem *imaginar* colocar as minhas preocupações nos ombros da Tala ou da Bea como a mamãe fazia com a gente. Principalmente com você.

Ela faz uma pausa antes de continuar:

— A mamãe tinha uma vida difícil, mas era a única responsável por nós, e parecia esquecer disso às vezes. Em certos momentos ela te tratava como se você fosse uma adulta.

Sinto pontadas geladas atravessarem meu peito. Culpa, mágoa, ou uma saudade absurda da mamãe, ou tudo isso junto em um pedaço afiado de gelo se cravando em cheio no meu coração, queimando como só o frio intenso é capaz.

É como se a coisa mais preciosa da minha vida — a única coisa preciosa da minha vida — tivesse congelado tão profundamente que agora houvesse teias de aranha de gelo se espalhando dentro de mim.

— Eu queria ajudar — digo. — Queria tomar conta de você.

— Eu sei. — Ela levanta minhas mãos e as segura contra o peito. — Você sempre quis, e eu te amo por isso. Mas não quero que você seja a mamãe... e definitivamente não quero que seja o meu pai. Quando eu conto que alguma coisa está acontecendo, às vezes só quero que você seja minha irmã e diga *Que merda*. Em vez de tentar consertar.

A distância entre nós. A viagem, a lista, os segredos. Vi tudo isso como pequenos desafios a superar, ou talvez testes para provar que posso ser a irmã que Libby quer, mas Charlie está certo. Tudo o que ela realmente quer é uma irmã. Nada mais, nada menos.

— É difícil pra mim — admito. — Odeio a sensação de que não posso te proteger.

— Eu sei. Mas... — Ela fecha os olhos e, quando volta a abrir, está se esforçando para manter a voz sob controle. Suas mãos tremem enquanto seguram as minhas. — Você *não pode*. E eu preciso que você saiba que eu posso ficar bem sem você. — Quando nós perdemos a mamãe, eu fiquei devastada, mas nunca tive medo de como a gente ia se sair. Eu sabia que você iria garantir que a gente ficasse bem e... irmã, sou mais grata por isso do que consigo te dizer.

— Você poderia tentar — brinco, a voz baixa. — Talvez escrevendo um cartão ou alguma coisa assim.

Libby dá uma risadinha chorosa e solta minha mão para secar os olhos.

— Em algum momento, eu preciso saber que sou capaz de fazer as coisas sozinha. Sem a ajuda do Brendan, sem a sua ajuda. E você precisa abrir espaço na sua vida pra que outras coisas, pra que outras *pessoas* importem.

Engulo com dificuldade.

— Ninguém jamais vai me importar como você, Lib.

— Ninguém jamais vai ser como você pra mim também — sussurra ela. — A não ser o meu cara do bagel.

Passo os braços ao redor do pescoço dela e a puxo para um abraço.

— Por favor, me conta da próxima vez que estiver doente, ou com alguma deficiência de vitamina — peço junto ao cabelo loiro-rosa dela. — Mesmo se eu só tiver permissão para comentar *Que merda*. E para mandar seis caixas de suplementos para a sua casa.

— Combinado. — Ela recua, o rosto franzido agora. — Tem mais uma coisa de que você precisa saber.

É agora, penso. *Ela vai me contar o que está escondendo de mim.*

Libby respira fundo.

— Eu como carne.

Minha reação imediata é saltar da cama como se ela tivesse acabado de me dizer que abateu um bezerrinho aqui mesmo, momentos antes, e bebeu o sangue do bichinho direto de suas veias.

— Eu sei! — fala Libby, aflita, as mãos no rosto. — Comecei quando estava grávida da Tala! Por causa da anemia. E, sinceramente, do desejo bizarro e constante por Whoppers, aquele hambúrguer do Burger King.

— Eca! — digo.

— Parei assim que a Tala nasceu! — explica ela. — Mas então comecei de novo quando descobri a Gravidez Número Três, e achei que algumas semanas sem carne, aqui, não fariam muita diferença nos meus exames. Só que não prestei muita atenção em fazer as compensações necessárias. Bem. É isso!

— Não consigo acreditar que você me convenceu a ser vegetariana por uma década, depois teve desejo por um *Whopper*!

— Como você ousa! — ela diz. — Os Whoppers são deliciosos.

— Olha, você está ficando boa demais em mentir.

Ela dá uma gargalhada.

— Espera, boa demais não, mas o coração não escolhe o que deseja.

— Seu coração precisa de terapia.

— Podemos comprar alguns no caminho pra casa? — Libby desce da cama. — Whoppers, não terapia.

— Whoppers? *No plural?*

— Eles também têm hambúrguer vegano, sabe? — diz ela. — Já estamos tão perto de Asheville... e tem um BK lá.

Encaro minha irmã.

— Então você não apenas chama o Burguer King de BK, sem qualquer vergonha, como está me dizendo que já *pesquisou* onde fica o mais próximo.

— A minha irmã me ensinou a estar sempre preparada. Eu descobri o BK de Asheville quando fui com a Sally pendurar panfletos avisando do Baile da Lua Azul.

— Isso não é estar "preparada" — retruco. — É estar "perturbada". — Quando ela ri, eu cedo. — Vamos aos Whoppers.

— Tem certeza de que está bem pra isso?

Libby me olha, muito séria.

— Parabéns. Você passou um total de doze horas inteiras sem bancar a minha mãe.

— Tá certo — digo. — Você é dona do seu nariz. Quem se importa se está bem? Eu não.

Ela sorri e pega a enorme bolsa roxa.

— Tenho aqueles aperitivos de carne curada aqui, amêndoas e um potinho de creme de amendoim. Além disso, vou estar com a Gertie, com a Sally e com a Amaya. Você, trate de terminar as edições que tem pra fazer, assim vai conseguir tempo livre na semana que vem e *se divertir*. — O celular vibra, e Libby checa. — A Gertie chegou. Parece que vai chover... quer que a gente te deixe na livraria?

Charlie concordou em assumir o turno de Sally na livraria, para que ela possa se concentrar no baile do próximo fim de semana, o que significa que vamos trabalhar nas revisões finais do original de *Frígida* na loja. Planejamos terminar de ler as páginas na noite passada, mas essa ideia foi para o espaço quando Libby desmaiou, por isso também vamos terminar de ler hoje.

— Por que não?

O carro enlameado de Gertie está na base da colina, ainda mais coberto de adesivos do que quando ela nos deixou em casa, depois da reunião na casa de Sally, e ela está queimando incenso no painel. Tenho que literalmente morder a língua para evitar bancar mais uma vez a mãe de Libby e alertar como aquilo é perigoso, não que ela fosse me ouvir com a música alta que está tocando.

O barulho da música quase abafa o rugido do trovão que se aproxima quando desço do carro na frente da Goode's. No céu, nuvens baixas e escuras se acumulam e o ar está frio quando o carro de Gertie se afasta.

Através do brilho amarelado da vitrine, vejo Charlie rearrumando a estante mais próxima, sob uma luz vermelha e dourada.

Seus lábios e seu maxilar são destacados pela iluminação, o cabelo escuro brilha sob a luz baixa. Ao vê-lo, meu estômago dá uma cambalhota e algo desabrocha ali, como uma flor em time-lapse. Agora que estou aqui, tão perto do fim desse livro, dessa edição, desta viagem, uma parte nada pequena de mim tem vontade de se virar e sair correndo.

Mas então Charlie me vê, seus lábios se curvam em um sorriso cheio e sensual, e meu medo desaparece, como poeira espanada da capa de um livro.

Ele abre a porta e se inclina para fora bem no momento que as primeiras gotas gordas de chuva começam a cair nos paralelepípedos.

— Está pronta pra terminar, Stephens?

— Pronta.

Isso é verdade e é mentira. Alguém realmente quer terminar um bom livro?

O escritório nos fundos da livraria parece irresistivelmente aconchegante na escuridão da tempestade, a escrivaninha antiga de mogno coberta de papéis e quinquilharias, mas meticulosamente arrumada no estilo característico de Charlie. Ao lado do sofá cheio de grumos, o console da lareira e as três fileiras de retratos de família foram recém-espanados, e ainda é possível ver as marcas do aspirador de pó nos tapetes antigos. O ar-condicionado grandalhão permanece silencioso na janela, desligado por conta do frio súbito de um falso outono.

Charlie tira uma pilha de livros de capa dura de cima do sofá, então atravessa o cômodo para pegar a cadeira atrás da escrivaninha. A expressão dele parece dizer, provocante: *Tá vendo? É totalmente inofensivo aqui.*

Só que nada nele parece inofensivo para mim. Charlie é como um canivete suíço. Um homem com seis formas diferentes de me desarmar.

Esse Charlie, para fazer você contar os seus segredos.

Esse outro, para fazer você rir.

Esse aqui, para te deixar excitada.

Esse é o que vai te convencer de que você é capaz de tudo.

Aqui está o Charlie que vai colocar você no colo para formar a sua barricada humana em um hospital.

E o que tem o poder de te desmoronar tijolo por tijolo.

— Como está a Libby? — pergunta ele.

— Bem — digo —, ela carrega carne curada na bolsa agora.

— Então imagino que você esteja dizendo que é uma bolsa saudável.

Jogo a cabeça para trás e deixo escapar uma gargalhada.

— Qual é o problema desta cidade com jogos de palavras?

— Não tenho ideia do que você está falando — retruca ele, o tom inocente.

— Então vai ter que resolver uma aposta entre a Libby e mim. — Me debruço por cima do meu notebook, a tela semifechada.

— Isso não é nada justo com a Libby — comenta Charlie. — Sempre sou tendencioso em relação a tubarões.

Sinto um calor gostoso no peito, mas insisto, sem me deixar distrair, como um tubarão digno do nome.

— *Spaaaahhh* é feito para ser dito como um suspiro ou como um grito?

Charlie passa a mão pelos olhos enquanto ri.

— Bom, detesto deixar as coisas ainda mais turvas para você, mas, quando eu morava aqui, o nome era Ponto G. Por isso imagino que a pronúncia dependa de como você acha que é o som de um orgasmo.

— Você está inventando.

— A minha imaginação é boa — se defende ele —, mas não *tão* boa.

— O que *acontece* naqueles corredores sagrados? — pergunto, fascinada. — E, seja o que for, é legal?

— Para ser sincero — fala Charlie —, acho que foi só um erro casual. O nome da proprietária do lugar é Gladys Gladbury, por isso acho que *essa* era a referência que ela estava pretendendo.

— Ela talvez estivesse mirando nisso, mas sem dúvida encontrou o Ponto G.

Ele passa a mão pelo rosto.

— Seu jeito sórdido de pensar é o meu favorito, Stephens — comenta.

Meu sangue começa a ferver quando nossos olhares se encontram.

— Acho melhor a gente ler.

— É melhor — concordo.

Dessa vez, Charlie desvia os olhos primeiro, e move o cursor de seu notebook.

— Me avisa quando terminar — pede.

Com certo esforço, volto a atenção para *Frígida*. Em poucos parágrafos, o texto de Dusty já me agarrou. Me deixo envolver da cabeça aos pés por suas palavras.

Nadine e Lola, a fisioterapeuta animada, levam Josephine às pressas para o hospital, mas, depois de vinte e duas horas, o inchaço no cérebro de Jo ainda não cedeu. Nadine precisa correr para casa, para alimentar o gato arisco que está abrigando, e, a essa altura, a tempestade está mais forte.

Aqui, na Goode Books, as paredes tremem em concordância, graças à nossa tempestade da vida real.

Nadine chama o gato enquanto atravessa o apartamento escuro, mas não ouve os miados insistentes de sempre. Ela olha para a janela acima da pia — havia deixado apenas uma fresta aberta, e agora a janela está toda aberta.

Nadine sai correndo pela rua, desejando ter dado um nome ao gato, porque gritar *Volta, seu cretino* para o vento não parece estar dando resultados. Por fim, ela vê o gato malhado muito sujo, encolhido de medo, prestes a entrar em um bueiro.

Nadine começa a atravessar a rua, ouve o barulho de freios no asfalto e vê o carro avançando em sua direção.

Então... o ar escapa rapidamente dos seus pulmões.

Ela fecha os olhos com força, sentindo uma pontada fortíssima de dor atravessar as costelas. Quando volta a abri-los, está na beira gramada da rua, com Lola esparramada por cima. Enquanto as duas recuperam o fôlego, o gato consegue escapar do bueiro, olha para ela com uma expressão cautelosa e sai andando.

— Merda — diz Lola, e tenta ficar de pé para ir atrás do gato.

Nadine segura seu braço.

— Deixa ele ir — fala. — Não posso cuidar dele.

Elas recebem uma ligação do hospital.

Meu peito está apertado enquanto rolo a tela para a primeira página do último capítulo, e respiro fundo para me preparar, antes de continuar a ler.

Nadine e Lola estão paradas juntas no cemitério iluminado pelo sol. Não há mais ninguém lá, a não ser o clérigo. Jo não tinha ninguém a não ser elas (e ainda assim só naqueles dois últimos meses). Lola estende a mão para pegar a de Nadine e, embora surpresa, Nadine deixa.

Mais tarde, Nadine encontra um arranjo de flores na entrada de casa, com um cartão da sua antiga assistente: *Meus sentimentos pela sua perda*. Ela leva as flores para dentro e pega um vaso. A luz entra pela janela aberta, fazendo a água cintilar enquanto jorra da torneira.

Da sala, Nadine ouve um miado feroz. Seu coração se alegra.

O espaço branco se estende tela abaixo, interminável.

Olho para a página em branco, vazia.

Nos meus livros favoritos, o final nunca é exatamente o que eu quero. Sempre há um preço a pagar.

Minha mãe e Libby gostavam de histórias de amor em que tudo terminava da forma mais perfeita, amarrada com um laço de fita, e sempre me perguntei por que eu gravitava na direção de outro tipo de final.

Eu achava que fosse porque pessoas como eu não conseguem *aqueles* finais. E pedir aquilo, desejar aquilo, é um modo de perder algo que nunca nem sequer se teve.

Os finais que me atraem são aqueles cujas últimas páginas admitem que não há volta. Que tudo que é bom precisa terminar. Que tudo que é ruim também, que *tudo* termina.

É isso que estou procurando toda vez que leio direto o final de um livro, buscando compulsivamente uma prova de que, em uma vida onde tantas coisas saíram errado, também pode haver beleza. Que sempre há esperança, não importa o que aconteça.

Depois de perder a mamãe, esses eram os finais em que eu encontrava consolo. Os que diziam *Sim, você perdeu alguma coisa, mas talvez um dia também encontre alguma coisa.*

Por uma década, eu soube que nunca mais teria tudo, por isso só o que eu queria era acreditar que algum dia conseguiria voltar a ter o bastante. Que a dor não vai ser sempre tão difícil de suportar. Que pessoas como eu não estão estragadas além de qualquer possibilidade de conserto. Que nenhuma camada de gelo é grossa demais para derreter, e nenhum espinho é tão rígido que não possa ser cortado.

Esse livro me esmagou com seu peso e me deixou zonza com seus minúsculos pontos de luz. Alguns livros não são *lidos* e sim *vividos*, e terminar um desses sempre me dá a sensação de estar subindo à superfície depois de um mergulho com cilindro. Como se eu não pudesse subir rápido demais para não me arriscar a sofrer da doença da descompressão.

Me permito um tempo, permito que cada estrondo de trovão me puxe mais para perto da superfície. Quando finalmente levanto os olhos, Charlie está me observando.

— Terminou? — pergunta baixinho.

Confirmo com um aceno de cabeça.

Nenhum de nós fala por um instante.

Por fim, ele diz baixinho:

— Perfeito.

— Perfeito — concordo. Essa é a palavra. Pigarreio, e tento pensar criticamente quando tudo o que quero fazer é me deleitar com este momento. *Me acomodar.* — O gato voltou mesmo?

Charlie responde sem hesitar:

— Sim.

— O gato não é dela — digo.

Esse é o refrão constante de Nadine ao longo de todo o livro, o motivo por que ela nunca batizou o pequeno clandestino.

— Ela sabe disso — insiste Charlie. — Todo mundo que olha para aquele gato vê que ele é um monstrinho. Que não sabe ser um bicho de estimação. Mas a Nadine não se importa. Por isso ela diz que o gato não é dela. Porque não tem a ver com o que o bicho pode lhe dar. Ele não pode oferecer nada à Nadine.

Ele faz uma pausa.

— É um pequeno sanguessuga cruel, feroz, faminto e sem qualquer inteligência social. — O céu está negro além da janela, e vemos a chuva caindo pesada cada vez que um relâmpago ilumina do lado de fora. — Mas *é* o gato dela. Nunca pertenceu a ninguém, mas pertence a ela.

Sinto um anseio misterioso. Essa é a sensação que experimento às vezes quando olho para Charlie. Como uma frase que atinge a gente como um soco no estômago, um parágrafo tão preciso que temos que colocar o livro de lado para recuperar o fôlego.

Ele abre a boca para falar e outro trovão sacode a livraria. As luzes se apagam.

No escuro, Charlie sai tateando de trás da escrivaninha.

— Você está bem?

Encontro a mão dele e me agarro a ela.

— Ahã.

— Vou trancar a porta da frente — ele avisa — até a eletricidade voltar.

Ao ouvir a tensão na voz dele, declaro:

— Vou com você.

Saímos passo a passo do escritório. Com a loja no escuro, o vazio provoca um leve calafrio, e os pelos do meu braço se arrepiam enquanto espero que Charlie vire a placa na entrada para "Fechado" e tranque a porta.

— Nós temos lanternas no escritório — diz ele logo depois, e voltamos lentamente pelo mesmo caminho. Charlie solta minha mão para procurar nas gavetas da escrivaninha. — Está com frio?

— Um pouco. — Meus dentes estão batendo, mas não sei bem o motivo.

Ele me estende uma lanterna, acende a luz de emergência na outra mão e me leva até a lareira. Seu rosto e seus ombros estão rígidos enquanto ele empilha lenha na lareira, do mesmo jeito que mostrou a mim e a Libby como fazer na outra noite: um ninho de lenha, com o centro cheio de jornal amassado.

— Você não gosta mesmo do escuro — comento, e me ajoelho no tapete ao lado dele.

— Não está escuro, exatamente. — Demora um pouco, mas o fogo pega e o calor e a luz nos alcançam. — É só que é tão silencioso aqui, e, quando também está escuro, sempre me sinto meio... sozinho, eu acho.

Perto como estou, posso ver os detalhes do rosto dele, o anel de um castanho mais escuro no meio das íris douradas, o vinco abaixo do lábio, e a curva de cada cílio.

Fico de pé e vou até a escrivaninha.

— Preciso dizer uma coisa.

Quando me viro, Charlie também se levantou, e está com o cenho franzido, as mãos no bolso.

— Talvez, por algum motivo, você simplesmente não queira namorar neste momento — digo —, e tudo bem. Isso acontece com todo mundo. Mas, se for alguma outra coisa... se você tiver medo de ser rígido demais, ou seja lá o que for que as suas ex achavam que você era... nada disso é verdade. Talvez todo dia com você fosse, *sim*, mais ou menos do mesmo jeito, mas e daí? Isso me parece fantástico.

Paro por um instante, e volto a falar:

— E talvez eu esteja interpretando tudo errado, mas acho que não, porque nunca conheci ninguém tão parecido comigo. E... se alguma parte disso é porque você acha que, no fim, vou querer um golden retriever em vez de um gatinho malvado, você está errado.

— Todo mundo quer um golden — retruca Charlie em voz baixa. Por mais absurda que seja a declaração, ele parece sério, preocupado.

Balanço a cabeça.

— Eu não.

Charlie pousa as mãos na beira da escrivaninha, uma de cada lado do meu corpo, e seu olhar volta a se dissolver em mel, caramelo, bordo.

— *Nora*.

Meu coração salta ao ouvir o tom rouco e hesitante dele: a voz de um homem desapontando alguém.

— Deixa pra lá. — Desvio os olhos, mas não consigo afastá-los totalmente de Charlie, não com ele tão próximo, com as mãos pousadas de cada lado do meu quadril. — Eu compreendo. Só queria dizer alguma coisa, no caso...

— Não vou voltar para Nova York — interrompe ele.

Volto rapidamente a encará-lo. Cada ângulo tenso na expressão de Charlie assume um novo significado.

— É por isso — continua ele. — Esse é o motivo por que eu não posso...

— Eu não... — Balanço a cabeça. — Por quanto tempo?

Charlie engole em seco várias vezes.

— A minha irmã supostamente voltaria em dezembro para assumir a administração da livraria. Mas ela conheceu uma pessoa na Itália. E vai ficar por lá.

Meu coração, que por um momento pareceu um beija-flor com overdose de cafeína, agora parece uma bigorna, cada batida um baque pesado e doloroso.

— Já mandei um e-mail para a Libby falando sobre o apartamento — continua Charlie. — É dela, se ela quiser. Sempre vai ser.

Sinto os olhos ardendo. Meu coração parece uma agenda telefônica com todas as páginas soltas, e é como se eu estivesse tentando rearrumá-las em uma ordem que faça sentido, que conserte isso.

— Naquela primeira noite que eu esbarrei em você na cidade — diz ele —, eu tinha acabado de descobrir que a Carina ia passar mais tempo fora. Não sabia muito bem quanto tempo, mas... ela e o namorado se casaram sem avisar nada a ninguém. Ela não vai voltar.

As palavras dele me atingem de um jeito distante, como um zumbido.

— Tentei encontrar uma saída. Mas não há. É o meu pai que mantém tudo funcionando. A casa deles é antiga... está *sempre* precisando de reparos que estou tentando descobrir como fazer, porque ele não vai me deixar contratar ninguém, e a livraria está em uma situação pior do que nunca... a minha mãe está tentando, mas não consegue.

Ele faz uma pausa.

— Do jeito que as coisas estão indo, a livraria talvez tenha mais seis meses de vida. Alguém precisa estar aqui o dia todo, e a minha mãe não conseguia fazer isso nem mesmo antes de ter que ajudar o meu pai em tudo. E, merda, ele é terrível em aceitar ajuda das pessoas, por isso, mesmo se nós pudéssemos arcar com o custo de contratar uma enfermeira, ele não permitiria. E, se nós pudéssemos contratar um gerente para a livraria, seria a minha mãe que não permitiria. Este lugar sempre esteve na família dela. A minha mãe diz que partiria seu coração ter alguém que não fosse da família administrando as coisas.

Charlie flexiona os músculos do maxilar, e as sombras brincam na sua pele.

— E os meus pais não foram perfeitos, mas fizeram muito por mim. Por causa deles eu pude frequentar a universidade que queria e ter o emprego que queria e... não vou conseguir manter a situação como está. A Loggia quer alguém que trabalhe presencialmente, e a minha família precisa de mim. Na verdade eles precisam de alguém melhor do que eu, mas sou eu que eles têm. Vou sair da editora assim que o trabalho em Frígida acabar. Essa é a vaga que vai ser aberta, a vaga para a qual eu te indiquei.

O cargo dele. O apartamento dele. Como se Charlie estivesse entregando totalmente a vida pela qual trabalhou tão duro. Desistindo da cidade a que pertence. Onde se sente tão ele mesmo. Onde não se sente errado ou imprestável.

— E quanto ao que você quer? — pergunto. Ele me olha como se acreditasse que eu poderia lhe dar isso, e eu quero, quero muito. — Quem está cuidando para que você seja feliz, Charlie? E o seu coração?

Ele tenta sorrir, mas mente mal demais.

— E as pessoas como nós têm isso?

Ergo seu rosto para que os nossos olhos se encontrem. Demoro algum tempo para engolir a confusão de emoções que sobe pela minha garganta, para afastar os estilhaços de pensamentos em minha mente e aceitar essa nova realidade. Estou tentando fazer uma lista, organizar um plano, criar um enredo que nos leve de A a B, mas há apenas esse único item, esse final em suspense de um capítulo.

— Esta noite — digo —, me deixa só ter você, Charlie? Mesmo que não possa durar. Mesmo que a gente já saiba como termina?

Ele leva a mão ao meu queixo com muito cuidado. Como se eu fosse alguma coisa delicada. Ou talvez ele seja. Como se um único movimento errado pudesse rachar a nós dois. Meu peito se aperta com aquela sensação de quando um último capítulo parte o nosso coração, e só agora eu sei a palavra para isso. Sei mesmo que não possa me forçar a pensar nela.

— Você já me tem, Nora. Nunca tive como escapar.

Pela primeira vez na vida, sei de que diabo Cathy estava falando quando disse Eu sou Heathcliff. Não só porque Charlie e eu somos tão parecidos, mas porque ele está certo: nós nos pertencemos. De um modo que não compreendo, Charlie é meu, e eu sou dele. Não importa o que diga a última página. Essa é a verdade. Aqui e agora.

Os lábios dele roçam os meus, leves, cuidadosos, quentes. Eu me abro para ele, sabendo qual será a sensação quando eu virar a página, mas querendo virá-la mesmo assim.

29

Charlie enfia os dedos no meu cabelo, e sua língua mergulha entre meus lábios. Deixo escapar um som vago, e ele me coloca em cima da escrivaninha. Antes, a conexão entre nós foi frenética, descuidada, mas agora ele é tão cuidadoso e terno que faz meu coração doer.

Os dedos de Charlie agora roçam as alças do meu vestido — ele mexe no nó de uma, então passa para a outra. Minhas mãos já estão sob a camisa dele, sentindo a pele quente e lisa até ele ficar arrepiado.

Charlie tem gosto de café, com um toque fresco. Sua língua desliza pelo meu lábio inferior, enquanto suas mãos descem pela lateral do meu corpo.

Eu o puxo mais para perto, e ele me traz para a beira da escrivaninha, a boca mais urgente agora, os dentes se cravando em mim e me soltando, enquanto nos aproximamos e nos afastamos, cada arquejo tornando o beijo seguinte mais intenso. Charlie espalma a mão pelo meu peito e seu polegar acaricia meu mamilo, me fazendo estremecer. O coração dele bate forte contra o meu, que segue o mesmo ritmo, dois metrônomos em sintonia.

Um relâmpago corta o céu, seguido pelo ribombar baixo de um trovão. O fogo amaina e logo volta a se erguer em uma labareda. De pouco em pouco, Charlie afasta com beijos o anseio contido dessas últimas três semanas. Os lábios dele descem pelo meu maxilar, pelo meu pescoço, enquanto suas mãos voltam aos meus ombros, para terminar de desamarrar as alças do meu vestido. O tecido cai até minha cintura, e sinto o coração girar como um pião sob o hálito quente de Charlie, enquanto sua boca desce pelo meu corpo.

Inclino a cabeça para trás, e suspiro ao sentir sua língua roçar na curva interna do meu seio. Charlie puxa o tecido mais para baixo, até o ar quente encontrar minha pele. Seus olhos encontram os meus no momento que seus lábios chegam aos meus seios, e ele me observa enquanto captura um mamilo na boca. Quando começo a arquear o corpo, Charlie deixa a língua e os dentes percorrerem cuidadosamente a minha pele.

Seu nome escapa dos meus lábios. Nossas bocas voltam a se encontrar em um beijo mais profundo, mais determinado. A mão de Charlie encontra a bainha do meu vestido e desliza por baixo dela, encontrando minha coxa. Abro os joelhos e a palma da mão dele sobe mais, até encontrar o elástico da calcinha de renda. Quando Charlie faz o mesmo com a outra mão, eu me inclino para trás, e ergo o corpo para que ele possa descer a calcinha pelas minhas pernas.

Seus olhos estão fixos nos meus, e ele aperta com força as dobras do meu quadril nu, enquanto se ajoelha e pousa os lábios na parte interna dos meus joelhos, e me beija cada vez mais alto, até encaixar a boca entre minhas coxas. Eu me apoio nas mãos, sentindo a respiração ficar cada vez mais superficial enquanto o calor da língua de Charlie parece dissolver minha pele.

Giro o quadril ao sentir a pressão da boca de Charlie, e ele deixa escapar um gemido, enquanto desliza a mão pelo meu abdome, pressionando meu corpo para trás até eu estar deitada na escrivaninha.

Penso em sugerir que a gente vá para outro lugar. Penso em perguntar se fazer isso aqui seria desrespeitoso. Mas então já não sou mais capaz de pensar em nada, porque nesse momento a língua de Charlie encontra um ponto em particular do meu corpo e corta totalmente minha capacidade de pensar.

— Nora — diz ele com a voz rouca. Deixo escapar um murmúrio.
— Não devíamos ter esperado. Devíamos estar fazendo isso desde que nos conhecemos.

Enfio as mãos no seu cabelo. As mãos dele, por sua vez, estão embaixo do meu corpo, me envolvendo, me erguendo na direção da sua boca.

Lentamente, com voracidade, com determinação. Ao menos por uma vez, as coisas entre nós não acontecem por acaso.

A pressão cresce até eu estar tremendo sob o corpo de Charlie, minhas mãos segurando seu cabelo com força, enquanto arqueio o corpo e grito. Ele endireita o corpo e me puxa de volta para a beira da escrivaninha. Nossas bocas se encontram, nossas mãos estão nas roupas um do outro. Tiro a camisa dele, abro sua calça. Ele me despe do meu vestido, então me levanta e se vira para me deitar no sofá, a língua por baixo do meu sutiã.

— Foi esse que você usou na noite em que nós nadamos — diz Charlie, o tom quase reverente.

Deixo as mãos correrem pelas suas costas, encontrando cada curva firme, cada plano rígido: minha primeira oportunidade de ter tanto quanto quero de Charlie, e provavelmente também a última.

Ele beija a base do meu pescoço.

— Lembro exatamente da sensação da sua pele, Nora. É como seda, cacete...

Minha boca encontra a lateral do pescoço dele, e sinto a pulsação contra a língua. Deslizo as mãos pelo corpo dele, enquanto tiro a calça aberta e a cueca do caminho, cravando as unhas na pele de Charlie, e me colando a ele. Coloco a mão entre nós e, quando envolvo seu membro rígido, tenho a sensação de ser atingida por um raio claro demais, que por um segundo faz todo o resto escurecer, deixando apenas alguns pontos de luz.

— Eu também lembro da sensação da *sua* pele.

Ele geme enquanto se move dentro da minha mão. Abaixo a calça pelo seu quadril. Charlie continua a se mover lenta e pesadamente contra mim, se aproximando cada vez mais. Não importa como eu me mexa embaixo do seu corpo, ele parece sempre fora de alcance.

Até não estar mais. Até sua boca estar correndo com urgência por todo o meu corpo, e suas mãos estarem abaixando as alças do meu sutiã pelos braços, até a peça de renda estar enrolada na minha cintura. Então, estamos ambos meio insanos um pelo outro, as mãos dele nas minhas coxas, minha boca no ombro dele, sua língua na minha boca, sua ereção se movendo contra meu corpo até eu estar tensa por dentro como as cordas de um violino.

— Você toma anticoncepcional? — pergunta ele.

— Claro, mas...

— Eu tenho — diz Charlie.

É claro que ele tem. Charlie é exatamente como eu: mesmo quando estamos os dois fora de controle, obcecados um com o outro, ainda há alguns fios (uma dezena deles) mantendo a razão no lugar. Charlie se afasta de mim, pega a carteira e volta com um preservativo, sem mais perguntas, sem contrariedade, sem um toque de frustração, sem sugerir qualquer *tensão*, *incômodo* ou *aborrecimento*. Ele levanta meu queixo e me beija com uma ternura que se espalha por todo o meu corpo, o calor se infiltrando cálido entre meus ossos, meus músculos, minha cartilagem: Charlie, se infiltrando na minha corrente sanguínea. Então, finalmente, ele me penetra.

Lentamente. Cuidadosamente. E recua antes que eu consiga qualquer alívio do enorme desejo que sinto, soltando uma risada ao ouvir o som que deixo escapar.

— Não tinha ideia de que isso era possível — comenta. — Que você me desejasse tanto quanto eu te desejo.

— *Mais* — digo, imersa demais no momento para pensar duas vezes antes de admitir uma coisa dessas.

— Ah, isso eu *sei* que é impossível — rebate Charlie.

Ergo o corpo e o puxo mais para perto. Ele joga a cabeça para trás e deixa escapar um gemido. Enquanto nos movemos juntos, o mundo parece mais suave e mais escuro, como se tudo se resumisse ao ponto onde nossos corpos se encontram. As mãos de Charlie me massageiam, sua boca devorando a minha, enquanto cravo as unhas nos contornos do corpo dele para trazê-lo o mais próximo de mim que nossos corpos permitem.

Já estou triste com a ideia de que isso vai terminar. Se eu pudesse fazer essa sensação durar por dias, faria isso. Se o mundo fosse terminar em vinte minutos, era assim que eu queria estar no fim. Charlie arremete mais fundo, com mais força.

— *Cacete*, Charlie.

— Intenso demais? — pergunta ele, diminuindo o ritmo.

Balanço a cabeça. Ele compreende. Chega de cautela ou contenção.

— Pensei em você em toda parte — confessa Charlie. — Não há um lugar nesta cidade onde, na minha mente, nós já não tenhamos feito isso.

Solto uma risadinha e, mesmo agarrada a ele, faminta dele, pergunto:

— Como foi?

— A minha imaginação não é tão boa quanto eu achei que fosse.

Meu cérebro parece que está soltando fogos de artifício no céu negro. Charlie se senta e me puxa para o colo, enquanto volta a me penetrar. Apoio as mãos nas costas do sofá, me movendo com força contra ele, até cada inclinação, cada movimento do meu quadril fazer Charlie soltar um palavrão contra minha pele. Uma de suas mãos está no meu cabelo, a outra nas minhas costas, me firmando onde ele me quer.

— Quero mais de você — suspiro dentro da boca dele, sentindo cada batida do seu coração encontrar as minhas. Com mais força, mais rápido, mais, tudo.

— Perfeita — sussurra ele. — Essa é a palavra, Nora. Você é perfeita, cacete.

Ah, Deus. Ah, Deus. Charlie, repito na minha mente.

— *Por favor* — digo.

Depois disso, não há mais conversa. Nunca me senti tão feliz por alguém conseguir ver através de mim, me lendo como se eu fosse um livro, enquanto Charlie me leva ao êxtase de novo, e de novo, e — sim, os deuses dos romances ficariam orgulhosos — de novo.

30

Quando me sento, Charlie pega meu braço, os olhos pesados e cálidos.

— Fica — sussurra.

Meu coração acelera.

— Por quê?

Ele coloca meu cabelo atrás da orelha e torce os lábios.

— Tantas razões...

— Só preciso de uma.

Ele se senta também, a mão pousada entre minhas coxas, a boca colada ternamente ao meu ombro, enquanto seu polegar se move em um círculo lento.

— Uma razão.

— Nesse caso — digo —, talvez duas.

Ele se inclina e me dá um beijo profundo, passando a mão com gentileza pelo meu pescoço, o polegar deslizando pelo meu colo.

— Porque eu quero você — fala Charlie.

— Não passo a noite na casa de homens estranhos — explico, o sangue fervendo.

— Então que sorte que aqui não é minha casa.

— Sim, porque, se *fosse*, seus pais entrariam correndo, os olhos injetados e uma arma na mão, achando que você estava sendo sequestrado.

— Mas aí já estaríamos dentro de um carro em fuga — diz ele.

Rio, e ele dá mais um sorrisinho torto.

— *Fica*, Nora.

Sinto aquele desabrochar no meu peito de novo, como pétalas se abrindo para expor algo delicado no centro. Então, uma pontada de pânico, como uma agulha sendo enfiada no meu coração desprotegido.

— Não posso. — Minha voz mal passa de um sussurro.

O desapontamento dele é visível, mesmo que só por um momento. Então, vejo que se dissolve conforme ele aceita minha decisão, e é como se um daqueles cortes já cicatrizados no meu coração voltasse a se abrir. Charlie se senta e procura pelas roupas espalhadas. Toco no braço dele e o faço parar. Dentre todas as pessoas que já conheci, Charlie é quem mais anseia por honestidade, e não pune ninguém que é honesto com ele — ao contrário, aceita a verdade como imutável e a absorve em seu mundo. E não quero ser outra pessoa falando meias verdades para ele.

— Eu estava na casa do meu namorado.

Dói de verdade dizer essas palavras que eu nunca havia dito antes. Libby já sabe, e não converso sobre o assunto com mais ninguém. Nunca quis me mostrar tão vulnerável, ver a piedade nos olhos dos outros, me sentir fraca.

Os olhos de Charlie encontram os meus.

— Do Jakob — volto a falar. — Eu estava com ele na noite que a minha mãe morreu.

A expressão no rosto dele se suaviza.

Eu não pesei os prós e os contras, a relação custo-benefício de contar a Charlie. Só quis colocar para fora. Quero entregar isso a ele — essa coisa que nunca fui capaz de consertar — e ver o que acontece.

— O Jakob foi o meu primeiro namorado sério. Talvez o único, de certo modo. Quer dizer, saí com outros homens por mais tempo, mas ele foi o único com quem eu já *escolhi* que fosse assim.

Acima de tudo. Ou talvez eu *não* tenha escolhido Jakob. Talvez só tenha mergulhado de cabeça nos meus sentimentos por ele, sem qualquer precaução.

— Eu tinha vinte anos, e estava sempre na casa dele, por isso nós decidimos morar juntos. E a minha mãe... ela era tão romântica que nem tentou me dissuadir da ideia. Ela queria que eu me casasse com o Jakob. Eu também queria.

Charlie não diz nada, fica só me olhando, deixando espaço para que eu continue, ou pare.

— O meu celular descarregou em algum momento naquela noite.

Minha voz sai rouca agora, como se a garganta estivesse se fechando para evitar que eu continuasse a falar. Mas não posso parar. Preciso que Charlie saiba. Preciso não estar mais sozinha com isso nem por um segundo.

— Quando eu estava com ele, eu só... me deixava levar. Quando acordamos, eu só coloquei o celular para carregar depois que preparamos o café da manhã. — Nós comemos. Transamos. Tomamos mais café.

Sinto o fundo do nariz arder.

— A Libby estava ligando pra mim fazia quatro horas. Ela estava sozinha no hospital e... — Não sai mais nada depois disso. Minha boca está se movendo, mas não sai som nenhum.

Charlie chega mais para a frente e me puxa contra o peito. Então, cola a boca com força no topo da minha cabeça, enquanto roça o polegar pelo meu ombro.

— Não consigo nem imaginar.

Ele puxa minhas pernas para o colo e volta a me apertar contra o peito, acariciando meu cabelo e beijando minha cabeça.

Fecho os olhos, me concentrando *nessas* sensações, *nesse* momento. *Estou aqui,* tranquilizo a mim mesma. *Acabou. O que aconteceu não pode mais me machucar.*

— A Libby acordava gritando. — Minha voz sai embargada agora, muito baixa. — Por meses depois que a mamãe morreu. E eu não conseguia dormir de jeito nenhum. Tinha medo demais de não estar presente se ela precisasse de mim.

Aprendi a esperar até que Libby acordasse em pânico, a jogar as cobertas para o lado e saltar para o outro lado da cama, para que minha irmã pudesse se aconchegar ao meu lado, embaixo da colcha. Eu passava os braços ao redor dela e continuava assim até Libby dormir, exausta de tanto chorar.

Nunca disse a ela que ficaria tudo bem. Eu sabia que não ficaria. Em vez disso, usava o antigo refrão da mamãe para nos confortar: *Coloca pra fora, menina querida.*

— O Jakob foi incrível no início — continuei. — Eu mal o via, mas ele compreendia. Então, apareceu uma oportunidade para ele ir para um desses retiros de escritores, em Wyoming... O Jakob era escritor.

— Ele deixou você? — perguntou Charlie.

— Eu disse a ele para ir — admiti, a voz débil. — Tinha a sensação de que... Eu não tinha tempo ou energia para dedicar a ele, de qualquer modo, e não queria atrapalhá-lo.

— Nora. — Seu queixo roça na minha têmpora quando ele balança a cabeça. — Você não devia ter passado por tudo isso sozinha.

— Ele não podia ter feito nada... — sussurro.

— Ele podia *estar* com você — insiste Charlie. — Devia estar.

— Talvez — digo. — Mas não foi só ele que falhou comigo. Eu vivia prometendo visitá-lo, e cancelava. Não conseguia deixar a Libby. Então...

Ele afastou a franja úmida de suor dos meus olhos.

— Você não tem que me contar.

Balanço a cabeça.

Durante todo esse tempo, o monstro sombrio do luto, do medo e da raiva permaneceu trancado onde o deixei, em um canto no fundo do meu estômago. Mas esse monstro vem crescendo, criando novos tentáculos de raiva e atirando-os em todas as direções, voraz, furioso.

Um demônio que vai me devorar por dentro.

— Planejei uma visita surpresa ao Jakob. Tomei um calmante, peguei um ônibus, já que não tinha dinheiro para ir de avião, e deixei a Libby sozinha. Assim que o vi, soube que as coisas tinham mudado. Então, na primeira noite que eu estava lá, acordei em pânico. Não sabia onde o Jakob estava, e não conseguia encontrar o meu celular. Só conseguia pensar que alguma coisa tinha acontecido com a Libby. Eu estava... quase alucinada. Meu peito doía tanto que pensei que fosse morrer.

Faço uma pausa.

— O Jakob achou que eu estava tendo um ataque cardíaco. Ele me levou para o pronto-socorro e, lá, me mandaram para casa umas duas horas mais tarde, com uma conta enorme para pagar e alguns exercícios de respiração. Aconteceu a mesma coisa na noite seguinte, e na outra. Eu disse ao Jakob que precisava voltar para casa mais cedo. Ele comprou uma passagem de avião para mim e me disse que não ia voltar para Nova York. Tinha decidido ficar lá.

Mais uma pausa para respirar.

— Eu quis dar um jeito na situação, para que a gente continuasse junto. Faltava só um ano para a Libby terminar o ensino médio, mas achei que poderíamos nos mudar e ela moraria comigo e com o Jakob. Uma semana depois de eu voltar para casa, ele me disse que tinha conhecido outra pessoa.

Como se o universo estivesse me punindo por querer demais, por sequer considerar a ideia de fazer Libby passar por aquilo, quando ela já estava no limite. Ainda fico enjoada só de pensar a respeito.

Os dedos de Charlie sobem e descem pelo meu braço.

— Sinto tanto.

— Não é que eu tivesse certeza de que o Jakob era "o amor da minha vida", ou coisa parecida. — Fecho os olhos, o coração disparado. — É só que... desde então tem sido difícil me imaginar deixando alguém chegar tão perto. Não quando sou tão ferrada da cabeça que não consigo dormir em lugar nenhum que não a minha cama. Mesmo aqui, com a Libby ao meu lado. A verdade é que eu nunca mais confiei em mim mesma. — Pressiono o rosto contra a pele quente de Charlie, enquanto essa dor toma conta do meu peito. — Desculpa. Eu só...

— Não se desculpe — diz ele, a voz rouca. — Por favor, não se desculpe por me deixar te conhecer.

— É constrangedor. Ser tão obcecada por estar no controle que *dormir* me faz entrar em pânico. Sou muito ferrada.

Ele me vira para encará-lo, as mãos cruzadas nas minhas costas.

— Todo mundo é ferrado — ele argumenta.

— Você não é.

Charlie dá um sorrisinho débil e os pontos dourados na sua íris refletem as cinzas da lareira.

— Estou dormindo no meu quarto de criança.

— Porque você está ajudando a sua família. Eu joguei a minha embaixo de um ônibus na primeira chance que tive.

— Ei. — Ele levanta o meu queixo. — O seu ex te abandonou em um momento muito difícil, Nora, e você fez o melhor que podia. Você não é a vilã da história dele, é ele que é... e não por ter se apaixonado por outra pessoa, mas porque abandonou o relacionamento de vocês no instante em que era *você* que precisava de alguma coisa.

Charlie segura meu rosto entre as mãos.

— Vou levar você pra casa na hora que quiser — ele promete. — Mas, se quiser ficar e acordar gritando, tudo bem. Vou fazer de tudo pra você se sentir bem. E, se quiser ficar e mudar de ideia, não me importo de te levar às quatro da manhã.

Uma vez eu li que nem todo mundo pensa em palavras. Fiquei chocada ao imaginar essas pessoas que não usam a linguagem para dar sentido a tudo e a todos, que não organizam automaticamente o mundo em capítulos, em páginas, em frases.

Agora, fitando o rosto de Charlie, compreendo isso. O modo como uma onda de sentimentos e de impressões sutis atravessa o corpo da pessoa, passando ao largo de sua mente. O modo como essa pessoa sabe que há algo que vale a pena ser dito, mas não tem uma noção exata do que é. Não estou pensando em palavras.

É uma sensação não exatamente de *Obrigada*, não apenas de *Você me faz sentir segura*, mas algo que dança entre essas duas coisas.

— Quero ficar — explico. — Mas acho que não consigo.

Ele assente.

— Então vou levar você pra casa.

— Ainda não.

Ele alisa meu cabelo e o coloca atrás da orelha.

— Ainda não.

Ficamos deitados juntos, minhas costas pressionadas contra o abdome quente de Charlie, o braço dele por cima do meu quadril, os dedos roçando nas minhas costelas, como minúsculos esquiadores seguindo pistas suaves, até ele ficar excitado de novo, e eu estar meio bêbada pelo modo como ele está me tocando. Fazemos um sexo lento e sonhador, e, quando termina, eu me acomodo junto ao peito dele, sentindo seu coração bater contra o meu — isso me tranquiliza tanto quanto as luzes e os ruídos da cidade passando pela janela do meu apartamento, todo um mundo que continua a girar enquanto dormimos.

Acho que, se eu não disser em voz alta, não conta. Talvez nem sequer venha a ser verdade.

Mas é verdade, e não tenho certeza se eu gostaria que deixasse de ser, mesmo se soubesse como: estou me apaixonando por Charlie Lastra.

DE MANHÃ, NÃO saio para correr. Libby e eu nos sentamos em uma manta que abrimos na campina, com uma xícara de café na mão, e eu conto tudo a ela.

Os olhos de Libby se acendem quando ela diz:

— Ele vai *ficar aqui*? — E meu coração afunda no peito.

— Por que você não me diz exatamente como se sente?

Ela enfia o nariz no vapor que sobe da caneca.

— Desculpa, não tive a intenção de que saísse desse jeito.

— Como se o que você mais quisesse na vida fosse colocar Charlie Lastra em um navio que desse uma volta atrás da outra ao redor da Terra?

— Não é isso! É só que... — Ela se vira na cadeira. — Acho que isso muda o modo como eu o vejo. O Charlie agora se qualifica para a lista.

— Muito útil...

— Nora. — Libby pousa a caneca na grama. — Se você está tão empolgada por ele assim, deve investigar isso. Não consigo lembrar da última vez que você ficou *realmente* interessada em alguém. Não, espera, consigo sim. Foi há exatos dez anos.

A dor profunda, como a dor fantasma de um membro amputado, não parece mais tão intensa como costumava ser quando eu pensava em Jakob. Fui sincera com Charlie — o problema não foi tanto a saudade do meu ex-namorado, e sim a solidão de não ser capaz de confiar em alguém.

— Não importa o que a gente "investigue" — digo. — Nós sabemos como isso termina.

Libby aperta meu braço com carinho.

— Você *não* sabe. Não tem como saber, até tentar.

— Isso não é um filme, Libby — digo. — Só amor não basta para mudar os detalhes da vida de uma pessoa, ou... ou as necessidades dela. Não faz tudo se encaixar. Eu não *quero* desistir de tudo.

Não posso me permitir fazer isso.

Ainda não há final feliz para uma mulher que quer tudo, uma mulher que fica acordada com uma voracidade furiosa, uma ambição latente que faz seus ossos chacoalharem no corpo.

Meu apartamento aconchegante no West Village com suas enormes janelas. O café na esquina onde já sabem o que eu sempre peço. As quatro estações nas alamedas do Central Park.

O emprego na Loggia, penso, e a imagem das salas brancas da editora, dos pisos de madeira, arde na minha mente.

Saber que minha irmã está bem. Acordar toda noite acreditando do fundo do coração que eu estou bem. Que nada pode me atingir.

Como é que um sentimento tão vasto e incontrolável como o amor se encaixa nisso?

É como um dente de engrenagem solto em uma máquina delicada.

Quando volto a olhar para Libby, vejo que seus lábios estão entreabertos e o cenho franzido.

— *Amor?* — ela repete a palavra em voz baixa.

Olho na direção do chalé, que cintila ao sol, cercado por borboletas que voam preguiçosamente.

— Hipoteticamente — minto para minha irmã. Ela deixa.

No início da tarde, Bea e Tala sobem saltitando a encosta da colina — Bea em um vestido rosa e Tala em um macacão azul-marinho. Meu coração se enche de amor, e, para surpresa de ninguém, os olhos de Libby se enchem de lágrimas enquanto a ajudo a se levantar da manta. As meninas gritam *Mamãe* em suas vozes absurdamente agudas e se agarram às pernas dela, que enche seus cabelos embaraçados de beijos.

— Eu senti tanta, tanta, tanta saudade de vocês! — diz Libby às meninas.

Tala parece irritada e ressentida à medida que passa os braços ao redor da perna da mãe, enquanto Bea, é claro, começa a chorar na mesma hora, como se estivesse precisando muito de uma soneca. Então, Brendan aparece bufando atrás delas, parecendo umas vinte e três vezes mais cansado do que Charlie Lastra jamais pareceu.

Quando seus olhos encontram os de Libby, os dois trocam um sorriso calmo. Não empolgado, mas aliviado: como se estivessem de volta ao fluxo e não precisassem mais se esforçar tanto.

As últimas doses de ansiedade que ainda percorriam minhas veias se dissipam em um instante. Essas duas pessoas se amam. Não importa o que eu tenha *achado* que estava acontecendo entre eles, os dois estão bem.

Eles *pertencem* um ao outro, de um jeito misterioso, e os dois parecem saber disso.

Enquanto Libby termina de se penitenciar com as filhas, Brendan me puxa para um de seus famosos abraços de lado, constrangidos e profundamente sinceros.

— O voo foi tranquilo? — pergunto.

— Houve algumas lágrimas — diz ele, o tom cauteloso.

— Ah, estavam passando *Mamma Mia!* no voo de novo? — deduzo. — Você *sabe* que não consegue lidar com nada que tenha a Meryl naquela altitude.

Nesse momento, as meninas se desvencilham de Libby e se atiram em cima de mim, gritando, não exatamente em uníssono:

— Nono!

— As minhas meninas favoritas no mundo! — Eu as abraço.

Tala diz com um gritinho:

— Nós voamos de avião!

— É mesmo? — Eu a encaixo no meu quadril e aperto a mão de Bea. — Quem pilotou? Você ou a Bea?

Bea dá risadinhas. Aquele provavelmente é o som que a Terra fez na primeira vez que viu o sol nascer.

— Nãããäo. — Tala balança a cabeça, irritada com minha incompetência. Sinceramente, quando essa menina está mal-humorada ela é a coisa mais fofa do mundo. Quisera eu que o mau humor de todos nós fosse tão adorável.

Atravesso o gramado com elas, levando-as para longe de Libby e Brendan, para que os dois possam ter um instante a sós. Brendan parece estar precisando de alguns anos em uma câmera criogênica, enquanto

Libby está agarrando a bunda dele como se aquilo não fosse de jeito *nenhum* o que ela precisa.

— Ei. Eu esqueci — digo, enquanto levo as meninas na direção dos canteiros de flores ao pé da encosta. — O que vocês acham de borboletas?

Elas têm várias opiniões a respeito, e fazem questão de gritar todas.

31

LIBBY ESCOLHE JANTAR no centro de Asheville, em um restaurante cubano chique com um pátio no terraço. A tempestade de ontem deixou o ar fresco, com uma brisa, o que é um enorme alívio depois das últimas semanas suarentas.

Vemos a cidade iluminada abaixo de nós, a meio caminho entre o vilarejo singular e a metrópole frenética, e a comida é divina. Brendan e eu dividimos uma garrafa de vinho e até Libby dá uns goles, gemendo enquanto deixa a bebida se demorar na boca.

— Parece até que estamos em Nova York de novo, não é? — diz ela, o olhar nostálgico. — Se a gente fecha os olhos e só escuta o som de todas essas pessoas, tem essa sensação no ar.

Brendan torce os lábios como se estivesse pensando em discordar, mas acaba só concordando com um aceno de cabeça. Aqui não parece Nova York, mas, com todos nós, juntos, quase parece que estamos em casa.

Sinto uma onda improvável de nostalgia ao lembrar de subir ou descer correndo a escada de uma plataforma do metrô, de ouvir o ruído metálico do trem freando, de sentir a rajada de vento no vão da escada, sem saber se cheguei bem a tempo, ou se meu trem acabou de passar.

Qual é a coisa mais esquisita de que você sente falta na cidade?, pergunto a Charlie em uma mensagem de texto.

Ele escreve de volta: Ter acesso a um Dunkin' Donuts a três quadras de distância.

Sorrio para o celular. O coeficiente de Dunkin' Donuts por pessoa tem que ser de um para cinco. O que mais?

Sinto falta do Eataly, diz ele, mas não chamaria isso de esquisito.

Se você não sentisse falta do Eataly, não poderíamos voltar a nos falar. Porque você estaria na prisão, onde seria o seu lugar.

É um alívio ter desviado dessa bala, diz. Também não é esquisito, mas acho que penso muito no primeiro dia de primavera em que o clima realmente fica mais quente. Como todo mundo sai ao mesmo tempo, e parece que estamos todos quase bêbados de sol. As pessoas no parque de short e com a parte de cima do biquíni, tomando picolé, embora esteja fazendo dez graus ainda.

Charlie, respondo. Essas coisas são objetivamente fantásticas.

Ele demora algum tempo para voltar a responder. As bandas de mariachis no metrô, de manhã cedo, diz por fim, ou cantores de ópera, ou qualquer grupo cantor, na verdade. Sei que não é um gosto muito popular, mas gosto pra cacete quando estou quase dormindo no trem e, de repente, cinco caras começam a cantar com vontade.

Adoro observar a reação de todo mundo ao redor. Sempre há pessoas que parecem estar envolvidas, enquanto outras têm a expressão de quem está planejando um assassinato, e há ainda os que fingem que nada está acontecendo. Sempre dou alguns trocados a eles, porque não quero viver em um mundo onde ninguém faz o que eles fazem.

Não consigo pensar em um símbolo maior de esperança do que uma pessoa estar disposta a se arrastar da cama e cantar a plenos pulmões para um grupo de estranhos presos dentro de um trem. Essa tenacidade merece ser recompensada.

Respondo com Amo esse seu jeito sórdido de pensar.

E eu achando que você estava me usando por causa do meu corpo sórdido.

Então, um minuto mais tarde, Amo seu jeito de pensar também. E seu corpo. Todo ele.

Passei dez anos guiando minha vida para longe desse sentimento, desse anseio terrível. Bastaram três semanas e uma mulher ficcional chamada Nadine Winters para me colocar imediatamente de volta nesse caminho.

— Não faça nenhum plano para amanhã à tarde — avisa Libby, chutando minha sandália por baixo da mesa. — Tenho uma surpresa pra você.

Brendan está olhando para a mesa, com uma expressão quase culpada. Ou ele não está convencido de que vou gostar da minha "surpresa", ou Libby ameaçou matá-lo caso ele dê alguma pista.

— Brendan — digo, testando —, diga à sua esposa que ela não pode saltar em queda livre grávida.

Ele ri e levanta as mãos, mas ainda evita meu olhar.

— Nunca diga a uma Stephens o que ela pode ou não fazer.

O cargo de editora na Loggia passa pela minha mente, e a voz de Charlie dizendo: *Se eu tivesse que escolher uma única pessoa para trabalhar comigo, seria você. Toda vez.*

MAIS UMA VEZ, Libby me vendou com uma echarpe durante o trajeto de táxi — conduzido, lamentavelmente, por Hardy, mas por sorte apenas durante cinco minutos. Então, minha irmã me arranca do carro, cantarolando:

— Chegaaaamos!

— No passeio não oficial pela cidade de *Só uma vez na vida?* — arrisco.

— Não! — diz Hardy, rindo. — Embora vocês tenham mesmo que fazer o passeio uma vez! Não sabem o que estão perdendo.

— O velório do cachorro ficcional do Velho Whittaker — arrisco de novo.

Libby fecha a porta do carro atrás de mim.

— Mais frio ainda.

— O velório da iguana que interpretou o cachorro ficcional do Velho Whittaker na peça do teatro comunitário?

Espero ouvir algum som que me dê pistas da nossa localização, mas o único som é o da brisa fazendo algumas árvores farfalharem, o que nos colocaria aproximadamente... em qualquer lugar.

— Tem dois degraus, viu? — Ela me guia para a frente. — Agora direto em frente, uma pequena plataforma.

Estico o pé, tateando com ele no ar até encontrar a plataforma. Uma rajada de frio me atinge, meus sapatos encontram o piso de madeira e damos mais alguns passos.

— Agora. — Libby para. — Que rufem os tambores.

Bato com as palmas das mãos nas coxas enquanto ela desamarra a echarpe e tira dos meus olhos.

Estamos paradas em uma sala vazia, com piso de madeira escura e paredes forradas de tábuas de madeira branca. Uma janela grande dá para um bosque cerrado de pinheiros azul-esverdeados, e Libby para diante dela, vibrando com uma energia nervosa, apesar do sorriso.

— Imagine uma enorme mesa de madeira bem ali — diz. — E alguns vasos de vime com plantas embaixo dessa janela. E um lustre escandinavo. Alguma coisa elegante e moderna, sabe?

— Tá ceeerto — digo, e sigo com ela para o cômodo seguinte.

— Um sofá de veludo azul-escuro — ela descreve —, e, tipo, uma pequena tenda de lona em um dos cantos, para as meninas. Alguma coisa que a gente possa deixar montada, com um fio de luzes dentro.

Libby me leva por um corredor estreito, então passamos por outra porta e ela acende a luz, revelando um banheiro amarelo-manteiga: piso de cerâmica amarela no estilo dos anos 1950, papel de parede amarelo, banheira amarela, pia amarela.

— Esse banheiro... precisa de alguns ajustes — admite ela. — Mas veja como é *enorme*! Pelo amor de Deus, tem uma *banheira*! E ainda temos outro banheiro com box e chuveiro. Que já foi reformado.

Libby me olha para ter alguma espécie de confirmação de que estou ouvindo.

E estou, mas há um zumbido vibrando no meu cérebro, como se uma horda de abelhas ficasse cada vez mais agitada, conforme a sensação de que alguma coisa muito errada está acontecendo sobe pela minha espinha.

— Tem uma suíte também. São *três* banheiros completos... dá pra acreditar? — Ela aponta para uma mancha de batom no carpete, ao lado de outra mancha do tamanho de um bule cheio de café. — Ignore isso. Eu já chequei e por baixo o piso é de madeira. Provavelmente deve estar um pouco manchado também, mas eu sempre amei um bom tapete.

Libby para no meio do cômodo e levanta os braços ao lado do corpo.

— O que você acha?

— De você amar tapetes?

O sorriso dela vacila.

— Da casa.

O sangue latejando nos meus tímpanos abafa minha voz.

— Desta casa? No meio de Sunshine Falls?

O sorriso agora encolhe.

O zumbido na minha mente fica mais alto. Soa como *Não*, como se um milhão de Noras em miniatura murmurasse *Isso não está acontecendo. Não pode estar acontecendo. Você está entendendo errado.*

Libby pousa as mãos na barriga, o cenho franzido.

— Você não vai acreditar como é barata.

Com certeza não vou mesmo. Eu provavelmente morreria na hora, e meu fantasma assombraria este lugar — eu me ergueria toda noite das tábuas do piso e apavoraria os proprietários perguntando *Então,* quantos armários *vocês disseram que tinha aqui?*

Mas não vejo por que isso é importante.

Balanço a cabeça.

— Lib, você não pode viver em um lugar como este.

O rosto dela murcha.

— Eu não posso?

— A sua vida é em Nova York — digo. — O emprego do Brendan é em Nova York. A escola das meninas... nossos restaurantes e parques favoritos.

Eu.

A mamãe.

Cada pedaço dela. Cada lembrança. Cada lugar onde ela esteve, em outra vida, uma década atrás. Cada vitrine que olhamos, as mãos enluvadas unidas, nós três paradas uma ao lado da outra, observando um boneco animado do Papai Noel descendo sobre uma miniatura da silhueta dos edifícios de Manhattan.

Cada passo que demos atravessando a Ponte do Brooklyn no primeiro dia da primavera, ou no último do verão.

As livrarias: Freeman Books, Strand, Books Are Magic, McNally Jackson, a Barnes & Noble da Quinta Avenida.

— Você amou este lugar. — A voz de Libby parece jovem e insegura.

Todos aqueles fios de gelo que mantêm inteiro o meu coração rachado se partem rápido demais, e as peças quebradas deslizam como geleiras derretendo, deixando partes em carne viva expostas.

— Foi uma ótima pausa, mas Libby... daqui a uma semana eu quero voltar para *casa*.

Ela me dá as costas. Antes que volte a falar, sinto o estômago latejar, como um alerta, uma mudança na pressão barométrica. O zumbido na minha mente cessa.

A voz da minha irmã é clara.

— O Brendan conseguiu um emprego novo. Em Asheville.

Senti alguma coisa se aproximando, mas não me preparei para essa sensação de pisar no vazio, de cair de uma grande altura, batendo em cada obstáculo no caminho.

Libby está me olhando de novo, esperando.

Não sei por quê. Não sei o que dizer.

Qual é o curso correto de ação quando o planeta está sendo chutado para fora do seu eixo?

Não tenho plano, não tenho nenhuma lista de *como consertar isso*. Estou parada em uma casa vazia, vendo o mundo se desfazer.

— Era isso o que o Brendan ficava querendo saber o tempo todo — sussurro, e o sangue começa a latejar novamente no meu ouvido. — Ele estava esperando que você me contasse.

Os músculos no maxilar de Libby saltam em uma admissão de culpa.

— A lista — digo em uma voz engasgada. — Essa viagem. Foi tudo por causa disso? Você está *vindo embora* e todo esse joguinho elaborado de "o mestre mandou" era uma porra de uma despedida?

— Não é assim — murmura ela.

— E o advogado? — pergunto. — Como ele se encaixa nisso?

— Quem?

O mundo oscila.

— O advogado de divórcio, o telefone que a Sally te passou.

Libby finalmente compreende.

— É um amigo dela — explica com delicadeza — que conhecia uma boa escolinha infantil aqui.

Pressiono as mãos contra a lateral da cabeça.

Eles estão procurando *escolas*.

Estão procurando *casas*.

— Há quanto tempo você sabe? — pergunto.

— Aconteceu rápido.

— Há quanto tempo, Libby?

Ela solta o ar com força entre os lábios.

— Desde alguns dias antes de nós duas planejarmos vir pra cá.

— E não tem como vocês desistirem? — Esfrego a testa. — Quer dizer, se o problema for dinheiro...

— Não quero desistir, Nora. — Ela cruza os braços na frente do peito. — Eu tomei essa decisão.

— Mas você acabou de dizer que aconteceu rápido. Não teve tempo para pensar a respeito.

— Assim que nós decidimos que o Brendan se candidataria ao cargo, a mudança pareceu a coisa certa a fazer — explica Libby. — Nós estamos cansados de ficar amontoados em uma casa pequena. Cansados de dividir um único banheiro... cansados de nos sentir *cansados*. A gente quer lugar pra se espalhar. Quer que as nossas filhas possam brincar no bosque!

— Porque a doença de Lyme é uma delícia? — pergunto, irritada.

— Quero saber que, se alguma coisa der errado, não vamos estar todos presos em uma ilha com milhões de outras pessoas, todas tentando fugir ao mesmo tempo.

— Eu estou nessa ilha, Libby!

O rosto dela fica muito pálido, a voz abalada.

— Sei disso.

— Nova York é o nosso lar. Aqueles milhões de pessoas são... são a nossa *família*. E os museus, as galerias de arte, a High Line, patinar no Rockefeller Center... e os espetáculos da Broadway? Você realmente não está se importando em deixar tudo isso pra trás?

Em *me* deixar para trás.

— Não é assim, Nora. Nós tínhamos acabado de começar a procurar casas e tudo aconteceu de uma vez...

— Cacete. — Dou as costas, zonza. Sinto os braços pesados e entorpecidos, mas meu coração está disparado como uma bola de boliche em uma montanha-russa. — Você já comprou esta casa?

Ela não responde.

Eu me viro de volta.

— Libby, você comprou uma casa sem nem me contar?

Ela fala baixinho:

— Só fechamos o negócio no fim da semana.

Eu recuo e engulo em seco, como se assim pudesse fazer recuar também tudo o que foi dito, voltar no tempo.

— Tenho que ir.

— Para onde? — pergunta ela.

— Não sei. — Balanço a cabeça. — Para qualquer outro lugar.

Reconheço essa rua: uma fileira de casas estilo rancho dos anos 1950, com jardins bem cuidados, e montanhas cobertas de pinheiros se erguendo atrás.

O sol está derretendo no horizonte como sorvete de pêssego, e o perfume das rosas se ergue acima da brisa. Alguns metros adiante, meia dúzia de crianças corre, grita e ri perto de um pulverizador de água.

É lindo.

Quero estar em qualquer outro lugar.

Libby não me segue. Eu não esperava mesmo que ela fizesse isso.

Em trinta anos, nunca fui eu a ir embora no meio de uma briga com ela — era sempre *eu* que tinha que ir atrás de *Libby* quando as coisas ficavam ruins na escola, ou quando ela havia acabado de passar por um rompimento de namoro particularmente difícil, nos anos intermináveis depois que perdemos a mamãe.

Sou eu que a sigo.

Nunca tinha pensado que teria que segui-la até tão longe, ou perdê-la totalmente.

Está acontecendo de novo. A ardência no meu nariz, os espasmos no meu peito. Minha visão fica tão borrada que mal consigo ver os canteiros de flores. Também não escuto bem os gritos e as risadas das crianças.

Sigo na direção de casa.

De casa, não, penso.

Meu pensamento seguinte é muito pior: *Que casa?*

Aquilo reverbera através do meu corpo, e sinto o pânico se espalhar. Casa sempre foi a mamãe, Libby e eu.

Casa é uma toalha listrada de azul e branco na areia quente de Coney Island. É o bar de tequila aonde levei Libby depois das provas dela para a faculdade, para dançarmos a noite toda. É café com croissant no Prospect Park.

É adormecer no trem apesar da banda de mariachis tocando a poucos metros de distância, enquanto Charlie Lastra procura trocados na carteira do outro lado do vagão.

Só que não é mais isso. Porque sem a mamãe e Libby não há mais casa, não há mais *lar*.

Portanto, não estou correndo em direção a nada. Estou só me afastando.

Até ver a Goode Books no fim da quadra, as luzes cintilando contra o céu arroxeado como um hematoma.

Os sinos acima da porta tocam quando entro, e Charlie levanta os olhos dos mais vendidos, a surpresa em sua expressão se transformando rapidamente em preocupação.

— Eu sei que você está trabalhando. — Minha voz sai estrangulada. — Só queria estar em um lugar...

Seguro?

Conhecido?

Confortável?

— Perto de você — completo.

Ele me alcança em duas passadas.

— O que aconteceu?

Tento responder. Mas parece que há linhas de pesca apertando meu pulmão, que não me deixam respirar.

Charlie me puxa junto ao peito e passa os braços ao meu redor.

— A Libby vai se mudar. — Tenho que sussurrar para conseguir que as palavras saiam. — Ela vai se mudar para cá. Esse foi o motivo para tudo. — O resto sai na sequência: — Vou ficar sozinha.

— Você não está sozinha. — Ele se afasta e toca meu queixo, com uma expressão muito intensa nos olhos. — Não está e não vai ficar.

Libby. Bea. Tala. Brendan.

Aquilo me deixa sem fôlego.

Natal.

Ano-Novo.

Passeios no Museu de História Natural.

Sentar diante de um quadro enorme de Jackson Pollock no MET e pedir às meninas para que por favor nos tornassem ricas além dos nossos sonhos mais loucos com suas pinturas a dedo.

Da gente rindo no Serendipity até o sorvete sair pelo nariz. Todas as lembranças, todos os momentos futuros, tudo isso junto, com a lembrança da mamãe pairando bem perto.

Está tudo se esvaindo.

A ardência no nariz. O peso no peito. A pressão atrás dos olhos.

Charlie me puxa na direção do escritório.

— Estou com você, Nora — promete baixinho. — Estou com você, certo?

É como se um dique se rompesse. Escuto o som estrangulado escapando da minha garganta, meus ombros começam a se sacudir, e estou chorando.

Ondas imensas me atingem, qualquer palavra destruída sob uma corrente tão poderosa que não há como contê-la.

Estou sendo arrastada para o fundo.

— Está tudo bem — sussurra Charlie, me embalando para a frente e para trás. — Você não está sozinha — promete, e por baixo daquilo escuto o resto que não é dito: *Estou aqui.*

Por enquanto, penso.

Porque nada — nem o belo, nem o terrível — dura para sempre.

32

Agora compreendo por que não chorei durante todos esses anos. Quero que pare. Quero tampar a dor, dividi-la em porções manejáveis.

Todo esse tempo, achei que ser vista como um monstro era a pior coisa que poderia me acontecer.

Agora percebo que preferia ser frígida a ser quem eu *realmente* sou, bem no fundo, a cada segundo de todo dia: fraca, indefesa, e tão apavorada que estou desmoronando.

Apavorada de perder tudo. De *chorar*. De que, depois que eu começasse a chorar, não conseguisse mais parar, e tudo o que construí acabasse ruindo sob o peso das minhas emoções descontroladas.

E, por um longo tempo, não paro de chorar.

Choro até a garganta doer. Até os olhos doerem. Até não haver mais lágrimas restantes e meus soluços muito altos ficarem mais baixos.

Até estar entorpecida e exausta. Quando isso acontece, o escritório já está escuro, a não ser por uma antiga luminária acesa em cima da mesa.

Quando fecho os olhos, o rugido no meu ouvido cedeu, deixando apenas o bater firme do coração de Charlie.

— Ela está indo embora — sussurro, testando a ideia, me treinando para aceitar a verdade.

— Ela disse por quê? — perguntou ele.

Dou de ombros nos braços dele.

— Por todas as razões normais que fazem as pessoas deixarem uma cidade grande. Eu só... sempre achei...

Charlie volta a levantar meu queixo para que eu o encare.

— Todos os meus ex, todos os meus amigos... metade das pessoas com quem eu trabalho — digo. — Todos se mudaram. E toda vez eu fiquei bem no final, porque eu *amo* Nova York, e o meu trabalho, e porque eu tinha a Libby. — Minha voz vacila. — E agora ela também está se mudando.

Quando a mamãe morreu e perdemos o apartamento, foi como se toda a nossa história tivesse sido engolida. Só o que restou da mamãe para mim e para Libby foram Nova York e uma à outra.

Charlie balança a cabeça com firmeza.

— Ela é sua irmã, Nora. Nunca vai deixar você pra trás.

Descubro que ainda não esgotei as lágrimas como tinha imaginado, porque meus olhos voltam a ficar marejados.

Ele passa as mãos pelos meus ombros e aperta com carinho a minha nuca.

— Não é você que ela não quer, Nora.

— É, sim — retruco. — Sou eu, é a nossa vida. É tudo que tentei construir para nós. Não foi o bastante.

— Escuta — diz Charlie. — Sempre que estou aqui, tenho a sensação de que as paredes estão se fechando ao meu redor. Amo a minha família, de verdade, mas passei quinze anos vindo o mínimo possível pra cá porque é solitário pra cacete ter a sensação de que não me encaixo em lugar nenhum aqui. Eu nunca quis administrar esta loja. Nunca quis esta cidade. E, sempre que estou aqui, isso é tudo em que consigo pensar. Em como me sinto claustrofóbico aqui.

Ele para por um momento, então continua:

— Não por causa *deles*. Mas porque eu sinto que não sei como ser eu mesmo aqui. Porque... eu fico pensando em quem eu deveria ser, em todas as formas como não fui quem eles queriam que eu fosse. Então, você apareceu.

Os olhos dele se acendem, como faróis na escuridão, buscando.

— E eu finalmente consegui respirar.

A voz dele está trêmula e penetra até minha medula, fazendo meu coração dar cambalhotas.

— Não há nada de errado com você. Eu não mudaria nada. — Charlie fala quase em um sussurro, e, depois de uma pausa, continua: — Você nunca precisou mudar nada. Nem pelos seus ex-namorados imbecis, nem por Blake Carlisle e, definitivamente, nem pela sua irmã, que ama você mais do que qualquer coisa.

Novas lágrimas ardem. Charlie dá um sorrisinho rápido.

— Acho sinceramente que você é perfeita, Nora.

— Mesmo eu sendo muito alta? — sussurro, chorosa. — E dormindo com o celular com o volume no máximo?

— Acredite ou não — murmura ele —, não estava me referindo ao padrão de perfeição de Blake Carlisle. Estou dizendo que, para mim, você é perfeita.

Tenho a sensação de que há um maquinário pesado escavando o meu peito. Agarro a camisa de Charlie com força e sussurro:

— Você acabou de citar *Simplesmente amor*?

— Não foi intencional.

— Você também é perfeito, sabia?

Penso no meu apartamento dos sonhos, o sol refletindo na poltrona embaixo da janela, a brisa de verão trazendo o aroma de pão recém-assado. Penso no barulho do trem do metrô partindo, eu grudenta de calor, com brochuras e toalhas enfiadas em uma bolsa, ou originais recém-impressos e canetas Pilot G2 novinhas.

Minha cidade. Minha irmã. Meu emprego dos sonhos. Charlie. Tudo isso, absolutamente certo. A vida que eu construiria se *fosse* possível ter tudo.

— Absolutamente certo — digo a ele. — Perfeito.

Os olhos dele estão escuros e brilhantes enquanto me examinam.

Meu coração parece um ovo rachado, sem nada para protegê-lo ou mantê-lo inteiro.

— Eu poderia ficar.

Charlie desvia os olhos.

— Nora — ele fala baixinho, o tom contrito.

De repente, as lágrimas estão de volta. Charlie afasta o cabelo do meu rosto úmido.

— Você não pode tomar essa decisão por minha causa, ou por causa da Libby — diz ele, a voz embargada, vacilante.

— Por que não?

— Porque você passou a vida toda cuidando para que a sua irmã tivesse tudo de que precisava, e está na hora de alguém cuidar para que você tenha o que precisa. Você quer o cargo na Loggia. E ama Nova York. E, se precisar economizar, pode ficar com o meu apartamento. O aluguel provavelmente é metade do seu. Se é isso o que você quer, *é isso* que deve ter. Nada menos.

Tento piscar para afastar as lágrimas, em vez de deixar que escorram pelo meu rosto.

— Você merece ter tudo — repete ele.

— E se não for possível?

Charlie levanta meu queixo e sussurra quase em meus lábios.

— Se alguém é capaz de dar um jeito de negociar um final feliz, esse alguém é Nora Stephens.

Apesar da sensação de que o meu peito está partindo ao meio — ou talvez por causa dela —, sussurro de volta:

— Acho que um desses custa só quarenta dólares no Spaaaahhh.

Ele ri, e beija o canto da minha boca.

— Esse jeito de pensar.

Nenhum de nós vai embora da livraria naquela noite. Não quero deixar Charlie e não quero que ele se sinta sozinho na escuridão e no silêncio. Mesmo que não tenha futuro, mesmo que seja apenas por essa noite, quero que Charlie saiba que pode contar comigo, do jeito que eu posso contar com ele. Do jeito que já *conto* com ele.

Uma vez na vida, durmo como uma pedra.

PELA MANHÃ, DESPERTO e penso na noite passada. Na briga, em encontrar Charlie na livraria, em ficarmos juntos de novo.

Depois, conversamos por horas. Sobre livros, sobre deliveries de comida que costumamos pedir, sobre família. Contei a ele que a mamãe franzia o nariz exatamente como Libby quando ria. Que elas usavam o mesmo perfume, mas o cheiro era diferente em Libby.

Contei a ele sobre a rotina de aniversário da mamãe. Que todo 12 de dezembro, ao meio-dia, nós descíamos para a Freeman Books e passávamos horas ali, até ela escolher o livro perfeito, que comprava pelo preço cheio.

— A Libby e eu ainda vamos lá — falei. — Ou íamos. Todo dia 12 de dezembro, ao meio-dia... *dia doze, do mês doze,* às doze horas cravadas no relógio. A mamãe fazia disso um grande evento.

— Doze é um grande número — comentou Charlie. — Todos os outros podem ir para o inferno.

— *Obrigada* — concordei.

Em algum momento, nós adormecemos, e acordo agora me dando conta de que, no sono, começamos a nos mover juntos de novo. Beijo Charlie para acordá-lo, e, ainda meio zonzos, nos perdemos um no outro — o tempo parece parar, o mundo escurece ao nosso redor.

Depois, deito a cabeça no peito de Charlie e escuto o sangue correndo em suas veias, na corrente sanguínea de Charlie, enquanto ele brinca com meu cabelo. A voz dele está rouca e pesada quando fala:

— Talvez a gente consiga dar um jeito nisso.

Como se fosse uma resposta para uma pergunta, como se a conversa nunca tivesse parado. A noite toda, a manhã toda, cada toque e cada beijo, tudo isso foi um ir e vir, um afastar e voltar, uma negociação ou uma revisão. Como é tudo entre nós. *Talvez possa dar certo.*

— Talvez — sussurro, concordando.

Não estamos olhando no rosto um do outro, e não consigo evitar pensar que isso seja de propósito: como se, caso nos olhássemos, não fôssemos mais conseguir fingir... e ainda não estamos prontos para desistir do jogo.

Charlie entrelaça os dedos nos meus e leva as costas da minha mão aos lábios.

— Para sua informação — diz ele —, duvido que algum dia venha a gostar tanto de alguém no mundo quanto gosto de você.

Passo os braços ao redor do pescoço dele e subo no seu colo. Então, beijo suas têmporas, seu queixo, sua boca. *Amor*, penso, e minhas mãos tremem enquanto passam pelo cabelo de Charlie, enquanto ele me beija.

A dor da última página.

O respirar fundo depois que deixamos o livro de lado.

Quando ele me leva até a porta, mais tarde, segura meu rosto entre as mãos e diz:

— Você, Nora Stephens, sempre vai ficar bem.

33

L IBBY ESTÁ SENTADA nos degraus da frente, embrulhada em um dos moletons velhos de Brendan, com duas canecas de café fumegante no degrau ao seu lado.

Nenhuma de nós fala enquanto me aproximo, mas percebo que ela passou a noite chorando, e eu sem dúvida não devo estar com uma aparência muito melhor.

Libby me entrega uma caneca.

— Já deve estar frio.

Eu aceito e, depois de um instante tenso, também me sento no degrau, e sinto o orvalho molhar meu jeans.

— Eu começo? — pergunta Libby.

Dou de ombros. Nunca ficamos tão bravas uma com a outra — não sei o que vai acontecer agora.

— Desculpa por eu não ter te contado antes — diz ela, como se estivesse tentando empurrar as palavras através de uma porta muito estreita.

Durante todo o caminho até aqui, eu me perguntei se reclamar com Libby me daria alguma sensação de controle. Mas não há benefício algum em forçar as coisas. O que eu quero é fugidio e inalcançável: quero aqueles dias em que não havia nada entre nós, quando pertencíamos mais uma à outra do que a qualquer outra pessoa. Quando eu tinha a sensação de que *pertencia*.

— Quando foi que nós começamos a esconder coisas uma da outra? Ela parece surpresa e magoada, quase impossivelmente pequena.

— Você sempre escondeu coisas de mim, Nora — ela alega. — E eu sei que estava tentando me proteger, mas ainda conta como esconder quando você diz que as coisas estão bem e elas não estão. Ou quando tenta consertar as coisas sem que eu saiba.

— Então é isso o que você está fazendo? — pergunto. — Escondeu o fato de que estava se mudando para longe de mim para... para quê? Para que não doesse até o último segundo?

— Não foi isso.

Lágrimas frescas escorrem dos olhos dela. Libby pressiona os punhos contra os olhos, e seus ombros sacodem.

— Desculpa. — Toco o braço dela. — Não estou querendo ser cruel.

Libby levanta os olhos e seca as lágrimas.

— Eu estava tentando te convencer — diz ela, a respiração entrecortada.

— Libby, em que mundo você precisaria se esforçar para me *convencer* de alguma coisa? Desculpa por fazer você se sentir incapaz. Eu estava tentando ajudar, mas *nunca* achei que você precisasse ser consertada. *Nunca*.

— Não é disso que eu estou falando — responde Libby. — Eu queria convencer você a... — Ela acena na direção da colina e da ponte colorida pelo sol, dos canteiros de flores oscilando na brisa e da densa floresta de pinheiros que cobre as colinas.

Então, o resto se encaixa. A lista não tinha a ver com Libby experimentando a nova vida dela, nem era uma espécie de despedida particular, ou um último esforço de me salvar de uma vida dormindo sozinha com meu notebook.

Era uma apresentação de vendas, um instrumento de convencimento.

— O Brendan queria que eu te contasse assim que nós decidimos mudar — continua minha irmã. — Mas achei que talvez... se você *viesse* até aqui, se visse como poderia ser... eu queria que você se mudasse com a gente. — A voz dela falha. — E achei que, se você se desse conta de como a vida poderia ser aqui, talvez até se conhecesse alguém, iria querer vir também. Mas então você começou a passar muito tempo com o Charlie e... Deus, já fazia tanto tempo que eu não via você assim, Nora. Eu ia deixar a ideia toda pra lá, mas aí você disse que o Charlie ia ficar na cidade... e pareceu... bem, pareceu que você talvez quisesse ficar também. Que eu poderia ter tudo isso... *e* você.

Eu me sinto tão vazia, tão esgotada... como se estivesse nadando há semanas no mar e acabasse de perceber que a praia era uma miragem.

Essa é a Libby, que nunca tinha me pedido nada até um mês atrás, admitindo o que realmente quer.

Que eu me mude para onde ela vai se mudar.

E eu quero dar o que ela quer. Sempre quero que Libby tenha tudo o que quer.

Todos os compartimentos organizados da minha mente desmoronaram na noite passada, e, pela primeira vez, vejo tudo claramente. Não a versão arrumadinha e controlada das coisas, mas a bagunça, quando está tudo espalhado para todo lado.

Libby e eu estamos há um longo tempo em um lento processo de mudança, um caminho se dividindo em dois. Não há menos espaço no meu coração para ela do que no dia em que minha irmã chegou gritando a este mundo.

Mas *há* menos tempo. Menos espaço na nossa vida cotidiana. *Outras* pessoas. *Outras* prioridades. Somos um diagrama de Venn agora, em vez de um círculo. Eu posso até ter tomado todas as decisões que tomei pensando em Libby, mas, agora que cheguei até aqui, *amo* a minha vida.

— Fui convidada para outro cargo como editora — conto.

Libby pisca rapidamente, as lágrimas ainda cintilando nos olhos muito azuis.

— O-o quê?

Encaro o bosque além da campina.

— O cargo do Charlie na Loggia — explico. — Eles querem alguém trabalhando presencialmente, e o Charlie vai ficar aqui. Por isso ele mencionou o meu nome à editora da Dusty. Eu pegaria alguns livros que já estão na lista dele, e depois começaria a montar a minha própria lista de aquisições.

— É o seu sonho — diz Libby, ofegante.

Algo naquela palavra dispara como fogos de artifício pelo meu corpo.

— Eu... — Não sai mais nada.

Ela pega minha mão e aperta com força, e sua voz falha quando diz:

— Você precisa fazer isso.

Sinto o peito apertado enquanto olho para ela, para o único rosto que conheço melhor do que o meu.

— Você precisa fazer isso — repete ela através das lágrimas. — É o que você quer. O que sempre quis, e... não adie de novo, Nora. É o seu sonho.

— Não é uma coisa que eu... — Faço com a mão uma espiral vaga.

— Já fez antes? — completa ela.

— E se não funcionar...

— Você consegue — garante Libby. — Você consegue, Nora. E, se não der certo, quem se importa?

— Ué. Eu.

Ela passa os braços ao redor do meu pescoço. Seu corpo é sacudido por alguma coisa que fica entre soluços e risadas.

— Você vai ter o melhor quarto de hóspedes do mundo garantido aqui — promete. — E, se tudo der errado em Nova York, pode vir ficar com a gente. E eu vou tomar conta de você, certo? Vou tomar conta de você, como você sempre, sempre tomou conta de mim, Nora.

Quero dizer a ela como essas últimas três semanas foram perfeitas.

Quero dizer que não lembro de ter me sentido tão feliz havia muito tempo, e que essa também é a pior dor que já senti.

Porque toda aquela distância entre nós finalmente se foi, mas o impacto da colisão abalou o que restava do gelo no meu coração, deixando apenas uma ternura suave e sensível.

Por isso, só o que consigo fazer é chorar com Libby.

Por algum motivo, nunca tinha me ocorrido que essa era uma opção: que duas pessoas, no mesmo abraço, pudessem se permitir desmoronar juntas. Que talvez não seja trabalho de nenhuma de nós manter a coluna ereta o tempo todo.

Que nós duas somos capazes de sobreviver a essa dor sem que a outra arque com todo o peso.

— Não sei como ser sem você, Nora — diz Libby em uma voz aguda. — Nunca achei que teria que descobrir. E eu sei que essa é a coisa certa a fazer pra mim e pro Brendan, mas... merda, achei que eu e você estaríamos sempre juntas. Como é possível que duas pessoas que *pertencem* uma à outra também pertençam a dois lugares diferentes?

— Talvez eu nem consiga o emprego.

— Não — retruca Libby, com determinação. — Não tente consertar. Não escolha a mim em vez de você, certo? Fizemos isso por anos, e quase nos destruiu. Está na hora de sermos apenas irmãs, Nora. Não conserta isso. Só fica aqui comigo, e diz que isso é uma merda.

— É mesmo. — Fecho os olhos com força. — É uma merda.

Eu não conhecia o poder dessas palavras. Elas não consertam nada, não *fazem* nada, mas só o fato de dizer dá a impressão de eu ter cravado uma estaca no chão, nos unindo ao menos por este momento.

É uma merda, e não posso mudar isso, mas estou aqui, com minha irmã, e vamos dar um jeito de atravessar este momento.

É possível tirar a pessoa da cidade, mas a cidade sempre vai estar na pessoa. Acho que o mesmo vale para irmãs. Não importa o lugar onde estejamos, não vamos deixar uma à outra. Não conseguiríamos mesmo se quiséssemos. E não queremos. E nunca vamos querer.

Brendan vai se encontrar com o inspetor de imóveis na casa, mas Libby e as meninas ficam comigo, para dar a ele um pouco de paz muito necessária, depois de semanas como pai solo.

Eles só vão se mudar de vez em novembro, um mês antes da data prevista para o nascimento do Bebê Número Três. Até lá, Brendan vai ficar indo e voltando para deixar a casa pronta.

Dois meses e meio. Esse é o tempo que nos resta juntas, e já está contando.

Passamos a manhã andando pelo bosque, tentando manter as meninas na trilha e pesquisando no Google "aparência de urtiga" a cada quarenta segundos, sem nunca chegar perto de qualquer resposta concreta.

Levamos Tala e Bea até a cerca, e os cavalos se aproximam, ansiosos por receber carinho, apesar de não termos levado nada para atraí-los.

— Acho que sabemos onde *você e eu* ficamos — brinca Libby, enquanto os dedinhos das meninas acariciam o focinho rosado da égua castanha.

Depois, pegamos os baldes de metal no armário do chalé e voltamos à beira da campina, para colher amoras-silvestres nos arbustos dali. Colhemos e comemos até nossos dedos e lábios estarem manchados de roxo e nossos ombros queimados de sol.

Chegamos em casa com os joelhos sujos de terra — Tala adormeceu nos meus braços, toda melada de amora-silvestre e quente de sol, e nós a deitamos no sofá, para que ela continuasse a cochilar. Bea nos leva até a cozinha para explicar a arte de assar às cegas uma massa de torta para as amoras-silvestres — ela e Brendan viram *muitos* programas de culinária este mês —, e ainda me sinto como uma pessoa urbana da cabeça aos pés... mas talvez seja possível ter mais de um lar. Talvez haja uma centena de modos diferentes de pertencer a centenas de pessoas e lugares diferentes.

34

As meninas estão acomodadas no colchão de ar no quarto do andar de cima (eu me mudei para o sofá-cama), mas Brendan, Libby e eu ficamos acordados até tarde, beliscando os restos da torta de amoras-silvestres de Bea.

Alguém bate à porta, e Brendan beija a testa de Libby no caminho para atender.

— Nora? — diz. — Visita pra você.

Charlie está parado na porta, o cabelo úmido e as roupas sem nem um amassado. Está elegante. Na verdade, elegantíssimo.

— Quer dar uma caminhada? — pergunta.

Libby me empurra da cadeira.

— É claro que ela quer!

Do lado de fora, andamos pela campina — nossas mãos se procuram e se acham. Há anos eu não dava a mão a alguém que não fosse Libby, Bea ou Tala. Isso me faz sentir jovem, mas não de um jeito ruim. É menos como se eu estivesse impotente em um mundo negligente e mais como... como se tudo fosse novo, cintilante e a descobrir. O jeito como a mamãe via Nova York... é o jeito como vejo Charlie.

Quando chegamos ao gazebo iluminado pelo luar, ele me encara.

— Acho que nós precisamos considerar um final alternativo.

Eu reajo.

— Mas nós já mandamos as anotações. A Dusty vem trabalhando nas edições a semana toda. Ela...

— Não estou falando de *Frígida*.

Ele levanta nossas mãos e as segura contra o peito, onde consigo sentir seu coração acelerado. Os olhos dele estão fixos nos meus. Olhos de buraco negro. Olhos de armadilha. Olhos de sobremesas irresistíveis.

— Nós poderíamos nos revezar visitando um ao outro — diz Charlie, muito sério. — Uma vez por mês, talvez. E, quando você pudesse, viria para cá passar as festas de fim de ano. Quando não puder, eu peço à minha irmã para voar para cá com o marido e ficar com os meus pais, para que eu possa ir a Nova York. Nós podemos fazer chamadas de vídeo, trocar mensagens de texto e e-mail o quanto quisermos... ou, se for demais, não sei, talvez a gente possa pular tudo isso. Quando você estiver em Nova York, vai estar trabalhando. E, quando estivermos juntos, estaremos juntos.

Meu estômago parece ter sido dominado por borboletas bêbadas e cintilantes.

— Seria uma relação aberta?

— Não. — Ele balança a cabeça. — Mas, se for isso que você preferir... não sei. Poderíamos tentar. Não quero, mas faria isso.

— Também não quero — digo a ele, sorrindo.

Ele solta o ar.

— Graças a Deus, cacete.

Sinto o coração apertado.

— Charlie...

— Só pensa a respeito — pressiona ele, a voz baixa.

Não funcionou para Sally e Clint. Nem para mim e Jakob. Ou para Charlie e Amaya. Mesmo se conseguirmos superar a ansiedade da viagem, mesmo se Charlie não se incomodar de me acalmar na madrugada, como eu seria capaz de lidar com o medo constante de perdê-lo? Com a ansiedade que vou sentir cada vez que ele cancelar uma chamada, ou que uma visita não puder acontecer? Vou estar sempre esperando que Charlie caia em si, que chegue um dia para mim e diga finalmente: *Quero uma coisa diferente.*

Não é você.

Quero alguém diferente.

Um coração partido de forma lenta e excruciante, acontecendo pouco a pouco ao longo de semanas.

Prefiro que me cortem rapidamente a cabeça a essa morte lenta por milhares de cortes finos de papel.

— Relacionamentos a distância nunca dão certo — falo. — Você mesmo disse isso.

— Eu sei — retruca Charlie. — Mas nunca fomos *nós*, Nora.

— Então, nós somos a exceção? — pergunto, cética. — As pessoas para quem isso dá certo?

— Sim — diz ele. — Talvez. Não sei.

Ele deixa os olhos correrem por mim enquanto se recompõe.

— O que mais nós podemos fazer, Nora? Estou aberto a fazer revisões. Me diga o que você mudaria. Pega a sua caneta, rabisca tudo e me diz como isso deve terminar.

Dói de verdade sorrir. Minha voz parece raspar em vidro quebrado.

— Vamos aproveitar esta semana. Passar o tempo que quisermos juntos. E não vamos falar sobre o depois. Então, quando eu for embora, não nos despedimos. Porque eu não sou boa em despedidas... a verdade é que eu nunca fiz isso antes e não quero começar com você. Então, em vez de eu te beijar pela última vez, nenhum de nós dois vai chamar a atenção para esse fato. Eu entro no avião e vou para casa, absurdamente grata por ter passado um mês na Carolina do Norte com um cara absurdamente sexy.

Charlie me olha, a expressão concentrada, a testa franzida, enquanto absorve o que eu digo, os lábios projetados para a frente. É a sua Expressão de Edição, e, quando ela se desfaz, ele balança a cabeça e diz:

— Não.

Eu rio, surpresa.

— O quê?

Charlie endireita o corpo e se aproxima mais.

— Eu disse *não*.

— Charlie. Como assim?

— Estou dizendo — fala ele, os olhos cintilando — que você vai ter que fazer melhor do que isso.

Sorrio mesmo contra a vontade, e sinto a esperança se debater no meu estômago como um filhote de passarinho muito determinado, com uma asa quebrada.

— Espero uma sugestão revisada até sexta-feira — declara Charlie.

PASSAMOS O RESTO da semana muito ocupados. Libby está trabalhando na organização do baile para levantamento de fundos. Brendan está terminando as últimas fases do processo de hipoteca. Charlie está no caixa, e Sally entra e sai o tempo todo da livraria, para deixar tudo pronto para o clube de leitura virtual com Dusty.

Há um novo cartaz na vitrine, no qual se lê: FAÇA BOAS ESCOLHAS, COMPRE BONS LIVROS NA GOODE BOOKS, e um pôster com o rosto de Dusty em anúncios tanto para o clube de leitura quanto para o *Baile da Lua Azul de Só uma vez na vida*.

Voluntários estão transformando a praça da cidade, e, tecnicamente, estou de folga esta semana, mas algumas coisas não esperam, por isso faço o melhor possível para espremer um pouco de trabalho entre as corridas carregando as meninas nas costas e os ajustes no meu currículo, para mandar para a Loggia.

Sempre pensei em mim mesma como uma criatura concentrada em sobreviver, mas ultimamente venho sonhando acordada. Com o novo emprego. Com Charlie. Com ter tudo ao mesmo tempo.

Assim, por esse lado, talvez este lugar tenha realmente me transformado. Só que não em uma garota que adora roupas de flanela e tranças.

Quando estamos juntos, Charlie e eu não mantemos distância, nem ficamos rondando um ao outro, cautelosos. Damos um ao outro cada momento que podemos, mas não falamos sobre o futuro. Quando estamos separados, porém, mantemos a história em andamento com ligações e mensagens.

Você passa o Natal em Sunshine Falls e eu passo o Ano-Novo em Nova York, diz ele.

Vamos levantar cedo e ficar pulando de um trem para o outro até acharmos uma banda de mariachis, falo.

Vamos às reuniões da prefeitura e vamos nos envolver nas disputas públicas, depois vamos voltar para o chalé e fazer sexo a noite toda, sugere ele. Vamos experimentar todas as pizzas a um dólar a fatia de Nova York.

Vamos até o fundo na salada com presunto em cubos do Papai Agachado, digo.

Acredito profundamente em você, Nora, responde Charlie, mas nem mesmo você é capaz de conseguir revelar o segredo desse grande mistério.

Vou estar ocupada demais, lembro a ele. Nos primeiros meses, quando eu voltar a Sunshine Falls, vou querer aproveitar ao máximo o meu tempo com Libby e as meninas — e, se eu conseguir o emprego na Loggia, ainda vou ter que amarrar as pontas do meu trabalho na agência, e passar meus clientes para outro agente. Então, vai ser hora de aprender tudo o que for necessário para assumir meu novo cargo.

Isso não me assusta, declara Charlie.

Isso, penso, *é sonhar*, e finalmente entendo por que a mamãe não conseguia desistir, por que meus autores não conseguem desistir, e fico feliz por eles, porque esse *querer* é bom, como um machucado que a gente precisa pressionar, um lembrete de que há coisas na vida que são tão valiosas que *devemos* arriscar a dor de perdê-las pela alegria de tê-las mesmo que brevemente.

Às vezes, escrevo para Charlie, o primeiro ato é a parte divertida, então tudo fica complicado demais.

Stephens, responde ele, para nós, tudo é a parte divertida.

Isso dói, mas deixo o sonho continuar um pouco mais.

Ninguém jamais vai me convencer de que o tempo se move a um passo regular. É claro que o relógio segue algum comando invisível, mas parece que esse comando recolhe minutos aleatoriamente, à sua vontade, porque essa semana passa em um piscar de olhos e, quando me dou conta, a noite de sexta-feira chegou.

Há outra onda de calor, aquecendo o clima de outono, e montamos de novo a barraca de acampamento e o colchão de ar. Enquanto Libby e Brendan vão até a cidade para pegar pizza *quatro stagioni*, eu e as meninas deitamos de costas e ficamos vendo o céu escurecer.

Bea me conta sobre todos os doces que ela e Brendan prepararam nas últimas semanas. Tala nos diverte com uma história que pode ser tanto uma coleção de tolices aleatórias de uma menina pequena quanto uma releitura fiel de um romance de Kafka.

Depois que comemos, Libby sugere que Brendan fique com a cama king só para ele naquela noite, e meu cunhado responde, no meio de um bocejo:

— Ah, graças a Deus.

Ele dá um beijo de boa-noite nas filhas, mas elas estão com tanto sono que mal reagem, a não ser Tala, que estica os bracinhos até o rosto dele por um segundo, antes de deixá-los cair em cima da barriga.

Brendan beija Libby por último, então me dá um abraço de lado (sempre o pior "abraçador" do mundo), e sinto uma onda de amor ainda maior por aquele homem do que senti no dia em que ele se casou com minha irmã.

— Que diabo — sussurra Libby, rindo. — Você está *chorando*?

— Cala a boca! — Jogo um travesseiro nela. — Você rompeu os músculos dos meus olhos. Agora não consigo mais parar.

— Você está chorando porque ama demais o Brendan — provoca ela. — Admita.

— Amo demais o Brendan — admito, rindo por entre as lágrimas. — Ele é *legal*!

Libby ri mais alto.

— Cara, eu *sei*.

Tala resmunga e rola no colchão, colocando o braço contra os olhos. Libby e eu nos deitamos uma do lado da outra, damos as mãos e ficamos examinando o número absurdo de constelações.

— Sabe de uma coisa? — sussurra Libby.

— Provavelmente — digo —, mas fala assim mesmo.

— Mesmo que você não consiga ver todas essas estrelas em Manhattan, elas também vão estar acima de você. Talvez a gente possa, toda noite, olhar para o céu ao mesmo tempo.

— Toda noite? — pergunto, cética.

— Ou uma vez por semana — diz ela. — Nós pegamos o celular, então olhamos para o céu, e vamos saber que ainda estamos juntas. Onde quer que a gente esteja.

Engulo um nó na garganta.

— A mamãe também vai estar com você — digo. — O fato de você estar deixando Nova York não quer dizer que vai deixar ela pra trás.

Libby se aconchega mais a mim e pousa a cabeça no meu ombro, o cheiro de amoras-silvestres ainda no cabelo.

— Obrigada.

— Pelo quê?

— Só obrigada — diz ela.

Ao menos esta noite, não sonho com a mamãe.

35

O CENTRO DA CIDADE é uma terra de sonhos, iluminada por luzinhas penduradas e embelezada com decorações diversas, mesas longas cobertas por belas toalhas de algodão e exibindo um monte de tortas. Há uma pista de dança na praça, e um caminhão com o logotipo da Coors vende cerveja atrás do gazebo. Ali perto, Amaya e a sra. Struthers anunciam vinho doado, cada taça muito bem servida. Duvido que elas tenham permissão para a maior parte dessas coisas, mas a verdade é que Libby me fez acreditar que praticamente todo mundo presente na reunião na prefeitura esteve envolvido de uma forma ou de outra em fazer isso acontecer, por isso há uma pequena chance de que tudo seja legal.

Eu, Brendan, Libby e as meninas paramos na Goode Books para dar uma olhada no evento de Dusty, mas o lugar está lotado e não nos demoramos. Charlie e Sally arrumaram as cadeiras novas — junto com as antigas cadeiras dobráveis — em fileiras no café, e a videoconferência com Dusty está sendo projetada na parede do fundo, enquanto o áudio sai pelos alto-falantes da loja; assim, até mesmo o fluxo interminável de visitantes conseguia ouvir enquanto eles compravam.

As meninas estão inquietas, por isso as levamos até a barraca do café Instantâneo, para comprar "vaca malhada cor-de-rosa".

— Isso é um erro terrível — comenta Libby, enquanto passa os copos de refrigerante-vermelho-com-sorvete-e-chantili para as filhas.

— Mas um erro delicioso — argumento.

— *E* — acrescenta Brendan, abaixando a voz — elas sempre caem duras depois de um pico de açúcar.

De volta à praça, nos empanturramos: de pipoca, de torta de chocolate e ruibarbo, de nozes-pecã açucaradas que me fazem pensar em manhãs frias no Central Park, e de um vinho local que tem que ser o pior que eu já tomei na vida, junto com outro que é realmente muito bom.

Dançamos com as meninas — canções pop que por algum motivo Bea conhece melhor do que Libby ou eu —, e, conforme a noite se adianta e fica totalmente escura e um pouco fria, Tala adormece nos braços de Brendan, enquanto ele e Clint Lastra conversam sobre bons lugares para fazer pesca esportiva, o "pesca e solta".

Brendan nunca pescou na vida, mas está determinado a tentar, e Clint está animado com a ideia de orientá-lo no processo.

Libby vai ser feliz aqui, penso enquanto os observo de longe. Ela vai ser feliz pra cacete, e isso vai tornar a distância suportável, ou quase.

Ela e Bea se afastam para ver se conseguem achar moletons ou mantas no carro alugado de Brendan, mas eu fico para trás, observando Gertie e a namorada, o casal mais velho que estava se bicando na reunião da prefeitura, além de uma dezena de outros pares que oscilam o corpo em movimentos sonolentos na pista da cidade.

Vejo Shepherd quando se abre um espaço na aglomeração, ele me dá um sorriso envergonhado e acena, antes de se aproximar.

— Oi pra você — diz.

— Oi — respondo. Depois de um momento constrangedor, começo a dizer: — Desculpa por...

Bem no momento que ele está falando:

— Eu só queria dizer...

Shepherd sorri de novo, aquele sorriso lindo de personagem principal de romance.

— Você primeiro — fala.

— Desculpa por ter te dado a impressão errada — digo. — Você é um cara incrível.

Ele dá outro sorriso carinhoso, ainda que vagamente decepcionado.

— Só não sou o *seu tipo* de cara incrível.

— Não — admito. — Acho que não. **Mas**, se algum dia você estiver em Nova York e precisar de um tour pela cidade... ou de uma copiloto.

— Eu procuro você. — Ele abafa um bocejo com as costas da mão. — Não estou acostumado a ficar acordado até tão tarde — diz, como quem se desculpa. — Acho melhor ir embora.

Obviamente Shepherd é uma pessoa matutina. A vida com ele teria muito sexo lento e romântico, com contato visual intenso e apaixonado, seguido pelo espetáculo do sol nascendo no vale. Shepherd, sem dúvida, será parte do final feliz de outra pessoa. Talvez ele já pertença a alguém de um modo que não pode ser explicado.

Para outra pessoa, Shepherd vai ser *fácil* da melhor maneira.

Como se o pensamento o tivesse invocado, Charlie aparece alguns metros atrás de Shepherd e, como sempre, meu coração se aquece e parece prestes a explodir, como um gêiser.

Shepherd me pega desviando os olhos para trás dele, como um girassol se inclinando em direção ao sol. Ele acompanha meu olhar até ver Charlie, e dá um sorriso de quem já entendeu tudo.

— Um bom voo pra você, Nora.

— Obrigada — digo, e ruborizo um pouco ao me dar conta de como sou transparente. — Se cuida, Shepherd.

Ele se afasta e se detém um momento para conversar com Charlie, já a caminho da saída da praça. Os dois trocam sorrisos, o de Charlie um pouco mais cauteloso, mas não tão na defensiva como naquele dia do lado de fora da Goode Books. Shepherd dá um tapinha no ombro dele enquanto diz alguma coisa, e Charlie olha na minha direção. Aquele gêiser de afeição explode mais uma vez no meu peito ao ver o sorriso discreto dele.

Depois de trocarem mais algumas palavras, os dois seguem cada um o seu caminho, Shepherd de saída e Charlie vindo na minha direção com um sorriso mais largo.

— Eu soube que você estava com frio — diz ele baixinho.

Charlie está segurando uma camisa de flanela que eu não tinha visto na mão dele. Olho na direção de onde Libby e Bea se juntaram a Brendan, e minha irmã me lança um sorrisinho rápido.

— Nossa — comento —, as notícias *realmente* voam por aqui.

— Uma vez, quando eu estava no ensino médio — conta Charlie —, resolvi do nada ir a um barbeiro raspar a cabeça. Os meus pais souberam antes de eu chegar em casa.

— Impressionante...

— Insano.

Ele abre a camisa e eu me viro, me sentindo como uma socialite delicada em um filme antigo em preto e branco, enquanto Charlie enfia a camisa pelos meus braços, então me vira novamente para ele e começa a abotoá-la.

— É sua? — pergunto.

— De jeito nenhum — fala Charlie. — Eu comprei pra você. — Diante da minha surpresa, ele ri. — Estava na sua lista. Comprei uma pra Libby também. Ela soltou um grito quando entreguei. Achei que estivesse entrando em trabalho de parto.

Por algum tempo, ficamos apenas sorrindo um para o outro. É o contato visual longo menos constrangedor da minha vida. Parece que nós dois nos inscrevemos para a mesma atividade, que é: existir, um *junto* do outro.

— Como estou? — pergunto.

— Parece uma mulher muito sexy usando uma camisa muito sem graça.

— Só ouvi o *sexy*.

Os lábios de Charlie se curvam no que provavelmente é o meu favorito entre os seus vários sorrisos, o que dá a impressão de que há um segredo guardado no canto da sua boca.

— Quer dançar, Stephens?

— Você quer? — pergunto, surpresa.

— Não — responde ele. — Mas quero tocar em você, e dançar é um bom disfarce.

Pego a mão dele e o puxo para a pista de dança, sob as luzinhas piscando, enquanto toca "Carolina in My Mind", de James Taylor, como se o universo quisesse me provocar, me fazer lembrar de que a Carolina do Norte não vai sair da minha mente...

Charlie pega minha mão e eu encosto o rosto no suéter dele, de olhos fechados para me concentrar na sensação. Gravo mentalmente cada detalhe de Charlie: o cheiro do perfume, LIVRO, e de limão, com aquela nota quase condimentada que é só dele; a lã fina e macia na minha pele e o peito firme por baixo; as batidas fortes e intensas do coração dele; seu rosto roçando minha têmpora; o tremor indescritível quando Charlie encosta a boca no meu cabelo e respira ali.

— Está animada pra comer? — pergunta ele, baixinho.

Abro os olhos para examinar as sobrancelhas grossas e sérias dele.

— Já comi. Jantei torta.

Charlie balança ligeiramente a cabeça.

— Estou falando de quando você voltar para Nova York.

— Ah. — Pressiono o rosto no ombro dele e seguro seu suéter com força, tentando mantê-lo, ou a mim, um pouco mais de tempo aqui. — Não temos que conversar sobre isso.

A pressão das mãos dele se torna mais forte por um momento, embora ainda gentil.

— Não me importo.

Fecho os olhos para conter as lágrimas, e digo após uma pausa.

— Estou morrendo de vontade de comida tailandesa.

— Tem um restaurante tailandês fantástico na esquina do meu apartamento — diz ele. — Um dia levo você lá.

Eu me permito imaginar de novo: Charlie no meu apartamento, diante do notebook, o rosto sério enquanto lê no meu sofá. Gelo nos cantos do vidro da janela, atrás dele, flocos de neve derretendo pelo vidro, luzes de Natal ao redor dos postes de luz na rua abaixo, pessoas carregando enormes sacolas de compra passando na calçada.

Eu me permito imaginar essa sensação se prolongando. Imagino um mundo dentro de um mundo para mim e Charlie, afastando os muros de pedra alguns centímetros para trás para que a gente caiba ali dentro, e sem passar cada segundo procurando por rachaduras.

Isso, penso de novo, *é que é sonhar.*

Então, porque preciso disso — porque, se alguém merece ser tratado com honestidade, essa pessoa é Charlie —, convido a verdade a se adiantar e recontar a história.

Eu trabalhando doze horas por dia, tentando passar adiante os meus clientes na agência, depois me adaptando a um novo emprego. Charlie exausto dos longos dias de trabalho na livraria, de fins de semana ocupados em acompanhar o pai a sessões de fisioterapia, horas perdidas procurando no Google como consertar vazamentos de pias e como trocar telhas soltas.

Ligações perdidas. Mensagens de texto se acumulando sem resposta. Mágoa. Dor. Saudade um do outro. Visitas canceladas por causa de emergências de trabalho ou de família. Nós dois tentando nos esticar demais, nossos corações estendidos por estados demais, a tensão insuportável.

Meu peito se aperta de tanta dor. Charlie me disse que alguém precisava se certificar de que eu tivesse o que precisava, mas ele merece a mesma coisa.

Meu coração dispara e meu corpo parece prestes a se desfazer

— *Charlie*.

Há um longo silêncio. Ele engole em seco. Sua voz é um sussurro rouco quando diz:

— Eu sei. Mas não fala ainda.

Não olhamos um para o outro. Se olharmos, vamos saber que esse jogo de faz de conta terminou, por isso só nos abraçamos.

O relacionamento de longa distância de Charlie foi o pior da vida dele. O meu quase acabou comigo. Ele está certo quando diz que o que está acontecendo agora é diferente, que somos *nós*, e que nós nos entendemos, mas esse é o motivo por que não posso fazer isso.

— Uma semana atrás — admito —, eu gostava tanto de você que teria desejado tentar ao menos fazer isso dar certo. — Engulo com dificuldade, sentindo a garganta apertada, mas com esforço consigo falar: — Mas agora eu acho que talvez ame você demais para isso.

Fico surpresa ao me ouvir falar. Não porque eu não tivesse consciência de como me sentia... mas porque nunca fui a primeira pessoa a dizer a palavra começada com A. Nem com Jakob.

— Você não tem que dizer nada — me apresso a acrescentar.

Sinto o maxilar dele flexionando junto à minha têmpora.

— É claro que eu amo você, Nora. Se amasse menos, estaria tentando te convencer de que você poderia ser feliz aqui. Você não tem ideia de como eu desejaria poder ser o bastante.

— Charlie... — começo a dizer.

— Não estou me depreciando — afirma ele, baixinho, junto ao meu ouvido. — Só não acho que é assim que funciona na vida real.

— Se alguém pudesse ser o bastante — falo —, acho que seria você.

Ele me abraça com mais força, e sua voz agora é apenas um sussurro baixinho.

— Fico feliz por termos tido o nosso momento. Mesmo que não tenha durado tanto quanto nós queríamos.

As lágrimas se acumulam de tal forma nos meus olhos que a pista de dança se dissolve em faixas de luz e cor.

— Mas — finalmente consigo dizer, e fecho os olhos com força — foi perfeito pra cacete.

— Você vai ficar bem, Nora — sussurra Charlie novamente junto à minha têmpora, soltando as mãos. — Vai ficar mais do que bem.

Como eu tinha pedido, não há despedida. Quando a música termina, ele pousa um último beijo na curva do meu queixo. Fecho os olhos.

Quando volto a abri-los, ele se foi.

Mas ainda sinto Charlie por toda parte.

Eu *sou* Heathcliff.

ENQUANTO SAIO APRESSADA na direção da parte escura na praça, mando uma mensagem para Libby e para Brendan, avisando que vou encontrar os dois em casa.

— Está indo embora?

Não só solto um grito de surpresa como jogo minha bolsa longe, e ela cai dentro de um canteiro.

— Não tive a intenção de assustar você.

Clint Lastra está sentado em um banco, com o andador ao lado, e algumas mariposas perdidas circulando acima da cabeça.

Pego minha bolsa de volta e seco os olhos o mais discretamente possível.

— Vou pegar o avião amanhã cedo.

Ele assente.

— Eu não me importaria de ir para a cama também, mas a Sal não me deixa fora da vista. — Clint me lança um olhar cauteloso. — É difícil ficar velho. Todo mundo trata a gente como criança de novo.

— Eu daria qualquer coisa para ver a minha mãe ficar velha. — As palavras escapam da minha boca antes que eu me dê conta de que não foi apenas um pensamento.

— Você está certa — diz Clint. — Tenho sorte. Ainda assim, não consigo evitar a sensação de que estou falhando com ele.

Sinto minhas sobrancelhas se levantarem.

— Com quem? O Charlie?

Os cantos da boca de Clint se inclinam para baixo.

— Não devia ter sido assim. Ele não devia estar aqui.

Hesito, me sentindo dividida por um momento em relação a quanto dizer, ou mesmo se devo dizer alguma coisa. Mal falei com Clint nas semanas que passei aqui.

— Talvez não — digo, a voz tensa. — Mas significa muito para o Charlie poder estar aqui por você. É importante pra ele.

Clint lança um olhar melancólico na direção das pessoas na pista de dança, onde Charlie e eu estávamos momentos antes.

— Ele não vai ser feliz.

Não tenho certeza se é simples assim. Não é como se eu não fosse ser feliz se estivesse aqui, com Libby. A sensação seria mais de estar pegando emprestado o jeans de outra pessoa. Ou como se tivesse tirado uma folga da minha vida, como se aquele fosse um período em que tivesse saído por algum tempo do meu próprio caminho.

Já fiz isso antes, e nunca me arrependi exatamente. Sempre houve coisas por que ser grata.

A vida é assim. Estamos sempre tomando decisões, seguindo por caminhos que nos levam para longe do resto antes que a gente possa ver onde vão terminar. Talvez seja por isso que nós, como espécie, gostamos tanto de histórias. Todas aquelas oportunidades de recomeços, de viver vidas que nunca teremos.

— Ele quer estar aqui, para ajudar você e a Sally — aponto. — O Charlie está se esforçando muito para ser o que acha que você precisa que ele seja.

O Confirmado Cara Legal Clint Lastra seca o rosto. Suas mãos tremem um pouco quando pousam na perna.

— Ele sempre foi especial — diz Clint. — Como a mãe. Mas às vezes... bem, acho que a Sally sempre gostou de se destacar um pouco.

Ele torce os lábios.

— Acho que o meu filho passou a maior parte da vida se sentindo sozinho. — Clint lança um longo olhar de lado na minha direção, avaliando, provocando a mesma sensação de raio X em que o filho dele é tão bom. — Ele anda diferente nessas últimas semanas.

Clint ri para si mesmo.

— Sabe, eu tentava ler um livro por mês com ele. Fiz isso durante todo o ensino médio, e na universidade também. Eu pedia recomendações de livros... a última coisa que o Charlie tinha lido e adorado, por isso nós sempre tínhamos assunto, um assunto que importava para ele. O meu filho provavelmente tinha catorze anos na primeira vez que eu li um dos livros dele e pensei: *Merda. Esse garoto me superou.*

Quando estou prestes a argumentar, Clint levanta a mão.

— Não estou dizendo isso para me depreciar, sou um homem bem inteligente, do meu jeito. Mas fico encantado com o meu filho. Eu poderia ouvir aquele garoto falar por muito mais tempo do que ele jamais falou, sobre praticamente qualquer coisa. A primeira vez que a Sal e eu o visitamos em Nova York, tudo fez sentido. Era como se o Charlie estivesse vivendo pela metade até aquele momento. Não é isso que um pai ou uma mãe quer para seus filhos.

Pela metade.

— Ele anda diferente essas últimas semanas. — No jeito que ele torce os lábios, vejo traços do filho, biológico ou não. — Mais confortável. Mais ele mesmo.

Eu também estou diferente.

Me pergunto se também estive vivendo pela metade. Com o trabalho de agente. Com os namoros. Me forçando a uma fôrma que parecia apenas firme e segura, em vez de certa.

— Sabe — digo com cuidado, porque não quero expor Charlie de forma alguma, mas ainda assim *preciso* me colocar ao lado dele, sem escolher a polidez, ou a simpatia, sem querer satisfazer a ninguém mais do que a ele —, talvez você esteja tentando provar que não precisa do Charlie, porque acha que ele não quer estar aqui. Mas não aja como se o seu filho não estivesse fazendo nada de bom, ou como se ele não pudesse ajudar. Este lugar já deu razões demais ao Charlie para sentir que era o tipo errado de pessoa, e a última pessoa que ele precisa achar que pensa assim é você.

Clint arregala os olhos e abre a boca para objetar.

— Não importa se é assim que você se sente ou não, e sim como parece para o Charlie — concluo. — E, se você *deixar* que ele te ajude, o Charlie vai ajudar. Melhor do que você jamais teria esperado.

E com isso eu me viro e me afasto, antes que mais lágrimas caiam.

36

Quando saio do prédio para a tarde fria de setembro, uma confusão rosa e laranja se joga em cima de mim. O perfume de limão e lavanda de Libby envolve meus ombros enquanto ela grita:

— Você conseguiu!

— Se por *conseguiu* você está se referindo ao fato de eu ter completado o primeiro passo de um processo de entrevistas que talvez não leve a lugar algum, então eu sem dúvida consegui.

Ela se afasta, sorrindo. Seu cabelo está quase todo loiro de novo, mas as roupas são coloridas como sempre.

— O que eles disseram?

— Que vão entrar em contato — respondo.

Libby me dá o braço e me vira na direção da calçada.

— Você conseguiu.

Meu estômago está dando cambalhotas de nervoso.

— Estou me sentindo como se fosse o primeiro dia de aula, eu estivesse nua *e* tivesse esquecido a combinação de números do cadeado do meu armário. Espera... não, é o *último* dia de aula, e não assisti a nenhuma aula de matemática, além de todas as coisas antes mencionadas.

— A insegurança é boa pra você — diz Libby. — Você sempre quis isso, irmã. É uma boa coisa. Agora vamos, estou faminta. Está com a lista?

— Ah, você está se referindo a *esta lista*? — pergunto, enquanto pego uma folha de papel plastificada, onde minha irmã listou tudo o que precisamos comer, beber e fazer antes de ela ir embora.

Vejo Libby quase todos os dias. Para almoçar, ou para uma caminhada até o parquinho perto da casa dela, ou ainda para sentar no chão da sala de estar da casa dela para guardar bichos de pelúcia e macacões minúsculos em caixas de papelão. (Às vezes choro um pouco ao ver macacõezinhos minúsculos que já tinham sido usados por Bea, depois por Tala, e que logo seriam herdados pelo Bebê Número Três.)

Em um sábado, levamos as meninas ao Museu de História Natural e passamos duas horas e meia no salão onde está a baleia enorme. Outra noite, Brendan, Libby e eu nos encontramos na nossa pizzaria favorita, em Dumbo, e ficamos na varanda, conversando, até os garçons começarem a recolher tudo e fazer a limpeza para fechar o lugar.

Pagamos um preço abusivo para desenharem as nossas caricaturas no Central Park. Pedimos a um turista para tirar uma foto de família nossa na fonte Bethesda. Nos encontramos para comer crepes, domingo após domingo, no lugar favorito de Libby em Williamsburg.

Então, novembro chegou.

Eles partiram em uma quinta-feira de sol, bem cedo. As meninas estavam tão sonolentas que conseguimos colocá-las no caminhão de mudança sem muita confusão, e me senti secretamente desapontada. Me mata ouvir as duas chorando e gritando *tia Nono*, mas *não* ouvir isso talvez tenha sido pior.

Brendan e eu nos despedimos com um abraço, então ele subiu no caminhão alugado para a mudança, para dar um pouco de privacidade a mim e a Libby.

— Corre! — sussurro alto para Libby, e Brendan sorri para mim, antes de fechar a porta.

Libby já está chorando. Ela disse que acordou chorando. Eu não, mas a verdade é que nem sei se cheguei a dormir.

Na terceira vez que acordei assustada, entrei na internet e marquei uma consulta com uma psicoterapeuta, e outra com um especialista em distúrbios do sono, então encomendei quatro livros que prometiam ter ajudado "milhões na mesma situação (que eu)!".

Foi quase bom ter outra coisa em que me concentrar no meio da madrugada.

— Vamos nos falar o tempo todo — promete Libby. — Você vai enjoar de mim.

O vento está gelado, e seguro os dedos dela junto aos meus lábios, para esquentá-los com meu hálito.

Ela revira os olhos, com um sorriso choroso no rosto.

— Você ainda é muito mãezona.

— Olha quem está falando... — Eu me inclino e beijo a barriga dela. — Seja bonzinho, Bebê Número Três, e a tia Nono vai levar um presente pra você quando for te visitar. Uma moto, talvez, ou algumas drogas recreativas.

— Não sei o que dizer. — A voz de Libby falha.

Puxo minha irmã para um abraço.

— Isso é uma merda.

Ela relaxa nos meus braços.

— Isso realmente é uma merda.

— Mas também é incrível — lembro. — Você vai ter uma casa muito legal, e as janelas não dão para o velho que nunca usa calça, e vai usar aqueles vestidos florais caríssimos quando der jantares, com arranjos de flores frescas espalhados por todas as superfícies da casa, e suas filhas vão ficar fora até tarde, caçando vaga-lumes com as crianças do bairro, e o Brendan provavelmente vai aprender, sei lá, a cortar lenha, vai se tornar um cara musculoso, e vai carregar você no colo como se estivessem em um livro romântico.

— Então, *você* vai nos visitar — me interrompe Libby. — E nós vamos ficar acordadas a noite toda conversando. Vamos beber gim-tônica demais, e eu vou te convencer a cantar Sheryl Crow comigo na noite de karaokê do Papai Agachado, e vamos a uma fazenda de árvores de Natal *de verdade*, e vamos apresentar *Núpcias de escândalo* às meninas, e elas vão dizer: *Ei, estou enganada ou o Cary Grant é meio cretino? Por que ela não termina com o Jimmy Stewart?*

— E vamos ter que dizer a elas que algumas pessoas simplesmente têm mau gosto — concordo, o tom solene.

— Ou que às vezes não há um, mas dois caras sexy disputando o coração da gente, e temos que girar e escolher um deles aleatoriamente, então casar o outro com a colega de trabalho dele.

— Amor? — chama Brendan do caminhão, com uma careta contrita.

Libby assente, compreendendo, e nos afastamos, embora ainda segurando uma o braço da outra, como se estivéssemos nos preparando para girar em círculos, em alta velocidade, e não quiséssemos que a inércia nos separasse. O que, na verdade, é uma descrição bem precisa da situação.

— Isso não é um adeus — diz Libby.

— É claro que não — falo. — Nadine Winters nunca se lembra de dizer olá, nem adeus.

— Além disso, nós somos irmãs — lembra ela. — Estamos presas uma à outra.

— Isso também.

Ela me solta e sobe no caminhão.

Quando eles começam a se afastar, meus olhos ficam marejados. Finalmente posso dar vazão às lágrimas que guardei por todo esse tempo. Finalmente conquistei o direito a elas.

O branco e o laranja do caminhão que leva Libby e a família dela se misturam até parecer que estou olhando para uma pintura em aquarela que foi deixada na chuva, vendo minha família se desintegrar em faixas coloridas. Fico olhando para o borrão em que se transformou o caminhão conforme ele vai encolhendo. Uma quadra. Duas. Três. Então eles dobram e se vão, e é como se eu fosse um bloco de concreto que acabou de se partir ao meio, e tivesse acabado de perceber que, por dentro, está tudo fora do lugar.

Eu me sinto um bagaço.

E agora estou chorando muito. Não são soluços baixos e fofinhos. São feios. Pessoas passam por mim na calçada. Algumas me lançam um olhar cauteloso. Outras têm uma expressão solidária. Uma mulher por volta da minha idade passa por mim e me entrega um lenço de papel, sem nem diminuir o passo. Seguro aquele lenço como se fosse uma manta de bebê, sem conseguir fazer nada além de chorar mais *e* rir ao mesmo tempo, sentindo o abdome ricochetear entre riso e choro.

É como a mamãe costumava dizer: não somos nova-iorquinos de verdade até estarmos dispostos a expor nossas emoções e, só agora, depois de tomar a decisão firme de ficar na cidade, é que cruzei esse último portal.

Sento nos degraus de entrada de Libby — nos *antigos* degraus de entrada dela —, rindo e chorando tão histericamente que não consigo mais discernir entre uma coisa e outra. Só quando meu celular começa a tocar é que consigo me recompor um pouco.

Fungo e enxugo parte das lágrimas, enquanto pego o celular do bolso e vejo na tela quem está ligando.

— Libby? — atendo. — Está tudo bem?

— O que houve? — pergunta ela.

— Nada? — Passo as costas das mãos pelos olhos. — E você?

— Não muito — responde ela, com um suspiro. — Só senti saudade de você. Aí tive vontade de ligar e dizer oi.

Sinto o coração aquecer com um calor gostoso que chega aos meus dedos dos pés e das mãos, até estar tão quentinha que dói. Estou transbordando. Ninguém deveria ter tanto amor espalhado pelo corpo de uma só vez.

— Como está Nova York neste momento? — pergunta ela.

Eles se foram há oito minutos.

— O Brendan está correndo demais?

— Só me conta — ela pede. — Quero ouvir *você* descrevendo a cidade.

Olho ao redor, para a agitação que me cerca, vejo as folhas começando a ficar amarelas e vermelhas nas árvores próximas. Um homem está descarregando caixotes de frutas para a mercearia do outro lado da rua. Uma senhora com o cabelo muito preto, coberto parcialmente por um chapéu de caubói branco, decorado com pedras cintilantes, escolhendo DVDs que um cara está vendendo em uma mesa dobrável. (Libby e eu demos uma olhada na banca do cara antes de nos afastarmos e vimos que oitenta e cinco por cento da coleção de DVDs contava com a participação de Keanu Reeves, o que levanta a pergunta: aquele homem e o Keanu Reeves tiveram algum grande desentendimento?)

Sinto cheiro do kebab que está sendo preparado mais abaixo, na rua. Um carro buzina a distância, e uma mulher que pode ou não ser uma atriz que vi na série *Law & Order:* SVU passa apressada, usando enormes óculos de sol, levando na coleira um Boston terrier minúsculo e ágil.

— E então?

É a minha casa.

— A mesma boa e velha Nova York.

— Eu sabia. — Consigo ouvir o sorriso na voz dela.

Libby queria que eu fosse com ela, mas está feliz por eu estar fazendo o que quero.

Eu queria que ela ficasse, mas espero que minha irmã encontre tudo o que está buscando e mais ainda.

Talvez o amor não deva ser construído com base em sacrifícios, mas talvez também não possa existir sem eles.

Não o tipo de sacrifício que força duas pessoas a ficar onde elas não cabem, mas do tipo que sempre deixa espaço para o outro crescer. Concessões que dizem: sempre vai haver um espaço no seu molde no meu coração, e, se o seu molde mudar, vou adaptá-lo.

Não importa aonde formos, nosso amor sempre vai se estender para nos manter unidas, e isso me faz sentir que... que vai ficar tudo bem.

37

No DIA 12 DE DEZEMBRO, às onze e vinte da manhã, sigo para a Freeman Books.

Esse era o único dia do ano que eu sempre tirava folga da agência, e, assim que comecei a trabalhar na Loggia Publishing, também pedi o dia doze de folga lá.

A curva de aprendizagem é brutal, mas, depois de tantos anos sabendo exatamente como fazer meu trabalho, o desafio também é muito empolgante. Examino os originais de cada autor recém-herdado como uma arqueóloga que acabou de descobrir um sítio arqueológico.

É possível ser uma fanática por editar livros?

Se for, é isso que eu sou.

Quase detesto perder o dia de trabalho hoje, mas, se não vou estar no escritório, pelo menos vou estar cercada por palavras.

Caminho devagar, aproveitando o sol que apareceu de surpresa e derrete a neve em poças lamacentas na calçada, enquanto o calor débil se infiltra no meu casaco em padrão espinha de peixe favorito.

Na lanchonete onde a mamãe trabalhava, compro uma xícara de café e um pãozinho doce. Já faz bastante tempo que ninguém me reconhece aqui, mas tenho certeza de que no caixa está a mesma pessoa que atendeu a mim e a Libby no *último* 12 de dezembro, e isso basta para me encher de uma agradável sensação de pertencimento.

Então, a dor aguda, como se eu tivesse esbarrado na parte em carne viva do meu coração: *Charlie deveria estar aqui.* Não evito pensar nele, como eu costumava fazer com Jakob. Mesmo que doa, quando Charlie surge na minha mente, a sensação é a de lembrar de um livro favorito. Um livro que deixou você arrasado no final, com certeza, mas que também mudou sua vida pra sempre.

Passo por uma floricultura com uma tenda de plástico aquecida ao redor da vitrine e entro para comprar um buquê de flores de um vermelho profundo, com algumas folhagens de um verde prateado e minúsculos botões brancos. Não sei nada de flores, mas, como essas estão desabrochando no inverno, devem ser resistentes, e as respeito por isso.

Às onze e quarenta e cinco, ainda estou a duas quadras de distância, e meu celular vibra no bolso do casaco. Enfio o buquê na dobra do braço e pego o aparelho no bolso, então arranco a luva com os dentes para destravar o celular e ler a mensagem de Libby.

Feliz aniversário!, escreve ela, como se estivesse escrevendo uma mensagem para a mamãe.

Feliz aniversário, escrevo de volta, sentindo o peito apertado. É difícil estarmos separadas hoje. Essa é a primeira vez que tenho que fazer isso sem minha irmã ao meu lado.

Chamada de vídeo mais tarde?, escreve ela.

Claro, digo.

Ela digita por um minuto, e eu acelero o passo pela última quadra.

Você já comprou o meu presente?, leio.

Desde quando nós trocamos presentes pelo aniversário da mamãe?, pergunto.

Desde que estamos passando a data separadas, responde ela.

Ah, não comprei nada pra você.

Tudo bem, diz Libby. Você fica me devendo um. Mas ainda não recebeu o seu?

Não, escrevo. Tô na rua.

Ah, escreve ela. Já tá na Freeman?

Daqui a três segundos. Empurro a porta com o ombro e entro no ambiente empoeirado e aquecido que me é tão familiar.

Vou deixar você, então, diz ela. Mas manda uma foto quando o presente chegar, tá?

Respondo com um polegar erguido e um coração, então guardo o celular e as luvas nos bolsos, para estar com as mãos livres.

Vou direto para as prateleiras de livros românticos. Este ano vou comprar duas cópias do livro que escolher, e mandar uma pelo correio para Libby. Ou, melhor ainda, vou levar comigo quando for passar as festas de fim de ano com ela, e esperar o nascimento do Bebê Número Três.

Enquanto caminho pelo meio de centenas de lombadas imaculadas, o tempo passa sem que eu me dê conta, como se tudo fluísse mais lentamente. Não tenho nenhum outro lugar para estar. Nada para fazer além de ler sumários, reparar em citações nas sobrecapas empoeiradas, checar algumas últimas páginas e deixar outras sem ler. E sempre me perguntando: *E esse, mãe? Você gostaria desse?*

Então: *Eu gostaria desse?* Porque isso também importava.

Sempre que estou diante de uma fileira de livros, é como se conseguisse ouvir a risada alta da mamãe, sentir seu perfume de lavanda. Uma vez, Libby e eu estávamos tão concentradas no nosso processo do 12 de dezembro que, por cerca de dez minutos, não percebemos que o homem de capa de chuva perto de nós estava se esforçando para conseguir se expor sexualmente para nós.

(Quando isso aconteceu, e eu finalmente reparei no que ele estava fazendo, me ouvi dizer *Não* com toda a calma, e uma expressão desinteressada no rosto — com um livro ainda na mão. A expressão no rosto dele me fez sentir a maior onda de poder que eu já tinha experimentado até ali, e Libby e eu rimos por semanas do que, caso contrário, poderia ter sido uma experiência bastante traumática.)

Portanto, embora eu esteja consciente de algumas outras pessoas se movendo próximas a mim, não dou muita atenção a elas até estender a mão para pegar o romance *Curmudgeon*, de January Andrews, e ver que outra pessoa fazia a mesma coisa, ao mesmo tempo que eu.

Acho que a maior parte das pessoas logo diria, *Desculpa!* Mas o que sai da *minha* boca é:

— Droga!

Nenhum de nós solta o livro — típicos nova-iorquinos —, e eu me viro na direção do meu rival, sem a menor vontade de recuar.

Meu coração para.

Tudo bem, eu sei que ele não para.

Ainda estou viva.

Mas me dou conta de que todos os milhares de autores que já usaram essa expressão queriam descrever a sensação de seguir a trilha da própria vida por anos, até de repente esbarrar em alguma coisa que transforma para sempre essa mesma vida.

O modo como a sensação atravessa a gente, a partir do centro do nosso corpo. Como a gente sente isso na boca e nos dedos dos pés ao mesmo tempo, como uma dezena de minúsculas explosões.

Então, o calor se espalha do peito para o abdome, para as coxas, para as palmas das mãos, como se o mero fato de ver aquela pessoa despertasse uma espécie de crisálida.

Meu corpo se moveu do inverno para a primavera, com todos aqueles brotinhos desorganizados, abrindo caminho através de uma camada de neve. A primavera está viva e desperta na minha corrente sanguínea.

— Stephens — diz Charlie baixinho, como um xingamento, uma prece ou um mantra.

— O que você está fazendo aqui? — sussurro.

— Não sei como começar a responder.

— A Libby. — Agora sei o que está acontecendo. — Você... você é o meu presente?

Os lábios dele se curvam em um sorriso travesso, mas seu olhar é suave, quase hesitante.

— De certo modo.

— De que modo?

— A Goode Books — diz Charlie, o tom cauteloso — está sob nova gerência.

Balanço a cabeça, tentando clarear as brumas que não me deixam pensar direito.

— A sua irmã assumiu?

Ele balança a cabeça.

— A sua.

Abro a boca, mas não sai nenhum som. Quando volto a fechá-la, meus olhos estão marejados.

— Não entendi.

Mas uma parte de mim entende.

Ou quer acreditar que sim.

Tenho *esperança*. E essa esperança é como o nó dourado de um fio cintilante, emaranhado demais para fazer sentido.

Charlie devolve o livro que nós dois estávamos segurando para a prateleira, então se aproxima e pega a minha mão.

— Três semanas atrás — conta ele —, eu estava na livraria, e a nossa família apareceu.

— A nossa família? — repito.

— A Sally, o Clint e a Libby — explica Charlie. — Eles levaram um arquivo em PowerPoint.

— Um PowerPoint? — repito, o cenho franzido.

Ele sorri.

— Estava tudo muito organizado — explica Charlie. — Você teria adorado. Talvez eu te mande uma cópia por e-mail.

— Não entendo — digo. — Como você está aqui?

— Eles fizeram uma lista. Doze Passos para Reunir Almas Gêmeas... *que*, a propósito, envolvia várias citações da Jane Austen. Não sei bem se isso foi coisa da Libby ou do meu pai. Mas, pelo que vi, eles tinham argumentos muito convincentes.

As lágrimas se acumulam nos meus olhos, no meu nariz, no meu peito.

— Por exemplo...?

Agora Charlie abre um sorriso largo, e é como se houvesse uma tempestade elétrica atrás de seus olhos.

— Por exemplo, argumentaram que eu estou desesperado para ver a sua bicicleta Peloton na vida real — diz ele. — E que eu preciso saber se o seu colchão merece a fama que tem. E, mais importante, porque estou muito, muito apaixonado por você, Nora.

— Mas... mas o seu pai...

— Terminou a fisioterapia mais cedo do que nós esperávamos — informa Charlie. — Segundo dizia o PowerPoint, "com honras", mas tenho oitenta e oito por cento de certeza de que isso não é verdade. E a Libby assumiu a loja. As meninas correm para cima e para baixo o dia todo, e a Tala cria grandes dificuldades para todos que tentam sair sem comprar alguma coisa. É lindo de ver. A Libby também me pediu para dizer a você que ela e o Brendan são os "Pobres de Manhattan, mas Ricos da Carolina do Norte", por isso, depois que o bebê nascer, a diretora Schroeder vai ajudar na livraria, enquanto a Libby estiver de licença, então, quando a sua irmã estiver pronta para voltar ao trabalho, ela vai contratar uma babá, por isso você pode parar de se preocupar, antes mesmo de começar.

Dou uma risada chorosa e balanço novamente a cabeça.

— Você disse que a sua mãe nunca deixaria ninguém de fora da família administrar a loja.

Charlie pousa os olhos no meu rosto, agora sério.

— Acho que ela tem esperança de que a Libby não seja "de fora da família" para sempre.

É isso. O dique se rompe, e eu me desfaço em lágrimas felizes e fungadas, enquanto Charlie segura meu rosto entre as mãos.

— Eu disse aos meus pais que não poderia deixá-los se eles precisassem de mim, e sabe o que eles disseram?

— O quê? — Minha voz trava quatro vezes nessa brevíssima pergunta.

— Disseram que *eles* são os pais. — A voz dele sai embargada. — Parece que não precisam de "porra nenhuma" de mim, só que eu seja feliz. E não se incomodariam em ter uma nora sexy e gata.

Não sei se choro ou rio mais, ou talvez seja melhor só gritar bem alto. Um grito animado, não um grito de medo. (Será que *esse* é o jeito certo de dizer *Spaaaahhh?*)

— Está citando a Sally literalmente? — pergunto.

Charlie sorri.

— Parafraseando.

O nó está se desfazendo, se desemaranhando, subindo pela minha garganta e criando raízes no meu estômago.

— Nora Stephens — continua ele —, vasculhei o meu cérebro e isso é o melhor que eu consegui pensar, por isso espero sinceramente que você goste.

Ele ergue os olhos e tudo ali, no seu rosto, na sua postura, tudo *nele* feito de ângulos agudos e sombras, tudo é conhecido, tudo é perfeito. Talvez não para outra pessoa, mas para mim.

— Eu me mudo de volta para Nova York — diz ele. — Consigo outro emprego como editor, ou talvez trabalhe como agente, ou tente escrever de novo. Você continua a sua carreira na Loggia, e nós dois passamos o tempo todo ocupados. Enquanto isso, em Sunshine Falls, a Libby toca o negócio local que ela salvou, e os meus pais mimam as suas sobrinhas como se elas fossem as netas que os dois desejam tão desesperadamente, e o Brendan provavelmente não consegue melhorar muito como pescador, mas consegue relaxar e talvez até tire férias com a sua irmã e as filhas. E você e eu... saímos pra jantar.

Ele faz uma pausa.

— Onde você quiser, sempre que você quiser. Vamos nos divertir muito sendo pessoas urbanas, e vamos ser felizes. Você me deixa te amar tanto quanto eu sei que posso, pelo tempo que eu sei que posso, e você *vai* ter tudo o que quiser. É isso. Isso foi o melhor que eu consegui pensar, e... cacete, estou torcendo muito pra que você diga...

Eu o beijo, então, como se não houvesse uma pessoa lendo um dos romances dos Bridgerton a um metro e meio de distância, como se tivéssemos acabado de nos encontrar em uma ilha deserta, depois de meses separados. Estou com as mãos no cabelo dele, minha língua encosta em seus dentes, ele passa as mãos pelas minhas costas e me puxa junto ao corpo — estamos nos agarrando publicamente com a maior desfaçatez que já experimentei até então.

— Eu amo você, Nora — diz Charlie, quando nos afastamos alguns centímetros para respirar. — Acho que amo tudo em você.

— Até a minha bicicleta Peloton? — pergunto.

— É um ótimo equipamento — declara ele.

— O fato de eu checar o meu e-mail fora do horário de trabalho?

— Isso só torna mais fácil compartilhar histórias eróticas do Pé--Grande sem ter que atravessar a sala — responde Charlie.

— Às vezes eu uso sapatos que não são *nada* práticos — acrescento.

— Não vejo nada de pouco prático em ser sexy — diz ele.

— E quanto à minha sede de sangue?

Seus olhos ficam pesados quando ele sorri.

— Essa talvez seja a minha parte favorita. Seja o meu tubarão, Stephens.

— Eu já era — falo. — Sempre fui.

— Eu amo você — volta a dizer ele.

— Também amo você.

Não preciso forçar as palavras a passarem por uma garganta apertada. Aquilo é simplesmente a verdade, e sai com facilidade, como um fio de fumaça, um suspiro, outra flor flutuando em um rio que carrega bilhões delas.

— Eu sei — diz Charlie. — Consigo ler você como se fosse um livro.

EPÍLOGO

Seis meses depois

H Á BALÕES NA VITRINE, e um quadro-negro na frente da loja. Pelo reflexo suave no vidro, dá para ver as pessoas se aglomerando, brindando com taças de champanhe, conversando, rindo, andando ao redor.

Para os não iniciados, parece uma festa de aniversário. Afinal, há uma garotinha com cabelo loiro-avermelhado ondulado — que acaba de fazer quatro anos — que roubou um dos cupcakes de uma torre nos fundos da loja, e agora está correndo ao redor das pernas dos adultos, esbarrando em cadeiras e estantes, o rosto manchado da cobertura roxa dos bolinhos.

Ou as pessoas poderiam estar celebrando a irmã mais velha e bem magrinha dela, com a franja lisa de um castanho-acinzentado, que finalmente, depois de alguma dificuldade, aprendeu a ler. (Ela agora passa quase o dia todo enrodilhada no pufe verde da sala de livros infantis com um livro no colo.) Ou toda aquela festa poderia ser para o bebê encaixado no quadril da mulher de cabelo cor-de-rosa. Ela engatinhou pela primeira vez apenas nove dias antes (embora tenha sido para trás, e só por um segundo), e quem visse a cena acharia que a menina tinha acabado de ganhar o Prêmio Nobel, considerando os gritos da mãe e da tia, esta última por chamada de vídeo. ("Faz de novo, Kitty! Mostra pra tia Nono que você é o bebê mais rápido e mais atlético de todos os tempos!")

Também há motivo de celebração para o marido da mulher de cabelo cor-de-rosa. Depois de *semanas* frequentando o Clube de Pescaria Esportiva, ele finalmente pescou alguma coisa bem cedo naquela manhã, enquanto a neblina pesada ainda cobria o rio — mesmo que *tenha sido* só um sutiã muito grande...

A ladra de cupcake de quatro anos passa em disparada por entre as pernas dele e esbarra no senhor alto, usando bengala. E ri quando ele desarruma o seu cabelo. Alguém dá uma palmadinha no braço dele e o cumprimenta por ter finalmente se aposentado.

— Agora tenho mais tempo para limpar as calhas em casa — diz o homem.

Talvez todos estejam aqui em homenagem à mulher de olhos doces e ruguinhas de riso, que se move em uma nuvem de jasmim e maconha — dois quadros dela acabaram de ser aceitos em uma mostra coletiva.

Ou talvez estejam comemorando o fato de a loja onde acontece a festa ter tido seu mês mais rentável em oito anos.

Poderia ser também uma celebração do fato de que, depois de meses trabalhando por conta própria, o homem de sobrancelhas grossas, com um sorriso de lábios cheios, tenha acabado de aceitar uma oferta de emprego na Wharton House Books, em um cargo muitos níveis mais alto do que quando ele trabalhou antes na editora. Ou tudo isso poderia ter alguma coisa a ver com a caixinha de veludo que ele não para de revirar no bolso do paletó. (Não há nada dentro da caixa... ela mencionou mais de uma vez que, se algum dia se casasse, ela mesma escolheria a aliança.)

Ou quem sabe seja porque a mulher loira platinada que está apoiada nele já saiba há semanas como vai responder ao pedido. (Ela fez uma lista de prós e contras, mas terminou escrevendo apenas o nome dele embaixo de *prós* e *possivelmente usar por toda a vida uma joia que não escolhi???* embaixo de *contras*.)

A reunião em questão também poderia ter sido organizada para a mulher usando óculos de lente muito grossa, que segura na mão uma taça de champanhe, enquanto se aproxima do microfone colocado no centro da livraria, com uma pilha de livros com a capa em um tom de cinza-ardósia arrumada em cima de uma mesa ao lado dela — deixando os leitores ao redor em silêncio, concentrados, à espera de que ela comece a falar, que apresente essa nova história a um mundo que vem esperando ansiosamente por ela.

— Para qualquer pessoa que queira tudo — começa ela —, que ela possa encontrar algo que seja mais do que o bastante.

Ela se pergunta se o que virá a seguir estará à altura das expectativas.

Ela não sabe. A gente nunca sabe.

Ela vira a página assim mesmo.

Agradecimentos

Toda vez que escrevo um livro, a lista de pessoas a quem preciso agradecer cresce, enquanto diminui a chance de eu me lembrar de todo mundo que merece um agradecimento especial. Mas vou tentar assim mesmo, porque a verdade é que eu não estaria aqui, neste livro que você está segurando, sem a ajuda fundamental de tantas pessoas.

Antes de mais nada, agradeço à minha querida família Berkley: Amanda, Sareer, Dache', Danielle, Jessica, Craig, Christine, Jeanne-Marie, Claire, Ivan, Cindy e todas as outras pessoas de lá. Adoro ser parte dessa equipe, e realmente me sinto a escritora mais sortuda do mundo por ter aterrissado entre amantes de livros tão inteligentes, dedicados e concentrados como vocês. Muito obrigada também a Sandra Chiu, Alison Cnockaert, Nicole Wayland, Martha Cipolla, Jessica McDonnell e Lindsey Tulloch.

Também preciso agradecer à minha incrível equipe britânica na Viking, especialmente Vikki, Georgia, Rosie e Poppy.

Minha imensa gratidão a Taylor e a toda a equipe da Root Literary, incluindo — mas não se limitando a — Holly, Melanie, Jasmine e Molly. Vocês são a parte mais organizada, esperta e prática do meu cérebro, e eu estaria perdida nesse processo sem vocês. Agradeço muito também a Heather e a todos mais da Baror International por levarem o meu trabalho às mãos de leitores ao redor do mundo, e à minha incansável agente cinematográfica, Mary, assim como a Orly, Nia e a toda a equipe da UTA.

Livros publicados têm muitas fadas madrinhas, e eu queria agradecer a algumas das minhas nos últimos anos: Robin Kall, Vilma Iris, Zibby Owens, Ashley Spivey, Becca Freeman, Grace Atwood e Sarah True.

Além disso, eu não estaria onde estou agora se não fosse pelo Book of the Month Club *e* pela minha livraria independente local, a Joseph-Beth Booksellers, sem mencionar todas as outras livrarias independentes por todos os Estados Unidos e além, que tão gentilmente me apoiaram e organizaram eventos virtuais durante esses estranhos dois últimos anos. Vocês se esforçaram muito para encontrar formas de conectar autores e leitores no meio de uma pandemia, e não tenho como descrever o quanto sou grata por isso.

Uma das minhas coisas favoritas no processo da publicação nesse meio é a quantidade de pessoas gentis, generosas, inteligentes e empáticas com quem tive a sorte de esbarrar. Algumas dessas (mas certamente não todas) incluem Brittany Cavallaro, Jeff Zentner, Parker Peevyhouse, Riley Redgate, Kerry Kletter, David Arnold, Isabel Ibañez, Justin Reynolds, Tehlor Kay Mejia, Cam Montgomery, Jodi Picoult, Colleen Hoover, Sarah MacLean, Jennifer Niven, Lana Popović Harper, Meg Leder, Austin Siegmund-Broka, Emily Wibberley, Sophie Cousens, Laura Hankin, Kennedy Ryan, Jane L. Rosen, Evie Dunmore, Roshani Chokshi, Sally Thorne, Christina (e) Lauren, Laura Jane Williams, Jasmine Guillory, Josie Silver, Sonali Dev, Casey McQuiston, Lizzy Dent, Amy Reichert,

EMILY HENRY

Abby Jimenez, Debbie Macomber, Laura Zigman, Bethany Morrow, Adriana Mather, Katie Cotugno, Heather Cocks, Jessica Morgan, Victoria Schwab, Eric Smith, Adriana Trigiani e Julia Whelan (minha amiga, colega escritora e narradora absolutamente perfeita de audiolivros).

Para o resto dos meus amigos e da minha família: vocês sabem quem são, e amo demais cada um. Obrigada pelo amor, apoio e paciência. Não existiria ninguém melhor com quem ficar de quarentena.

E, por fim, o maior agradecimento do mundo para todas as pessoas que leram, fizeram resenhas, compraram, pegaram emprestado, emprestaram e postaram sobre os meus livros. Vocês me deram um presente maravilhoso, e jamais deixarei de ser grata por isso.

Por trás do livro

Adoro filmes ultrarromânticos como os do Hallmark Channel. Adoro os cenários pitorescos, a quantidade excessiva de suéteres e botas de cano alto, o nível altíssimo de dedicação à decoração temática de cada estação em todas as casas. Acima de tudo, adoro os finais felizes.

E, como já vi muitas dessas maravilhas de baixo nível de tensão feitas para a TV, acabei ficando fascinada com uma versão em particular de romances passados em cidades pequenas. É mais ou menos assim: um homem urbano, irritadiço, sem alegria e obcecado por seu trabalho é enviado para uma cidade no interior dos Estados Unidos para fechar um negócio. Ele não quer ir! Não tem nem *sapatos* próprios para esse tipo de lugar! Mas, assim que chega lá, não apenas consegue se apaixonar por uma das doces pessoas locais como *também* consegue descobrir o sentido da vida (spoiler: não é um cargo de alto escalão na cidade grande).

E todos terminam felizes. Bem, todo mundo menos a ex-namorada (ou ex-namorado). A mulher (ou homem) que fica na cidade grande, cujo papel geralmente é só o de ligar para o personagem principal e gritar com ele no telefone, lembrando que ele só foi para aquela cidade pequena a *trabalho* — para organizar uma demissão em massa, ou talvez para destruir a indústria local de brinquedos, para que a Brinquedos S.A. possa abrir sua 667ª filial no centro da cidade, depois de demolir uma pracinha ou duas no caminho.

Essa ex ou esse ex é um obstáculo para a *verdadeira* história de amor, a relação *predestinada*. Ou é apenas a contraparte da pessoa amada local, presente na história só para mostrar como a outra entende melhor o personagem principal. Ou, ainda, essa pessoa é o diabinho não-*malvado*-*-só-autocentrado* no ombro do personagem principal, tentando guiá-lo para longe dessa vida nova e melhor.

Preciso repetir: adoro esses filmes, e muitos deles não são exatamente assim, mas uma boa parte *é*, o bastante para que eu me perguntasse: *Quem é essa mulher?*

Para onde segue a história dela depois disso?

Será que ela por acaso também acaba tendo a sua própria história numa cidade pequena, que muda sua vida inteira?

Será que toda pessoa irritadiça de cidade grande tem que sair da cidade e se apaixonar por um carpinteiro para ter seu final feliz?

Será que esse final feliz sequer parece com o do ex dela? O que será que ela quer?

E, talvez a pergunta mais interessante de todas, para mim: *por que ela quer tanto que o namorado se concentre na carreira e faça o seu trabalho, para começo de conversa?*

Essas foram as perguntas que criaram *Loucos por livros*, uma obra cujo título provisório foi, de verdade, *Pessoas urbanas*.

Não só como uma homenagem a todas aquelas histórias de peixe fora d'água que eu tanto amo, mas também às mulheres que se *sentem* peixes fora d'água, aquelas que não têm certeza se há um final feliz à sua espera.

Miranda Priestly, de *O diabo veste Prada*.
Meredith Blake, de *Operação cupido*.
Patricia Eden, de *Mensagem para você*.

Mulheres em roupas de grife e salto alto, autoritárias, que vão à academia e comem salada, têm pouquíssimo tempo ou nenhum interesse em cozinhar, acampar ou assistir ao nascer do sol.

Essa foi minha investigação de quem realmente são essas mulheres, e de como seria um final feliz para elas. Não um final perfeito, mas adequado. Um "feliz para sempre" que seja tão bagunçado, complicado e, no fim das contas, irresistível quanto eu acho que são as personagens principais urbanas, autoritárias, que usam roupas de grife e salto alto e vão à academia em *Loucos por livros*.

Então, seja você uma namorada de cidade pequena, uma pessoa ambiciosa e concentrada na carreira ou um tipo completamente diferente de personagem, espero que adore Charlie e Nora. E espero que a história deles sirva para lembrar que não existe só um jeito certo de ser, só um final feliz padrão, e que não há mais ninguém no mundo que possa ser exatamente quem você é.

LISTA DE LEITURA DEFINITIVA DA NORA E DA LIBBY

Incense and Sensibility, Sonali Dev
The Roughest Draft, Emily Wibberley e Austin Siegemund-Broka
Yinka, Where Is Your Huzband?, Lizzie Damilola Blackburn
Arsenic and Adobo, Mia P. Manansala
A Special Place for Women, Laura Hankin
A Thorn in the Saddle, Rebekah Weatherspoon
Just Last Night, Mhairi McFarlane
Uma união extraordinária, Alyssa Cole
The Editor, Steven Rowley
The Siren, Katherine St. John
Acho que é um adeus, Alexis Daria
Verity, Colleen Hoover
Os números do amor, Helen Hoang
Portrait of a Scotsman, Evie Dunmore
The Fastest Way to Fall, Denise Williams
So We Meet Again, Suzanne Park
By the Book, Jasmine Guillory
Payback's a Witch, Lana Harper
Uma semana para se perder, Tessa Dare

Impresso no Brasil pelo Sistema Cameron da Divisão Gráfica da
DISTRIBUIDORA RECORD DE SERVIÇOS DE IMPRENSA S.A.